추억의 생애

박기원

마르코폴로

차례

3장 놀며 사랑하며 생각하며

4장   가장 아름답게 빛나는 순간

5장   내 몸은 그렇게 계절을 지나왔다.

단 한 사람

"모든 독자는 책을 읽는 순간
  결국 그 자신의 독자가 된다."

— 마르셀 프루스트

1980년 여든이 넘은 아르헨티나 작가 호르헤 루이스 보르헤스는 미국 컬럼비아대학 강당을 가득 메운 열광적인 청중 앞에서 이렇게 말했다. "군중이란 것은 환상이에요. 그런 것은 존재하지 않아요. 나는 여러분에게 개인적으로 얘기하고 있는 거예요."(『보르헤스의 말』, 마음산책) 배우 송강호가 오래전의 인터뷰에서 한 말 역시 노작가의 그것과 일맥상통한다. "내 앞의 한 사람을 설득하는 힘과 천만 명을 설득하는 힘은 같습니다." 전설의 미국 포크 가수 조앤 바에즈는 가장 쉬운 것은 '관객 십만 명'과의 관계, 가장 어려운 것은 '단 한 사람'이라고 했다.

그렇다. 결국 단 한 사람이다. 대중이라는 넓은 과녁을 향해 날린 화살은 어떻게든 누군가에게로 날아간다. 천문학적인 돈을 들여 만든 영화와 드라마, 희로애락을 담은 음악에서부터 바람과 햇살을 붙들어 놓은 그림, 하루치 영혼을 찍은 사진, 가게 진열장 위 네온사인으로 빛나는 위로와 응원의 메시지, 정갈한 손편지 또는 악필의 메모까지. 그 무엇으로든 간에 단 한 사람의 마음이라도 움직일 수 있다는 건 얼마나 위대한 일인가? 내가 경험한 책 속의 좋은 글 또한 그랬다. 그 글은 어김없이 '나'를 겨냥하고 있는 것이었다.

여기 실린 글들은 지난 3년간 페이스북에 쓴 것들을 다듬거나 아예 새롭게 쓴 것들이다. 애초에 책이 될 수 있을 거라고 생각지도 않았던 이 글들이 '좋은 글'이 될 거라는 자신은 1도 할 수 없다. 다만 나 자신을 위해 쓴, 이 지극히 사적이고 보잘것없는 이야기가 당신들 중 단 한 사람에게라도 가 닿기를 바랄 뿐이다. 내가 믿는 구체적 보편성의 힘이다. 그리하여 당신 또한 자신의 추억에 관한 독자가 된다면 더할 나위 없겠다. 그 추억 속에서 지금보다는 빛이 덜 바랬던 나를 다시 만나고 오늘까지의 내 인생을 위로하며 내일을 살 용기를 잠시나마 얻어볼 수 있는 것이다. 비록 어떤 것도 쉽게 낙관할 순 없는 세상이지만 그런 희망쯤은 품을 수 있는 것 아니겠는가?

당신처럼, 당신의 모든 추억에도 저마다의 생애가 있다. 그 끝엔 언제나 당신을 그리워하는 당신 자신이 있다.

1장

물생유전, 인생유전

추억/물건/사라짐

여기, 저기, 그리고 어디서나: 프루스트식 추억법

평소 먹는 것에 진심인 편은 못된다. 그래도 내 페이스북 친구(페친)들의 포스팅 중 음식에 관한 것은 제법 관심을 갖고 들여다본다. 음식엔 언어로 표현하기 힘든 그날치의 희로애락, 곧 한 사람의 영혼이 고스란히 담길 수 있다는 걸 깨닫고부터다. 특히나 해외에 있는 페친들이 올린 한국음식 관련 포스팅은 더 눈길을 붙든다. 그들이 먼저 말하지 않는 이상 '여기'가 아니라 '거기' 있게 된 저마다의 사정과 목적은 알 수 없다. 궁금해하거나 물을 이유도 없다. 다만 오늘 하루치 음식을 대하는 마음을 읽으면서 '여기'와 '거기' 사이의 고무줄 같은 거리감을 가늠해보는 것뿐이다. 소통은 그 거리감을 확인하여 한계와 가능성을 동시에 깨닫는 데서부터 비롯된다.

우선 그곳이 한국이 아닌 만큼 식재료의 종류, 가격, 다양성 측면에선 어느 정도의 차이가 날 수밖에 없다. 때문에 내가 있는 '여기'와 그들이 있는 '거기' 사이, 물리적 시차(時差) 이상의 심리적 거리란 당연한 것이다. 그럼에도 불구하고 현지에서 구현된 한국 음식의 비주얼이란 기대 이상이다. 몇 장의 사진만으로도 너끈히 상상 가능해진 맛은 나에게도 공통의 감각을 선사한다. 게다가 재료와 완성된 요리를 지칭하고, 간을 하거나 양을 측정하거나 맛을 구분할 때의 언어는 이질감이 없다. 현지어로는 도무지 표현되기 힘든 미세한 모국어의 갈래들을 접할 수 있기 때문이다. 비록 일상에서의 어휘적 감각은 조금씩 마모되어 갈지언정, 그들의 몸에 여전히 각인돼 있어서 언제라도 순간적으로 튀어나오는 본능적 감각은 그대로인 것이다. 그 감각의 기억이야말로 모국어의 정수다. 관찰자로서 이 모든 것들을 느끼고 나면 심리적 거리는 한순간에 좁혀진다. 좁혀진 만큼 공감의 교집합은 커지고 이는 하나의 공통된 정서로 대체된다. 바로 노스탤지어, 향수(鄕愁)라는 이름의 그것.

그 때문일까? 국내에서 손쉽게 구해 먹는 음식보다 오히려 현지의 그들이 만든 음식이 되려 친숙할 때가 많다. 마치 내가 먹고 자라서 '잘 아는 맛'이 고스란히 구현된 것 같다. 한국관광홍보 안내책자에나 나올 법한 '전통한식'이 아니라,

'리얼 한국식'의 아우라(aura)가 느껴져서다. 따지고 보면 그리 신기한 현상은 아니다. 그도 그럴 것이 떠나온 곳과의 일정한 물리적, 문화적 단절은 거기 두고 온 것들을 일시적 멈춤 상태로 놔 두기 때문이다. 한국에선 하루가 다르게 바뀌고 사라지기를 거듭하는 사이, 떠나온 사람들이 품고 있는 오래된 대상에 대한 감각의 기억만큼은 여기 한국에 남아 있는 사람들의 그것보다 훨씬 더 잘 보존돼 있게 마련이다. 너무도 오랜만에 한국에 온 지인들은 한때는 우리 모두의 것이었던 언어, 정서, 매너 그대로를 지닌 채 나타나곤 했었다. 2005년 겨울 뉴욕 퀸즈의 플러싱 지구 한인타운에서 만났던 식당, 미용실, 상점, 그리고 이민자들의 모습도 그랬다. 그곳은 당시 기준으로도 이삼십 년 전이었을 한국의 동네 풍경을 고스란히 유지하고 있었다. 한국 밖에서 한국의 향수를 만끽했던 아이러니라니!

어느 점심 풍경에 대한 상상. 갓 나온 차돌된장찌개가 바글바글 끓고 있다. 된장찌개에 소고기의 부위인 차돌박이를 넣어 자작하게 끓인 흔한 음식이다. 한국의 식당에서라면 쉽게 볼 수 있는 특별할 것도 없는 메뉴다. 즉 '여기' 있는 나에겐 너무도 익숙한 일상다반사 중 하나일 뿐이다. 반면 오랜만에 한국에 온 그에게 그날 점심으로 선택한 차돌된장찌개는 특별한 매개가 된다. 뜨거운 찌개를 한 숟가락 입에 홀홀 떠

넣는 바로 그 순간. 국물이 입안에 퍼지며 혀에서 시작된 감각은 목을 타고 내려가 다시 온몸으로 퍼져 나간다. 바로 그때 어떤 익숙한 대상이 기억의 저장소에서 소환된다. 언젠가, 어디선가, 먹었던 그 맛과 냄새 같은 것. 반가움이 몰려온다. 오랜만에 만난 친구가 이럴까? 동시에 이내 헤어져야할 사람을 마주한 것 같은 어떤 서글픔도 느낀다. 그동안 떠나온 시간에 대한 체감과 다시 떠나갈 시간에 대한 예감. 하나의 음식을 맛보던 감각은 감정과 결합된다. 미래의 어느 한때에 쓰일지도 모를 추억의 씨앗을 저도 모르게 품게 되는 순간이다.

한국을 떠나 자신의 일상으로 돌아가고 얼마간의 시간이 흐른다. 익숙한 습관, 오래된 체념으로 인해 무뎌질 대로 무뎌진 가슴은 지난 경험에 대해 일정한 망각을 겪게 한다. 망각은 포기인 동시에 일종의 봉인이기도 하다. 때문에 역설적으로 당장 사는 일에 유용하지 않았던 차돌된장찌개의 특별한 기억은 평소의 습관보다 더 강렬하게 간직되는 식이다. 그에게 한국의 식당에서, 그것도 현지에서보다 훨씬 싼 가격으로 맛있는 밥을 먹는다는 경험은 일상다반사는 아니다. 그래서 그 음식으로 잠시나마 느껴봤던 충만감을 그때 그 순간 그대로 내버려두었으리라. 그리하여 기억은 본래의 힘을 고스란히 지닌 채 머물러 있었으리라.

홍차에 적신 마들렌으로 통용되는 20세기 최대 심리소설인 마르셀 프루스트의 『잃어버린 시간을 찾아서』(국일미디어). 이 작품은 비자발적 의지에 의한 기억의 연상작용을 탁월하게 짚어냈다. 평상시의 우리는 자신의 존재를 최소한으로 축소하고 산다. 먹고살기 위한 방편으로 세상과 타인의 기준에 맞춰 일상의 쳇바퀴를 돌리다 보니 그렇게들 되어 간다. 때문에 우리의 능력 대부분은 잠들어 있게 된다. 특별한 능력을 필요로 하지 않는 습관에 의지하고 있기 때문이다. 그런 습관이 이끄는 삶에 의해 기억은 먼지를 뒤집어쓰고 있는 셈이다. 그러던 어느 날 먼지를 털고 놀랄 만큼 생생한 추억이 되어 마음의 문을 열고선 성큼성큼 걸어 들어오기도 하는 것이다. 아주 사소하고 우연한 계기들을 통해서 말이다. 예를 들어 현지의 정육식당에서 세일 딱지가 붙은 차돌박이 고기를 보았다든지, 산책길 강가에서 '마블링'을 닮은 하얀 무늬가 촘촘히 박힌 차돌을 발견했다든지, 한인마트에 그날따라 똑 떨어진 된장을 사러 갔다든지.

너무 익숙해서 그 존재를 의식하지 않은 채 무심코 지나치며 살았던 사물과 현상. 그 속에서 언젠가 씨앗으로 품고 있었던 추억이 불현듯 싹을 틔우는 것이다. 시인 이문재는 산문집 『바쁜 것이 게으른 것이다』(호미)에서 "기억은 날것이고, 추억은 발효된 것"이라고 했다. "추억은 기억의 편집"이다.

사진 한 장 없이 그의 감각에만 남아 있는 날것 그대로의 기억들이 추리고 추려지는 가운데 어느새 추억으로 무르익기 마련이다. 어느 해, 어느 계절, 어느 거리, 어느 식당, 보기만 해도 흐뭇한 한식 메뉴판, 바글바글 끓어오르는 차돌된장찌개 뚝배기, 뜨끈하고 구수하고 칼칼하고 시원한 국물이 혀와 입천장에 감돌던 순간, 주메뉴와 밑반찬의 조화, 식당 종업원의 친절, 밥을 먹던 상대와 나누던 이야기, 그날의 날씨 혹은 분위기 같은 너무도 현실적이고 흔한 것들이다. 반면 그 순간만큼은 비행기표와 빽빽한 스케줄, 숙소, 약속 같은 여행의 복잡성이 잠시 잊힌다.

흔히 추억은 정신의 독립적인 연상 작용으로만 간주되기 십상이다. 하지만 그 연상 작용은 최초에는 모두 현실의 대상을 경유해야만 발생할 수 있다. 그러므로 추억은 눈에 보이고 손에 잡히는 매개물에 의한, 곧 물질로 인한 감각의 환기 내지 복기다. 사람과 말과 사물과 사건들이 중층적으로 마주쳐 생겨나는, 매 순간을 이루는 소리, 냄새, 색과 빛, 촉감, 맛 따위가 그렇다. 그리고 이 모든 것들을 집약하고 있는 대표적인 결정체로 역시 음식만 한 게 없다. 음식은 추억의 꽤 많은 지분을 차지한다. 바로 '당신들'이 있어서이기도 하다. 지금까지의 나를 키워준 (외)할머니, (외)할아버지, 그리고 이사를 다니며 만나온 이름보다 얼굴이 더 친근한 사람들, 골목과 시장의 점빵, 포장마차, 학교 앞 분식집, 선술집의 사장님들, 항상 그 자리에서 나물 파시던 좌판상 할머니들. 나조차 다 큰 어른이 돼버린 지금, 그때도 이미 장년 내지 노년이었을 당신들 대부분은 더는 이 세상에 머물고 있지 않을 것이다. 하지만 당신들이 선사해준 손맛, 투박하지만 정감 넘치는 말투와 손길, 따뜻한 인심은 여전히 생생하게 남아 있다. 전남 순천 태생이신 나의 할머니(1914~1999) 이기순 여사. 당신이 유년기부터 청소년기에 걸쳐 조석으로 길들인 덕분에 내 입맛은 남도의 그것에 영원히 뿌리를 두게 되었다.

이제 더 이상 내 눈에 보이지 않는 당신들. 지금은 어디서 무엇이 되어 있을까? 2018년에 세상을 떠난 일본의 국민배우 키키 키린을 추모하는 책 『키키 키린의 편지』(항해)에서 그녀의 지인은 이렇게 썼다. "죽는다는 것은 타인 속에서 살아간다는 것, 떠난 사람을 내 안에서 계속 살아가게 하는 일." 비단 지상에 머물러 있는 내 마음속에서만은 아닐 것이다. 당신들은 지금 나무 한 그루, 풀, 물, 흙, 먼지, 아니 그보다 더 작고 작은 미립자가 되어 살아가고 있을 것이다. 부는 바람에 실려 내 뺨에 와 닿고 머리카락을 흔들거나, 구름으로 머물다가 어느 날 비가 되어 내리며 내 어깨와 발을 적실지도 모른다. 더는 이 세상 고통과는 무관해진 당신들의 그 자유로운 천상 여행은 계속되고 있을 것이다. 그렇게 어느 하늘땅을 떠돌다가 어느 찰나에 마주쳤을지도 모르겠다. 당신들과 함께 했던 장소와 시간에 내 기억이 문득 닿는 순간 말이다.

> 나는 보네, 우리 할머니
> 낙엽이 되어, 꽃잎이 되어
> 이렇게 추운 날 남해 갯바람 되어
> 옷자락에서 나를 부르네
>
> ―루시드 폴, 노래 〈가을인사〉(2007) 중

물론 이 세상에서 떠나간 당신들과 아직 여기 남아 있는 나는 실제로는 서로 볼 수도 들을 수도 없는 처지다. 서로 닿지 않는 곳에 너무도 멀리 떨어져 있다. 그리하여 서로 어찌 되었는가를 알지 못하는 데서 일종의 고통이 생겨난다. 소설 『향수』에서 밀란 쿤데라는 "nostos"(귀환), "algos"(괴로움)라는 어원을 들어 그 고통을 노스탤지어(nostalgia)라고 했다. 보통 노스탤지어는 떠나온 자가 품게 마련이다. 하지만 그 출발지가 반드시 고향 같은 물리적 지역만을 지칭하는 것은 아니다. 서울에서 태어나 지금껏 거기 산다고 하여 그가 매 순간 서울을 고향으로 품고 산다고 할 수 있을까? 떠나고 싶어도 떠나지 못할 곳을 '정신적 타향'으로 여기는 이들이 더욱 많다. 세상사의 틈바구니 속에서 먹고살기 위해 습관으로 스스로를 길들이긴 했지만, 불쑥불쑥 찾아오는 낯섦은 어찌할 도리가 없는 것이다. 게다가 '물리적 고향'을 구성했던 동네와 산과 들과 길과 해변도 대부분 옛날의 형체조차 사라져가고 있다. 이제 고향이란 진정 주민등록등본상의 주소지로만 존재할 뿐인가? 나를 떠나간 게 어찌 죽고 사라져 눈에 보이지 않는, '거기' 있는 당신들뿐일까? 정신적 타향을 맴돌며 '여기' 살고 있는 나 자신 또한 나를 떠난 것은 아닐까?

결국 여기에 있든 거기에 있든 우리 모두는 근원을 알 수 없는 노스탤지어를 품고 산다. 노스탤지어는 바라던 대상과의 떨어진 거리만큼 역설적으로 그 향이 신선하게 느껴지는 향수(香水)와 같다. 그 향수가 유독 강하게 느껴질 때면, 나는 마음의 뒤란을 살피며 한숨을 쉴 것이다. 한탄도 권태도 회한도 아닌, 그러면서 사라진 것이 아니라 어딘가에 두고 온 시간을 떠올릴 것이다. 결코 잃어버리지 않았던, 어디에 있는지도 알고 있었으나 굳이 찾으려 하지 않았던 시간을. 그렇다면 나는 무엇을 그리워하는가? 이미 사라져버려 기억 속에서만 겨우 존재하는 사람들, 몸 없는 육신의 그들이 선사하고 떠난 기억, 그 기억을 감각으로 품고 있는 나날이 늙어가는 나의 육체다. 그렇게 그 대상은 사라진 당신들이었다가, 당신들이 아끼고 사랑했던, 지금보다 젊고 어린 시절의 나 자신이 되고 만다. 그렇다. 노스탤지어는 한때의 나 자신에 대한 그리움에 다름 아니다. 행복했던 나 자신이 어찌 되었는지를 알 수 없게 된 오늘에 대한 질문이다. 주체할 수 없을 정도로 시간이 흘러갈수록 그 향기는 그만큼 진해진다. 한참을 살아 철이 들어 어른이 되고 그만큼 더 늙어갈수록 그리움은 점점 더 나를 향한다. 결국 추억이란 나를 둘러싼 존재들의 무수한 소멸을 겪고 목도하다가, 어느새 함께 마모되어 가는, '돌이킬 수 없는 나 자신'에 대한 연민과 사랑으로 돌아오는 행위다. 기억은 지나온 저마다의 자리를 점유하고 있다. 시간의 흔적을 보존한 수많은 서랍을 지닌 서랍장과 같다. 추억은 방향과 속도를 지니고 있다. 어떤 계기로 특정 서랍을 골라 꺼내는 우리 자신의 운동이다. 만일 추억을 통해 당신들을 다시 만날 때, 당신들이 그때보다 너무 많이 변해버린 나를 여전히 알아보게 된다면, 당신들은 반가움에 미소 지으며 이렇게 말할지도 모르겠다. "한동안 돌아오지 않았던 걸 보니, 너는 거기서 행복한 게로구나."

"⋯⋯⋯그렇지만은 않아요." 잠시 망설임 끝에 쓴웃음을 지어야 할 것만 같다. 나의 오늘을 어떻게 설명해야 할까? 망설임은 길어진다. '넌 거기서 행복하니?' 오래전의 나를 알고 사랑했던 존재들이 오늘의 나에게 안부처럼 던지는 질문. 이내 내 마음의 소리가 된다. '난 여기서 행복한가?'

"인생은 우리에게 거절된 모든 낙원들의 연속이다. 유일한 진짜 낙원은 우리가 잃어버린 낙원이다." 행복에 관한 프루스트의 정의다. 지금 '여기'에선 잃어버렸다고 생각한 행복, 그때 '거기'에 두고 온 것만 같은 행복, '여기'에선 아직 이루지 못한, 아니 도무지 이루어지기 힘들 것 같은 행복, 이제는 도무지 행복이 무엇인지도 모른 채 행복을 좇기만 하는, 아니 좇는 척만 하는 하루하루. 나의 생을 하루라고 친다면, 아침부터 다시 시작하고 싶을 때가 있다. 하지만 이제와 무언가를 계획하고 약속하기에도, 그대로 시간을 보내기에도, 애매한 일요일 오후 4시 같은 어정쩡하고 난처한 생이로구나! 그렇게 쓴웃음을 삼키고 말 순간, 바로 그때 문득 추억이 고파온다. 고교 시절 하굣길이 아직 아득히 멀리 있는 야간자율학습을 앞둔 오후 4시, 그때의 탈출구였던 매점이, 이젠 구하기 힘든 손맛을 담고 있는 오래된 식당의 밥상 차림이, 아무렇게나 퍼질러 앉아 낄낄대며 함께 나누던 청춘의 컵라면 하나가, 때로는 유년 시절 과자 한 봉지가 몽실몽실 떠오르는 것이다. 하나같이 지금보다 누군가에게 더 사랑받고 더 중요했고 더 필요했던 시절의 나였다. 그러자 허기가 온몸으로 엄습해온다. 추억에 허기지나 싶더니만, 진짜 배가 고파지는 것이다.

　이제 정신을 차리고 진짜 음식을 차려 먹기로 한다. 오랜만에 차돌박이를 넣고 된장찌개를 끓여본다. 한 숟가락을 떠서 호호 불다가 훌훌 음미한다. 그때 그 한국식당에서 먹던 그 밤, 추억의 씨앗이 싹을 틔운다. 그로부터 몇 개의 계절이 지났던가? 오늘까지 무사히 그럭저럭 버텨오며 잘 살아왔구나. 제법 대견하구나. 그래서 이런 나에게 오늘 하루치 응원과 칭찬을 선사하고 있구나. 그 순간 채워지는 것은 뱃속만은 아니다. 영혼이다. 든든함과 행복감을 느낀다. 여기에 살아 있다는 실존감도 함께. 물리적으로는 소화가 되기 전까지의 잠시뿐일 수도 있다. 하지만 채워진 마음은 제법 오래간다. 어떨 때는 깜깜해서 앞날이라곤 한치도 생각할 수 없었는데, 어쩌면 지금 '이후'라는 것을 생각해볼 수 있을 것도 같다. 고마운 일이다.

> "한 인간의 마음속에는 자신이라는 게
> 하나만 존재하지 않거든요.
> 낯선 곳에 사는 일은, 전혀 몰랐던
> 자기 자신을 발견하는 일이기도 해요."
>
> —허수경(1964~2018), 〈채널 예스24〉 인터뷰 중

02

오래 산다는 것은
—다나카 가네(1903~2022), 그리고 미셸 투르니에(1924~2016)

2021년 119번째 생일로 세계 최고령자 기록을 세웠던 1903년 생인 일본의 다나카 가네 할머니. 이듬해인 2022년 봄 세상을 떠나면서 그녀의 장수 신기록은 멈췄다. 하지만 인류사의 장로(長老)가 보여준 생의 여정은 놀라웠다.

할머니는 메이지 시대(1868~1912)에 태어나고 유년기를 맞이해 다이쇼 시대(1912~1926)에 청소년기 및 청년기를 보냈다. 쇼와 시대(1926~1989)의 장본인 천황 히로히토(1901~1989)는 손위 두 살 터울의 오빠 뻘이다. 그녀는 비범하도록 '만들어진 인간' 히로히토의 시간이 평범하게 저무는 것을 일생 동안 지켜보았다. 이후 헤이세이(1989~2019)를 지나 현재의 레이와

(2019~)에 이르기까지 무려 5개의 연호 아래 살아왔다.

6세 때인 1909년 10월 26일. 제 10대 내각 총리 대신을 지낸 이토 히로부미가 중국 하얼빈에서 식민지 청년 안중근의 손에 암살된 사건이 있었다. 아마도 유년기의 그녀는 집안 어른들의 탄식 정도로 기억할지도 모르겠다. 정확히 70년 뒤 같은 날짜에 터진 유사한 사건(10·26 사태)으로 말미암아 6살인 내가 기억하는 우리집의 비통한 분위기처럼. 14세 때인 1917년 11월 7일, 소련의 볼셰비키 '10월 혁명'을 해외 단신으로 만났을 수도 있다.

42세 때인 1945년 8월 15일 정오. NHK 라디오에서 히로히토의 떨리는 목소리로 내보낸 이른바 옥음방송(玉音放送) '항복 선언'을 들었을 것이다. 애매모호한 그의 말을 제대로 알아듣기는 힘들었지만, 신이 아닌 한낱 인간으로 내려앉은 그의 초라한 모습을 보고 상처와 오욕뿐인 '패전'을 실감했을 것이다. 영화 〈올웨이즈 3번가의 석양〉(2005)에 나온 50년대 중후반 경제 재건기를 상징하는 동경 시내 한복판의 '도쿄타워'가 완공된 것은 그녀의 나이가 쉰을 훌쩍 넘긴 때였다. 1960년 4월 한국에선 늙은 독재자가 시민혁명으로 쫓겨났다. 1년 후인 5월 16일 군사쿠데타로 집권한 한국의 새 정부에선 한일 국교정상화를 추진했다. 한국 중앙정보부장 김종필과 일본 외무상 오히라 마사요시 간의 두 차례에 걸친 비밀

회담은 메모 한 장으로만 남았다. 가해자와 피해자 간에 사과나 용서 같은 최소한의 명분조차 없이 합의금만 덜컥 결정되었다. 정작 일본이 준다는 그 돈이 한국 입장에선 청구권으로 일본 입장에선 독립축하금으로 해석될 불씨만 남겨두었다. 14살이나 어린 미국 대통령 JFK가 너무 젊은 나이인 46세로 세상을 떠났던 1963년 11월 22일, 그녀는 예순을 맞이했다.

이듬해 가을인 1964년 10월. 일본은 '제18회 동경올림픽대회'로 아시아 최초의 올림픽 개최국이 되었다. 이미 중일전쟁(1940년) 당시 전범국가 당사자로서 한 차례 개최권을 반납한 적은 있었다. 가네 할머니는 올림픽 개막을 선언하는 히로히토의 '옥음'을 라디오가 아닌 TV로 19년 만에 다시 만났다. 변화는 기술과 속도로 입증되었다. 올림픽은 미국 현지에 실시간으로 위성중계가 되었고, 컬러텔레비전과 함께 시속 200km를 넘기는 세계에서 가장 빠른 신칸센 열차가 등장했다. 전후 '경제부흥'이라는 열차도 쾌속으로 달렸고 롤랑 바르트 같은 서양학자는 일본문화에 매료되어 '기호의 제국'으로 찬양했다. 가네 할머니는 1964년 그해 가을을 인생의 화양연화로 두고두고 기억했을지도 모르겠다.

1965년 6월 22일. 김종필-오히라 메모에 근거해 화약고 같은 과거사를 유야무야 봉합하고 한국 국민 절대다수의 반대 속에 '한일기본조약'이라는 이름으로 양국은 수교를 맺었다. 하지만 미래의 뇌관을 그대로 남겨둔 터라, 두고두고 양국 갈등의 원인이 되었다. 이듬해인 1966년 6월 29일부터 7월 1일까지 그 3일간은 그야말로 센세이셔널했다. 세계적인 아이돌 그룹이 내일(來日)한 것. 가뜩이나 후텁지근한 동경의 여름을 더욱 뜨겁게 달구었다. 가네 할머니의 손주들이 열광했을 지금의 BTS급 아이돌은 바로 비틀스(The Beatles). 그때 그녀의 나이 63세. 신성한 부도칸(武道館)에서 저속한 대중음악 공연을 한다고 하니, 우익과 꼰대들은 벌떼처럼 들고 일어나 비틀스의 숙소 등지에서 공연 반대 데모를 했다. 반면 십대들은 신이 나서 매미처럼 들썩였다. 총 3회차 1회당 30분에 불과한 공연 티켓을 얻기 위한 전국 각지의 경쟁은 그야말로 전쟁 수준이었다. 손주들은 티켓 응모권이 붙은 '라이온 치약' 수십 통을 샀을 것이다. 가네 할머니는 끌끌끌 혀를 찼을 테고. '전쟁을 안 겪어 봐서 물자 귀한 줄 몰라.'

다시 3년 뒤인 1969년 1월 19일. 8천여 명의 경찰이 동경대로 투입되었다. 6개월여에 걸친 전공투 대학생의 야스다 강당 점거가 일단락됐다. 똑똑한 학생들이 하는 일에는 이유가 있으려니 했을까? 그도 아니면 나라가 어찌 되려고 저 모양이냐 혀를 찼을까? 젊은이들이 굴비 엮듯 끌려가는 광경이 TV로 생중계되었다. 그들은 체제적 폭력이 절멸된 세상을 위해 무장하였고, 그 폭력으로 인해 처절하게 진압당했다. 폭력

외에는 스스의 목적을 완결시킬 수 없는 모순 속에서 지리멸렬해졌다. '전공투 저항'이 막을 내리면서 아름다웠으되 무모하고 허황되기까지 했던 일본의 '젊은 여름'은 일단락되었다.

그해 여름 7월 16일. 살아생전 인류가 달에 가는 걸 보네, 라고 감탄했을 때 그녀의 나이 66세. 이듬해 11월 25일 전후 최대의 '국민작가' 미시마 유키오가 충격적인 방식으로 45세의 삶을 마무리했다. 이날 그는 우익단체 '방패의 모임' 회원 4명을 이끌고 육상자위대 총감실을 점거했다. "자위대 각성과 재무장, 헌법 개정, 그리고 천황폐하 만세!" 하지만 일본 우익의 정신적 모태인 고쿠타이(國體)로서의 쇼와가 아닌 자연인 히로히토는 그와 동등한 병약한 인격체일 뿐이었다. 입헌군주제의 상징적 수반에 불과한 천황, 패전 후 현행 헌법 아래 자위대 역할의 한계, 폭력을 수반한 평화의 달성은 불가능한 꿈의 파편들이었다. 할머니는 그의 주장, 그의 죽음을 이해할 수 없었을 것이다. '젊은 놈이 목숨 귀한 줄 모르고.'

1971년부터 1972년 사이 연합적군의 군사훈련 도중 자아비판과 자기실현적 염결주의를 강요하며 발생한 이른바 '산악 베이스 사건'이 일어났다. 이 집단 린치 살해극으로 도합 12명이 목숨을 잃었다. 가담자 일부는 도주 과정에서 1972년 2월 '아사마 산장 인질극'을 벌였고 10일에 걸친 경찰과의 대치는 전국에 생중계되어 충격을 안겨주었다. 야스다 강당에서의 처참한 패배 이후 좌파 세력의 일부는 적군파라는 극좌주의 모험 노선으로 수렴되었다. 체제적 폭력을 극복하겠다던 청춘들의 열정이 역사 속에서 극단적 폭력의 선례가 된 것은 슬픈 아이러니였다. 결국 폭력을 없애기 위해 선의의 폭력 자임을 자처하는 이데올로그는 언제나 위험했다. 그것이 합법적 폭력기구인 국가이든 운동조직이든 테러조직이든 간에. 이로 인해 대중적 지지를 완전히 상실한 일본의 전후 좌파 세력은 절멸되었다. 할머니로서는 젊은이들의 광기와 그로 인한 허무한 죽음 또한 미시마 유키오의 그것처럼 결코 이해되지 않았을 것이다.

1년 뒤인 1973년. 가네 할머니는 일흔 살이 되었다. 그해 여름 8월 8일 오후. 동경 시내 한복판의 그랜드 팰리스 호텔에서 대통령 후보이기도 했던 한국의 유력 야당 지도자 김대중이 납치당하는 초유의 일이 벌어졌다. 중앙정보부와 주일 공사관 등 한국 국가공무원이 저지른 'DJ 납치사건'. 한일 간의 외교 관계는 수교 이래 최악으로 치달았다. 일본은 자국 영토에서 벌어진 '주권 침해'에 강력하게 항의했다. 그런데 코너에 몰린 한국 정부에게 반격의 기회가 찾아왔다. 1974년 8월 15일. 한국 대통령의 부인 육영수가 광복절 기념식장인 국립극장에서 총격으로 피살당했다. 재일교포 문세광이 범인으로 현장에서 체포되었다. 그러자 이제 '공수 교대'가 시작됐다. 한국은 일본을 향해 '국모 살해'의 원흉을 키워낸 정치적 책임을 따져 물었다. 일본인으로 된 위조여권, 오사카 소재의 파출소에서 탈취한 총기 등이 그것이었다. 일본으로서도 곤혹스러운 입장이었다. 그야말로 명군장군 격. 결국 사건 발생부터 해결까지 한국 현대사의 미스터리로 무수한 의문만을 남긴 채, 양국은 서로의 약점을 퉁치는 식으로 외교 위기를 봉합했다.

그녀가 76세 때인 1979년 10월 26일. 70년 전 이토 히로부미의 사망일과 같은 날. 18년의 장기집권 끝에 한국의 독재자 박정희가 심복의 손에 죽었다. 이른바 '서울의 봄'이 찾아왔다. 일본의 단카이세대(団塊の世代)*는 학생운동의 실패에서 벗어나 횡키와 재즈에 심취하며 풍요로운 장밋빛 1980년대를 시작했다. 그해 4월 18세에 데뷔한 세기의 아이돌 마츠다 세이코는 〈푸른 산호초〉로 세파에 휘둘리지 않는 순수한 사랑과 낭만이 넘실대는 시대를 노래했다. 그사이 5월 한국 남도의 도시 광주는 핏빛으로 물들었다. 9월엔 독재자 박정희의 정치적 아들인 전두환이 장충체육관에서 대통령으로 선출됐다. 제5공화국이 선포되면서 한국 민주주의의 암흑기도 공식적으로 다시 시작됐다. 하나회 일당의 두 축인 전두환과 노태

---

* 제2차 세계대전 이후 1947년부터 1949년 사이 태어난 이른바 베이비붐 세대. 단카이는 단괴(團塊)의 일본 발음으로, '덩어리'를 뜻한다.

우는 일본 극우파의 대부 격인 군인 출신 기업가 세지마 류조의 충실한 제자임을 공공연하게 드러냈고 이는 집권 철학에도 충실히 반영되었다. 그때 한국의 절대권력자 전두환의 나이는 고작 51세. 가네 할머니는 막 80대를 바라보며 황혼녘의 생을 관조하려던 참이었다.

할머니의 50대 후반부터 시작된 한국의 군사정권은 1993년 문민정부가 들어서고야 겨우 끝났다. 내가 마지막 학력고사를 치르고 대학에 입학하던 해였다. 그때 가네 할머니의 나이는 90세. 그해 그녀는 한 살 위의 남편과 사별하며 70여 년의 결혼 생활을 마감했다. 2년 뒤인 1995년 3월 20일 월요일의 출근길. 신흥종교인 옴진리교가 동경 지하철 5개 차량에 사린가스를 살포해 세상을 발칵 뒤집어 놓았다. 13명이 사망하고 수천 명이 부상당했다. 이 엽기적인 사건으로 세기말적 증후군은 한층 속도를 내기 시작했다. 아무리 세월을 살아도 납득 불가의 세상을 보고 한탄했을 때 그녀의 나이는 92세. 그녀보다 젊었던 1914년생인 나의 할아버지는 그 사건 이틀 전에 돌아가셨다. 평생의 벗인 술로 인해 얻은 숙환이 원인이었다. 소위 '왜정시대'에 상고를 다니고 일본 유학을 다녀와서 일본어에 능통했으나, 밥그릇을 손으로 들거나 젓가락으로 밥을 뜨는 것은 '왜놈 문화'라고 싫어하셨다.

그리고 4년 뒤인 1999년 10월의 어느 날 저녁. 유년기와 청소년기의 나를 키워 주신 할머니는 잠들 듯 편하게 떠나셨다. 그날 점심 때 옥상에 손수 말려 놓은 나물을 그대로 둔채로였다. 다음 날 서울에서 뒤늦게 소식을 듣고 내려왔다. 향년 85세. 가네 할머니에 비하면 우리 할머니는 너무 빨리 떠나셨다. '여순사태'의 생지옥 속에서 낮에는 경찰에게, 밤에는 '반란군'에게 밥을 해 먹이며 인고의 시간을 보냈던 당신의 이야기는 천일야화처럼 되풀이되었다. 생생한 한국 현대사이기도 했던 그 이야기를 재미있게 듣던 그 숱한 밤들. 어두운 형광등 불빛과 귤 냄새와 할머니 냄새. 생이 다할 때까지 업이 되었던 가사노동. 그 무게로 기역자로 굽어 버린 당신의 허리. '할머니' 부르며 방안에 들어서면, '에구구' 굽어서 아픈 허리를 펴며 끝내 웃으셨던 나의 할머니.

"말해 봐요, 할머니,
그렇게 허리를 앞으로 구부리고 가는 것은
땅바닥에 떨어뜨린 젊은 날을
줍기 위해서인가요,
아니면 등을 짓누르는
세월의 무게가 너무 무거워서인가요?
말해 봐요."

—미셸 투르니에, 『뒷모습』, 현대문학

2000년, 새로운 밀레니엄이 불꽃놀이와 함께 전 세계에서 시작되었다. 가네 할머니는 '새천년'을 97세에 맞이했다. 그러고도 다시 22년이 흘렀다. 세계 최고의 장로(長老)가 된 할머니에게 비결을 물었다. "맛난 거 먹고 늘 배우며 살았다." 콜라와 초콜릿도 그 맛난 거에 포함된다고 했다. 그녀의 신기록을 깨뜨리기는 요원해 보이는 우리 같은 현대인들에게는 적잖은 위안이 되겠지 싶었다. 모름지기 인류사적 장로의 대가끼리는 통하는 게 있던가? 프랑스 작가 미셸 투르니에의 산문집 『외면일기』에서 얻은 인상적인 이야기.

123세에 세상을 떠난 어느 할머니에게 생전에 그 섭생의 비결을 물으니, "분별 있게 살기로 하고 114세 때 술과 담배를 끊었어"라고 하시더라는. 그러니까 적어도 돌아가시기 9년 전까지는 꾸준한 알코올과 니코틴 섭취로 즐거운 삶을 사셨던 모양이다. 아, 그랬었구나! 고대 그리스 시인 핀다로스가 노래했듯 "불멸을 구하지 말고 가능성의 영역을 아낌없이 탕진"하며 일일시호일(日日是好日) 하며 살아야 하는 것. 사람의 생로병사는 그 누구도 쉽게 비결을 따질 수도, 운명을 장담할 수도 없는 노릇 아니겠는가? 그저 주어진 생을 겸허히 여기며 하루하루 열심히 즐겁게 살아갈 도리밖에. 확률상으로는, 동서고금의 인생 선배들이 이미 자신의 몸으로 거룩한 임상병리를 시전하셨던 바, 몸에 나쁜 건 가급적 줄이는 게 건강에는 좀더 유리할 거라는 '느낌적 느낌'은 든다. 그도 아니면 이왕지사 몸에 좋은 걸로 대체하는 방식이 있겠다. 술도 좋은 술로, 안주도 좋은 걸로, 대작도 좋은 벗으로! 물론 과유불급은 경계하면서 말이지.

> "나로서는 살해당하는 것이
> 부러움을 살 만한 영광스러운 최후라고 생각된다.
> 그런 죽음은 분명 자동차 사고(로제 니미에, 알베르 카뮈,
> 롤랑 바르트)보다 덜 어이없는 것이며,
> 자살(헤밍웨이, 몽테를랑, 로맹 가리, 들뢰즈)보다
> 문제가 적고, 질병(말로, 사르트르, 유르스나르)보다
> 덜 추악한 것이다."
>
> ─미셸 투르니에, 『외면일기』, 현대문학

가네 할머니에 비하면, 미셸 투르니에(1924~2016)는 92세, 비교적 이른(!) 나이에 세상을 떠났다. 그는 다른 산문집 『짧은 글 긴 침묵』(1998)에서 스스로의 장례를 기획한 적이 있었다. 베토벤 7번 교향곡 알레그레토가 흐르며 팡테옹으로 자신의 유해가 운구되는 화려한 행렬 같은 것. 그때가 2000년이면 좋겠다고 했는데, 그의 나이 76세가 되는 해이다. 마침 그의 아버지가 돌아가셨던 나이와 똑같기도 했고, 그만하면 꽤 산 축에 속한 것이고, "행운과 이성을 잃지 않은 채 늘그막의

고통과 욕됨을 피할 수 있는" 시기라는 것.

하지만 생전 그의 희망과 달리 그의 최후는 한참 유보되었다. 그 방식은 영광스럽지도 않았으나, 어이없지도 않았으며, 문제도 없었다. 물론 그다지 추악하지도 않았다. 노환으로 가족들이 지켜보는 가운데 평안하게 떠난 것이다. 가네 할머니의 부고 기사를 보다가, 한때 열광하며 읽고 또 읽었던 미셸 투르니에의 문장에 관한 기억들도 이렇게나마 함께 되짚어보는 것이다. 다나카 가네 할머니는 2022년 4월 19일에 119세를 일기로 세상을 떠났는데, 이후 세계 최고령 생존자는 할머니의 '연년생' 격인 프랑스의 루실 랑동 수녀(1904~)가 됐다.

추억의 생애

오래되면 좋은 걸로 흔히 술과 친구를 꼽곤 한다. 비결은 하나. 한결같은데 뭔가 깊어진달까? 그런데 술로 깊어지는 동안 나날이 고갈되는 육체의 한계는 어쩔 것인가? 친구, 아니 사람은 또 어떠한가? 웹툰 〈송곳〉의 대사를 살짝 틀자면, 서는 데가 바뀌면 사람도 달라지는 게 인지상정. 어제의 친구가 반드시 오늘까지 친구로 남아 있으리라는 보장은 없다. 이 계제에 오래될수록 한결같이 좋은 게 여전히 남아 있다면? 나에겐 단연코 음악이다. 물론 그걸 담은 물리적 매체를 포함해서다.

지금 듣고 있는 LP들의 평균 연식은 기본 삼사십 년은 족히 넘는다. 반세기 가까이 되는 것들도 많다. LP라는 물리적 매체의 전성기만큼 오래됐다. 선물 받은 것을 **빼면** 국내외 중고시장에서 구한 것이 대부분이다. 거쳐온 시간과 손길이 조향해낸 냄새가 있다. 수사학적 비유가 아니라 오래된 종이 재킷에서 나는 진짜 냄새 말이다. 인공도 천연도 아닌, 잉크향도 종이향도 곰팡내도 아닌, 규정할 수 없는 그 냄새. 이제 그 낡은 LP 재킷을 왼손으로 받쳐들고 오른 손바닥으로 기울인다. 바스락거리는 얇은 비닐 혹은 종이 슬리브(sleeve)에 든 바이닐(vinyl, 일명 레코드판, 이하 LP)이 쓱 고개를 내민다. 새까맣게 윤기 나는 둥근 몸체. 제대로 관리가 되지 못한 것들엔 미세한 흠이 있다. 이따금씩 자글자글 끓는 소리가 그 증거다. 그 위에 하얀 먼지 입자들도 드문드문 묻어 있다.

먼지란 무엇인가? "가늘고 보드라운 티끌"이라는 사전적 정의. 이 티끌들은 사람을 포함한 유기체나 무기체의 움직임과 변화에 의해 그 일부가 미세하게 마모되어 떨어져 나오면서 생긴 것들이다. 공기 중에 날아다니다가 제 발길 닿는 대로 어느 곳이든 내려앉는다. 한동안 움직임이 없거나 아예 고정된 대상이라면 먼지에겐 최적의 장소다. 부드러운 브러시로 LP에 묻은 먼지를 닦아낸다. 하지만 반복되면 LP의 폴리염화비닐(PVC) 표면에 정전기가 생긴다. 정전기는 주위의 먼지를 도로 흡착한다. 그렇게 꺼내고 들고 닦아서 다시 넣을 때마다 알게 모르게 먼지가 달라붙는다. 원래 먼지는 중립적이다. 그 자체로는 아무것도 말해주지 않는다. 다만 물건에 흡착됨으로써 먼지의 요인 격인 행위와 시간이 함께 포착되는 것이다. 지극히 사소한 역사가 된달까? 제작된 지 30여 년을 훌쩍 넘긴 LP를 꺼내 본다. 지금의 먼지가 머물기 전, 이 검은 몸체가 품고 있을 '한때의 공기'를 상상한다.

그 시절은 어둡고 우울했다. 독재의 잔재가 늦여름 습기처럼 눅눅하게 세상을 지배했고 청춘의 어깨 위엔 내내 먹구름이 걸려 있었다. 이십대의 그는 어느 날 신촌 제2백양로의 H 레코드 가게에 들른다. 거기서 이 최신 LP 한 장을 골라 든다. 그리고는 전경들이 늘어서 있는 신촌역을 지나 집으로 가는 지하철을 탄다. 오늘만큼은 발걸음이 무겁지 않다. 그의 머릿속은 지금 손에 든 둥근 물건의 소리를 상상했기 때문이다. 집에 도착하자마자 롯데 파이오니아 전축 앞에 앉는다. 오늘부터 주인이 된 그의 손 위에서 난생처음 모습을 드러낸 LP. 온몸에 미세한 나이테를 품은 채 검은 빛으로 반짝인다. 세상의 첫 운동을 시작한다. A면이 끝나면 B면으로 몸을 뒤집어준다. 길어야 도합 40여분 남짓이다. 모두 마치면 브러시나 천으로 닦은 뒤 조심스럽게 슬리브에 넣고, 그것을 또다시 재킷 속에 넣은 뒤 LP장에 꽂아 둔다. 다도(茶道)*를 연상케

---

* 차를 달이거나 마실 때의 방식이나 예의범절

하는 다소 경건하면서도 불편하기까지한 이 과정. 이것은 유희인가 운동인가 노동인가? 몇 번이나 반복했을까? 주인은 마음에 들었던 만큼, 셀 수 없을 만큼, 그야말로 닳도록 음을 재생시켰을 것이다. 음악을 담고 있던 물리적 매체의 물성(物性)은 감가상각(減價償却)이 된다. 그럴수록 감각(感覺)도 상각되는 것일까? 언젠가부터 그 LP는 선택받지 못한 채 구석에 꽂혀 있는 날들이 늘어 갔다. 그러더니 아예 장식이 되고 말았다. 물론 그는 이따금씩 생각난 듯 꺼내서 LP를 닦기는 했을 것이다.

하지만 새로운 라면에는 속기 쉽다고 했던가? 세상의 무수한 음악만큼 새로운 LP는 언제나 강렬한 유혹이었다. 어느새 원래 지니고 있던 오래된 것은 예전만큼은 찾지 않게 되었다. 너무 익숙해서 부러 꺼내 듣지 않아도 안다고 생각했으니까. 그렇게 오래도록 남을 소리가 있다. 몸이 외운 소리. 제목만 들어도 파블로프의 개처럼 조건반사적으로 흥얼거릴 수 있는 노래나 멜로디 같은 것. 이제 그의 몸이 매체가 된 것일까? 그가 차곡차곡 쌓아온 사람들과의 인연도 그러했다. LP에 묻은 먼지처럼, 그 인연도 그의 생에서 흡착과 이탈을 반복했을 것이다. 한때는 가장 많이 찾고, 그래서 익숙해서 서로 잘 안다고 생각했고, 그러더니 언제부터인가 자연스럽게 연락이 뜸해졌고, 차츰 보지 않게 되고, 결국 인연이라는 명분으로만 남았을지도 모른다. 이제는 주소록 속에서나 전화번호로만 겨우 존재하게 된 이름들. 그 번호를 마지막으로 눌러본 적은 대체 언제였을까? 그러기 위해서는 '느닷없음'을 감수해야 하고 '언제 한 번' 혹은 '조만간'의 용기를 내야 하는데, 실제로 실천에 옮긴 적은 거의 없다. 그 이름들이 어느 날의 꿈속에 나오기도 한다. 혹은 보잘것없는 계기, 사소한 물건 등을 통해 불현듯 연상되는 것이다. 마치 몸속 어딘가에 그 이름이 새겨져 자리잡고 있던 것처럼 말이다. 오감의 기억 중 그 어떤 하나라도 대상에 관한 관계를 여전히 품고 있었기 때문일까?

시간이 흘렀다. LP, 카세트테이프, CD, 그리고 MP3를 거치며 물리적 매체의 시대는 서서히 막을 내렸다. 스트리밍 음원이 음악의 새로운 이름이 된 지도 오래다. 음악은 더 이상 내가 가질 수 있는 것이 아니다. 아니 그럴 필요가 없는 것이 되었다. 소유가 아닌 소환의 결과물일 뿐이다. 방대한 스토리지 서버에 있는 노래를 언제 어디서나 불러내기만 하면 된다. '그때 그 자리'에서 '오직 그것'을 통해서만 누릴 수 있었던 불편은 더 이상 낭만의 미덕이 되진 못한다. 가지고 있는 게 그것밖에 없어서, 하릴없이 닳고 늘어지도록 꺼내 들었던 음악? 그런 건 이제 더 이상 없다. 안타깝지만 원본의 유일성이 음악의 가치를 키워주진 못하는 것이다.

많은 시간이 흘렀고, 매체의 변화를 겪는 그 사이, 어느 덧 그도 중년기의 후반에 접어들었을 것이다. 신촌에서 구입 했던 젊은 날의 '신상 LP'는 이제 그처럼 완벽한 중고가 되었을 것이다. 한동안 잊힐 것이다. 매끈한 빛을 잃고 바래진 재 킷에는 먼지가 내려앉아 있을 것이다. 쓸모를 잃은 채 가만히 집안 구석 LP장 속에 잠들어 있던 그것. '나도 한때 음악을 들었다'던 '뮤직키드'의 몇 안 남은 증거랄까? 그리고 어느 날 에 생겨났을 생활의 다짐 혹은 변화의 계기. 그것은 한낱 오 래된 물건에 지나지 않게 된 LP를 중고 직거래장터에 내놓게 만들었을 것이다. 무쓸모의 물건을 더 이상 집안에 둘 여력이 없다는 안타까운 사연일 수도 있겠고. 그런 중고 LP 재킷에 적힌 누군가의 손글씨를 발견할 때가 종종 있다.

1986년 HMC에서 출시된 조반니&주세페 삼마르티니 형 제의 협주곡 음반도 그중 하나다. 재킷 우측에 독일어로 적 힌 메모는 내일에 대한 축원이었다. "1990.2.26. für Deine Zukunft!(1990년 2월 26일, 너의 미래를 위하여!)" 미래라는 이름 에 소유격이 어색하지 않은 시절. 젊음은 그 자신만의 미래 를 소유할 수 있다고 믿었을 것이다. 미래는 누구에게나 주어 진(다고 믿었던) 가능성이었으니까. 그때는 그런 꿈 정도는 품 을 수 있던 시절이었다. 베를린 장벽이 무너진 것은 불과 3개 월 전인 1989년 11월이었고, 통일이 이뤄진 것은 1990년 10월이었다. 불안과 흥분과 기대로 들썩이던 세기의 시간을 LP의 둥근 몸체는 고스란히 겪고 있었다. 서독에서 축원했던 미래는 통일 독일의 오늘이 되었다. 그리고는 어쩌다가 제3자인 내 손에 그 물건이 들어왔다. 그렇다면 선물을 주고받은 그들 사이에서는 이제 이 LP의 물성(物性)은 이미 사라진 것일 테다. 그럼에도 불구하고 우정의 신화를 애써 믿어 보기로 하는 것이다. 이를테면 되돌리기 힘들 만큼의 많은 시간이 흘러도 그때 나눈 우정만큼은 어딘가에 머물러 있다는 식으로. 지금은 서로가 닮은 점 하나 없이 너무 달라져 있고 설령 소식조차 알 수 없는 사이가 되었다 하더라도. 가끔 어디선가 흘러나오는 협주곡을 마주치게 될 때 두 사람의 마음은 시차와 물리적 거리를 두고서도 서로 연결되지 않을까 하는 식으로 말이다. 그 상상 덕에 지금의 나는 실체 없는 이 우정의 유일한 목격자이자 그 증표를 잠시 맡아 두고 있는 잠정적 관리자가 된다.

언젠가 당근마켓에서 얻게 된 〈페르귄트 모음곡〉은 1989년판이다. 이 재킷에도 역시 메모가 적혀 있다. "1991.8.27 오빠의 생일을 진심으로 축하하며 from 야마꼬". '야마꼬'가 누구일까? 그녀는 일본인? 그런데 한글을 이토록 잘 쓰는 것인가? 갸우뚱하다가 금세 알아차렸다. 뒤집어 읽으면 '꼬마야'. 여자가 한여름에 맞이한 남자의 생일 선물로 준 모양이다. 그녀는 남자보다 어린 데다가 키가 작았을지도 모르겠다. '야마꼬'는 그런 그녀에게 어울릴 만한 애칭이었을 것이다. 남자는 교회 오빠 혹은 과외 선생님 혹은 학교 선배였을지도 모르겠다. 뭐, 그냥 친오빠였을 수도 있겠지만, 이 상상은 한국적 현실 남매의 상황으로는 개연성이 다소 떨어지니 배제하기로 한다.

여하튼, 중년이 된 그 오빠에게도 오래된 물건들이 생겼다. 어느 날 그의 부인이 대신 처분에 나서게 됐을 것이다. (거래 장소인 A시 B아파트 정문 앞으로 문제의 이 LP를 들고 온 사람은 50대 남짓의 키가 큰 여성이었다.) 물건들을 정리하다가 LP도 눈에 띄었을 테고, 그 과정에서 여자는 문제의 LP를 보고 '야마꼬'가 누구냐고 웃으며 물어봤을지도 모른다. 남자는 그냥 '알았던 후배'라고 둘러댔을 것이다. 그다지 큰 이슈가 될 것은 아니므로, 이내 내보낼 물건들 속으로 그 LP도 무심히 분류되고 말았을 것이다. 저녁식사 후 남자는 아직 비울 때도 아닌 음식쓰레기통을 챙겨 나간다. 처리장 한 귀퉁이에서 서성거리며 담배를 피우는 사내 두엇. 엉거주춤 제각각 다른 곳을 보고 있다. 남자 역시 그 틈에 섞여 말없이 한 대 피워 올릴 것이다. 허허로운 연기 한 줄기가 밤하늘로 흐물흐물 퍼진다. 영락없이 그렇고 그런 아재의 몰골이다. '흡연금지' 표지판 앞에서, 그러거나 말거나, 그는 '옛 생각'에 잠시 젖을지도 모른다. '야마꼬, 아니 ○○이는 잘 지내고 있을까?' 어쩌다가 이 추억은 단돈 만 원에 남의 손으로 넘어간 것인가? 아무런 약속도, 의무도, 책임도 없이 봉인해 놓은 시간의 동굴 속에서 그는 잠시 자유로워진다. 그 순간 남자는 자신을 먼 여행 끝에 고향으로 돌아온 늙고 지친 페르귄트로 착각할지도 모른다. 늙어가는 남자의 자기연민은 수시로 남발되기 마련이므로.

이제 그를 떠나온 〈페르귄트 모음곡〉 LP 위에 잠정적 주인이 된 나의 먼지가 하나둘씩 내려앉을 것이다. 나의 시간이 그 위에 새롭게 흡착되어 갈 것이다. 또 얼마간의 시간이 흐르고 나면, 이 LP도 지극히 사적인 나의 먼지만을 품은 채 다른 누군가의 손으로 흘러갈지도 모른다. 그때의 나는 어떻게 돼 있을까? 멀 것 같지만 의외로 가깝고도 뻔한 예상에 이르고 보면, 마음이 조금은 아릿하다. 흘러온 시간은 지금 어디에 있는 것일까? 먼지가 그렇듯 사라지는 게 아니라 쌓이는 건 아닐까? 시간의 궤적은 한없이 앞으로 뻗은 직선이 아니라고 믿는다. 때문에 한때 마음에 품었던 시간은 여전히 먼지와 손때와 엉켜서 어느 자리에 뫼비우스의 띠가 되어 맴돌고 있겠지 싶은 것이다. 돌고 돌아 그 마음이 오늘의 마음이 되기도 한다. 흐르는 것은 시간이 아니라 마음일 뿐. 그 마음은 강물에 띄우듯 더는 붙잡을 수도 알 수도 없게 영영 흘려보낸 것일 수 있다. 한편으론 흐르고 흐르다 보니 결국 큰 바다로 모여드는 것처럼, 다시 돌아온 것처럼, 언젠가는 다시 만날 수 있는 것이기도 하다.

"사랑은 가도 옛날은 남는 것."

당장에 이별은 상대를 떠나보내는 것처럼 혹은 떠나온 것처럼 보인다. 하지만 결국 한때의 자기 자신을 떠나보내는 일이다. 그럴 때마다 생의 여권(passport)에 마음의 입출입(入出入)이 찍히는 것이다. 그 흔적들은 기억이든 감각이든 물건이든 어딘가에 남아 있다. 과거는 그냥 사라지지 않는다. 발아되지 않은 씨앗처럼 거기 머물러 있다. 어쩌면 지금보다 더 먼 훗날에 꽃과 열매를 피우게 될지 모를 일이다. 밀란 쿤데라가 통찰한 바 "미래는 진공이며, 과거만이 삶으로 가득할 것"이기 때문이다. 우리는 과거와 현재를 동시에 산다. 미래를 위해 산다는 지금의 삶은 지나온 즉시 과거가 되고 마는 현재를 바꾸기 위한 것일 뿐. 한때 서로 사랑했으나 지금은 그럴 수 없게 된 사람들이 최선을 다해 오늘을 살려고 하는 이유는, 모든 것을 걸었던 사랑의 과거를 후회하지 않기 위함이다. 그렇다면 과거란 고정불변의 것이 아닌 게 된다. 과거를 바라보는 시선과 태도의 변화는 언제든지 가능하기 때문이다.

추억이란 그런 것이다. 수없이 쌓아온 과거의 흔적들, 그에 관한 기억들을 추리고 추려서 편집하는 행위다. 때론 각색이나 윤색도 마다하지 않는다. 그러다 보면—웃고 뛰놀던, 평범하지만 나 자신만으로도 단출하게 빛나던 나날들—그때가 화양연화였음을 깨닫고 만다! 그것을 미처 모르고 있었던 '그때의 나'는 적어도 '지금의 나'보다는 제법 괜찮았었다! 아직 세상에서의 쓰임을 채 입증하지는 못했으나, 미래라는 불확실하지만 유용한 가능성만은 품고 살던 시절이었기 때문이다. 추억은 자칫 아무것도 아닌 게 돼버릴 수 있는 지나온 생의 가치를 입증하는 데 필요한 알리바이가 된다. 그래서 부질없는 걸 알면서도 '그때'를 복기하고 그리워하는 것이다. 거꾸로 되돌려 기억을 편집하고 싶어하는 인간, '추억 회로'를 내내 돌리는 인간, 그가 바로 '호모 레트로액티쿠스(Home Retroacticus)'다. (물론 지구상에 존재한 적이 없는 인류다. 이 명칭은 순전히 내가 멋대로 만들어낸 것이니까.) 호모 레트로액티쿠스는 마르셀 프루스트가 말한 대로 '죽음으로부터 뒷걸음질치면서 계속 삶을 바라보는 인간'이다. 회고적이지만 퇴행적이지 않고, 쉽게 향수에 젖지만 비관에 빠지지 않는 인간이다.

물론 호모 레트로액티쿠스의 추억 회로도 수명을 다하는 때가 찾아올 것이다. 추억 속의 주조연들과 더는 이 세상에서의 연이 닿지 않을 것이다. 이제 그의 추억은 오로지 그 혼자만의 것이 될 것이다. 그러다가 마침내 주인공조차 추억을 더 이상 복기하지 못할 때가 올 것이다. 바로 그때 '추억의 생애'

도 끝난다. 한 생의 시간이 품고 있던 씨앗의 생장은 영영 멈춘다. 소우주 하나의 평범하고도 특별한 소멸이다. 저기 광활한 우주의 수많은 애기무덤 하나로 돌아가는 것이다. 제법 살아봤다고, 늙었다고, 훌쩍 떠나왔는데, 우주에서는 이제 갓 태어난 먼지 하나일 뿐이다. 그 먼지들이 여기저기 날아다니며 오늘도 누군가의 LP 위에 내려앉을지도 모르겠다.

"사람은 가도 음악은 여전히 남는 것."

04

물생유전(物生流轉), 인생유전(人生流轉)

"나는 속표지에 적힌 글과 페이지 여백의 메모가 좋고,
다른 사람이 넘겼던 페이지를 넘기는 동지애가 좋고,
오래전에 세상을 떠난 누군가가 내 마음을
사로잡은 구절을 읽는 것이 좋아요."

—헬렌 한프, 『채링크로스 84번지』, 펭귄북스

지금으로부터 십여 년 전. 온라인 중고서점에서 리영희 선생의 『우상과 이성』(한길사)을 구했었다. 1980년 3월 10일자 증보 1판. 책 표지를 넘기고는 이내 가슴이 서걱거렸다. 속표지에 파란 볼펜으로 누군가가 적어 놓은 손글씨 때문이었다. "이대 문리대 인문계열 1-A 송OO, TEL: 75-3420". 손글씨

의 주인에 관한 정보. 새로운 팔십년대, 새로운 봄을 맞이해 OO는 새 마음으로 이 새 책을 직접 샀을까? 어쩌면 선배로부터 선물 받았을지도 모르겠다. 그게 더 가능성 높은 추론이다. 당시의 책이란 게 그랬다. 책을 매개로 선후배 관계 이상이 만들어지곤 했었으니까. 음험한 권력은 그것을 '의식화'라고 불렀다. 책 한 권이 당장 삶의 쓸모를 가져다주지는 못했다. 하지만 인생의 좌회전 내지 유턴 정도는 거뜬히 거들었던 시절이었다. OO는 입시지옥의 몽매에서 이제 막 깨어난 새내기였을 것이다. 어쩌면 이 책을 보며 앎의 다짐과 내일에 대한 희망을 새겼을지도 모르겠다. 저자는 자신의 글들이 "이 사회에서 하루 속히, 읽힐 필요가 없는 「구문(舊聞)」이거나 「넋두리」가 되어버리면 싶은" 마음을 담은 서문을 적었다.

책이 출간된 1980년 봄은 한국현대사의 분수령이었다. 지난해 가을, "가면을 벗지 않은 우상"으로 영원히 계속될 것만 같았던 유신 독재는 대통령 박정희의 암살로 급작스럽게 막을 내렸다. 새해가 시작되면서 정치권과 시민사회, 학원은 저마다의 셈과 전망으로 분주했다. 봄은 본디 만물의 새로운 시작과 다짐이기도 한 바, 세상도 마찬가지였다. 이른바 민주회복을 꿈꾸던 '서울의 봄'은 그렇게 찾아왔다. 이제 서문의 바람대로 "그 정도의 이야기는 상식에 속한다"고 할 만한 시대가 오는 것인가?

그러나 상식의 시대는 오지 않았다. 봄은 언제나 짧고 그만큼 야속했다. 춘래불사춘(春來不似春), 계절은 봄이었으나 시절은 봄 같지가 않았다. 5월 15일 대학생 시위대의 '서울역 회군' 이후 상황은 심상찮게 변했다. 야당과 재야는 정국을 관망하자며 바짝 엎드렸다. 학생들은 일보 후퇴하여 훗날을 도모했다. 5월 17일 OO의 모교 이화여대에서 '전국대학총학생회장단 회의'가 열렸다. 그 사이 전두환 신군부는 국무회의를 겁박해 '5.17 비상계엄 전국확대조치'를 감행했다. 김대중, 김종필을 비롯한 주요 정치인사 체포와 전국 약 2,700명의 '불온세력'에 대한 예비검속이 진행됐다. 그 일환으로 그날 저녁 이대 회의장을 군인들이 급습했다. 전국 55개 대학 95명의 학생대표들은 짐승처럼 끌려갔다. 그렇게 봄은 순식간에 사라졌다.

이제 OO에게 이 책은 두려운 물건이 되었을 것이다. 이미 1977년 저자 리영희의 반공법 위반으로 한 차례 금서가 된 『우상과 이성』 아니던가? 그랬다가 80년 '서울의 봄'을 맞아 해금되어 3월 대학 개강 시즌에서야 다시 나온 것이다. "(1977년 11월 1일자) 초판이 출간 20일 만에 금지도서가 되었으니 증보판이 사실상의 초판인 셈이었다."(표정훈) 즉 OO가 손에 넣은 『우상과 이성』도 합법적 증보판 중 한 권이다. 이 책은 1980년 5월 비소설 부문 베스트셀러 1위에 올랐다. 예나 지금이나 수상한 시대는 유효적절한 마케팅 요소가 되는 법. 동시에 베스트셀러가 하루아침에 다시 금서가 되는 천지개벽이 온 것이기도 했다. 그래서 『우상과 이성』은 OO의 책꽂이 어딘가에 깊숙이 숨겨졌을 것이다. 책은 한동안 OO의 불안한 얼굴을 목도했을 것이다. 혹은 울분에 찬 OO의 눈을 밤새 마주했을지도 모른다. 오직 책만이 알고 있을 것이다. OO의 그해 봄날을.

그런 상상 속의 우여곡절을 거치며 내 손에 들어온 『우상과 이성』은 아끼던 후배 A에게 선물로 주었다. 후배는 1980년생. 80년도에 출간된 책이 80학번 첫 독자의 손을 거쳐 삼십여 년이 흐른 뒤 결국 80년생과 만나는 물생유전(物生流轉)이라니! 묘한 기분이 들었다. 그 세파를 겪고도 활자와 종이는 의연히 남아 있었으니까. 오래된 물건이 감동을 주는 이유는 무엇일까? 단지 오래됐다는 가치(value) 때문만은 아니다. 희소성에 의해 널뛰는 가격(price)이라는 세속적 잣대 때문은 더더욱 아니다. 오래된 물건은 애초 그 물건을 지녔던 어느 씨(氏)의 시선과 손길을 떠올리게 하기 때문이다. 시차를 둘지언정 한때 같은 대상을 바라보고 냄새 맡고 만졌을 씨의 감각은 망망대해 인드라망의 구슬과도 같다. 서로를 비춘다는 이 구슬은 이미 사라져버린 씨의 한때를 나에게 상기시키는 것이다. 그리하여 나는 오래된 물건을 통해 하나의 푼크

툼(punctum: 보편적 지식이나 이해로 찾아오기보다 개인의 무의식, 경험 등에 의해 일순간에 다가오는 어떤 깨달음)을 얻게 된다. 무언가 닿아 있다는 느낌? 접속이랄까 접촉이랄까 연결이랄까? 이미 소멸됐거나 어느 지점에서 멈춘 채 물리적 매체 안에 머물러 있던 시간이 순식간에 나에게로 찾아오는 것이다. 무엇으로든 오래된 시간과 나와의 관계가 만들어지는 것이다.

여기 헌책 한 권이 있다. 빛이 바랜 표지, 누렇게 뜬 책장, 닳고 닳은 모서리, 그리고 묵은 종이 냄새, 세상에서 사라진 주소와 전화번호. 이는 오직 시간만이 보유한 고유의 기술로 무심히 만들어낸 작품처럼 다가온다. 거기에 책을 읽고 간직했던 누군가의 손길이 보태진다. 그러므로 내 손에 쥐어져 있는 한 권의 책은 물생유전(物生流轉)인 동시에 타인의 인생유전(人生流轉)을 말해준다. 어떤 사물에 깃든 시간을 읽는다는 것은, 그 시간이 '나'라는 개인과 마주치는 단수(單數)의 것이 아니라 '여럿'의 시간이 중첩적으로 쌓이고 얽힌 복수(複數)의 것임을 깨닫는 것이다. 내가 누리고 있는 이 시간이란, 나 혼자서만 별쭝나게 잘나서 획득한 것은 아니라는 새삼스러울 것 없는 자각도 함께 말이다.

지금은 60대에 들어선 OO에게도 청춘의 시절이 있었다. 그러니까, '먼저 온 세대'인 OO이 못마땅하게 바라보고 있을 '다음에 온 세대'인 요즘 20대의 모습은 한때 자기 자신의 것이기도 했다. 역사란 늙음과 젊음, 늙은이과 젊은이가 함께 들어 있는 모래시계를 뒤집는 과정의 연속이다. 늙음은 자신을 비우고 사라지며 새로운 젊음으로 쌓여간다. 젊음은 늙음으로 속절없이 향하게 마련이다. 각자가 그동안 서 있었던 곳, 앞으로 서 있게 될 곳이 실은 시차만 달리할 뿐 같은 곳임을 서로 알게 될 것이다. 결국 역사라는 것은, 각 시대의 국면이 지닌 구체성의 구슬로 서로 다르게 흩어진 듯하지만, 보편성이라는 실로 함께 꿸 수 있는 목걸이와 같다. 시인 백무산은 '역사는 강물처럼 흐르지 않으며 단절의 꿈이 역사를 밀고 간다'고 했다. 물론 그 단절은 차단이 아니다. 보이지 않을 뿐, 시간의 실타래에서 풀려나온 가느다랗고 질긴, 끊기지 않는 희미한 실 한 오라기쯤의 인연이 기어코 남아 있어서다. 그렇게 시간은 오래 지속된다. 아마도 그때의 나는 리영희 선생의 오래된 헌책 한 권보다는 시간의 실오라기를 후배에게 건네고 싶었는지도 모르겠다.

"나는 어렸을 때 죽음을 알았고
나는 늙었을 때 생(탄생)을 알았다.
거꾸로 산 것이다."

—이어령, 『눈물 한 방울』, 돌베개

꼰대를 위하여

나, 30여 년 전 별난 괴물 취급받던 신세대이자 X세대도 어느덧 무르익은 기성세대가 되었다. 그러자 원치 않는 정체성도 덤으로 생겨났다. 세칭 '꼰대'가 그것이다. 선배 세대에게 '싸가지없는 요즘 것들'로 불리며 한때 되바라지기까지 했던 우리들 역시 돌고 돌아 얻게 된 필연의 꼬리표다. 좀 억울하기는 할 것이다. 몸만 늙어간다 뿐이지 마음은 아직 그대로인 것만 같았는데. 대체 어쩌다가 이렇게 됐지? '마음은 아직 그대로라고요?' 그 마음이 바로 '착각'이고 그것이야말로 '꼰대의 마인드'라는 답이 되돌아올 것이다. 꼰대라는 꼬리표가 결코 달가운 것은 아니니 피할 수는 없을까 전전긍긍한다. 후배 세대의 눈치를 보는 건 물론이다. 그러다가는 '후배 권력 때문에 기를 못 펴고 산다'며 분통을 터트리기도 한다. 한 가지 분명한 사실은, 어쨌든 세상은 후배들, 그러니까 '나중에 온 자들' 중심으로 결국 돌아가게 마련이라는 것. 사회 문화이기 전에 자연 현상이며, 당위이기 전에 존재의 법칙이기 때문이다. 그래서 '꼰대 탈피법' 같은 조언이나 해결책을 구하곤 한다. '입은 닫고 지갑은 열어라!' 대표적으로 회자되는 자조적인 지침이다. 그도 아니면 대부분 수행에 버금가는 격언적 지침이 주를 이룬다.

> "대뜸 상대의 나이부터 따져 묻지 마라."
> "'요즘 애들', 'MZ들'처럼 상대를 뭉뚱그려 대상화하는 표현을 쓰지 마라."
> "'나 때는 말이야, 내가 너만 했을 때' 같은 회고조로 이야기를 꺼내지 마라!"
> "상대가 고민하고 궁금해하는 것이 아니면 먼저 설명하려 들지 마라!"
> "세상 모든 정답을 다 아는 것처럼 굴지 마라!"

이제 마음을 다잡고 실천하려 해본다. 하지만 막상 현실에 부딪히면 그게 어디 쉬운가? 오늘도 사회 곳곳에서 마주치는 후배들의 오류와 실수는 쉽게 눈에 띈다. 그러니 벌써부터 입이 근질근질해지는 것이다. '이건 도무지 그냥 넘길 수가 없겠구나.' 그리하여 충조평판(충고·조언·평가·판단) 레이더는 어김없이 작동된다. 어느새 '이런 얘기 안 하려고 했는데 말이야'로 시작하는, '이런 얘기'를 하고 있는 것 아닌가? 해도 후회 안 해도 후회, 끝나고 나면 영 개운찮고 마음의 앙금만 남는다. 듣는 후배의 기분은 말해 무엇하랴. 그리고 선배는 자문하기 시작한다. '꼰대가 되는 걸 피할 수 있을까? 아니, 피할 수 없다면 대체 어떻게 해야 하는 것일까?' 이 난제를 풀기 전에 생각의 시작을 달리 해봐야겠다. 원인과 현상을 파악해두면 해결의 실마리도 지금보다는 더 잘 보일 테니까.

(1) 몸의 변화

우리 몸의 세포는 늙거나 사라진다. 나 자신이었던 것이 나 자신으로부터 하루하루 멀어져 간다. 이제 더 이상 몸은 내 마음대로의 것이 아니다. 하지만 그럴수록 몸은 내가 지닌 것 중에서 가장 예민하게 살아 있는 그 무엇이 되어 간다. 나이들수록 내가 곧 몸이고 몸이 곧 나다. 역설적이다. 내 뜻대로 되지 않기에 '그것'의 존재나 가치가 되려 부각되니 말이다. 그런 몸으로 대화를 하다 보면 언젠가부터 쉽게 답답함을 느끼고 나도 모르게 순간 목소리가 커진다. 상대방이 자신이 느낀 바대로 이해하고 따라올 거라는 근거 없는 착각이 깨지기 때문이다. "아니, 알 만한 사이끼리 콩떡처럼 얘기하면 왜 찰떡같이 알아듣질 못하는 거야." 자신이 콩떡은커녕 개떡처럼 불친절하게 얘기한 걸 모르는 채로 말이다. 차분히 말하기는 귀찮고 천천히 듣기엔 인내심은 바닥이니, 이제는 서로 요점만 파악하고 싶어진다. 이날 이때까지 살아온 깜냥으로 세상 물정을 다 안다고 생각하기 때문에 자꾸 그런다. 그렇게 타인의 욕구와 감정, 논리와 사연을 차분히 듣고 읽어내는 일이 점점 어려워진다. 반면 내 몸은 불편해지고 쉽게 다칠까 두려워 보호본능이 앞선다. 육감은커녕 오감마저 예전만 같지 않으니, 조급증만 생기고 타인의 평범한 언행에도 쉽게 짜증이 난다. 결국 몸에 갇혀 나 이외의 밖을 보지 못한다. 앞서 '마음만은 옛날 그대로'라고 했으나, 이미 변해버린 몸과 함께 마음도 변해버린 게 맞다. 젊을 때 오지 않는 미래로부터 불안을 느꼈다. 그래도 선배들이 겪은 미래와 내 것은 다를 거라고 여겼다. 어느 날 미래로 손을 내밀 때 거기엔 나를 위한 무언가가 있을 거라고 생각했다. 그런데 막상 손을 내미니 이제 아무것도 없고 어느새 빈손을 쥐고 사는 기분. 그것이 나의 오늘이다. 거울 속에는 망연자실한 채로, 어제보다 늙은 내가 서 있다. 그렇게 이제 막 또 하나의 새내기 꼰대가 탄생하고 있는 것이다. 이때 필요한 것은 '지금의 나'는 '예전의 나'가 아니라는 자기 직시, '지금'은 '그때'가 아니라는 현실 직시뿐이다.

⑵ 상징권력 시스템

  ⓐ 사회적 시간의 경과에 따라 누적된 경험과 높아진 지위
   가 권력이 된다.

  ⓑ 자신이 상대보다 지위가 높으므로 자신의 생각이 옳다고
   교묘히 강요/설득한다.

  ⓒ 이를 통해 결국 관철시킨 현실을 자기 경험의 입증된 타
   당성이라고 착각하거나 내세운다.

  ⓓ 그럼으로써 더욱 공고해지는 지위를 밑바탕 삼아 자신의
   생각을 더욱 강요/설득한다.

ⓐ부터 ⓓ의 국면을 순환반복 하면서 시스템적 꼰대는 자라
난다. 자연스럽게 상징권력(symbolic power)이 형성되고 반복
되는 과정에서 더욱 공고화된다. 이를테면 A 팀장은 팀원들
을 모아 놓고 자유롭게 신사업 아이디어를 내보라고 한다. 팀
원 B, C, D는 아이디어를 쥐어 짜낸 끝에 주뼛거리며 의견을
제시한다. 그럴 때마다 A 팀장은 자신이 경험했던 사례와 현
실적 제약을 들어 아이디어를 하나둘씩 물리친다. 은연중에
자신이 원하는 답의 윤곽을 들이민다. 경험 부족과 리스크에
대한 두려움으로 확신이 없는 팀원들은 마지못해 수긍을 하

거나 동의를 하게 된다. 채택된 팀장의 아이디어로 신사업은 진행된다. 그래 봐야 성공 대 실패, 각각 50%의 확률이다. 성공했을 경우 '역시 팀장님'이다. 실패했을 경우 팀 전체가 치르는 '불가피한 수업료' 선에서 그친다. 자신의 퇴로를 확보해 놓은 참 편리하고 안전한 조직 운영법이다. 하지만 왜 팀원들은 팀장처럼 50%의 확률로 자신의 아이디어를 실현할 기회를 갖지 못하는 것일까?

이후부터 팀원들은 새로운 아이디어 내는 데 시큰둥하다. 어차피 아이디어를 내봐야 A 팀장의 생각대로 갈 것이고, 설사 원안이 채택되어도 그 실패의 책임은 고스란히 자신이 져야 할 것만 같아서다. 그러므로 괜히 피곤해지기만 할 뿐인 새로운 생각은 더 이상 하지 않기로 한다. 그 무렵 신입사원 E가 들어왔다. 패기만만하고 의욕 넘치는 E는 자신만의 아이디어와 개성으로 회사생활을 의욕적으로 시작하고 싶어한다. 하지만 팀원 B, C, D는 하나같이 이를 못마땅하게 여긴다. 싹을 자르려고까지 한다. 후배인 E가 자신들이 그동안 힘들게 버텨가며 겨우 서 있던 계단 바로 아래에 올라서려 하기 때문이다. 이 계단까지 올라오기 위해 바쳤던 시간을 이렇게 넘겨줄 수는 없다. 그러자 선배들의 생존본능(공격본능+방어본능)은 후배 E를 가르치기는커녕 '싸가지없는 놈'으로 낙인 찍고 공공연히 조리돌림을 하는 데 이른다. 하지만 선배들은 그

때는 미처 몰랐다. 자신이 잘 키운 후배가 한 계단 올라설 때마다 선배인 자신은 그만큼 저도 모르게 이미 한 계단 이상 올라서 있었다는 것을. 결국 선배 팀원 B, C, D는 팀장 같은 상사가 구축해 놓았던 상징권력의 체계를 고스란히 물려받는 동시에 더욱 공고하게 다진다. 막내 E는 젊은 꼰대들 B, C, D의 시스템 속에서 그렇게 지쳐만 간다. 체념과 포기는 빨라진다. 그도 얼마 있지 않아……

(3) 꼰대의 법칙

사회가 젊게 돌아가야 한다고 해서 모든 어른이 젊은이의 유행 코드를 흉내내고 다닐 수는 없다. 아이가 어른 흉내를 내는 세상은 슬픈 곳이지만, 어른이 아이가 돼버리는 세상은 퇴행의 장이다. 어른은 어른다워야 한다. 그들에게 주어진 시간의 무게에 걸맞은 역할을 해야 한다. 축적된 경험과 노하우, 지혜, 통찰로 '나중에 오는 자들'이 시행착오를 덜 겪게 하기 위한 가이드를 제시해야 한다. 더 좋은 결과를 내오기 위한 시스템을 위해 기꺼이 그 밑돌이 돼야 한다. 서두에 밝혔듯, 이제는 '중견 꼰대'에 속할 지금의 내 또래 중년도 한때는 선배 꼰대들에게 '싸가지없는 요즘 것들' 소리를 들었다. 하지만 선배 꼰대들이 만들어 놓은 상징권력 시스템 속에서 성장하고 다시 이를 재생산하는 과정을 통해서 후속 꼰대가 되어 오늘에 안착한 것이 아니던가?

인정할 것은 인정하자! 세상 모든 늙어가는 존재는 결국 '꼰대'로 수렴된다. 문제는 그 속도다. 꼰대화가 진행 중인 스스로에게 저항하는 노력을 하지 않는 한 꼰대 가속화 경향은 심화된다. 이 '만유 꼰대력의 법칙'이 이끄는 속도를 피할 수 없다면 완화책이라도 찾아야 한다. 노화 방지에 들이는 공의 1할이라도 써 보는 것이다. 일단 앞뒤로 꽉 막힌 사람은 되지 말아야 한다. 열려 있는 사람이 되어야 한다는 소리다. 세로로 여닫는 건물의 창문을 생각해보라. 아무런 장치 없이 열었다가 놔두면 중력의 법칙에 의해 금세 닫힐 것이다. 그럴 땐 창문이 계속 열려 있도록 단단히 받쳐주는 버팀쇠가 필요하지 않던가? 결국 나에게도 그런 버팀쇠 같은 존재가 필요하다. 하지만 누구랄 것도 없이 바로 나 스스로의 단련을 통해서만이 나를 지탱할 수 있다. 나이 들고 지위가 높다고 해서 나를 다스리거나 지킬 수 있는 능력이 저절로 생겨나는 것은 아니다. 후배 앞에서 편하게 늘어지고 책임과 의무를 방기하려는 순간 그 버팀쇠는 풀어질 것이다. 문이 쾅 닫히고 마는 것이다. '너만 한 때'라는 말을 내뱉기 전에 '너만 한 때'의 내가 겪었던 좌충우돌의 시간을 먼저 떠올려야 한다. 그러고 나면 그때의 나도 지금의 너와 다르지 않았다는 생각이 필시 들게 마련이다. 거기서부터 상호이해의 출구가 보일 것이다.

⑷ 권위란 무엇인가?

그도 세상을 더 살기 위해서는 어떻게든 자신의 무언가를 열어야 한다는 것 또한 잘 알고 있다. '열리다'와 '막히다'가 공존하는 이 형용모순은 스스로가 감내해야 한다. 그리하여 '열린 꼰대'라는 타협점을 찾기에 이른다. 열린 꼰대라? 이를테면 실력과 철학이 뒷받침된 고집이 있으므로 결국 배울 게 있는 사람? '그때의 나는 맞았어도 지금의 나는 틀릴 수 있다'는 것을 인정하는 사람? 말보다 실천으로 경험과 지혜의 타당성을 입증하는 사람? 혹은 혜안이 있는 '츤데레'로 이해해도 될까? 이들의 공통점은 하나다. 드러난 양상은 저마다 다를지언정, 결국 자신의 분야에 관한 '권위'*를 지니고 있다는 것. '자신의 분야'라고 특정 짓는 것은 세상에 '먼저 온 사람'이 '나중에 온 사람' 인생 전체의 선배가 된다고 확언할 수는 없기 때문이다. 지위가 높고 나이가 많다고 하여 상대에 대한 인격적 지배가 반드시 성립될 수는 없기 때문이다.

'정치'와 '정치적'인 게 다르듯, '권위'와 '권위적'인 것은 사뭇 다르다. '권위'를 리더십의 근간이라고 한다면, '권위적'은 꼰대의 근간이 된다. 회사처럼 위계질서가 분명한 곳에서 누군가의 선배로서, 상사로서 쥐꼬리만 한 권력이라도 지니고

---

* 권위의 사전적 의미 : ① 남을 지휘하거나 통솔하여 따르게 하는 힘 ② 일정한 분야에서 사회적으로 인정을 받고 영향력을 끼칠 수 있는 위신

있을라치면 리더십은 필히 갖춰야 한다. 책임과 의무에 걸맞은 더 많은 혜택과 보상을 받기 때문이다. 여기서 리더십과 꼰대의 차이는 확연히 드러난다. 리더십이 말보다는 실천을 통해 상대로부터 권위를 부여받는 것이라면, 꼰대는 권위를 달라고 본인이 상대에게 요구하고 조르는 것이다. 리더십이란, 자발적 팔로우십을 기꺼이 끌어낼 수 있는 '권위'와 동의어다. '권위'는 담담하게 피어나는 꽃과 같다. 열린 꼰대는 요란하게 자신을 내세우지 않는다. 한결같이 성실하며 치열하다. 자신에게는 단호하면서도 타인에게는 관대한 자의 표면을 갖고 있다. 그는 적어도 과시, 인정, 지배 욕구에 시달리지 않는다. 타인의 시선이나 단기적 평가에도 전전긍긍하지 않을 것이다. 동서고금 존경받았던 선배들은 예외 없이 그랬다. 그들의 말과 글은 결국 부끄럼 없는 당당한 삶으로 입증됐다. 그러기에 죽고 나서도 여전히 권위가 있었다. 그럴 때 '담담히'와 '당당히'는 같은 맥락의 것이 된다.

아무리 봐도 내 주위에 타산지석이 없으면, 그 흔한 반면교사를 찾으면 된다. 두고두고 회자된 故 채현국 선생의 일갈을 이렇게 빌려 쓰면 어떨까?

"선배들이 저 모양이란 걸 잘 봐 두어라!"

06

마음의 소리: LP를 듣다가

1.

생전에 나의 할머니는 당신이 난생처음 텔레비전을 접했던 때를 회고하시곤 했다. 육남매 중 첫째인 나의 아버지는 60년대 중반 직업 군인으로 월남에 파병되었다. 임무를 마치고는 여느 '월남 용사들'과 마찬가지로 진기한 선물들을 바리바리 싸가지고 귀국했는데, 그중 하나가 TV 수상기였다. 그리하여 당시 무등산 산자락에 자리잡은 동네에서는 최초의 '테레비' 보유 가구가 되었다. 당신은 그 검고 커다란 상자가 너무 신기해 한동안은 볼 때마다 말을 거셨단다. "여보쇼, 잘 주무셨소잉?" 인사를 건네면 대꾸를 하듯 정말 그 안에서도 사람들이 나와 말을 하더라는 것이다. 식사를 할 때면 그 좁디좁은 데서 밥도 안 먹고 웅얼웅얼 온종일 떠들어대는 사람들이 마음 쓰이셨다고. 내 집에 오는 손이라면 남녀노소 가릴 것 없이 밥상 위에 수저 한 벌을 더 놓고 대접하는 게 인지상정이었던 그 시절. 하지만 그 신기한 상자 속으로 밥을 건넬 방도는 없었다. 그래서 당신은 왠지 모를 미안함에 또 인사를 하셨다고. "난 먼저 밥 먹소잉, 지비도 자셔잉." 그러다 밤이 되고 검은 상자 속의 사람들도 퇴근을 했는지 사라지고 나면, 브라운관에는 당신의 모습만 거울처럼 비치더라는 것이다.

60여 년 전의 우스개 같은 일화다. 그야말로 호랑이 담배 피우던 고릿적 얘기처럼 아득하다. 요즘엔 당시 할머니 또래의 노인들도 TV는 물론이고 스마트폰까지 무시로 자유자재로 사용하는 세상 아닌가? 타임머신을 타고 가 그때의 할머니에게 스마트폰을 보여드린다면, 손바닥만 한 판때기로 전화도 하고 TV도 보고 사진도 찍고 노래도 들으니, 그 안에 귀신이 들어 있다고 기함하실지도 모른다. 스마트폰 같은 기기는 신의 피조물인 인간의 심신을 송두리째 저당잡을 만큼의 압도적인 힘을 지닌다. 제2의 신체기관이라 할 만큼 24시간 떼어 놓지 않고 살아가는 판국이다. 때문에 너무도 익숙한 나머지 할머니가 품었던 그 호기심 같은 게 요즘의 우리에게 생겨날 리는 만무하다.

하지만 턴테이블처럼 기호에 따라 특정인에 한해 사용하

는 경우라면 얘기가 달라진다. 스마트폰으로 어떤 노래든 당장 소환할 수 있는 세상에서, 턴테이블로 음악 앨범 하나를 다 듣는 데에 소요되는 수고로움은 남다르다. 덕분에 온전히 노래 하나에 집중할 수밖에 없는 순간이 보상처럼 주어진다. 같은 노래라도 새롭게 들린다. 그래서 익숙한 음악을 다시 천천히 되짚어가고 싶은 때, LP를 듣는다. 스스로 택한 불편함이자 효율 지상주의의 시대에 효과가 우위에 서는 경험이다. 감성비(感性費)가 가성비(價性費)를 능가하는 사례랄까? 이 경우 한 곡의 노래를 듣기까지의 그 기계적 작동 원리가 눈과 손에 비교적 잘 잡힌다. 그 과정은 오히려 인간적인 것으로까지 느껴진다. 그 연원을 거슬러 올라가면, 제 아무리 정교한 기계일지라도 최초에는 사람의 맨손이 있었음이 자명해진다. 토머스 에디슨(1847~1931)은 '1%의 영감과 99%의 땀'으로 지금 보기엔 장난감 수준의 원통형 축음기(phonogragph)를 1877년 세상에 선보였다. 이는 다른 발명가에 의해 지금과 유사한 원반형(gramophone)으로 발전되었고, 100년이 지나면서 상상을 초월할 만큼의 월등한 기계로 거듭나게 되었다. 이 소리 나는 기계를 낯설게 바라보기 시작하니, 어쩌면 나의 할머니가 옛날에 역시 품었을지도 모를 그 호기심이 새삼 생겨나는 것이다. 검게 빛나며 돌아가는 저 둥근 물체에선 대체 어떻게 소리가 나는 걸까?

2.

흔히 LP라고 불리는 지름 30cm짜리의 레코드(vinyl)를 종이재 킷에서 꺼낸다. 이것을 원판(platter) 위에 놓고 작동시키면 1분에 33회전(33과 1/3 RPM)을 한다. 이때 바 모양으로 생긴 톤암(tone arm) 끝에 달린 카트리지 바늘이 90도 각도로 레코드 위에 새겨진 홈(소릿골)을 따라 돌아간다. 소릿골은 얼핏 똑같아 보이지만 강약으로 구분돼 있고 그 차이가 각각의 소리값이 된다. 이때 강약에 따라 생기는 바늘의 진동을 카트리지에서 양(+)와 음(-)의 전기신호로 바꿔준다. 그리고 다시 이 전기신호를 소리로 바꾼 뒤 증폭하여 스피커로 출력하는 것이다. 예민한 바늘이 소릿골의 홈을 벗어나지 않고 제대로 안착하기 위해서는 톤암 끝에 무게추를 달아서 적당한 무게(침압)를 줘야 한다. 침압이 너무 약하면 바늘은 녹음 레벨이 높은 소릿골에서 튀어나와 제대로 된 소리를 얻지 못할 것이다. 반대로 너무 세면 소릿골을 쉽게 마모시킬 것이다.

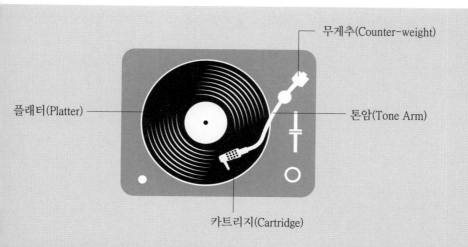

무게추(Counter-weight)

플래터(Platter)

톤암(Tone Arm)

카트리지(Cartridge)

소위 고급 리스너나 애장가들은 고사양의 고급 장비를 사용하는 것은 물론 치성을 드리듯 레코드를 대한다. 비눗물에 씻어 말리기도 하고, 수시로 꺼내어 전용 클리너로 닦아서 관리한다. 게으른 나로서는 언감생심의 경지다. 나는 그저 부드러운 브러시로 눈에 띄는 먼지를 닦아내는 수준이다. 딴에는 음악은 기술이 아니라 기분이라고 생각하기 때문이다. 하지만 정성을 다하는 만큼 바늘과 레코드의 수명이 그만큼 더 연장되고 좋은 소리가 나온다는 것쯤은 알고 있다. 물론 그렇게 한다고 해서 바늘과 레코드를 하염없이 쓸 수 있는 것도 아니다. 바늘은 일정 횟수를 사용해서 그 시한이 지나면 주저 없이 교체해야 한다. 아끼려고 하다가 닳아버린 바늘이 오히려 레코드의 소릿골을 손상시키기 때문이다. 반대로 먼지나 흠집으로 손상된 레코드가 멀쩡한 바늘을 더 빨리 상하게 만들 수 있다. 그런 레코드는 포기하는 게 맞다. 그렇다고 오래 보존하기 위해 레코드의 비닐 재킷을 덮은 채 자주 꺼내지 않으면 오히려 오래된 먼지와 정전기에 협착되어 그 수명이 오래가지 못한다. 이런 사람과 기계의 상호작용으로 인해, 이미 오래전에 사라져버린 시간과 가수의 몸을 떠난 노래는 LP라는 새로운 몸을 빌려 소리로 환생하여 오늘의 나를 찾아오는 것이다. LP 듣기란 '낭만적 여가' 이전에 기술과 정성, 선택과 포기가 반복적으로 교차하는 '즐거운 괴로움'의 과정이다.

3.

누구에게나 똑같이 주어진 하루 24시간. 그 루틴 속에서도 만인만색의 마음이 존재한다. 이 세상에 같은 사람은 없기 때문이다. 한 사람의 생애를 음악에 비유한다면, 그는 자신의 이름으로 된 세상에 하나밖에 없는 레코드를 만들어가는 것이다. 시간이 만든 무수한 사연, 그로 인한 다채로운 감정의 강약이 그 레코드에 새겨진다. 그때마다 마음의 홈이 생기게 마련이다. 그것을 '마음골'이라고 친다면, 거기서 흘러나오는 것은 '마음의 소리' 아니겠는가? 소통이란 무엇인가? 타인인 내가 바늘이 되어 상대방의 마음골에 들어가 마음의 소리를 이끌어내는 것. 근사(近似), 가까워지면서 비슷해지는 상태. '근사한 바늘이 되고 싶다. 타인의 마음골을 따라 제대로 움직이는. 근사한 소리를 언젠가는 듣고 싶다. 바늘과 마음골의 합일을 통해 생겨나는.' 그런 요원한 꿈을 아직도 꾸고 있는 중이다. 그 꿈을 실현하기 위해선 무엇을 해야 할까?

바로 마음을 배우고 기르는 일부터다. 한 사람의 마음은 기분 이전에 삶의 태도다. 마음도 태도처럼 무수한 학습과 훈련을 통해 끊임없이 가꿔야 한다. 마음은 처음 생겨난 그대로 거기 머물러 있는 나무 같은 것이 아니다. 팔팔 살아 움직이며 뛰어다니는 짐승 같은 것이다. 마음은 흘러나오는 그대로 사용하거나 애써 누르거나 둘 중 하나다. 우리의 대부분은 후자일 것이다. 그 탓에 그리 길지 않은 생애 동안 제 마음을 제대로 쓰지 못한 채 살아간다. 그나마 쓴다고 하는 마음조차 시시각각 변하고 마는 것이니, 내 마음 나도 모른다. 그러니, 나 자신이 그렇듯, 상대의 마음 또한 그렇다는 것을 인정해야 한다. 그 예측불허성에 제대로 감응하는 것도 일종의 능력이다. 제 아무리 뛰어난 지능을 가지고 있다 하더라도, 이미 정해진 답을 지닌 컴퓨터처럼 일방향으로 읊어 대는 소통 방식으로는 어렵다. 상대의 마음을 끌어내기는커녕 오히려 닫게 만든다.

내 진심과 선의가 상대에게도 고스란히 전해지거나 받아들여진다고 보장하긴 어렵다. '나' 자신은 상대의 마음을 거르는 필터이자 가로막는 벽이기 때문이다. 서로의 사이를 건너갈 수 있는 다리 같다가도 한순간에 출입을 막는 바리케이드가 되곤 하기 때문이다. 비근한 예로 SNS 포스팅에 댓글을 주고받을 때가 그렇다. '사회관계망'에서 추구하는 '나를 드러내어 소통하기'이라는 목적이 무색하게, 일방적이고 무감각한 언어로 감정을 상하게 만들고 오히려 관계를 파탄내는 경우가 적지 않다. 그 광경을 지켜보노라면 '감성도 지능이다'라는 말이 어쩔 수 없이 떠오른다. 마음의 굴곡과 강약에 따라 바늘처럼 유연하게 조응하는 소통을 위해서는 그 마음골의 미세한 생김을 살펴야 한다. 하지만 그 무엇보다 나 자신의 자기 직시가 우선돼야 한다. 앞선 LP 듣기에 빗대자면, '나'라는 바늘의 상태부터 제대로 살펴야 한다.

과연 나는 어떤 바늘이었을까? 너무 오랫동안 무수히 사용해왔기에 익숙한 나머지 닳고닳은 것조차 모른 채로 지금껏 지내온 것은 아닐까? 그리하여 딴에는 마음을 쏟아붓고 있다는 나 혼자만의 '낡은 최선'으로 되려 상대의 마음골에 생채기를 냈을지도 모르겠다. 혹은 내 삶에 가해질 무게를 덜기 위해 이전보다 약해진 마음의 침압으로 상대를 가벼이 대하며 그의 마음골에 제대로 내려앉지 못한 채로 겉돌았을지도. 자아는 에고의 껍질로 덮어서 보호할 때가 아니라 LP 애장가의 그것처럼 자주 꺼내고 먼지를 닦아 돌볼 때라야 단련되고 단단해진다. 그러기 위해선 옛 모습 그대로의 과거에 집착해서도, 진공 상태의 무기력한 현재에 안주해서도, 유보된 장밋빛 미래에 막연히 기대서도 안 된다. 바늘처럼 낡을 대로 낡은 마음의 습성은 과감히 버리고 새로 장만해야 한다. 사람으로 인해 지치고 세상사에 시달려온 내가 과잉 발산한 자기 연민은 강한 침압이 되어 나의 바늘과 상대의 마음골까지 해친다. 그러므로 나의 삶은 침압의 균형을 유지하기 위한 끊임없는 분투의 과정이 될 것이다.

"너 자신을 알라." 소크라테스는 델피의 신전에 새겨진 저 유명한 문구를 빌려 자기 직시를 통한 영혼과 마음의 단련을 주창했다. 이는 우스개처럼 쓰이듯 혼자만의 주제 파악이나 겸손을 종용한 것은 아니었다. 상대의 눈을 바라보면 그의 눈동자 안에 마치 거울에 비춘 것처럼 나의 형상이 나타난다. 이른바 '눈부처(눈동자에 비치어 나타나는 사람의 형상)'다. 서로 똑바로 보기를 회피하는 순간 눈부처는 생겨나지 않는다. 각자의 진실, 서로의 마음에 귀 기울일 수 없게 됨은 물론이다. 모름과 앎의 경계 역시 스스로의 힘으로는 구분할 수 없다. 타인의 눈에 비친 나의 눈부처를 볼 수 있을 때라야 제대로 된 자기 직시가 이루어지는 것이다. 즉 자아 성찰이라는 내부의 눈과 타인이라는 외부의 눈, 즉 나를 비추는 이 두 개의 거울 사이의 균형 감각을 통해 '나'라는 변덕스럽고 모호하기 짝이 없는 형체를 제대로 파악해가야 하는 것이다.

그 과정은 LP를 다루는 것처럼 나 자신의 먼지와 흠결을 기꺼이 감수하고 자주 꺼내 닦고 관리하는 정성을 요할 것이다. 선택과 포기가 거듭되는 지난한 과정일 것이다. 그리하여 이분법처럼 딱 떨어지지 않고 매번 흐트러지는 세상사의 경계를 구분할 수 있는 지혜를, 그에 따라 자신이 선택한 결과를 인정할 수 있는 겸손과 용기를, 그로 인해 다시 새롭게 배우려는 태도를 끊임없이 키워 나가야 하는 것이다. 그것이야말로 '마음의 소리'를 제대로 들을 수 있는 비결은 아닐까?

07

다음 생엔 모으지 말아야지

"저, 허수경인데요. 혹, 〈갈매기 조나단〉이란 비디오 좀 빌려줄
수 있어요? 그때가 1990년 여름이던가. 시단을 온통 슬픔의 거름
으로 뒤덮은 젊은 여성 시인의 육성을 처음 들었던 때가. 오전 열
시 정도는 내겐 신새벽이므로, 나는 당연히 비몽사몽으로 전화를
받았다. 허수경? 시 쓰는 허수경씨요? 아이구 반갑습니다. 근데
…어쩌죠? 〈갈매기 조나단〉은 내 비디오 목록에 없는데. 그러나
그녀의 최초의 부탁을 거절할 수는 없었다. 또한 그건 유하 프로
덕션의 자존심 문제이기도 했다. 어떻게 한번 구해보죠. 뭐, 대신
술 한잔 사요."

—유하, 『이소룡 세대에게 바친다』, 문학동네(1996)

대학 시절부터 오랫동안 읽어온 이 산문집을 좋아한다. 그중

에서도 저 장면을 특히 좋아한다. 일단 시절이 시절이니만큼 '비디오', 즉 VHS 테이프라는 추억의 물체가 등장해서 반갑다. 게다가 이 비디오가 사람과 사람 사이를 오고가는 글자 그대로의 매체(어떤 작용을 한쪽에서 다른 쪽으로 전달하는 물체. 또는 그런 수단)로 변신하니 매력적이다. 일면식 없는 이의 부탁을 들어주기 위해 발품을 팔고, 약속을 잡고 직접 만나 건네주는 그 공수(工數)란 얼마나 인간적인가? 되돌려줄 때 어디 테이프 하나만 돌아오겠는가? 또 무언가를 얹어주겠지? 청했던 술 한잔하는 자리도 성사됐을 테고. 모르는 두 사람이 서로 알아가는 과정에 대한 기분 좋은 상상을 하게 된다. 유하는 문제의 비디오 '갈매기 조나단'(국내 공식 출시 제목은 〈갈매기의 꿈(Johnathan Livingston Seagull)〉(1973))을 구한 뒤 허수경과 만난다. 이후 두 시인의 인연은 20세기 말 한국 현대시단에 한 획을 그은 '21세기 전망' 동인(同人)으로 이어졌다.

나에게도 '박기원 프로덕션'이 있다. 근 20여 년을 넘게 모아온 천여 장의 DVD와 블루레이가 그것이다. 이 분야 '덕후'에 비하면 조족지혈 수준이지만, 일반 가정집에서는 제법 공간을 차지하는 분량이긴 하다. 전세살이로 남의 집을 몇 년마다 옮겨다니는 처지에선 이 거대한 물건더미가 애물단지 취급받는 건 당연지사. 지금은 단골이 된 이삿짐센터 소장님이 맨 처음 건넨 말이 잊히지 않는다. "전에 비디오가게 하셨나요?" 그 순간 나의 옛날 로망을 알아봐준 것처럼 반가웠다. 물론 그가 그런 의도로 건넨 말은 전혀 아니었겠지만. 정말 그랬다. 한때 나와 같은 X세대의 장래 로망 중에 '동네 비디오가게 사장님'은 '학교 앞 술집 사장님'과 더불어 단연 높은 순위에 있었다. 우선 가게에 혼자 앉아서 원하는 영화를 마음대로 실컷 보고 출퇴근 스트레스 없이 자신만의 시간을 가질 수 있을 것이다, 거기에 신작 정보를 알려주고 오래된 영화, 숨겨진 영화를 단골에게 골라주는 안목으로 적당한 지적 권위까지 뽐낼 수 있는 위치가 제법 멋있을 것이라고 멋대로 생각했지만, 실상은 물론 '비디오 연체 상습범'과 가게세에 시달리는 자영업자의 팍팍한 현실이 대부분이었다.

그 시절의 비디오는 극장과 더불어 문화적 향수(享受)의 주요 매개체였다. 동시에 일상과 일탈의 경계를 허물어트리는 여가였다. 오죽하면 〈비디오산책〉으로 시작해 지금까지 30년을 이어온 지상파 영화정보 프로그램명이 〈출발! 비디오 여행〉이었겠는가? 주6일제가 끝나는 토요일 저녁이면 다정한 사람들과 먹을거리를 사 들고 비디오가게에서 작품을 고르던 설렘과 긴장이 있었다. 물론 산책하듯 여행하듯 가벼운 마음으로 보고 싶다고 해서 뜻대로 되는 것도 아니었다. 최신 인기작이라면 경쟁이 만만찮았기 때문이다. 수요와 공급의 법칙이 그대로 적용됐다. 아무리 찍어내도 수요를 따라갈 수가 없었다. '대여중' 딱지가 붙은 채 비디오장에 뒤집어 있는 여러 개의 테이프를 바라만 보기 일쑤였다. 예약을 걸고 며칠 뒤 내 순서가 오기를 기다려야 했다. 지금처럼 대중이 한날 한시에 함께 '1위 작품'을 볼 수 있는 방법은 없었다.

비디오 가게는 '씨네키즈'의 산실 역할도 했다. 지금은 거장이 된 영화감독 쿠엔틴 타란티노도, 류승완도 소싯적엔 비디오 가게에서 일하며 영화 덕후로서의 꿈과 재능을 키웠다. 한때 영화가 직업적 전망 이전에 정서적 로망은 될 수 있었던 세대적, 시대적 환경 덕에 내 또래 대부분은 영화와 친해질 수밖에 없었다. 나 또한 자연스럽게 DVD라는 새로운 매체가 등장한 이후 틈틈이 사 모으기 시작했다. 관련 업종에서 일을 시작한 것도 영향을 미쳤음은 물론이다. 극장에서 이미 본 영화를 다시 물리적 매체로 구매했던 것은, 먼 미래에 손에 잡힐 추억의 복기를 위한 기념품 내지 증거품을 마련하려는 취지이기도 했다. 그렇게 만만찮은 돈과 품과 시간을 들인 채, 어느 결에 사라져버린 비디오 가게에 대한 노스탤지어를 품고서 여태 저렇게나 잔뜩 짊어지고 온 것이다.

N번째 이사 와중에 또다시 DVD를 정리하면서 생각하곤 했다. '앞으로 얼마나 저 비디오를 꺼내 볼 수 있을까?' 그럴 기회가 많지 않을 거라는 예감은 시간이 지나면서 실현되고 있다. 일단 어느새 우리 생활에 뿌리내린 VOD, 그러니까

IPTV와 OTT라는 강력한 대체제, 아니 필수제가 있어서다. 정말이지 이것들은 너무 편리하다. 그만큼 나는 더 게을러지고 있다. 보관 걱정은 물론 꺼내고 갈아 끼우는 노동조차 필요 없다. 버튼, 아니 클릭 한 번으로 수만 가지 영화, 드라마 중 어느 것이라도 금세 내 눈앞으로 소환할 수 있다. 내 손으로, 멈췄다, 뒤로 갔다, 앞으로 갔다, 마음껏 할 수 있는 소우주다. 게다가 1만원 안팎의 구독료로 한 달 동안 웬만한 영화, 드라마는 다 볼 수 있다. 오죽하면 넷플릭스 최고경영자는 이런 말을 했다지. "우리의 경쟁자는 바로 잠입니다." 인간의 몸이 허락하는 한 이론적으론 무한대의 시청이 가능해진 것이다.

때문에 1장당 1~2만원대의 DVD나 3~4만원대를 호가하는 블루레이를 사는 일이란 소위 가성비나 효용성 측면에서 넌센스가 된다. 무엇보다 화질의 영향도 무시 못한다. DVD의 경우 SD급(720X480)이다. 블루레이는 평균적으로 2K Full HD급(1920X1080) 내지 4K UHD급(3840X2160). 그런데 이젠 모바일로 4K급도 무시로 주고받는다. 큰 화면으로 확대한다면 DVD가 모바일보다 오히려 화질에선 뒤처진다. 미드 열풍의 원조 격인 시트콤 〈프렌즈〉도 OTT에서는 HD급으로 볼 수 있다. 그동안 DVD에서는 접하지 못했던 화질이다. 나에게는 20여 년 전 뉴욕 청춘들의 라이프를 이전보다 한결 생생하게 즐길 수 있는 신세계가 열린 셈이다. 당연히 내 취향은 영악해졌다. 이제 최소 HD급이 아닌 작품은 웬만해서 눈길을 주지 않는다.

"너는 최고였는데, 지금은 한물갔어(You were the first one, you were the last one)."

40여 년 전 영국의 듀오 더 뷰글스(The Bugles)는 명곡 〈Video Killed The Radio Star〉(1979)로 듣는 시대에서 보는 시대로 바뀐 음악을 한탄했다. 하지만 시간은 누구에게나 공평했다. 어제의 승자는 오늘의 패자가 되는 법. 이 노래를 탄생시킨 장본인 격인 MTV가 열었던 80~90년대 뮤직비디오 시대도 애저녁에 저물었다. 이제 극장영화는 물론이고 실시간 TV 방송마저 외면받고 있다. 주말 저녁 치킨을 사 들고 비디오가게에 들러 비디오를 골라서 집으로 돌아오던 일상은 머나먼 추억으로만 남아 있다. 비디오를 사서 모으는 일이란 손에 꼽을 정도의 소수 애호가들만의 취미가 된 지도 오래다. 이제는 바야흐로 'VOD Killed The Video Star'가 된 셈이다. 영상 콘텐츠를 다루는 업계에서 20년 넘게 일하며 이런 세상이 올지 몰랐던 건 아니다. 하지만 손에 잡히는 아날로그 매체만이 문화예술의 진정성을 보장해준다는 착각 속에서 꿋꿋하고 미련하게 집착해온 것이다. 그 결과가 오늘날 어찌지도 못하게 집안 곳곳에 생겨난 이런 물건들의 '벽'이다. 몇 번의 이사를 거치면서 언젠가는 그동안 모아 놓은 것들을 한 자리에 진열하리라던 로망은 여태 이뤄지지 않고 있다. 앞으로도 쉽지 않을 것이다. 집을 더 넓히지 않는 한은.

집안 곳곳에 산재한 '박기원 프로덕션'을 오랜만에 살핀다. DVD 재킷 특유의 플라스틱 냄새와 함께 고스란히 봉인된 먼지가 나를 맞이한다. 유기체인 내가 노화하는 사이 무기체인 비디오도 노화하고 있었다. 마찬가지로 시간이 그 표면에 흔적을 남기고 성질을 변화시키는 것이다. 시청자인 나를 유혹하던 재킷의 선명한 포스터는 어느새 빛이 바랬다. 겉을 감싼 비닐은 바스러지고 종이케이스는 하나둘씩 풀이 떨어지고 있다. 그 주인인 나는 노안으로 인해 표지에 새겨진 영화 홍보 카피나 크레디트를 읽는 게 점점 더 어려워진다. 한때 당대를 주름잡던 스타들은 오로지 재킷 표지 속의 젊은 포즈로 박제돼 있다. 지금 그들 대부분은 명멸하는 별(star)처럼 잊히거나 영원히 우주 속으로 사라졌다. 비디오 하나하나마다 나의 지난 과거가 생생히 담겨 있다. 인터넷 서점, 직거래 장소인 지하철 OO역 플랫폼, 남부터미널 전자상가 비디오숍, 동경 시내의 음반 매장, 폐업 처분 중인 비디오가게 등등. 그곳에서 그 비디오를 구매하던 그 시절의 감정, 처지, 관심, 고독의 경중도 따위가 구체적으로 다가온다. 오래된 물건은 내가 보낸 시간들의 나이테다. 그것은 나라는 사람의 한때를 증언해주는 물적 증거인 셈이다.

　누가 볼 것도 알아줄 것도 아닌데, 근성을 가지고 특정 감독의 전작(全作)을 최대한 채우곤 했다. 그런 식으로 나만의 컬렉션이 하나둘씩 생겨났다. 왕가위, 장 뤽 고다르, 구로사와 아키라, 오즈 야스지로, 프랑수아 트뤼포, 에릭 로메르, 허우 샤오시엔, 에드워드 양, 홍상수, 비틀스를 위시한 록음악 관련 비디오 등등. 이런 수집벽에 일관성이 있다고 보긴 어렵다. 하나의 주제나 분야가 있는 것이었다면 공부라도 되었을 텐데, 잡식성이라서 깊이도 부족하고 살아가는 데 있어서도 별무소용인 것이다. 거기엔 자칭 시네키즈의 저장강박증, 스노비즘(snobbism: 속물적인 지적 허영), 충동 구매욕 따위가 섞여 있다.

　그런 나도 20여 년 가까이 모아 온 영화주간지를 대부분 버린 적이 있었다. 한때 영화에 관한 나만의 작은 아카이브가 될 거라 믿었던 잡지는 이미 미련할 정도로 거대한 짐이 된 상태였다. 물론 가지고 있다고 해서 제대로 들춰본 것도, 들춰볼 것도 아니었다. 그동안 이사를 거듭할 때마다 그 처리를 놓고 고심만 한 끝에 점점 늘어난 그 무게는 실로 엄청났다. '이번에는 꼭 처리해야지.' 결정은 빠르고 단순해야 했다. 특집호나 관심 있는 기사 정도만 일일이 스크랩해 따로 보관하기로 했다. 그렇게 미련을 버리고 나니 잡지는 졸지에 폐지가 됐다. 그렇게 일부는 분류하고 버릴 것은 카트에 실었다. 당시 살던 아파트 14층에서 1층 재활용 분리수거장을 몇 번이고 오갔다. 2001년, 2002년, 2003년……2019년, 종이에 새겨진 시간들이 그렇게 쓰레기로 사라져 갔다. 초저녁부터 시작된 작업은 한밤중이 되어서야 끝났다. 쑤시는 어깨와 목, 끊어질 듯 아픈 허리를 만지며, 그 무렵 인터넷에서 봤던 외국의 흑백사진 한 장을 떠올렸다. 지금이라면 mp3 노래 한 곡도 담지 못할 3.57MB짜리 메모리의 IBM 컴퓨터는 냉장고보다 훨씬 컸다. 네댓 명의 장정이 트레일러를 이용하고서야 겨우 옮길 수 있는 수준이었다. 1960년대인 그때보다 측정하기 어려울 만큼 기술이 발전된 지금 이 시대에 '수집'이란 대체 무엇일까? 보관도 저장도 기억도 아닌 그 무엇일까?

사실 오래된 물건을 버리지 않고 지키는 습관이 있을수록, 의외로 그 물건 자체에 대한 집착은 강하지 않은 경우가 많다. 오히려 그 물건을 추구하고 간직하려는 욕망을 지닌 '나 자신'에 대한 애정에 가깝다. 이를테면 삶의 속도에 휘둘리지 않는 나, 시간의 앞만이 아니라 뒤도 볼 줄 아는 낭만과 여유를 지닌 나, 손에 잡히는 게 없는 공허한 디지털 세상에서 물성을 선호하는 아날로그적 감성의 나, 어떤 대상에 오래도록 천착하는 일관성과 충실성을 지닌 나, 권태와 허무의 생에서 그래도 몰입하고 추구할 거리를 지닌 나……. '이런 나'

는 물건뿐만 아니라 한번 마음에 들어온 존재에 대해서는 오래도록 변치 않는 애정을 유지하는 사람이라고 환원시키곤 하는 것이다. 그렇게 수집벽은 나라는 사람의 정체성(identity)을 스스로 구축하는 일종의 나르시시즘이라는 것을 부인할 수 없겠다. 그것이 이 무쓸모의 습관을 그나마의 가치로 만회할 수 있을 근거가 되려나?

시간은 조용한 강탈자요 부드러운 살인자다. 따지고 보면 수집벽은 시간의 그 광포함에 맞서는 사랑의 방식과 닮아 있다. 작가 마르셀 프루스트는 "사랑이란 마음으로 느낀 공간과 시간"이라고 했다. 언젠가 부서지고 버려지고 끝내 사라질 것을 알면서도, 잠시라도 손에 쥐고 곁에 두어 행복하다고 여기고픈 마음 말이다. 그리고 보면 사랑의 그것과 다를 바가 무엇이겠는가? '너의 이름과 얼굴로 된 모든 것을 알아버리겠다.' 이 무모한 욕심이 사랑의 발병 초기면 언제나 생겨나곤 했었다. 대답 없고 소식마저 드물어진 너에 관한 것들이라면, 무엇이든 수집하고 일말의 희망을 걸곤 했던 무지와 집착과 맹목의 시간. 그 시간이 지나고서야 사랑의 대상이 바로 사랑을 사랑하는 나 자신이었음을 깨닫게 되는 현타(현실 자각 타임)의 순간!

반 세기 가까운 삶에서 그토록 간절히 구하고자 했던 것들—이를테면 장난감, 책, 음반, 옷, 그릇, 사소한 장신구 따위―이 막상 내 손에 들어오고 나면 현타가 금세 찾아왔다. 허망함과 무의미를 깨닫기도 했고, 비슷한 물건들이 쌓이면 그만큼의 한계효용체감도 생겨나곤 했다. 무엇보다 결핍이 사라진 순간 이미 욕망의 대부분이 함께 사라지기도 했었으 니까. 언젠가는 책이고 DVD고 음반이고 죄다 어딘가에 (줘) 버리고, 필요한 최소한의 것들만으로 노년을 보낼 날이 올 것 이다. 하지만 그날이 그다지 멀게만 느껴지는 것도 아니면서, 오늘도 나는 버리고 갈 것들만 더 많이 만들고 있구나! 그나 마 비디오의 경우 세태에 굴복하는 중이다. 더 이상 강박적으 로 모으지는 않고 있으며, 이미 얼마간의 DVD를 중고서점에 넘기기도 했다. 서푼어치 용돈벌이의 목적보다는 필요로 하 는 이가 싼 값에 가져가는 게 합당하다는 생각에서였다. 나에 게는 무용한 것이 누군가에게는 간절히 찾는 그 무엇이 될 수 있음을 알기 때문이다. 내가 열심히 구하고 있는 '중고품'이 란 게 바로 그런 것이니까. 세상 사는 이치가 그렇다. 흐르는 물처럼 돈이나 물건도 필요에 의해 높낮이가 정해지며 순리 대로 흘러가면 좋을 텐데.

짐을 정리하는 가장 좋은 방법은 다음 이사를 할 때라는 말이 있다. 그렇다면 매번 이사를 가면서는 그만큼 물건이 줄 어야 한다. 하지만 왜 다음 이사 때가 되면 가지고 있는 것은 여전히 많고 그만큼 버릴 것도 많은 것일까? 이런 미스터리를 안은 채 이사를 마칠 때 다짐했다. 다음 이사 때는 더 많이 버려야겠다. 지금 당장의 필요 이상을 넘는 것들엔 욕심을 내지 말아야겠다. '언젠가'(sometime) 필요할 듯한 것은 '아무 때도'(anytime) 필요하지 않을 테니 말이다. 그렇게 최소주의로 살며 늙어가야겠다.

……라는 결심이 당장 실행됐을까? 그럴 리가 있겠는가? 언제부터인가 슬며시 턴테이블과 앰프와 스피커를 다시 장만하고 LP를 야금야금 사들이고 있는 것이었다. 지천에 널린 게 음원이지만, 똑같은 노래가 담긴 음반이 지닌 물성(物性)이 좋아서 꺼내 듣고 관리하는 수고로움을 부러 자청하는 것이다. 이유와 명분은 다양하게 넘쳐난다. '이 기회를 놓치면 다시는 구할 수 없을 것 같아서, 중고장터에서 수십만 원을 호가하기 전에 빨리 사 놔야 할 것 같아서, 이 정도의 명반 하나는 집에 둬야 진정한 음악팬이 아니겠어' 등등.

상황이 이러하니, 가성비나 편리함과 반대로 돌아가는, 무언가를 모으는 습벽은 여전히 현재진행형이 되는 것이다. 그렇게 내 물건들의 '벽'이 줄어들지 않는 원인을 새삼 발견하게 되면서, 또 한 번 이사를 겪을 때면 나는 도돌이표처럼 장 자크 루소가 『에밀』에서 던진 일침을 되새기게 될 것이다. "불행은 우리의 욕망과 능력의 불균형에 있다. 그리하여 진정한 행복에 이르는 길은 능력을 넘어서는 쓸모없는 욕망을

줄이는 것이며, 또 능력과 의지를 완전한 균형 위에 놓는 것
이다." 그러니까 내 욕망의 쓸모 여부를 알기 위해선 우선 내
능력이 무엇인지 알아야겠구나! 결국 나에게로 또다시! 이것
은 나르시시즘인가 자기객관화인가? 이번 생은 어렵겠으니
패스하고, 다음 생에는 절대로, 절대로, 모으지 말아야지.

　　추신: '박기원 프로덕션' 영업 중.
　　　<갈매기 조나단> 비디오도 가지고 있음.

08

맞춤법 따위

출퇴근길 버스 창밖 풍경을 보노라면 같은 비디오를 24시간 주기로 돌려보는 것 같다. 어떠한 기대도 없이 틀어 놓은 대로 익숙한 장면 장면이 흐르는. '연희104고지 구성산회관' 정류장 인도 변도 그중 하나다. 특별한 것이라고는 전혀 없는 그 거리에는 역시 특별한 것이라고는 하나도 없는 가게들이 늘어서 있었다. 그나마 인상 깊은 가게가 하나 있긴 했었는데, 그건 바로 그곳의 외관 때문이었다. 보통의 간판 대신 그 자리에 내걸린 노란색 플래카드. 그 노란 바탕을 가득 채우던 궁서체의 커다란 여섯 글자, '상황영지버섯'. 그것이 그 가게의 상호라면 상호였다. 그 외관은 주변 가게의 깔끔하고 모던한 디자인이나 프랜차이즈 로고를 단 간판이나 고심하여 작명한 듯한 상호와는 완전히 이질적인 느낌을 주었다. 마치 언제든지 먼 길을 떠날 것 같은 노병이 잠시 풀어놓은 낡은 행장 같았다. 이 '상황영지버섯'은 출퇴근길 기착지인 Y대와의 거리를 체감하게 하는 이정표 노릇을 했다. 그러던 어느 날 이 가게 출입문 왼쪽 벽에 세로로 내건 문구가 새삼 눈에 들어왔다.

직접
달여
드립니
다

'닳'? 아니, '달'. 달여드립니다. 마음속으로 그 틀린 글자 하나를 정정했다. 나에겐 오래된 습성 하나가 있다. 일명 활자 우선주의. 어떤 사물을 볼 때 모양과 색과 글씨 중에 글씨를 가장 먼저 눈여겨보는 것이다. 음식점에 들어가면 메뉴판을 조건반사적으로 본다. 순서상으로는 여느 손님의 그것과 다를 바 없긴 한데, 그 차이라면 나의 경우 메뉴를 고르기 위해서가 아니라 메뉴의 표기 자체를 살피기 위해서라는 것이다. 사실 일종의 활자 강박증에 가깝다. '닳여드립니다'의 그것처럼 오기(誤記)라도 발견하게 되면 회심의 미소를 짓는다. '김치찌게', '육계장', '싯가', '모듬전' 등은 단골 사례다. 신축 건물이나 행사장에 현수막으로 내걸린 'GRAND OPEN'* 처럼 영어 문법이 틀린 경우도 그에 속한다. 그렇지만 눈에 약간 거슬리는 정도일 뿐 크게 문제삼을 건 아니다. 한편 프랜차이즈 메뉴판, 옥외광고판, 상업광고물 등에서 발견되는 오기라면 이야기가 조금은 달라진다. 일단 내 마음속에서 해당 브랜드 공신력은 약해진다. 자본이 힘을 가지고도 그만큼의 제 쓰임새를 발휘하지 않았기 때문이다. 그 정도의 불철저함이라면 놓치는 것이 어디 글자뿐일까 싶어지는 것이다. 그렇더라도 그 또한 내 마음속에서 느끼고 말면 될 일이다. 사는 일에 지장을 초래하는 것도 아니기 때문이다. 하지만 책, 신문, 잡지 같은 인쇄매체, 인터넷 기사에서의 오류라면 이야기가 완전히 달라진다. 글자 자체가 목적이자 결과인 경우이기 때문이다. 틀리지 않게 쓰기로 대중과 약속한 기표이기 때문이다. 그럴 땐 내가 할 수 있는 일을 한다. 예를 들어 책의 경우 중쇄를 찍어낼 만큼의 인기를 누린 책이라면 개선할 여지가 있

---

* '개장, 개점'이라는 뜻으로 쓰일 때는 'GRAND OPENING'이 바른 표기다.

는 것이므로, 해당 출판사에 수정사항을 이메일로 보내는 식이다.

반면 글자 자체가 목적이 아니라 글자가 가리키는 대상이 주일 경우 또는 그 대상이 지극히 사적이어서 공공성을 띠지 않는 경우가 있다. 예를 들어 개인들이 운영하는 가게 메뉴판이라면 내 활자 강박증의 효력은 딱 그만큼에서 그친다. 틀린 것을 바로잡아야 한다고 구태여 주인장에게 알릴 필요를 느끼지 못한다. 맞춤법이 백 번 틀리게 적힌다 한들 뜻만 제대로 전달될 수준이라면 애초부터 문제의 소지가 없기 때문이다. 브로콜리를 '부록걸이', '불로캐리', '보리꼬리', '부르크리' 등의 손글씨로 적어 팔고 있는 길거리 좌판상의 사진이 인터넷 유머로 회자됐는데, 이 얼마나 귀여운 오기인가? 기분좋게 웃음 짓고 말 일이다. 그 앞에서 정색하며 '브로콜리'라고 정정해줄 사람은 아마도 없을 것이다. 사실 장삼이사의 '먹고사는 일'이란 게 그렇다. 원칙의 이탈이 아니라면 그 정도의 규칙 위반(?)을 놓고 삐걱거릴 만큼 빡빡하고 진지하게 돌아가지만은 않는다. 서로에게 피해나 지장을 주지도 받지도 않는 사소한 것들이기 때문이다. '찌개'를 '찌게'로 쓴다 한들 음식의 맛이 덜해지는 것도 아니고 배달이 잘못될 리도 만무하다.

하물며 옛 시절의 문법만 아는 세대의, 또는 그동안 글을 배우지 못한 이들의 경우라면 더 말할 것도 없다. 이럴 때면 나는 그 오기를 '틀렸다'가 아니라 '다르다'로 읽는다. 다큐멘터리 영화 〈칠곡 가시나들〉(2018). 이제 막 글을 배운 칠곡군 복성리 할머니들의 사연을 담았다. 삐뚤**삐뚤**, 또박또박, 온 힘을 다해 써 내려간 그녀들의 시는 오기(誤記)투성이. 하지만 글자의 외적 형식은 틀릴지언정 그 틀린 글자로 자신의 생을 처음으로 갈무리하고 표현해낸 결과는 얼마나 진솔하며 아름다웠던가? 평생 그녀들을 짓누르고 소외시켰던 세상의 질서와 통념 밖으로 자유로운 언어 혹은 언어의 자유가 꽃처럼 피어올랐다.

내 마음

박분금

빨리 죽어야 데는데

십게 죽지도 아나고 참 죽겐네

몸이 아푸마

빨리 주거여지 시푸고

재매끼 놀 때는 좀 사라야지 시푸다

내 마음이 이래

와따가따 한다

시 〈내 마음〉 속 화자의 그 '마음'을 읽어내지 못할 독자는 없을 것이다. 언어와 육체와 정신, 그 사이에 뺄 것도 더할 것도 없는 상태란 바로 그런 것이다. 롤랑 바르트의 '텍스트의 영도'(零度)에 도달하는 순간이 아닐까? "언어가 지니는 명백한 질서가 강제하는 모든 예속에서 해방된 백색의 글쓰기"(『글쓰기의 영도』) 말이다. 그럴 때 언어의 정확성은 형식이 아니라 내용으로 획득되기도 한다. 결국 담는 그릇의 아름다움보다 재료의 본질과 정성이 음식 맛을 좌우하는 이치다. 사실 정확한 언어란 것도 없다. 그저 100% 완벽에 가까워지려는 노력이 있을 뿐이다. 한 인간이 품고 있는 언어란 한 대상을 제대로 지칭하여 자신의 것으로 소유하고픈, 하지만 생을 다해도 끝내 그에 도달하지 못하는 외사랑의 흔적이다. 그러니 본질상 사랑을 내포하는 언어가 대상에 대한 사랑이나 대상과의 사랑을 망각하고 스스로 사랑이 되기를 포기하는 순간, 언어는 그 생명력을 잃기 십상이다. 비난과 조롱과 저주 일색으로 점철된 경우는 특히 그렇다. 근자에 SNS에서 횡행하는 정치인이나 소위 논객들의 언어가 대표적이다. 그런 유는 단순하고 자극적이어서 뇌리에는 인상을 남기지만 대체로 말장난 수준에 그친다. 그들이 갖다 쓰는 논리, 유비(類比), 문법 등에서의 형식적 허점도 수두룩하다. 빠르게 치고 빠지려는 속도만큼 마음에서는 금세 사라진다. 자신을 돋보이기 위한 방편으로 쓰는 휘발성의 언어. 사람을 살리는 게 아니라 사람을 해하는 게 목적인 언어. 언어의 게임에서 승자가 되는 것만을 업으로 삼는 언어. 때문에 그 파급력 면에선 돌이킬 수 없이 치명적이다. 그 글이 행사하는 힘으로 인해 빚어진 오류, 실수나 과오에 대해 '그럴 수도 있어'라고 관대하게 받아들이기 힘든 이유다. 그럴 때 나는 그들이 배설해놓은 언어에 대해 깜냥을 다해 요모조모 따진다. 기본적인 언어의 규칙도 지키지 못한 주제에 남의 잘못을 침소봉대하여 지적하고 비난하는 수준을 인정할 수 없는 것이다. 그들 자신이 언어의 선수를 자임하고 행한 것이기에 독자로서의 나 또한 내가 아는 언어의 규칙과 약속에 의해 가혹하게 판단할 수밖에 없다.

반면 그 정반대편에 서 있는 언어들, 그러니까 한 시절에 머물러 있는 오기(誤記)에 대해서는 편파적일 정도로 관대하다. 우리 부모님 세대가 손으로 눌러쓴 글씨들이 대표적이다. '~읍니다', '돐잔치', '방있슴', '삯월세' 등. '상황영지버섯' 가게의 그 '닳'자도 이 경우다. 재료에 남은 한 방울의 엑기스마저 솥이 닳고 닳도록 푹 고아서 뽑아내겠다는 직업적 소명이 애틋하게 읽힌달까? 그 무의식이 오타인 듯 오타 아닌 정타(正打)처럼 보이게 만든다. 그 가게 사장님은 평소 정말로 '달이다'를 '닳도록 끓이다'로 생각했을 수도 있겠다 싶은 것이다. 직접 생산했으니 재료의 품질은 보장될 테고, 거기에 그렇게까지 '닳'여준다니 얼마나 근사한 엑기스가 나오겠는가? 저간의 속사정은 잘 알지도 못한 채, 나는 이런 상상 따위를 하며 매일 그 집 앞을 지나치던 한 명의 버스 승객이었다.

그리고 당연한 운명이 찾아왔다. 가게는 어느 하루아침에 이제 정말로 행장을 꾸린 노병처럼 훌쩍 사라졌다. 그날이 언제인지도 모르게. 나의 삶에 직접 영향을 주지 않는 컴퓨터 바탕화면처럼 익숙한 풍경은 그렇게 기별도 없이 스르륵 사라지곤 했다. 사실 그조차도 모르고 지내던 어느 날 문득 예전과 달라짐을 미세하게 깨닫는 순간이 오는 식이었다. 이미 사라진 것들을 통해서야 비로소 대상을 인식하게 됐기 때문이다. 비존재의 사실로써, 부재의 존재감으로써 말이다. 그래서다. 그런 오기(誤記)는 정겹고 눈물겹다. 몰라서 그렇게 쓸 수밖에 없었던 글자들. 규칙 대신 마음으로 써 내려간 글자들. 그것으로 밥벌이를 하고 어떻게든 끈질기게 버티며 생애의 돌무지 밭을 일구어 갔던 사람들. 그러다가 그런 정겨운 오기마저 우리의 눈앞에서 더 이상 보이지 않게 된다면, 이제 그들 역시 더 이상 세상에서의 제 쓸모를 다할 수 없는 때가 온 것이리라. 어쩌면 자연의 섭리보다 더 빠른 자본의 논리를 맞고 있는 것이리라.

……하고 지금껏 이렇게 쓰고 있지만, 사실 글을 업으로 하지 않는 나의 수준 역시 개긴도긴이다. 비문, 오탈자, 띄어

쓰기 등 문법 오류를 무수히 남발한다. 아무리 생각해도 우리말은 너무 어렵다. 어쩌겠나? 왕도는 없다. 매번 사전을 열어보는 수밖에. 그러다 보면 관성적으로 무심코 튀어나온 단어조차 뜻을 제대로 알지 못한 채 사용하는 경우가 허다하다는 걸 새삼 깨닫곤 한다. 그때마다 일단 내 밥벌이와 관계되는 것부터라도 제대로 챙겨야겠다 마음먹는다. 그래서 업무용 문서와 이메일과 영화 자막 따위, 광고문구 등 공신력을 전제로 하는 텍스트에는 강박적으로 신경을 쓰는 편이다. 물론 그래도 자주, 어이없게, 틀린다. 하지만 그런 것을 무시하고도 마음 편해지는 예외가 있다. 나의 일기, 그리고 페이스북 같은 SNS상의 글쓰기가 바로 그것이다. 사적인 나의 기록이자 소수에게 한시적으로 공개되는 흔적이다. 때문에 공식성을 띠는 것은 아니다. 대상, 대가, 목적 없이 내키는 대로 쓰는 것이다. 단 한 명이든 백여 명이든 그 글을 읽는 이의 숫자만 달리할 뿐.

　페이스북에서 많은 팔로워를 거느리며 그만큼의 각광을 받는 직업적 글쓰기를 하는 이의 포스팅은 세련되고 치밀하고 정갈하다. 분량부터 주제까지 일정한 규칙성을 띤 포스팅이 주를 이룬다. 타인에게 말하거나 보여지는 운명이 충족되어야 제 몫을 다하는 글이다. 하지만 내가 좋아하고 즐겨 찾는 곳은 그런 규칙성에서 자유롭고 쓰는 이 스스로에게 더 충실한 페친들의 공간이다. 오늘 하루의 정서, 삶의 구체성, 재미, 의미/무의미, 사소함/진중함이 변화무쌍하게 펼쳐지는데, 그 속에서도 글쓴이의 내적 일관성은 흐르고 있다. 맞춤법이나 띄어쓰기도 번번이 틀리기 일쑤지만 이 역시 문제될게 없다. 결국 언어의 규칙과 형식에 얽매이지 않는, 그 주인공의 생겨 먹은 마음 그대로를 만날 수 있는 곳이다. 나는 그런 곳을 더 편애하는 편이다. 나처럼 타인의 시선과 평판을 의식하는 소심한 사람은 할 수도 없고 닿을 수도 없는 경지라서 더욱 그렇다. 한편으론 그렇게 내 콤플렉스를 자극하는 언어의 자유가 '숨겨진 또다른 나'를 발견하게 하고 움직이게 할 거라는 믿음과 기대도 있어서다.

> "내 낙서도 여기서 끝이 납니다 맞춤법 스트레스에서 벗어납니다
> 안녕 2021. 12. 30. 아침"

—이어령, 『눈물 한 방울』, 김영사

20세기 중반부터 21세기에 걸쳐 한국 정신문화사의 수준을 한 차원 끌어올린 르네상스적 인간 이어령(1934~2022). 청년 시절부터 생의 마지막이 다가오는 순간까지 치열하게 사유했고 계속 쓰고 또 썼던 사람. 평생 언어를 짊어지고 살아야 했던 그가 얼마 남지 않은 시간을 앞두고 혼신을 다해

또박또박 써 내려간 문장 중 하나는 의외였다. 바로 '맞춤법 스트레스에서 벗어난다'는 것. 언어의 형식이라는 감옥에 사로잡혀서는 안 될 인간의 정신과 마음을 거장은 마지막까지 얘기하고 싶었던 것이리라. 우리 자신에게서도 그 '자유의 언어', 더 나아가 '언어의 자유'를 더 많이 읽고 느끼고 싶은 요즘이다. 스스로에 대한 사랑이 될 수 있는 글이면 그것대로 족하고, 자신 이외의 대상에 대한 사랑까지 품고 있으면 금상첨화겠다. 그러다 보면 서로를 모르던 이들끼리 닮음을 발견할 수 있게 된다. 최초의 호기심은 이내 놀라움과 반가움으로, 그리고 언젠가는 고마움을 나누는 인연으로 거듭날 것이다.

자, 이제 시작이다. 우선 '나 자신'을 위해 마음껏 써라. 맞춤법 따위는 저 멀리 던져 버리고.

2장

응답하라 1993

X세대의 미시사(微視史)

09

응답하라 1993

"친구들이여, 그대들을 사랑한다, 진심이야.

그리고 내가 운이 정말 좋아서, 특별한 혜택을 받아서,

오래 살아남아 증인이 되기를 희망한다.

믿어줘, 나는 그대들에 대해, 그리고 우리가

여기서 함께 지냈던 시절의

가장 빛나던 순간들에 대해서만 말할 거야!

살아남은 자가 기대할 만한 무언가가

있어야지. 늙어가고 있고,

모든 것들을 모든 이들을 잃고 있는데."

—레이먼드 카버, 시〈2020년에〉, 『우리 모두』, 문학동네(2022)

1. 주류 질서의 전복자

6공화국 첫 번째 대통령(1988~1993)이자 제13대 대통령인 노태우. 사실상 그의 임기 마지막 해였던 1992년. 새해는 뒤숭숭하게 시작되었다. 후기 대입 학력고사 문제지 유출이라는 초유의 사건 때문이었다. 며칠 뒤 범인은 시험지를 보관하던 한 대학교 야간당직 경비원으로 밝혀졌다. 그 과정에서 그의 직장 상사인 경비과장이 스스로 목숨을 끊었다. 망자와 피의자 간의 진실게임으로 치달으면서 수사는 지지부진해졌다. 피의자는 시험지 유출건이 아닌 함께 기소된 횡령건으로만 가벼운 처벌을 받았다. 결국 진실은 묻히고 영구 미제 사건이 되었다. 교육 당국 책임자인 장관이 물러났고 시험은 3주간 연기되었다. 애꿎은 수험생들만 고스란히 피해를 입어야 했다. 세상이 뒤숭숭해지자 '빽 있는 집안 자식은 사전 유출된 시험지를 미리 받아 본다네' 같은 괴담 같은 농담이 고3 진학반인 우리에게도 나돌았다.

2월 17일 서울 잠실체조경기장의 환호와 탄성은 삽시간에 아비규환으로 돌변했다. 세계적인 아이돌 그룹 '뉴 키즈 온 더 블록(New Kids On The Block)'의 내한공연장에서 사고가 난 것이다. 관객끼리 서로 밀리고 깔려서 여고생 1명이 사망하고 수십 명의 학생들이 응급차로 실려 갔다. 현장을 뉴스로 전하는 어른이나 TV로 보는 어른이나 '광란'이라며 하나같이 훈계와 힐난 일색이었다. 동네 슈퍼 아저씨는 '하라는 공부는 안 하고 놀러가면 저렇게 된다'고 혀를 끌끌 차기도 했다. 하지만 사고의 원인은 어른들에게 있었다. 애초 공연장 수용 인원인 1만 명의 60%를 초과하는 6천 명을 좌석도 없이 추가로 불러들인 게 화근이었다. 사람을 머릿수로만 환산하는 어른들의 못된 돈벌이 방식과 안전불감증. 이는 지금까지도 수많은 청춘을 죽음으로 몰아간 비극의 직접적 원인이 되고 있다.

그래도 봄은 찾아왔다. 4월 11일 토요일 오후. MBC에서는 〈특종 TV연예〉라는 예능프로그램이 방영되고 있었다. 그때만 해도 아무도 예상하지 못했다. 대한민국 대중문화사의 결정적인 장면이 여기서 탄생하게 되리라는 것을. 그 프로그램에는 신인들의 경연 코너가 있었다. 매주 두 팀이 나와 기량을 선보이고 연예계 저명인사들의 평가를 받는 구성이었다. 그날은 남성 3인조가 출연했다. 이미 3월 14일에 방영된 〈토요일 토요일은 즐거워〉에서 데뷔했으나 아직은 무명에 가까운 그룹이었다. 그들이 펼친 무대는 혁신적이다 못해 파격적이었다. 하지만 문화계 주류 질서의 주축이자 선배인 심사위원들(가수 전영록, 평론가 이상벽, 작곡가 하광훈, 작사가 양인자)이 내린 심사평은 짜디짰다. 10점 만점에 7.8점. "비트는 좋으나 랩에 신경 쓴 나머지 멜로디 부분은 약하다", "비디오형 가수 등장" 등등. 낯선 문화 충격에 애써 당혹감을 감추는 표

정이 역력했다. 당시 그들이 연예계에서 차지하는 영향력만
볼 때 3인조의 앞날은 비관적이었다. 하지만 십대 시청자는
달랐다. 그들의 몸과 마음이 즉각 알아보고 반응했다. '이건
뭐지?' 비틀스를 위시한 영미권 팝음악에만 심취하던 나에게
도 예사롭지 않게 다가왔다. SNS 같은 실시간 사회관계망은
물론 없던 시절. 그런데도 그야말로 입소문의 힘은 무서웠다.
방송 이후 며칠이 지나자 전국의 레코드 가게와 거리의 '길보
드(리어카 판매상)'가 들썩였다. 아이들이 모두 교실에서 이 노
래를 듣고 있었다. 그러자 미디어가 뒤늦게 대중을 따라가기
시작했다. 1964년 2월 9일, CBS 간판 예능프로그램 〈애드 설
리번 쇼〉에 비틀스가 첫 출연한 직후 미국의 풍경을 연상케
한달까? 이 TV쇼는 세계 대중문화사적으로 손꼽힐 만한 신
드롬인 '비틀매니아'의 화룡점정 격이었다. 토요일의 예능프
로그램이 대한민국의 대중문화계에 미친 영향 역시 마찬가지
였다. 그날 이후 일대 지각변동이 일어났다. '주류 질서의 전
복자'로 통칭될 3인조의 등장, 바로 서태지와 아이들 신화의
시작이었다. 고3의 불안한 봄은 〈난 알아요〉 서태지 신드롬
과 함께 그렇게 막 무르익고 있었다.

2. LA는 불타오르고

4월 29일 LA는 불타고 있었다. 아침 뉴스는 시가전을 방불케

하는 폭동으로 폐허가 된 거리를 연일 보도했다. 1년 전 백인 경찰 넷이 흑인 청년 로드니 킹을 구타한 사건이 그 시발점이 었다. 문제의 장면을 담은 비디오가 전파를 타고 미 전역에 공개된 후 폭동이 점화되었다. 가해 경찰들은 기소되었지만 백인에게 절대적으로 유리한 배심원 배정 결과 법원에서 4명 전원에게 사실상 무죄가 선고되었다. 그 무렵 역시 1년 전에 발생한 한인 상점 주인 두순자의 흑인 소녀 피살 사건 판결이 나왔다. 유죄였으나 집행유예였다. 1급 살인죄를 기대한 흑인사회에는 로드니 킹 판결과 더불어 폭동의 촉매제가 되었다. 분노의 불길은 발화점과 달리 엉뚱한 곳으로 번졌다. 백인이라는 강자에게 핍박당한 흑인이라는 약자가 또 다른 약자인 한국계 이민자를 공격한 것이다. 사태의 유발자인 백인 지배계층은 수수방관했다. 경찰은 그날 현장에 아예 출동하지 않았다. 주요 공격 대상이 된 한인 타운 상점들은 약탈과 방화로 막대한 피해를 입었다. 결국 58명이 죽고 2천4백여 명이 부상당하는 초유의 비극으로 이어졌다. 한인들은 재산과 생명을 지키기 위해 스스로 무장해야 했다. 사태 발생 5일 뒤, 연방군이 투입되고 나서야 폭동은 진압되었다. 10만 명에 가까운 한인과 다양한 인종의 현지인이 모여 집회를 했고, 거리를 청소하며 평화를 외쳤다. 보복으로 대응하지 않았던 그들은 1992년의 이 비극을 'LA 흑인폭동'이 아니라 '4.29'라고 불렀다. 올곧게 기억하려는 노력은 다가올 세대를 위한 것이 기도 했다. 이방인으로서의 신산한 삶을 후대에 대물림하지 않기 위한.

영화의 정의(justice)와 현실의 정의는 너무도 달랐다. 1990 년에 발발된 걸프전, 그리고 LA 흑인폭동은 나 같은 '할리우 드 키드'의 미몽을 깨웠다. 정의로운 집행자를 자처했던 '세 계의 경찰' 미국의 민낯이 드러나기 시작한 것이다. 잔인하고 비겁하고 위선적인 것이었다. 미국은 차별과 증오로 얼룩진 불합리와 폭력의 거대한 전시장이었다. 그 무렵 스파이크 리 가 감독하고 덴젤 워싱턴이 주연한 영화 〈말콤 X〉가 제작되 고 있었다. 이른바 블랙스플로이테이션(blaxploitation: 흑인이 주 인공인 1970년대 B급 오락영화)과는 격이 다른 흑인 메이저 영화 의 등장. 시의적절했다. 물론 그 과정이 순탄한 것만은 아니 었다. 제작사 워너 브라더스와 감독 스파이크 리 사이의 갈등 이 불거진 것이다. 예정된 제작비를 초과한 탓이었다. 영화 제작이 좌초 위기에 직면하자 감독은 자기 개런티의 3분의 2 를 제작비에 투입했다. 돈 많은 흑인 유명인사(자넷 잭슨, 오프 라 윈프리, 프린스, 빌 코스비, 마이클 잭슨, 마이클 조단 등)의 후원 도 받았다. 불온한 시대는 시의적절한 마케팅 도우미가 되는 것인가? 1992년 11월 미국에서 개봉한 영화는 3시간이 넘는 분량에도 불구하고 흥행과 비평 두 마리의 토끼를 잡았다.

3. 광주천 다리 아래 백일주는 흐르고

5월에 샤론 스톤과 마이클 더글라스 주연의 영화 〈원초적 본능〉이 개봉했다. 또래 사이에서 이 영화는 단연 화제였다. 교실은 후끈 달아올랐다. 영화를 '본 놈들'과 '안 본 놈들' 두 부류로 나뉘었다. 쉬는 시간이면 '본 놈들'에게 '안 본 놈들'은 달려가 영화를 캐물었다. 취조실에서의 샤론 스톤의 그 유명한 장면은 개봉 당시 검열 세례를 받았다. 하지만 '본 놈들'의 구라는 상상력을 더욱 부채질했다. 문과 석차 전교 1, 2등을 오가던 '안 본 놈' P는 '본 놈들'의 무용담에 귀를 쫑긋 세우며 〈실력수학정석〉 따위를 뒤적거리는 척했다. 그러면서 순수한 학문적 탐구심이 투철했던 P는 미지의 가설에 대해서는 귀납적 증명을 거쳐야 한다고 생각했다. 벼르고 벼르던 차, 반년이 지난 11월경 개별적인 특수 사례로써 문제의 비디오를 집 앞 대여점에서 획득하는 데 성공했다. 그리고는 EBS 가정학습 녹화 용도로 부모님께서 사 주신 VTR을 통해 보고야, 아니 증명해내고야 말았다. 한국에서는 문제의 그 장면을 아직볼 수 없다는 시기상조의 결론을 도출한 것이다!

P는, 아니 나는 모의고사를 끝내고 나서 수업 대신 진행하던 영화 단체관람 프로그램을 좋아했다. 충장로 제일극장에서 본 〈퐁네프의 연인들〉(1991)도 그중 하나였다. 그동안 보아왔던 스크린 속 남녀 주인공의 전형적인 외모, 조건과 너무

도 다른 배우들이 출연했다. 미셸 역의 줄리엣 비노쉬는 중성적인 이미지였다. 알렉스 역의 드니 라방은 실제 파리의 행려병자 같았다. 신선한 충격이었다. 그동안 예쁘고 잘생긴 선남선녀만이 스크린 속에서 사랑을 했던 것에 비하면 말이다. 그 방식도 지저분하고 거칠고 자유분방했다. '저것도 사랑인가?' 아, 그러나 그것은 사랑이었다! 영화를 보고 충장로 지하상가를 지나 대인시장 근처의 집으로 돌아오던 저녁. 동네 골목길을 늘 비추던 불빛이 그날따라 달라 보였다. 그 사랑의 광휘는 너무도 강렬해 한동안 잔상처럼 내 머릿속에 어른거렸다. 센 강 위를 천천히 떠가는 거대한 배, 불꽃놀이, 미셸의 눈, 알렉스의 춤, 파리의 야경까지.

퐁네프 다리 야경 못지않게 모교인 J 고등학교 주변의 야경도 볼만했다. 학교와 광주천 다리를 사이에 두고 맞은편에 있던 무등경기장 때문이었다. 1965년에 개장한 이곳은 해태 타이거즈의 홈그라운드인 동시에 지역 군중문화의 정신적 메카 구실을 톡톡히 했다. 야간경기가 있는 날이면 일대는 조명 때문에 대낮처럼 밝아졌고 각지에서 모여든 사람들로 흥청거렸다. 소위 학력고사 백일주(百日酒)를 마신 것은 그런 날들 중 야음을 틈타서였다. 사방이 빛과 함성으로 넘실대던 9월의 어느 저녁. 우리는 광주천변 다리 아래 모였다. 수완 좋은 반 친구 녀석이 근처 슈퍼에서 사온 캔맥주 몇 개를 한두 모금씩 순배를 돌렸다. 당시 유행하던 비비콜, 맥콜 같은 보리 탄산음료의 달콤 쌉싸름한 맛을 기대했었다. 아니었다. 씁쓸한, 아니 몹시 쓴 맛. 이게 어른의 맛인가? 몇 모금에 속이 뜨듯해지고 몸이 노곤해지더니 머리가 핑 돌았다. 이후 찾아온 두통과 더부룩함. 100일 뒤의 행운을 기원하는 통과의례이자 술과의 첫 만남은 그렇게 마무리됐다. 그걸로 족하다고 생각했다. 술은 더 이상 나와 인연이 없을 거라고 결론 내렸다. 물론 그로부터 채 몇 개월이 안 되어 성급한 오판임이 밝혀졌지만.

4. 환상극장: 해태타이거즈여, 영원하라!

군대 내무반에서부터 시가지, 교실, 안방까지 공공연한 폭력이 일상화된 제5, 6공화국 시절. 국민을 살육하고 체포하고 고문하고 가두고 으름장 놓던 도합 12년간의 군사독재는 내 초중고 시절과 정확히 일치했다. 1980년 5월 이래 광주에서 최루탄 없는 군중의 축제란 드물었다. 80년대 중후반부터 5·18 당시 부상자들이 후유증으로 하나둘씩 세상을 떠나며 도심의 장례식은 부쩍 많아졌다. 하지만 노제 행렬은 최루탄과 방패로 가로막히며 번번이 무산되곤 했다. 어른들 틈에 섞여 구경하고 야유하다가 거리에 퍼지는 최루탄과 군홧발 소리에 놀라 함께 달아났다 모였다를 반복했다. 거리에서 배운

〈임을 위한 행진곡〉과 〈오월의 노래〉는 그 무렵의 광주 시내 중고등학생에게는 애국가 못지않게 친숙했다. 이런 시국 탓에 해태 타이거즈 홈경기는 사실상 유일한 합법적 군중 축제였다. 홈구장인 무등경기장에선 희한한 일이 펼쳐지곤 했다. 바로 상대팀 빙그레 이글스의 한 투수가 등판할 때마다였다. 온 관중석에서 그 투수의 이름 석자를 연호하는 것이다. 국민학생도, 까까머리 중학생도, 러닝셔츠 바람 아재들도 한 목소리로 외친 그 이름은 바로 '김대중(金大中)'. 해태 선수가 안타를 쳐도 "김대중", 삼진을 당해도 "김대중!" 분명 상대 원정팀의 투수인데도 홈 관중이 격렬하게 목을 놓아 그 이름을 응원하던 진풍경이었다. 그것은 응원이 아니라 집단적 한풀이이자 넋두리였다. 야구가 운동(sports)이 아니라 운동(movement)이 된 사연이다. 그때의 속사정은 광주 시민이 아니라면 이해하기 어려울 것이다.

　해태가 포스트시즌까지 진출하면 하늘은 시끄러웠다. 경기장 위를 선회하는 중계용 헬리콥터 소리 때문이었다. 함성도 함께 섞여 사방의 공기가 들썩였다. '딱' 하고 공을 맞추는 방망이 소리, 이어서 그 공의 향방에 일희일비하는 소리가 교실 안에 그대로 중계되었다. 그럴 때면 면학 분위기 조성이 안 된다는 이유로 이른 하교 조치가 취해지곤 했다. 당연히 집 대신 무등경기장으로 향했다. 7회 이후부터는 무료

입장이 가능하기도 했었으니까. 바늘 떨어지는 소리라도 충분히 들릴 만큼 고요한 고3 교실 분위기를 벗어난 것만으로도 좋았다. 학교 앞 골목길을 지나서 야구장의 불빛이 반사돼 흐르는 천 위의 다리 하나를 건너면 거대한 조명탑이 보였다. 경기장 안에 들어서면 비현실적으로 넓게 펼쳐진 녹색 그라운드가 있었다. 경기가 끝나고 나면 백열등이 주렁주렁 줄지어 매달린 주황색 포장마차촌은 인파로 문전성시였다. 밤 하굣길 버스정류장은 학생들과 취객이 된 야구팬들로 뒤엉켰고 만원버스는 술과 안주와 도시락과 땀 냄새를 가득 품고 천천히 각자의 집으로 향했다.

그 무렵의 프로야구는 암울하고 고단한 현실을 '하룻밤'만이라도 벗어나게 해주는 환상과 축제의 스펙터클이었다. 발터 벤야민 식으로는 판타스마고리아(Phantasmagoria: 18~19세기에 유행했던 주마등 효과를 이용한 일종의 연극적 장치로 '환상극장'이라고 번역된다.)라고나 할까? 당시 어린이 회원인 소년팬을 제외하면 야구팬의 대다수는 중장년 남성층이었다. 집, 학교, 직장까지 군대와 다를 바 없는 가부장적 병영 국가에서 나고 자라면서 폭력으로 길들여진 채 강자에겐 숨죽여 살고 자신보다 약자에겐 그동안 당했던 만큼의 폭력을 고스란히 대물림했다. 정치적, 사회적, 경제적 한계 속에서 실현되지 못한 꿈을 품고 살았고, 집안을 제외하고는 누군가의 위에 서 있어

본 경험을 갖지 못했다. 대통령부터 재벌 회장, 직장 상사, 군대 상관, 선생님까지 리더는 없고 그들만의 리그에서 군림하는 보스만 있던 시절이었다. 다양한 보스 밑에서 주눅든 인생을 살아온 아재들은 '환상극장'의 스탠드에 앉아서 그라운드를 내려다보며 선수들을 욕하고 칭찬하고 응원하면서 저마다의 억눌린 욕망과 울분을 대리 배설했다. 그 순간만큼은 자신이 누군가의 위에 서 있다는 환상이 가능했다. 일부는 미리부터 술에 취해 런닝구 바람으로 경기장에서 흐느적거렸다. 그 결과는 (첨예한 지역감정으로 얽힌) 특정지역을 연고로 둔 원정팀과의 경기 승부에 따라 폭력적인 것으로 표출되기도 했다. 해태가 지는 날이면 경기장 안팎은 소주병이 날아다니고 쓰레기가 불태워지고 선수단 버스가 위협당하는 등 위험천만한 사건 현장이 되었다.

통산 7번째 우승을 노리던 해태는 그해 가을 롯데와 플레이오프에서 접전을 펼쳤다. 하지만 5차전에서 결국 패했다. 환상극장의 축제는 거기서 멈췄다. 고교 시절 마지막 가을은 그렇게 패배의 기억으로 막을 내리고 있었다. 그것은 겨울의 또 다른 패배를 향한 서막이었다. 그 무렵 당시 동양에서 가장 크다는 광주고속터미널이 완공되었다. 가난하고 암울한 도시를 빠져나가는 출구는 다른 어떤 곳보다 크고 화려하게 지어졌다. 완공 축하 이벤트에 당대 최고의 인기 스타인 서태지와 아이들을 비롯해 많은 연예인들이 온다고 했다. 1992년 대선을 앞두고 시점이 공교로웠다. 이 새로운 환상극장의 문이 열리자 갖은 핑계를 대고 광천동 터미널 이벤트 현장으로 달려간 급우들이 많았다. 여전히 영미 팝음악 지상주의에 사로잡힌 나에게는 심드렁한 뉴스였을 뿐이지만. 다음 날 교실에서는 '땡땡이'를 감행해 공연을 보고 온 용자들의 무용담이 펼쳐졌다. 롯데는 내친김에 코리안 시즌 우승까지 거머쥐었다.

But the show must so on! 1992년의 왕관은 잠시 롯데에게 넘겼지만 이듬해 해태는 다시 우승을 되찾아 왔다. 해태의 신화는 이후로도 계속됐다. 그리하여 1983, 1986, 1987, 1988, 1989, 1991, 1993, 1996, 1997년까지 도합 9번의 시즌 우승. 한국 프로야구에서 다시 없을 불멸의 금자탑이었다. 하지만 거기까지였다. 1997년 IMF 외환 위기로 모기업인 해태 그룹이 부도가 난 이래 해태 타이거즈는 주인을 찾아 헤맸고, 2001년 8월 1일 마침내 역사 속으로 사라졌다. 영원히 푸르를 것만 같았던 꿈의 그라운드는 실은 살벌한 세렝게티 초원이었다. 돈이 절대권력이고 그 힘에 의한 먹이사슬만이 이 초원의 생리였다. 구단 모기업인 해태제과는 크라운제과에 인수되었고, 기아 타이거즈로 이름과 유니폼을 바꾼 뒤 '호랑이 왕국'은 급격히 몰락해갔다. 머리 굵은 어른이 돼버린 나의 팬심도 예의 '검빨(검정+빨강)'이 아닌 낯선 유니폼에는 더 이상 머무르지 않았다. 2013년 10월, 후신인 기아 타이거즈의 홈경기를 마지막으로 무등경기장 시대도 완전히 막을 내렸다.

5. 드라마 천국

그 무렵 MBC는 드라마 왕국이었다. 1991년 가을 〈여명의 눈동자〉로 시작된 열풍은 이듬해인 1992년 초여름 16부작 드라마 〈질투〉로 이어졌다. 〈질투〉는 드라마 트렌드의 최정점이었다. '남녀 사람 친구' 사이에 사랑은 가능한가? 이 해묵은 질문을 당대 최고의 청춘스타 최진실, 최수종의 매력을 등에 업고 새삼스럽게 꺼낸 것이 주효했다. 마지막 회 엔딩씬은 두고두고 회자되며 한국 드라마의 결정적 순간 중 하나로 영원히 남았다. 카메라가 포옹하고 있는 두 주인공 주위를 360도로 회전하는가 싶더니 어느 순간 드라마와 드라마 밖(촬영장)의 경계가 무너졌다. 요즘에야 드라마 최종회의 엔딩 크레디트에 촬영 현장의 이모저모를 스틸 사진으로 보여주어 출연진과 스태프의 노고를 회고하며 시청자에게 인사를 남기는 게 관례가 됐지만, 그 시절은 언감생심이었다. 드라마는 철저히 드라마의 세계 안에서 닫혀야 했다. 그러니까 〈질투〉의 엔딩씬은 드라마가 가공된 세계임을 의도적으로 시청자에게 고스란히 노출시킨 역사적 순간이기도 했다.

영호(최수종 분)와 하경(최진실 분)은 포옹을 하고 키스를 했다. 하지만 맞닿은 두 입술이 그 이상으로 발전하기에는 시대적 한계가 있었다. "난 더 이상 질투하기 싫어." 오글거리는 고백으로 두 사람은 사랑을 확인했다. 사랑보다 더 큰 질투라는 감정을 통해서. 국민학교 졸업 후 중학교, 고등학교, 그렇게 '남자학교'만 내리 6년을 다니고 있던 더벅머리 P에게도 이제 목표가 생겼다. 반년만 참으면 된다! 그리하여 드라마 〈내일은 사랑〉이나 〈우리들의 천국〉에 나오는 캠퍼스에서 〈질투〉의 주인공들과 같은 사랑을 할 수 있으리라 생각했다. 물론 설계부터 완벽한 착각이었다. 캠퍼스에서 최진실 같은 여자를 만나기 전에 P는 자신이 최수종 같지 않았음을 미처 깨닫지 못했기 때문이다. 하지만 드라마는 반년도 채 안 남은 학력고사의 긴장감을 누그러뜨린 동시에 명확한 동기를 부여했다. 그때 〈질투〉를 통해 처음 알았다. 서울에는 한밤중에도 들락날락거리며 컵라면을 먹을 수 있는 '편의점'이란 게 있다는 것을. 당시 광주에는 편의점이 한 군데도 없었다.

최진실보다 피자집 사장으로 나오는 배우 이응경을 더 좋아했다. 생각해보면 이후로도 드라마나 영화든 P, 아니 내가 끌렸던 극중 여성 캐릭터는 한결같았다. 주인공보다는 사랑의 2인자이거나 소위 팜므파탈(femme fatale)이었다. '결국 선남선녀가 역경 끝에 잘살았답니다' 식의 정해진 결론에 매력을 못 느꼈던 것이리라. 그 무렵 전국 남학생의 교실엔 '뜨거운 바람'이 한창 불고 있었다. 1990년에 창간한 세미 성인잡지 〈핫 윈드(How Wind)〉는 은밀하게 책상 속과 가방 안을 장악했다. 〈질투〉의 인기에 힘입어 이응경의 'STAR STORY' 특집이 실린 9월호. 떨리는 마음으로 서점에서 그 잡지를 사서 가방 속에 넣고 오던 날을 기억한다! 그 기사만을 오려 서랍 속에 고이 간직해 두었다. 그리고 대학 2학년 여름방학에 옛날 서랍을 다시 열었더니, 한동안 건재했던 이응경의 기사 스크랩(scrap)은 영영 처분(scrap)되어 있었다. 유년 시절의 아동문고, 카세트테이프, 참고서 따위와 함께. 이제 천상이 아닌 지상에서, 브라운관이나 스크린이 아닌 현실에서, 사랑을 찾아야 했다. 나의 늦은 첫사랑은 스물 살이 되고도 몇 년간 유보되었다.

10월 들어 방영을 시작한 주말연속극 〈아들과 딸〉. 그야말로 '빅 히트'를 쳤다. 아이부터 어른까지 전국이 열광했다. 극중 아버지 역의 탤런트 백일섭이 술에 취한 채 귀갓길에 부르던 노래와 동작. "홍도야 우지 마라, 아 글씨!(이마 탁) 오빠~가 이~~있다"는 국민 개인기가 되었다. 막내 종말이(곽진영 분)는 국민 여동생이 되었고. 이란성쌍둥이 후남이(김희애 분)와 귀남이(최수종 분)의 처지는 시대의 민낯이기도 했다. 단지 여자라는 이유만으로 손위 손아래 남자 형제에게 모든 걸 희생하고 양보해야 했던 이 땅의 누나, 여동생 수난사는 여전히 현재진행형이었으니까. 드라마는 대한민국 수많은 후남이들의 울분을 대변했다. 두 살 터울의 내 누나에게 고마움과 미안함을 새삼 갖게 되었다. 누나는 맏이 역할을 충실히 했다. 꿈 많은 대학 새내기 시절 예쁜 옷과 화장을 하고 캠퍼스의 낭만을 즐기기엔 시대가 호락호락하지 않았고 집안 사정도 마찬가지였다. 당장에 고등학생과 중학생이었던 두 남동생들 뒷바라지가 눈앞에 있었다. 그해 이른 봄날 저녁 누나와 충장로 지하상가에 갔다. 거기서 누나는 당시 유행하던 브랜드인 제이빔(J vim)에서 빨간색 점퍼, 베이지색 바지, 푸른색 체크무늬 셔츠를 사 주었다. 나의 고3 입성 선물이었다. 그날 밤 누나가 집에서 내 앞머리도 잘라줬다. 바가지 머리가 되었고 그마저도 쥐가 파먹은 듯 울퉁불퉁했다. 다음 날 그 머리에 새 옷을 입고 놀이동산인 '패밀리랜드'에 갔다. 고3 단체소풍이었다. 봄비가 살포시 내리던 날이었다. 난생처음 청룡열차란 것을 탔다. 요즘 에버랜드, 롯데월드의 놀이기구에 비하면 소꿉장난 수준이었지만, 눈물 콧물 쏙 뺀 채 내리자마자 한바탕 구역질을 했다. 그것이 마지막이었다. 이후 놀이기구는 내 인생에서 절대금물이 되었음은 물론이다. 어떤 경험은 한 번으로도 족했다!

6. 불타는 사랑

그해 여름은 무더웠다. 에어컨은커녕 선풍기 두 대가 교실 냉방 기구의 전부였다. 한창 테스토스테론 넘치는 사내들의 열기를 감당하기에는 역부족이었다. 교복 자율화 세대였고 남학생들만 있는 공간이라 더우면 '난닝구'와 반바지 차림도 허용되었다. 한술 더 떠 트렁크 팬티를 입고 앉아 있다가 머리를 쥐어 박히는 녀석도 있었다. 그런 곳에서 공부가 될 리는 만무했다. 독서실에 다니겠다고 담임 선생님께 고하고 방학 기간 자율학습을 아예 **빠졌다**. 학교는 인문계 전교 석차 1, 2등을 오가는 학생의 오만을 신뢰했다. 결승점을 반년 앞두고 끝날 줄 모르는 입시 공부가 지겨워졌다. 더위와 권태로 더는 공부가 손에 잡히지 않았다. 성적도 자연히 떨어지기 시작했다. 그때는 오직 이 여름이 지나기만을 바랐다. 선선한 가을이 오고 눈 내리는 겨울이 오면 세상이 달라질 것만 같았다. 병원을 옮긴다고 해도 나을 수 없는 병이 있다. 계절의 병이란 게 그렇다. 잘 안 되던 공부가 독서실에서 될 리는 만무했다. 고2 때 같은 반이었던 단짝친구 N과 독서실에 함께 다녔다. 가방을 놔두고 틈만 나면 놀러 다녔다. 그해 봄 새로 문을 열었다는 지방기상청에 들러 돌아가는 커다란 바람개비와 백엽상(기상관측용 장비가 설치된 작은 집 모양의 백색 나무 상자) 따위를 구경하곤 했다. 선풍기가 더운 열기를 토해내는 지하 탁구장에서 몇 시간 동안 탁구를 쳤고, 텅 빈 중학교 운동장에서 철봉을 하고 농구를 하기도 했다. 땀에 젖은 채로 수돗가에서 물을 마시고 나서 벤치에 누워 여름하늘을 바라보았다. '버킷 리스트'라는 말을 알진 못했지만, 서울에 가서 하고 싶은 일의 리스트를 서로 읊었다. 모든 꿈은 반년 뒤, 오로지 180일만 지나면 실현될 터였다. 근거는 전혀 없었지만, 그땐 그렇게 믿고 있어야 했다.

　독서실이 있던 운암동에서 N의 집은 가까웠다. 도무지 공부가 되지 않을 것 같던, 그렇고 그런 여름날 오후. 동네 비디오 가게에서 비디오를 빌려 N의 집에 갔다. 올리비아 핫세가 주연한 프랑코 제피렐리 감독의 〈로미오와 줄리엣〉(1968). 목숨을 건 운명의 사랑이라고 했지만 두 사람이 함께 보낸 시간은 첫 만남 이래 고작 닷새. 나이 또한 줄리엣은 열셋, 로미오는 대략 열여섯. 이별의 순간을 눈앞에 두고 이 새파랗게 어린 두 청춘 남녀는 격정적 베드신을 막 펼치기 시작했다. 입시 공부에 지친 머리를 식히러 고전 명작을 보겠다는, 줄리엣과 로미오보다 더 나이 든 고교 청소년들의 순수한 의도를 무색케 하는, 중세 청소년들의 진한 사랑의 수위에 당황했다. 그러면서도 침을 꼴깍꼴깍 삼키며 눈을 떼지 못했다. 문제의 장면이 절정으로 치닫던 바로 그때. 대학생이었던 N의 누나가 평소보다 일찍 집에 들어왔다. 거실 TV에선 문제의 장면이 펼쳐지고 있었다. 속수무책이었다. 그녀는 기겁을 하며 우리들을 방으로 내쫓았다. '로미오와 줄리엣'이라고 항변해봐야 소용없었다. 못다한 중세 청소년의 그 사랑이 궁금해 그 영화를 다시 본 것은 대학에 들어오고 난 한참 뒤였다.

부산을 필두로 전국에 퍼졌던 노래방이 그 무렵 광주에서도 막 유행하기 시작했다. 주위 눈치를 보며 적어낸 신청곡의 뮤직비디오를 틀어주던 충장로 음악카페가 일방향의 그것이라면, 노래방은 쌍방향, 아니 내 마음대로의 별천지였다. 내가 고른 노래를 내가 부른다는 것. 그것은 가히 혁명이었다. 500원짜리 하나로 4~5분간은 주인공이 될 수 있었다. 동전을 자그마한 바구니에 담아 들고 고심하여 곡을 골랐다. 유승범의 〈질투〉, 신성우의 〈내일을 향해〉, 이덕진의 〈내가 아는 한 가지〉, 김현식의 〈내 사랑 내 곁에〉, 〈추억 만들기〉, 신승훈의 〈보이지 않는 사랑〉, 그리고 올드팝송이 레퍼토리였다. 노래를 부를 때는 정체를 알 길 없는 울분이 해소되는 것 같았다. 물론 수험생에게 금지된 것을 행하는 일탈의 쾌감이 더 컸다. '로미오와 줄리엣'으로 당대의 금기를 깨고 싶었던 셰익스피어 왈. "말리면 말릴수록 불타는 것이 사랑이다. 졸졸 흐르는 시냇물도 막으면 막을수록 거세게 흐른다." 하지 말라고 하면 할수록 하고 싶은 것이 더 많아졌던 그 시절은 그렇게 대상 없이 불타오르는 사랑으로 가득 찼었다.

7. 사기극의 계보: 휴거 대소동

당시 문과반의 학급 구성은 제2외국어 선택을 기준으로 독어반과 에스파냐어반으로 이루어졌다. 특이하게도 우리 반은 두 외국어 선택자들의 합류지가 되었다. 물론 나는 독어를 선택했다. 입시 점수에 유리해 훨씬 더 많은 선택을 받았던 독어에 비해 에스파냐어는 절대적으로 소수였다. 에스파냐어반 동급생들은 자칭 타칭 '에스파'라고 부를 만큼 결속력도 강했고 전교 석차에 긴박당하지 않은 자유도가 상대적으로 더 있는 편이었다. 경쟁이 없을 리가 없었던 고3 교실에서 에스파와의 교유가 나는 편하고 좋았다.

3학년 학급은 한 사람씩 돌아가며 빵과 우유 등의 간식을 구성원 모두에게 돌리는 비공식 시스템이 있었다. 교사와 학부모 간의 자발적 합의에 의한 것이었다. 어느 날 에스파의 S는 자신의 순서와 상관없이 반 전체에 간식을 쾌척하고는 다음 날부터 교실에서 사라졌다. '10월 28일 휴거 예정설'로 세상이 들썩이던 시절이었다. 다미선교회 목사 이장림이 성경의 요한계시록을 마음대로 해석하여 운명의 날짜까지 지정한 이 소동이 한국사회에 미친 여파는 컸다. 자신의 전 재산을 헌납하고 하루아침에 직장에서, 학교에서, 집에서 사라진 이들이 부지기수였다. S도 그중 하나였다. 10월 28일 이후의 종말을 예언한 이장림은 정작 운명의 휴거가 일어나기 1개월

전에 사기죄로 구속되어 있었다. 그가 집에 숨겨둔 3억원짜리 환매조건부채권의 만기일은 93년 5월 22일이었다. 공중을 향해 팔을 뻗으며 너도나도 데려가 달라는 수많은 신도들의 간절한 바람에도 꿈쩍하지 않던 하늘의 응답은 오로지 하나의 존재에게만 열려 있었으니. "저기 휴거다!" 종말의 그날, 모여든 신자들 중 누군가의 손가락이 가리킨 것은 때마침 교회 실내로 날아들어온 나방 한 마리! 운명의 '10월 28일 자정'은 한국시각이 아니라 예루살렘 시각으로 계산해야 한다는 해석도 제기됐다. 허공에 던진 농담 같던 휴거는 결국 믿음을 이용한 웃지 못할 희대의 사기극으로 하룻밤 사이에 막을 내리고 말았다. 그 꿈이 무너지고 난 뒤 초겨울 찬 바람이 불던 어느 날. S는 슬며시 교실에 나타났다.

불확실성은 언제나 두려움을 가져온다. 이에 대처하는 방안으로 인류는 '이야기'를 발명했다. 분명한 인과 관계를 통해 획득한 지혜와 경험과 노하우를 대를 이어 전파해서 생존을 유지하고 삶의 의미를 되새겼다. 과학과 종교는 자연-우주라는 막대한 힘이 보여준 우연성, 즉 이야기의 불확실성에 대처하기 위한 것이었다. 누적된 인과 관계의 양적 체계를 실험과 논리로 확증해 법칙화한 것이 과학이라면, 이를 수행하는 데에 흔들림 없는 인간의 의지와 판단 체계를 믿음으로 집약해 성문화한 것이 종교다. 인류는 과학과 종교를 통해 무언가를 끊임없이 믿어 왔고, 앞으로도 믿게 될 것이다. 하지만 문제는 맹목적 믿음, 곧 맹신이다. 과학이든 종교든 정치든 약속과 희망을 건네는 단순하고 우호적이며 명쾌한 메신저가 내가 겪을 모든 것의 최종 판관이 되는 모양새랄까? 그들의 모든 메시지는 진실로 탈바꿈된다. 거기에 근거란 없다. '내가 믿는 그들의 메시지가 곧 나의 진실이 되어야 하기 때문'이라는 동어반복일 뿐. '휴거'라는 농담 같은 이야기는 1992년 그해 가을 소동극만으로 끝나지 않았다. 그 후예들은 지금까지 이야기의 레퍼토리를 다양하게 변주하며 '구원 사기극'의 계보를 굳건하게 이어오고 있다. '믿고 싶으니까 믿고, 믿으니까 믿는다'는 이상한 순환 논법이 사라지지 않는 한 앞으로도 이 사기극은 계속될 것이다.

8. 어느 스턴트맨의 죽음

임박한 휴거를 앞두고 세상이 떠들썩하던 10월 중순의 어느 저녁. 나는 밥을 먹으며 MBC 휴먼 다큐멘터리 〈인간시대〉를 보고 있었다. 그날 방송에 출연한 주인공의 직업은 스턴트맨. 특전사 출신에 무술 유단자인 그는 날카로운 인상에 육체적으로도 강인해 보였다. 하지만 후배들의 생활고에 눈물을 감추지 못하는 정 많은 스물아홉 청춘이기도 했다. 당시 국내에 스무 명 남짓밖에 없던 스턴트맨들의 작업 환경은 너무도 열악했다. 맨몸과 다를 바 없는 초보적인 수준의 보호 장비를 착용하고 높은 곳에서 뛰어내리는 그들을 위한 안전장치라고는 겹겹이 쌓아 놓은 라면박스 정도였다. "담력 90%, 운 5%에 안전장치는 5% 정도"를 요구하는 악조건 속에서도 꿈을 일구겠다는 그의 고군분투가 프로그램에서 소개됐다. 그러던 어느 날 비가 억수같이 쏟아지는 드라마 촬영 현장. 극중 다리에서 여자 출연자의 차가 난간을 들이받고 강물로 추락하는 씬. 그곳에 그 스턴트맨이 있었다. 그는 그녀의 대역으로 여장을 하고 차를 탔다. 그가 모는 차는 계획대로 다리 아래로 떨어졌다. 하지만 빗물로 불어난 거센 강물 속에서 차가 뒤집혔다. 그리고 그는 차 안에서 스스로 빠져나오지 못했다. 당황한 스태프들이 뒤늦게 그를 끄집어냈다.

> "2일 오후 7시쯤 경기도 연천군 미산면 동이리 임진강변에서 TV 드라마 촬영을 하던 스턴트맨 정사용씨(29·서울 수색동 205)가 타고 있던 지프가 뒤집히면서 강물에 빠져 숨졌다. 국내 최고 스턴트맨으로 알려진 정씨는 이날 SBS TV 『비련초』의 주인공 신혜수(23·여)가 지프로 난간을 들이받고 강물로 추락하는 자살 장면을 대역하던 중 지프가 뒤집히는 과정에서 빠져나오지 못해 7m 아래 강물로 떨어져 급류에 휘말려 숨졌다."
>
> ―1992년 10월 4일자, 중앙일보

정사용은 그렇게 불귀의 객이 되고 말았다. 그의 나이 고작 스물아홉. "내년(1993년)에 헐리우드에 가서 스턴트맨 연수를 받을 것"이라는 꿈도 사라졌다. 안타깝게도 그가 남긴 이 마지막 스턴트 연기는 NG였다. 문제의 연기가 화면 각도에 제대로 들어오지 않았기 때문이다. MBC 〈인간시대〉측은 그의 비극적 최후를 고스란히 내보내는 선정적인 방식을 택했다. 그날 저녁 나를 포함한 시청자들은 졸지에 죽음의 목격자가 되었다. 요즘이라면 '방송 윤리'를 들어 아마 방영되지 못했을 것이다. 하지만 스턴트맨의 직업 세계를 세상에 알리고, 단 한 번도 주인공인 적이 없었던 그를 주인공으로서 추모하고자 했던 뜻은 이해할 만한 것이었다. 그가 출연한 〈인간시대〉 방영분은 30년이 지난 지금도 내 기억 속에 가장 강렬하게 남아 있는 TV 다큐멘터리 중의 하나가 되었다. 그때 비가 내리는 장면에 흐르던 배경음악(BGM)이 있었다. Creedence Clearwater Revival(CCR)의 〈Have You Ever Seen The Rain?〉. 익히 알고 있었던 이 팝송은 그날 이후 나에게 전혀 다른 것이 되었다. 이를테면 '어느 스턴트맨의 최후'라는 부제가 붙은 새로운 노래로 말이다. 열악한 현실 속에서도 고군분투하는 이 시대 청춘과 그들의 좌절된 꿈, 시대와 불화를 겪는 사람들의 슬픔과 울분을 접할 때면 생각나는 노래가 되었다.

Yesterday, and days before, Sun is cold and rain is hard, I know
Been that way for all my time 'Till forever, on it goes Through
the circle, fast and slow, I know It can't stop, I wonder

어제도, 며칠 전에도, 태양은 차갑고 비는 거셌어

나도 알아, 내 평생이 늘 그랬으니까 영원히, 쳇바퀴 돌 듯이

빠르게도 천천히도, 나도 알아, 결코 멈출 수 없다는 걸

누군가에게는 내리쬐는 태양조차 차가울 뿐이다. 실제로
내리지 않는 비가 내게만 내리는 것처럼 내내 몸과 마음이 후
줄근한 상태도 있다. 세상에 봄이 찾아와도 누군가의 마음속
은 아직 봄이 아닌 이치다. 미국 그룹 CCR이 이 노래를 발
표한 때는 1971년. 베트남전으로 인해 미국은 매일이 폭풍전
야 같은 불안과 두려움의 연속이었다. 게다가 성공가도를 달
리던 그룹 멤버 간의 불화는 심해지고 있었다. 노래 속의 화
자는 심연 속에서 허우적거리며 어려운 시절을 나는 중이다.
그는 한탄하며 울분에 젖어 있다. '막을 수 없는 저 비는 대
체 언제까지 내릴 셈인가?' 철학자 아르투어 쇼펜하우어는
"행복이란 우리의 요구나 기대와 우리가 얻는 것 사이의 관
계에 달려 있다"고 했다. 고통은 그 불일치에서 찾아온다. 결
국 "희망은 고통에 영양분을 주는" 셈이 된다. 스물아홉 스
턴트맨의 희망은 정녕 그의 고통을 키우고 끝내는 자신을 죽

음으로 몰아넣은 것일까? MBC의 간판프로그램 중 하나였던 〈인간시대〉는 이듬해 5월에 폐지되었다. 방송사측은 '낮은 시청률과 소재 고갈'을 이유로 들었다. 시청률 지상주의의 생존 논리야 거스를 수 없는 것이라고 쳐도, 소재가 고갈됐다는 게 세상이 그만큼 좋아졌다는 걸 뜻하는 건 결코 아닐 것이다. 30년이 지난 지금도 시대가 퍼붓는 광란의 비는 멈추지 않고 있으니. 우리가 슬픔과 고통을 느끼는 것은 희망을 꿈꿀 수 없는 세상에서 여전히 희망을 품고 있기 때문일까?

9. 씨네키즈의 나날

1982년에 시작한 대학입학학력고사는 1992년을 끝으로 사라질 운명이었다. 이 선지원 후시험제는 지원학과의 선발 경쟁률, 시험 당일의 컨디션과 운에 따라 웃다가 울고 울다가 웃을 수 있는 수많은 변수를 지니고 있는 제도였다. 하루짜리 시험으로 인생의 모든 것을 결정짓는 도박 같은 시스템이었다. 12년간에 걸친 학교 생활의 종지부를 찍을 단 한 번의 승부차기와도 같았다. 골문 앞에 서 있을 때 골키퍼와 키커, 누가 더 긴장과 불안을 느끼겠는가? 당연히 키커 쪽이다. 실제 골키퍼가 공을 막아낼 확률은 절반에 훨씬 못 미친다. 때문에 한쪽을 포기하고 다른 한쪽을 선택하여 애초에 따라잡지 못하는 공의 속도에 대응한다. 반면 키커는 저 넓은 골문의 빈

구석을 향해 차 넣어 성공시킬 확률이 상대적으로 높다. 그렇게 될 거라 당연하게 여기는 기대도 뒤따른다. 하지만 그만큼 심적 압박감도 커진다. 당사자만이 느끼는 고독한 싸움은 그렇게 시작되는 것이다. 반 친구들의 운명도 골키퍼와 키커의 그것으로 나뉘어 갔다. D-day 숫자가 줄어들 때마다 일찌감치 포기한 자의 편안함과 마지막 스퍼트를 올리는 자의 조바심이 교차했다. 페널티킥을 차는 키커의 심경에 서 있던 내게 라디오는 큰 위안이고 응원이었다. 어제를 보내지 못하고 내일도 없이 오늘에 머물러 있는 청춘들의 시간을 위로하고 격려해준 '멘토'였다. 야간 자율학습이 끝나고도 집에 돌아와 의식적으로 책을 펼쳐야 했던 그때. 새벽 1시의 심야라디오는 나만의 해방구였다. 보이지 않지만 세상과의 연결감을 선사해주는 유일한 친구였다.

그 무렵 서로의 갈 길이 이미 정해진 학급 분위기는 긴장감보다는 나른한 정적이 감돌았다. 내가 좋아했던 예체능 과목의 수업은 사실상 사라졌다. 정규수업보다는 수험용 자율학습이 권장되는 탓에 교실은 거대한 독서실 같았다. 딱히 무엇을 더한다고 해서 대세가 바뀌지 않는다고 생각했다. 그래봐야 '페널티킥 앞에 선 키커'의 그것처럼 불안감만 가중될 뿐이었다. 자연스레 야간 자율학습을 빠지고 대신 영화를 보러 다니기 시작했다. 가을해가 부쩍 짧아진 탓에 영화가 끝난 뒤 극장을 나서면 이미 밤이었다. 극장 앞 골목길은 전과 찌개와 홍어와 탁주 냄새들, 그리고 시끌벅적한 웃음과 욕설과 고함 따위로 가득 차 있었다. 내 몫이 아닌 어른들의 흥청거림은 야구장에서의 그것처럼 약간의 두려움이기도 했다. 때문에 술집의 풍경엔 눈길을 주지 않는 척 발걸음을 재촉하며 지나가곤 했다. 그럼에도 빛과 소리와 냄새로 어지럽게 뒤엉킨 통속적인 밤의 세상이 특별해 보이기도 했던 건 순전히 방금 본 영화의 인상을 품고 길을 나섰기 때문이었다. 그때만큼은 남루한 세상도 저마다의 의미를 띠고 있고, 후줄근한 취객들조차 저마다의 사연을 지닌 배역처럼 보였다. 나는 그 배경을 누비는 주인공이 된 듯한 기분을 느꼈다. 그 벅찬 가슴으로 철시한 충장로 지하상가, 대인시장을 지나 계림동 집까지 뛰어가곤 했던 가을밤. 그때마다 할머니는 고봉밥이 올려진 늦은 저녁상을 차려 주셨다.

그해 가을밤의 백미는 '프랑스 영화 3부작 상영회'. 〈쉘브르의 우산〉, 〈태양은 가득히〉, 〈금지된 장난〉, 이 추억의 명화 세 편을 MBC FM 라디오의 후원 아래 전국을 돌며 상영한 이벤트였다. 행사는 9월부터 시작되었고, 멀리 광주까지 찾아온 것은 10월 무렵. 이것이 계기가 되었다. 그해 가을 이후로 잡지와 라디오로 프랑스 영화의 세례를 받았다. 영화잡지 〈로드쇼〉, 〈키노〉와 〈정은임의 FM 영화음악〉이 견인차가 되었다. 알랭 들롱, 장폴 벨몽도, 장 가방의 고독한 킬러 또는 도망자 신세와 담배 태우기, 비극적 최후를 동경했다. 진 세버그와 잔 모로와 안나 카리나의 숏헤어와 얼굴, 패션을 사랑했다. 그렇게 '프렌치 시크(French chic)'에 흠뻑 취했다. 트렌치 코트 깃을 세우고 담배를 태우며, 카페에서 커피를 마시고, 누군가와 토론을 해야지 싶었다. '대학에 가면, 서울에 가면, 스물이 넘으면, 할 수 있는 일이리라!' 하지만 불과 몇 개월 뒤에 맞닥뜨린 현실은 너무나도 달랐다. 우선 영화 밖의 시대는 한가롭지 않았다. 그리고 니코틴과 카페인은 몸에 맞지 않았다. 물론 나 자신의 외양부터 프렌치시크와는 한참은 멀게 생겨 먹기도 했고. 결국 니코틴, 카페인, 알코올, 그중 제일은 알코올이라! 그렇게 일찌감치 방향을 정했다.

1992년 그해 가을 처음 찾아온 이래로 '프랑스적인 것'에 대한 관심은 근본 없이 넓고 얕게 30년이 넘도록 지금껏 이어지고 있다. 광주 아카데미 극장에서, KBS 1TV 〈명화극장〉에서, 시네마테크에서, 그리고 책 속에서 만났던, 두서없이 적어 보는 프랑스적인 이름들: 알랭 들롱, 장폴 벨몽도, 장 가방, 장 뤽 고다르, 프랑소와 트뤼포, 자끄 드미, 르네 끌레망, 안나 카리나, 진 세버그, 잔 모로, 장 피에르 멜빌, 루이 말, 레오 까락스, 아녜스 바르다, 끌로드 를르슈, 장 자크 베넥스, 마르셀 프루스트, 알베르 까뮈, 장 그르니에, 장 자끄 상뻬,

미셸 투르니에, 아니 에르노, 에릭 로메르, 빠뜨리스 르콩트, 스탕달, 세르주 갱스부르, 미셸 공드리, 미셸 폴라네프, 에디뜨 피아프, 조르주 비제, 앙리 베르그송, 질 들뢰즈…….

1982년 개관해 한때 광주 시내 극장 트렌드를 주도했던 아카데미 극장은 2003년 완전히 사라졌다. 그 자리엔 지금 교회가 들어서 있다. 한 사람이 머물거나 다녀간 어떤 장소는 흘러간 시간 위에 새긴 그의 좌표가 된다. 이를테면 아카데미 극장은 나에게 '프렌치 코드'의 시원인 1992년 10월이다. 안 닮은 듯 닮은 듯 묘하게 그려진 커다란 그림 간판, '상영프로'와 '다음프로' 표지, 상영시간표가 걸려 있는 매표소, 아무 말 대잔치 격의 광고 카피가 적힌 포스터, 빨간 철제좌석, '입장권' 글씨 아래 가격이 스탬프로 찍혀 있는 작고 긴 녹색영화표, 어두운 실내, 빨간 조명등, 은막, 누군가 피워 올린 매캐한 담배연기, 비상구 표시등, 스크린 좌우에 놓여 있는 '금연'과 '탈모' 입간판……. 이 모든 것들이 극장이라는 하나의 육체를 이루고 있는 세포들이다. 사람의 육체가 유한하듯 장소도 그렇다. 언젠가 더는 그 육체가 존재하지 않더라도, 그 이름을 떠올리는 것만으로도 추억으로 향하는 충실한 이정표가 되어줄 것이다. 씨네키즈로 행복했던 한 시절, 영화의 나날, 그 추억의 끝엔 언제나 늦은 저녁 고봉밥을 차려 주시던 할머니 당신이 있다.

10. 어느 정치삼수생의 도전

1992년 12월 18일, 대통령 선거가 있었다. 김영삼(YS), 김대중(DJ), 정주영(JY)의 2강 1중 3파전이었다. 여당인 민주자유당 후보 YS를 당선시키기 위한 기득권의 노력은 치밀하고 비열했다. 대선 일주일 전인 12월 11일. 정부 공안기관 및 부산 지역 기관을 총망라한 요직의 인사들(전직 법무부 장관, 부산시장, 교육감, 안기부·경찰·검찰·상공회의소 간부 등)이 부산 대연동의 고급음식점인 초원복집에 모였다. 조직적이고 편파적인 관권 선거 획책, 노골적이고 천박한 지역감정 부추기기가 이날 의기 투합의 목적이었다. 둘 이상이 모였으니 비밀이란 지켜질 수 없었다. 당시 경쟁 후보측 국민당 관계자가 미리 설치한 녹음기로 그날의 복집 회동을 도청한 것이다. 그리고 그 녹취록을 공개해 추악한 실상이 만천하에 드러났다. 상식이 살아 있는 세상이라면, 승부는 원점으로 돌아가거나 아니 뒤집어져야 마땅했다. 축구경기로 따지자면, 협회 운영진과 심판들이 특정팀을 응원하다 못해 운동장을 아예 통째로 기울게 해버린 초유의 사건이니 말이다. 하지만 '우리가 남이가'라는 초유의 팬심, 아니 영남 지역 민심, 정확히는 '지역감정의 망령'이 발동했다. 5년 전인 87년 6월 항쟁으로 직선제를 쟁취했던 '집단지성'은 온데간데없고 스스로 우중(愚衆)으로 전락한 것이다. 이를테면 일부 팬들까지 이 아사리판에 끼어들어

한통속으로 응원을 펼치는 꼬락서니였다.

초원복집 사건 주범들이 "지역감정이 유치해도 지역발전에 도움이 된다"라고 믿었던 근거는 이유 있는 게 돼버렸다. 소위 메이저 언론도 노골적으로 한몫 거들었다. 결국 예상되었던 역풍은 오히려 여당 후보 YS에게 순풍이 되었다. 대선판을 어처구니없게 뒤집은 이 소동극을, 상식 있는 시민들은 부글부글 끓는 심정으로 지켜볼 뿐이었다. 투표권이 없는 우리들도 그랬다. 어떤 선택도 할 수 없었다. 마치 표를 구할 수 없어 경기장 밖에서 노심초사 발을 동동 구르는 심경이랄까? 한 달여 전인 11월. 미국은 최초로 전후 베이비부머 세대인 빌 클린턴을 제42대 대통령으로 선출했다. 그의 나이 고작 46세. 역대 세 번째로 젊은 대통령이었다. 이 부러운 광경은 한때 한국에도 있었을 뻔했다. 1971년 대통령 선거 당시 맞상대였던 대통령 박정희를 극도로 긴장시킨 야당인 신민당의 '40대 기수론'이 그것이다. 그 선두주자였던 DJ는 이후 납치와 투옥과 사형선고와 망명의 험로를 걸었다가 1985년 2월 총선을 나흘 앞두고 전격 귀국했다. 그야말로 정국의 뇌관이 될 만한 폭발력 있는 이슈였다. 미국의 시사주간지 뉴스위크(Newsweek)는 이를 '폭풍의 귀국(A Stormy Homecoming)'이라 명명하며 커버로 다루었다. 그는 김포공항에서 곧바로 연행돼 동교동 자택에서 가택연금에 처해졌고,

1987년 6·29 선언 이후 사면복권이 되고 나서야 국내 정치에 복귀할 수 있었다. 하지만 16년 만에 다시 치러진 대통령 직선제 출마는 정치인 DJ로서는 통한의 실책이고 역사적 과오였다. 국민적 열망을 외면하고 YS와의 후보단일화를 결렬시켜 노태우에게 승리를 헌납함으로써 군사정권의 생명은 연장됐다.

그랬던 그가 절치부심 끝에 5년 뒤인 1992년 세 번째 도전에 나선 터였다. 하지만 삼수생 DJ는 이번에는 재수생 YS에게 완벽하게 패배했다. 다음 날 아침 그의 떨리는 육성 정계 은퇴사를 TV로 지켜봤다. "무엇이 되느냐보다 어떻게 사느냐가 중요하다." 거리를 오고 가는 사람들의 구멍 뚫린 가슴을 그린 12월 22일자 한겨레신문의 그림판은 지금도 잊을 수가 없다. 그렇게 1992년은 롯데와 YS의 승리로 저물어가고 있었다. 며칠 뒤 서태지와 아이들이 공연을 했다던, 동양에서 제일 크다던, 광천동 버스 터미널에서 우등고속버스를 탔다. 어차피 어른들의 세상은 그런대로 다시 돌아갔다. 내 코가 석 자였다. 투표권이 없던 대선보다 내게는 훨씬 더 중요한 인생의 한판 승부가 기다리고 있었다. 학력고사를 치르러 가는 상경길. 우울한 초겨울 하늘빛 아래 호남고속도로가 자꾸만 뒤로 달아났다.

11. 어머니, Eres Tu

1992년 12월 22일. 대한민국의 마지막 학력고사. 미래를 건 단 한 번의 '승부차기'를 앞두고 있었다. '선지원 후시험제', 지원한 대학교의 학과 건물에 가서 직접 시험을 치르던 제도 탓에 나처럼 지방에서 응시하는 수험생들은 '원정경기'를 치러야 했다. 다행히 방학 중에 비어 있는 대학교 기숙사 방을 수험생 숙소로 배정받을 수 있었다. 어머니와 함께 고속버스를 타고 5시간을 달린 끝에 서울 톨게이트에 들어섰다. 꽉 막힌 반포 IC를 거북이처럼 느릿느릿 지나고 곡선도로를 따라 빙글빙글 내려가니, 영화와 TV에서나 보았던 벽돌색을 띤 웅장한 건물이 나타났다. 1981년에 만들어진 반포동의 강남고속터미널. 버스에서 내리자마자 광주보다 훨씬 더 강렬한 냉기가 한순간에 밀려왔다. 서울의 저녁 하늘은 차갑고 요란하게 빛나고 있었다. 지하철 3호선을 타고 을지로3가역에 가서 다시 2호선으로 갈아타고 신촌역에 도착했다. 지하도를 빠져나와 홍익문고 앞에 서자 2차선 도로가 대학교 앞까지 길게 펼쳐졌다. 그 도로 양쪽의 신촌 밤 거리는 그야말로 별천지였다. 여관과 모텔이 즐비한 언덕 위로 올라갔다. 수학여행을 제외하면 외지에서 처음으로 숙소에서 묵는 순간이었다. 그날 선택한 곳은 '한일장' 여관. 별의별 네온사인으로 번쩍거리는 이름들보다 소박하고 단정한 그 이름이 안도감을 주었다. 여관 안팎은 밤새 빛과 고성과 괴성으로 들썩였다.

　　다음 날 오전. 대학 기숙사에 입소하기 위해 한일장을 나섰다. 기숙사 건물은 교정 맨 끝에 있었으므로, 교문에서 한참을 걸어 올라가야 했다. 배정된 내 방은 2인 1실이었다. 또 1명의 지방 수험생일 룸메이트는 아직 도착하지 않았다. 짐을 풀고 난 뒤 점심을 먹으러 어머니와 기숙사 근처 북문을 나섰다. 연희동 중국집에서 나는 짜장면을, 어머니는 우동을 시켰다. 먹는 동안 옅은 눈발이 흩날렸다. 식사를 마치고 다시 기숙사로 올라오던 길이었다. 북문 앞 골목은 때 아닌 소녀들의 종종걸음으로 분주했다. 커다란 양옥*의 대문과 담벼락에는 낙서가 가득했다. 당시 전성기를 누리던 대학 농구부 숙소였을까? 추운 날씨지만 누구 하나 문을 열고 나와주지 않을 것은 뻔해 보였다. 그런데도 자신의 우상을 막연히 기다리는 소녀들의 얼굴은 하나같이 밝았다. 나는 기숙사로 들어가고 어머니는 학교 밖 신촌 방면으로 내려가셨다. 시험이 끝날 때까지 당신이 머물 만한 하숙집을 미리 알아봐 두신다고 했다. 눈발이 계속 옅게 흩날리던 그날 오후. 수험생 예비소집은 대운동장에서 진행되었다. 나와 같이 두꺼운 솜털 파카를 입은 촌티 물씬 나는 지방 수험생들이 보였다. 반면 가

─────────────

* 나중에 알게 됐지만, '정모씨'의 문패를 단 그 집은 연예인 정현철(가수 서태지)의 본가였다.

죽 점퍼에 메이커 농구화를 신고, 심지어 장발에 담배를 피우며 친구들과 놀러 온 듯한 이들도 꽤 많았다. 대개는 서울 출신들이었고 같은 학원을 들먹이는 걸 보니 재수, 삼수생들이었다. 나와는 달리 하나같이 여유가 있어 보였다. 알 만한 사람들이라곤 각각 행정학과, 법학과, 의학과를 지원한 S, J, P, 이렇게 고등학교 동기 세 명이었다. 하지만 서 있는 줄이 달랐고 수험생과 학부형이 뒤섞여 줄지어 늘어선 통에 얘기조차 제대로 나누지 못했다. 저마다 사람 사이의 섬이 된 채로 예비소집은 끝났다. 익명의 경쟁자들을 보니 막막하고 불안한 기분이 들긴 했지만, 한편으론 그날 모인 그들, 결국 우리들 모두가 매한가지라고 생각했다. '나만 그런 건 아닐 거야.' 그 거대한 동지의식이 안도감을 주기도 했다.

소집 행사가 끝나고 난 늦은 오후. 기숙사로 돌아와 쉬고 있던 중이었다. 방으로 걸려온 전화가 나를 찾았다. 어머니였다. 현관으로 내려갔다. 이불 한 채를 손에 들고 언덕길을 내려오는 당신의 모습이 보였다. 그 장면을 지금도 잊을 수가 없다. 그때의 당신은 쉰이 된 지금의 내 나이만큼 젊었다. 어머니는 내게 이불을 건네고 다시 발걸음을 돌리셨다. 그리고는 언덕 너머로 사라질 때까지 몇 번이고 뒤돌아보며 손을 흔들어 주셨다. '추운데 어서 들어가라'고.

그사이 2박 3일을 함께할 룸메이트가 방에 와 있었다. 대전에서 올라온 또래였다. 식당에서 함께 저녁을 먹으며 통성명을 하고 서로의 지원하는 학과 정보를 주고받았다. 그 목표가 다르다는 것을 확인하자마자 경계는 풀렸다. 일단 경쟁자는 아니었으니까. 많은 말을 나누지는 않았고 지금은 이름도 기억나지 않지만, 이 단기 룸메이트는 그 순간만큼은 운명의 전야를 함께 보낸 유일한 동지였다. 라디에이터가 조용히 끓고 있었으나, 방 안의 공기는 쌀쌀하고 불안정했다. 어머니가 주신 새 이불을 덮고 누웠다. 불 꺼진 어두운 천장을 보며 지난 12년간을 떠올렸다. 잠이 오지 않았다. 가지고 온 AIWA 미니카세트를 귀에 꽂고 FM 라디오를 틀었다. DJ의 멘트가 흐른 뒤, 스페인 그룹 Mocedades(젊은이들)의 노래가 흘렀다. 〈에레스 뚜(Eres Tu)〉. '그것은 바로 당신입니다.' 그 뒤 이 노래는 한 시절의 인장(印章)이 되었다. 92년 겨울, 기숙사 언덕길 너머를 오가던 내 어머니의 젊음, 어린 나의 외로움과 불안의 밤이 새겨진.

Todo mi horizonte eres tú, eres tú

Así, así, eres tú

나의 지평선은 바로 당신, 바로 당신

그래, 그래, 바로 당신입니다

12. 마지막 승부

마지막 학력고사는 역대급으로 쉬웠다. 시험이 끝나고 난 오후 4시. 나는 사설 정답지와 학원 정보지가 배포되는 왁자지껄한 대학 정문 앞을 지나 수험생 인파에 섞인 채 왕복 12차선 도로의 횡단보도에 섰다. 그제서야 지난 몇 년간 기다렸던 결정적 순간이 '바로 지금'이었음을 실감했다. '시험이 끝나기만 한다면.' 그렇게 주문처럼 외우며 숱한 욕망을 유보했던 지난날들이었다. 하지만 '모든 꿈이 이뤄질 것 같다'는 부푼 기대나 '지긋지긋한 입시지옥이 끝났다'는 해방감보다 먼저 찾아온 것은 허탈감이었다. 저녁이 될 때까지 신촌 거리를 배회했다. 드라마 〈질투〉에서처럼 편의점에 들어가 컵라면을 먹어 봤고, 음반 가게 '향뮤직'에서 〈Tears In Heaven〉이 수록된 에릭 클랩튼의 〈MTV 언플러그드〉 실황공연 카세트테이프를 구매했다. 기숙사 방에서 재회한 룸메이트와는 시험을 잘 봤느냐고 서로 묻지 않았다. 하지만 두 사람의 밝은 표정은 이미 결과를 말해주었다. 고교 시절의 마지막 겨울방학을 어떻게 보낼지를 놓고 두런두런 이야기를 나누며 밤을 보냈다.

다음 날 오전 11시 짐을 꾸리고 기숙사를 나섰다. 정문 앞에서 어머니와 만났다. 신촌역에서 2호선을 타고 가다가 을지로3가에서 다시 3호선으로 갈아타고 고속터미널로 돌아왔다. 처음에 올라왔던 길 그대로였지만, 그때보다는 한결 홀가

분한 마음으로 버스에 올라탔다. 남쪽으로 내려갈수록 눈발이 점점 굵어지고 아예 사선으로 휘날리며 차창 앞에 무수한 빗금을 그었다. 저녁이 되어 검게 내려앉아 있던 사위는 쉴 새 없이 몰아치는 눈으로 하얗게 밝아졌다. 그야말로 초유의 폭설이었다. 고속도로는 단단히 얼어붙었다. 아예 길 위에 멈춰 있는 시간이 더 많았다. 휴게소에서 '큰길 어묵'을 어머니와 나눠 먹으며 추위와 허기를 달랬다. 차 안은 히터를 틀어 더워졌는데도, 어머니는 내 손을 연신 어루만져 주셨다. 당신이 잠들고 나서 에릭 클랩튼의 새 앨범을 건전지가 다 되도록 들었다. 지나온 생의 어떤 순간에는 항상 노래가 있기 마련이다. 그렇다면 그 순간은 노래와 함께 기억 속에 박제된다. 과거부터 차곡차곡 쌓아왔을 이런 노래들의 플레이리스트는 다가올 생의 어느 국면 어느 순간에라도 불현듯 재생 버튼이 작동되기를 기다리고 있다. 〈Tears in Heaven〉. 이 노래가 1992년 겨울 고속도로 위에서 어머니와 갇혀 있던 그날 밤의 분위기를 연상시키는 나의 재생 버튼 중 하나가 되는 것은 당연했다. 새벽녘이 되어서야 광주시 동구 계림동 우리집에 도착했다. 구옥의 삐걱거리는 낡은 대문을 열고 들어서니 그제서야 한시름이 놓였다. 서울을 떠난 지 무려 14시간 만이었다. 신촌의 화려한 밤거리가 지난 꿈처럼 아득했다.

입시 후의 고등학교란 무엇인가? 그 존재 이유가 하루아침에 사라져 버렸다. 지난 12년 공교육의 목적이 오로지 그날 단 하루 '승부차기'를 위했던 것인 양. 이후로는 황급히 은퇴한 선수처럼 더는 연습도 훈련도 실전도 없는 모양새가 되었다. 겨울 내내 공허한 자유가 찾아왔다. 졸업식이 올 때까지 수업은 더 이상의 의미가 없어졌다. 입시와 관계없는 선생님들의 옛날 이야기가 꼬리에 꼬리를 물고 이어졌다. 그들의 얼굴은 한없이 자애롭고 밝기만 했다. 소설을 읽거나 음악을 듣고 매점에 떼로 몰려가서 먹고 또 먹고 빈둥거렸다. 오후에는 알아서들 학교를 빠져나왔다. 충장로 극장에 가거나 호프집에서 맥주 거품을 입에 묻혀가며 미리 대학생 흉내를 내보기도 했다. 그래도 예비 대학생으로서 무언가를 해야겠다는 막연한 생각이 들었다. 컴퓨터학원에 등록해 주말엔 DOS 따위를 배웠다. 1.2MB의 저장용량을 보유한 얇은 5.25인치 플로피디스크에 얼마나 많은 문서를 채워야 하나 까마득한 앞날을 헤아렸다.

1993년 새해가 밝았다. 역사상 최초의 문민정부 출범을 준비하던 2월, 고교 졸업식을 마쳤다. 미장원에서 머리 펌을 했다. 당대 최고 스타 손지창 스타일의 '핀컬 파마(Pin Curl Permanent)'를 마친 뒤 원장님은 샴푸실에 가서 앉으라고 했다. 의자가 세면대를 등지고 있었다. 멈칫하다가 '밧데루 자세'를 취하며 세면대에 머리를 내밀었다. 장내에서 폭소가 터졌다. 시키는 대로 반대로 돌아 앉았다. 고개를 뒤로 젖혀 머리를 감기는 게 불안하고도 신기했다. 거꾸로 누워서 라디오에서 흘러나오는 김승기의 〈HAM〉을 들었다. 눈비 섞여 질척거리는 흐린 거리 곳곳에는 현진영의 〈흐린 기억 속의 그대〉가 울려 퍼졌다. 집에 돌아와 거울을 보니 어머니의 스타일과 닮았다. 모자의 그 파마머리는 3월 입학식 사진에 고스란히 담겼다.

대학 새내기 배움터(오리엔테이션)라는 게 있어서 2박 3일 일정으로 상경했다. 초행길은 아니었지만 여전히 낯설었다. "깊은 산 연못 속의 구멍 속의 개구리" 따위 유치한 노래와 율동을 선배들에게 배웠다. 교정과 강당과 강의실, 여기저기서 나눠주는 팜플렛과 자료집으로 가방이 가득 찼다. 개중엔 '친구여 돌아오라'며 MLM(다단계사기) 피해 사례와 예방책을 다룬 것도 있었다. 92년 대선 평가 격으로 소위 '범민주후보(DJ) vs 민중후보(백기완)'에 관한 같은 학과 91, 92학번 선배들의 서로 다른 입장도 실려 있었다. OO교실, OO마당이라고 적힌 사회과학적 교양(이라 쓰고 의식화로 읽는다) 인쇄물도 많았다. 일단은 새로운 만남들의 연속이었다. 남녀노소 가릴 것 없이 낯선 누군가와 연거푸 인사를 해야 했다. 낯가림이 심했던 나에겐 어색함과 부끄러움의 연속이기도 했다. 특히 남중, 남고 도합 6년을 거치는 통에 연애는커녕 사적으로 대화를 주고받은 또래 '여사친'조차 없었고, 이성에 대한 관심이 없던 나에게 남녀공학의 현실은 생경하고 어찌할 바 모르는 고역이었다. 서울에서 머물던 시간들이 마냥 달갑지만은 않았다. 그런 마음 때문인지 귀차니즘인지, 입학일이 다가올수록 그토록 떠나고 싶었던 광주에서 점점 떠나기 싫어졌다.

13. X세대라고 불리는 사람들

1993년 3월. 나는 서대문구 창천동 바람산 아래에 자리잡은 다가구 주택의 2인 1실 월 25만원짜리 하숙생이 되었다. 연변 출신의 아주머니가 차려주신 음식은 김치부터 국까지 죄다 입에 맞지는 않았다. 할머니와 어머니의 반찬이 그리워졌다. 룸메이트는 포항 출신의 공대 90학번 복학생이었다. 그는 말이 없고 착했으나, 발냄새는 지독했으며 코고는 소리는 더욱 지독했다. 그나마 친해져가고 있던 과 선배, 동기 중엔 서울 사람들이 많았다. 촌스럽고 어리숙한 나보다는 한걸음 앞서 있거나 여유로워 보였다. 낯설고 외로운 서울 생활, 신기하고도 어색한 대학 생활. 그래서 일부러라도 사람들 틈에 섞여 새벽녘까지 취하려고 했다. 그렇지 않고 맨정신으로 들어온 날이면 쉽게 잠들지 못했다. 룸메이트 형의 코고는 소리를 배경 삼아 AIWA에 이어폰을 꽂고 〈정은임의 FM영화음악〉을 들으며 잠을 청하곤 했다. 어둠 속에서 파르르 떨리며 천천히 꺼져가는 길고 하얀 형광등. 천장과 방 안 벽지의 익숙한 패턴. 네모 안에 동그라미를, 그 동그라미 안에 다시 네모를 넣기를 반복했다. 패턴을 알 수 없는 나의 미래를 막연히 그 위에 그려보곤 했다.

강의실과 과방에서 만났던 내 또래들이 지닌 비싼 브랜드의 옷과 신발과 가방, 그들의 돈 씀씀이와 마음 씀씀이, 해사한 웃음. 예전엔 미처 알지 못했던 서울 출신과 지방 출신, 유복한 집안 출신과 평범한 집안 출신 또래와의 차이가 점점 드러나고 있었다. 주눅드는 마음, 자격지심, 고립감 따위. 그래도 '시험은 목적이 아니라 과정'이라는 심야라디오의 격려가 있었다. 그래, 대학도 최종목적지는 아니었다. 나는 그저 또하나의 시험을 치르고 있을 뿐이라고 여기기로 했다. 지금은 과정, 그냥 과정이라고. 전공에 대한 적성은 얼마 지나지 않아 금방 판가름났다. 회계원리, 경제학, 컴퓨터자료처리, 통계학 등등. 문과 출신인 나의 길은 아니었다. 그러나 바꿀 용기도, 의지도, 관심도 없었다. 그저 난생처음 겪는 하루하루에 내 몸을 맡겼을 뿐이었다. 그 와중에 사람을 사귀는 것은 술에 친숙해지는 것이기도 했다. 맥주 거품처럼 덧없고, 소주잔 위에 둥둥 뜬 기름처럼 부유하던 시간이었다. 대학에만 가면 더 넓고 자유로운 세상을 볼 수 있을 거라고 생각했었다. 하지만 그 기대는 시작부터 차츰 무너지고 있었다. 동기들과 어울려 학생식당에서 선배들에게 밥을 사 달라며 조르는 시늉을 하고, 다른 학교 교정의 벚꽃을 찾아다니고 사진을 찍기도 했지만 재미있지는 않았다. 어색하고 공허하고 외로웠던 봄이었다.

그 무렵 학생운동은 이미 쇠락의 길을 걷고 있었다. 2년 전인 91년 4월 26일 경찰 폭력에 의해 명지대생 강경대(19)가 숨졌다. 그는 입학한 지 1개월밖에 안 된 신입생이었다. 곧이어 수많은 청춘이 피눈물을 흘리고 항거하며 제 몸을 던져 연이어 죽어간 5월 정국이 있었다. 정당성이 결여된 '3당 야합'으로 민의를 거스른 상태에서 부도덕성과 폭력성마저 드러낸 정권의 최대 위기였다. 동시에 운동 진영의 최대 승부처이기도 했다. 하지만 정세는 급반전됐다. 소위 '강기훈 유서대필 조작 사건'과 '6.3 외대 사태(총리 정원식에 대한 학생들의 밀가루와 계란 투척 사건)' 등으로 학생운동진영은 졸지에 패륜이 되었다. 그해 겨울 이념의 돛대 구실을 하던 현실사회주의 진영의 구심 격인 소비에트 연합, 즉 소련이 붕괴됐다. 1992년 겨울 '희망의 노래'를 불렀던 대선은—김대중에 대한 '비판적 지지' 노선도 백기완의 '독자적 민중후보' 노선도—모두 '한겨울 밤의 꿈'으로 끝났다. 군정 종식을 선언한 1993년 문민정부의 등장은 학생운동 존재의 이유를 노골적으로 뒤흔들었다. "요즘 세상에 누가 학생운동을 해?" 그렇게 격변하는 정세 속에서 학생사회는 예전의 힘을 눈에 띄게 잃어갔다.

그 와중에 015B의 〈신인류의 사랑〉과 문화평론가 안이영노를 필두로 한 '신세대론'이 본격적으로 회자되었다. 특히 신세대 문화집단인 미메시스가 '현실문화연구' 프로젝트 중 하나로 공동집필한 『신세대 네 멋대로 해라』는 1993년 8월 출간 이후 6개월만에 1만부가 팔리는 큰 인기를 누렸다. "탄원과 호소"로 일관했던 흔들리는 80년대적 이념의 자리에 "오렌지족과 낑깡족의 연대"를 주장하며 압구정동과 서태지로 대변되는 감성과 욕망이 들어섰다. 군사정권과 기성세대의 권위주의와 가부장주의뿐만 아니라 학생사회의 주류였던 운동권의 염결주의 역시 신세대론의 비판에서 자유로울 수는 없었다. 반면 기성세대는 일부 오렌지족 세태의 부도덕성을 트집 삼아 신세대의 '싸가지없음'과 과소비 향락 문화 전체로 세대론을 특징 지으며 곱지 않은 시선을 보냈다. 진보 진영은 신세대론을 그저 상업자본주의의 첨단으로 여기며 경계하고 폄하하려고 했다. 하지만 답답한 시대상을 뚫고 경제적 풍요 속에서 걷잡을 수 없이 분출하기 시작한, 자유와 개성을 추구하는 개인들의 욕구를 읽지 못했다. 여전히 공동체론 속에 침잠해 있던 학생운동은 'OO만 학우'에서 이제는 개인이 된 학생들과 차츰 멀어져가고 있었다. 그 무렵 이병헌과 김원준이 출연한 '아모레 트윈엑스(XX)' TV광고로 더욱 각인된 이름 하나가 세대를 읽는 새로운 화두가 되었다. 이른바 'X세대.' 난 데없이 세상은 우리를 그렇게 규정짓고 있었다.

X세대가 등장해도 학생사회의 문화는 바뀌지 않았다. 3월의 총학생회 해오름식(출범식)을 필두로 등록금 투쟁, 이른바 '학원자율화투쟁'이 시작됐다. 이제 막 등록금을 내고 학교에 들어온 내가 그 돈의 값어치나 학교 돌아가는 이치를 어림잡고 판단했을 리는 만무했다. 시위에 참여해 본관 점거까지 가담한 것은 호기심 섞인 관전 심리가 우선이었다. 끝나고는 선배들이 주도하는 학사주점, 민속주점에서의 뒤풀이가 이어졌다. 사실 집회보다 뒤풀이가 좋았다. 총화평가*가 끝나고 난 뒤의 그 시간을 기다렸다. 그날 '투쟁'에서 새내기인 내가 특별히 뭘 해낸 것도, 해낼 리도 없었지만, 그저 새내기라는 이유만으로 주목받고 사랑받았다. 대학에 들어와 처음으로 자존감이 회복되는 기회들이었다. 그들 틈에 섞여서 늦은 밤까지 술을 마시고 잔뜩 취해 돌아오곤 했다. 다음 날 종일 숙취 속에서 골골대며 과방과 교정을 어슬렁거리다가 어두워지면 다시 예의 루틴을 시작했다. 그렇게 하숙집에 들어가지 않는 날이 많아졌다. 조금씩 주량도 늘어났다. 과 선배들은 마음 둘 곳 없는 나의 낮과 밤을 장악하기 시작했다. 포

---

* 집회 참석자끼리 돌아가며 반성과 다짐과 계획을 발언하는 시간

섭과 회유라고 하기엔 그들 자신이 내놓는 것이 너무 많았다. 거리에서, 과방에서, 술집에서, 때로는 그들의 하숙방에서 함께 지내는 날들이 많아졌다. 대학, 아니 서울에 와서 처음으로 재미라는 것을 느끼기 시작했다. 그렇게 사람에게서 얻은 에너지가 휴학 없이 11학기까지 학교에 머무르게 한 이유가 되었다. 그때 배운 모든 것이 반드시 옳았다고 할 순 없었지만, 이후 30년 내 인생의 척도가 되었다. 적어도 세상의 그늘과 약자와 비주류에 대한 시선, 진보에 대한 믿음, 역사에 대한 관점, 사람에 대한 사랑만큼은.

14. 첫 스텝은 엉켰지만

당시 단체미팅의 커플 선정방식은 '학력고사팅'. 이를테면 마음에 드는 상대 이성을 1지망, 2지망 순으로 적어내고, 주선자가 이를 모아서 1지망끼리를 우선으로, 그 다음에는 1지망과 2지망을 엮는 식이었다. 그러니까 1지망끼리 커플이 된다는 건, 일단 기분좋은 출발인 셈. 내가 좋아하는 사람이 나를 좋아한다는 신기한 사건의 시작점이랄까? 나는 난생처음 나간 미팅에서 1지망으로 적어낸 상대와 커플이 되었다. S여대 사회학과 93학번. 성은 J요 이름은 OO. 제주도 출신으로 서울에 유학 온 터라 잠실 이모님 댁에서 학교를 다닌다고 했다. 왜 나를 1지망으로 적었는지, 따로 이유를 물었다. 그러자 J는 내가 '또래 서울 남자애들보다 말수가 적고 착해 보여서'라고 했다. 그때의 나로서는 당연했다. 요즘의 MBTI로 따지면 I의 전형이라고 할 수 있는 내성적인 성격 탓도 있었고, 지방 출신(당시 호남 출신은 잘못한 것도 없이 위축되어 있었다)이었고, 이성과의 계획된 만남은 그때가 처음이었기 때문이다. 당연히 호구조사 외에 이성에게 무엇을 질문할지 몰랐다. 다른 동기들처럼 좌중을 주도할 말재간이 없기도 했다. 그래서 잠자코 상황을 지켜보자 싶은 관찰자 모드에 가까웠던 것이다.

성사된 커플끼리의 자리가 따로 마련됐다. 저녁시간을 보내고 헤어지는 길에 다음에 만날 땐 영화를 보기로 하고 날짜와 시간을 약속했다. 그 주의 토요일 명동성당 입구에 있는 중앙극장에 갔다. 알 파치노, 크리스 오도넬 주연의 〈여인의 향기〉 두 장을 예매했다. 그리고 기다리고 기다리던 수요일 저녁이 왔다. 행여 재킷 주머니 속에 든 영화티켓을 잃어버릴까 손으로 꼭 누른 채 전철을 타고 갔다.

영화는 좋았다. "실수를 해서 스텝이 엉키면 그게 바로 탱고죠." 이런 대사들. 상경한 지 얼마 안 된 촌놈이라 서울 사람들 속에서 외롭고 서툴렀던 나에겐 위로와 격려가 되었다. 단체관람 말고는 누군가와 함께 본 첫 영화라서도 그랬을 거다. 향린교회 옆 식당에서 김치볶음밥을 먹었고, 근처 카페에서 디저트로 파르페도 먹었다. 첫 만남보다는 많은 말을 나

넜던 것 같다(나중에 알았지만 나만 그렇게 생각한 것 같기도 하다). 그리고 밤 10시쯤이 되어서 을지로입구 전철역까지 함께 갔다. 나는 신촌, J는 잠실, 서로 가는 방향이 달랐다. "안녕, 또 만나." 인사를 나누고 헤어졌다. 그때 주고받은 것은 J의 이모님댁 전화번호와 내 하숙집 전화번호. ……그것이 마지막 데이트가 되었다. 영화를 본 다음 날 전화를 걸었을 때 J의 이모님이 받으셨다. 누구냐고 묻길래 당당히 '남자친구'라고 했다. 수화기 저편의 이모님은 멈칫하며 당황한 기색이 역력했다. 잠시 후에 돌아와 수화기를 들더니 J가 '남자친구는 없다'고 했단다. 내 일천한 연애 상식으로는 도무지 납득되지 않았다. 미팅에서 1지망끼리 만났고, 영화까지 보고, 밥도 먹고, 디저트도 함께 먹었는데? 그래서 이모님께 내 이름을 말씀드리고 J에게 전화를 해달라 당부해 두었다.

하지만 내 하숙집 전화는 끝내 울리지 않았다. 나만 몰랐다. 지금이라면 유치원생도 알 법한 사실. 그러니까 그때의 내가 했던 건 '썸' 축에도 끼지 않는다는 것을. 그러길래 선행학습이 중요하다 했던가? 유치원을 다니지도 않았고, 초중고교 때 마음을 줘본 이성이라고는, 브라운관과 은막 속의 여배우들뿐. 그러니 '천상계'에만 눈이 맞춰져 있던 나에게 정작 인간계에서의 이성 관계란, 경험은커녕 기초상식도 전무후무한 미지의 세계랄까. 나는 그 세계의 초보 중에서도 생초보였던 셈. 탱고로 따지면 스탭은커녕 춤을 청하는 방법조차 몰랐으니. 그나저나, 도대체가 왜 연락이 없는 걸까? 나중에 궁금해서 그 이유를 주선자를 통해 물었고, 건너 건너 듣게 되었다. 그랬더니 J 왈, '너무 말이 없었고, 재미없었다'고. 세상사, 참 얄궂다! 언제는 말이 없고 착해 보여서 1지망이라더니. 이해할 수 없는 '사랑'이라는 요지경. 그 운명을 그렇게 처음 배워가며 아픈 만큼 성숙해지는 것일까 싶지만, 그런 일타 쪽집게로 사랑이란 걸 쉽게 배울 수 있는 것도 아니었으니. 30년 전의 그 봄에 시작된 나의 첫 '실연 같지 않은 실연'은 훗날의 험난한 실연기를 예고하고 있었다.

그날 본 〈여인의 향기〉 속 대사의 풀버전은 이랬다. "탱고를 추는 것을 두려워할 필요 없소. 인생과는 달리 탱고에는 실수가 없거든. 설혹 실수를 한다 해도 다시 추면 되니까. 실수를 해서 스탭이 엉키면 그게 바로 탱고죠." 탱고는 실수를 해도 그만인데, 사랑은 그렇지가 않았다. 사랑에도 완급이 필요하고, 춤처럼 밀고 당기는 요령이 필요하다고 가르치는 세상. 하지만 나로서는 그 지혜랄까 기술이랄까 '밀당'이라는 건 언제나 요령부득의 경지였으니. 그때의 젊은 나는 좋아할 줄만 알았지 좋아하는 법을 몰랐다고나 할까? '올 오어 낫씽(all or nothing).' 일단 시작하면 완전히 마음을 퍼주고 송두리째 나를 몰입하는 방식이었는데, 어찌 보면 스스로의 퇴로조차 없애 버리는 무모한 사랑법이었다. 첫 스탭부터 어처구니 없게 꼬여서 그런 건지 나에게 '밀당'은 먼 이름이 되었다. 그러다 보니 실수가 너그럽게 허용되는 탱고가 차라리 더 쉬워 보일 만큼 사랑이 두렵고 힘든 시절도 어김없이 찾아오곤 했었다. 10년, 20년, 30년. 세월이 흐르면서 나도 많이 무뎌졌다. 어느덧 내 생에서 다시 심장이 두근거릴 수나 있을까 생각하는 오십 줄에 접어들었다. 그리고 어느 이른 봄날 회사는 이사를 하게 되었다. 명동성당 근처였다. 2016년 중앙극장이 허물어지고 올라선 빌딩이 새 사무실이었다. 나는 중늙은 연어 한 마리가 되어 30년 만에 추억의 자리 위로 회귀했다.

15. 행복은 전공무관 인생은 전공불문

두 번째 미팅은 강남 뉴욕제과에서였다. 과 동기 주선으로 S 생명 여자농구단과 가진 단체미팅. 나와 키가 비슷한 여성을 직접 만난 건 처음이었다. 어리숙한 나에 비해 그들은 몇 배는 성숙한 어른 같았다. 빵집부터 경양식, 호프집까지 이어지는 1~3차 코스 와중에 그들의 주도로 이끌리다가 어디선가 지갑을 잃어버렸다. 그 안에 학생증이 있었다. 차일피일 미루다가 결국 졸업 때까지 영영 학생증을 발급받지 않게 되었다. 교문 앞이나 신촌전철역에서 경찰의 검문이 잦던 시절. 그럴 때마다 나는 학생증 대신 등록금 영수증으로 인증하고 학교 출입을 해야 했다. 중앙도서관 출입을 할 수 없었는데도 불편하지 않았다. 당연히 재학 기간 내내 도서 대출 실적은 '제로'였다. 그런 나를 키운 것의 9할 이상은 죄다 강의실 밖의 것들이었다. 그때의 내 상태는 'go to school(수업 받으러 학교에 가다)'보다는 'go to the school(학교 건물에 가다)'이었다. 강의실을 제외한 '학교라는 특정 공간'에 물리적으로 머물렀다는 게 맞겠다. 그래서 교내 체류 시간은 누구보다 많았지만, 강의실에 들어간 것은 11학기 동안 손에 꼽을 정도였다. 주로 교정, 학생회관, 과방 등지에서 살았다. 그러니까, 재학이 아니라 서식(棲息)에 가까웠다. 애저녁에 전공 공부와 완벽하게 헤어졌다. 과동기의 평균적인 진로와도 영영 멀어졌음은 물론이다. 나도, 그들도 서로 관심이 없는 타인이 되어 갔다. 학연이라는 도구는 허망했고, 학교라는 간판은 허상이었다. 그 결과 내 졸업학점 평량평균은 1.93, 전체 57명 중 53등이었다. 오랜만에 그 적나라한 숫자들을 보면 가슴 한구석이 뜨듯해진다. 나보다 조금 낮은 곳에 서 있었던 54, 55, 56, 57등. 도대체 너희 네 사람은 나보다 얼마나 더 멋진 시절을 보낸 것이냐? 54, 55, 56, 57등 동기들이여, 잘들 사시느냐?

당시 학과 구성원들을 '계파학적'으로 분류하자면 크게 넷이다. 중도파, 운동부, 운동권, 놀자파. 우선 중도파. '중앙도서관에서 불철주야 공부하는 분파'로 단연 학내 최다 계파였다. 수시로 치러지는 퀴즈, 레포트, 중간고사, 기말고사 등의 학점 관리, 취업 준비, 공인회계사 및 각종 고시 준비 등이 그들의 당면 과제였다. 중도파는 취업파와 고시파, 그리고 전공 공부에 뜻을 두고 아예 대학원으로 들어가는 학구파로 다시 세분화되었다. 그중 학구파는 대부분 모교 대학원 조교가 되었기에 오랜만에 수업에 들어가거나 시험을 봐야 하는 나와의 접점이 늘 있는 편이었다.

다음은 럭비, 축구, 야구, 농구, 아이스하키로 이루어진 이른바 5개 운동부. 라이벌이라 칭하는 K학교와 1년에 한 번 있는 정기대항전에서 가치를 입증하고 학교 예산과 행정적 지원을 받았다. 축제의 피날레를 장식하는 응원전을 위해 응원단과 음악밴드가 있었다. 학생들은 운동부를 응원하는 것과 상관없이 그동안 배워둔 응원가를 술집 골목 곳곳에서 집단으로 불러대면서 우스꽝스럽고 허세로 가득한 학교 소속감과 엘리트주의를 스스로 고취시키곤 했다. 기량이 뛰어난 운동부원들은 국가대표와 프로팀의 주축선수로 발탁이 되었다. 특히 농구의 경우 프로농구가 출범하기 전인 90년대 초중반 연예인급 이상의 대중적 인기를 누렸다.

운동권은 90년대 접어들어 쇠퇴의 전조를 보이기 시작했다. 문민정부 출범, 신세대론의 급부상, 그리고 96년 여름 '한총련 사태' 이후 서식지도, 대중의 지지기반도 급격히 줄어들면서 '보호종 지정'이 시급해진 멸종 위기 계파였다. 한때는 '괴물의 시대'에 맞서 '인간의 시대'를 꿈꾸며 치열하게 싸워 온 학생사회의 주류였지만, 괴물과 싸우다가 결국 괴물을 닮아버린 모습이 한두 가지가 아니었다. 과방 '날적이'에 중도파 동기생이 적어 놓은 어렴풋이 떠오르는 글귀는 지금도 아프게 맴돈다. "그대 바라보는 하늘이 푸르지 못함을 원망하는가? 그대 눈빛은 매섭고 입술은 차가워 차마 다가설 수 없다. 하지만 그대의 뜨거운 가슴만큼은 사랑한다."

마지막으로 놀자파. 이들은 불멸을 구하지 않고 주어진 젊음을 마음껏 쾌척하고 탕진해버린 순수한 불나방들이었다. 술집과 당구장과 농구장과 동아리와 산과 바다가 그들의 놀이터였다. 인간이란 호모 사피엔스(지혜로운 존재, 현생 인류)인 동시에 호모 루덴스(유희적 인간)이기도 하므로 노는 게 제일 좋은 건 생래적 특징. 때문에 학생의 본분보다 인간의 본능에 가장 충실한 부류일 수도 있다. 소위 '놀고먹고 대학생'인 순수 놀자파와 달리 특정 소수는 사회적으로 '오렌지족'이라는 호칭으로 불리기도 했다. 압구정동, 대치동, 개포동, 삼성동 등 강남 8학군 고등학교 출신이 많았다. 자가용을 몰고 학교에 등교하던 92학번 선배 아무개는 공강시간이면 과방에 모여 있는 후배들 앞에서 전날 밤 나이트클럽을 경유한 '원나잇스탠드' 무용담을 천연덕스럽게 자랑하곤 했다. 시냇물이 모여 강물이 되고 결국 바다로 흘러가듯, 다수의 운동권과 놀자파는 시간이 흐르면서 자연스럽게 중도파로 흡수 통일되었다. 그것이 교문 밖 속세의 섭리라는 듯.

운동권과 놀자파를 오가며 중도파로의 합류를 끝내 거부한 나의 졸업 후 결과물은 단출했다. 우선 졸업앨범과 전공책 어느 것 하나 남아 있지 않다. 전자는 등록금에 포함된 앨범 대를 반납받아 술을 사 먹은 탓이다. 후자는 사 놓고서 펼쳐 본 일이 없어 어디에 뒀는지, 아니 사기는 했었는지 기억조차 없다. 시간과 물질에 담긴 추억에 집착한다며, 평소 오래된 물건을 안 버리는 습성에 대한 알리바이를 구차하게 둘러대던 나로서는 면이 좀 안 서는, 아니 예외적인 경우다. 어쩌다 보니 전공과 관련된 것은 죄다 무소유로 일관했다. 전공에 관한 지식 또한 청순한 비움의 상태인 것이고. 그래서 지금 전공 무관으로 밥벌이를 하고 있는 것이다. 사실 학과에 입학하고 나서 곧바로 나의 길이 아님을 깨닫긴 했었다. 하지만 무언가를 다시 시작하기에는 애매했다. 바뀐 수험제도인 '수능 시험'이라는 잠수함 속 토끼가 될 수는 없었다. 이미 놀자파에 입문했던 것도 한몫했고.

그때부터 폭주가 시작되었다. 1학년 1학기가 채 끝나기 전 나의 전공은 곧 맹장과 같은, 그러니까 흔적기관과 같은 것이 되어 버렸다. 그럼에도 불구하고, 서푼어치 전공 지식을 빌려서 나의 대학시절을 미분(微分)하자면? 20대라는 시간의 X축과 교정이라는 공간의 Y축 좌표에 놓인 점들이 될 것이다. 점철(點綴), 즉 글자 그대로 시간이라는 점들을 이어 붙이면 하나의 궤적이 그려진다. 그 흔적이 한때의 나를 규정할 것이다. 놀고먹고 마시며 읽고 울고 웃고 싸우고 한데 뒤엉켜 보낸 공동체의 기억으로 점철된 나날들. 365일 중 330일 이상은 반복되었을 것이다. 그 결과 이런 공식을 집대성할 수 있었다. [강의실 밖(교정+아스팔트+과방+학생회관)+술집+자취방] X 330(일) X 6(년) X 2(소주+맥주+막걸리/병). 그렇다. 관념의 과잉, 실천의 과잉, 놀이의 과잉, 음주의 과잉, 뭐든지 과잉이었다. 시대(라고 쓰고 조직 또는 선배라고 읽는다)가 요구하는 게 이 것저것 많아서였다(라고 한때 믿고 살았다). 그래서 공부를 안 하는 학생치고는 제법 바빴다. 그러니까, 학생이 공부 말고 도대체 뭘 하느라 그리 바빴었느냐고 정색하여 따져 물으면, 딱히 콕 집어 말하기도 힘든 진공의 시간들이었다.

앙상하고 설익은 로고스(logos:이성), 강박적인 에토스(ethos:윤리), 뜨겁기만 한 파토스(pathos:감성)라는 세 개의 돛을 단 범선으로 정의의 강물 위에서 좌표도 없이 먼 훗날 혁명의 바다로 잘도 가고 싶었으나, 결국 현실의 연안에서 내 내 표류하다가 어느 곳에도 닿지 못하고 좌초되고 만 형국이랄까? 꿈꾸던 '인간의 세상'은 사회과학책과 문학과 문건과 민중가요 속에서만 있었다. 교문 바깥과 끊임없이 연대하고 소통하려 했지만, 우리의 안온한 이상(理想)을 비웃을 만큼 바깥세상은 더욱 치열하고 냉혹한 어른들의 질서였다. 우리는 그야말로 서태지가 꼬집은 〈환상 속의 그대〉(1993)가 되어가고 있었다. '지금이 우리에게 유일한 순간이며 바로 여기가 단지 우리에게 유일한 장소'였음을 깨달았어야 했다. 해방과 정의와 평등을 꿈꾸던 우리의 이상에 대해서는 누구도 더는 관심을 두지 않았다. 그렇게 이상과 환상 사이를 오고 가다가 우리의 꿈과 계획은 신기루처럼 허망해졌다. 세상의 속도에 맞춰서 우리가 그만큼 빨리 달라져 갔다. 우리 중 다수는 예의 중도파가 되었다. 대기업 샐러리맨과 전문직이 된 사람들도 늘어 갔고, 사는 곳과 자동차와 술과 안주의 질도 높아져만 갔다. 개중에는 완전히 우회전을 하여 다시 돌아올 수 없는 길로 멀어져버린 사람들도 있었다. 하지만 여전히 자신의 양심과 신념을 인생의 돛대 삼아 끝없는 헌신과 고행의 항해를 계속하는 사람들도 있다. 그것 또한 그들이 자신의 생에서 선택한 행복의 크기였다. 우리 모두는 그렇게 '대학'을 완전히 떠났다. 그러고 나니 더 이상 나는 '그때의 우리'가 아닌게 돼버렸을지도 모르겠다. 사진 몇 장 제대로 남기지 못했던 그 시절에 대한 증거란 것은 '전공 공부를 뺀 모든 순간들'을 기억으로 적분(積分)해온 나 자신의 육체뿐이었다. 그 뜨거운 계절은 오래전에 가고 남은 것은 볼품없지만, 그래도 싸우고 고통받는 이들에 대한 부채의식과 소시민적 각성과 양심은 가슴속에 여전히 돛을 펴고 있다.

16. 난 멈추지 않는다

1993년 그해 봄. 신촌 거리 곳곳의 길보드와 호프집에서 들리던 노래가 있었다. 그룹 잼(ZAM)의 〈난 멈추지 않는다〉. 인생의 어떤 시절을 가요로 치환한다면 1993년 봄은 단연 이 노래다. 군사독재 세력과의 3당 야합으로 만들어진 절반짜리 문민정부의 시작은 언제든지 군부 쿠데타 가능성을 품고 있었다. YS는 취임 직후부터 은밀하게 숙군 준비를 시작했다. 방해와 우려, 만류도 만만찮았다. 하지만 YS의 호연지기는 거칠 게 없었다. "개는 짖어도 기차는 간다." 마침내 하루아침에 쿠데타 세력의 잔재인 하나회(전두환, 노태우가 주축이 된 육사 출신의 군대 내 사조직)를 날려버렸다. 전열을 가다듬거나 방어할 틈도 없이 떨어진 '똥별'이 무려 40여 개였다. 14년 전인 1979년 12·12 쿠데타 세력이 자행한 수법 그대로를 돌려준 통쾌한 방식이었다. "니들 봤제?" 다음 날 청와대 회의석상에서 회심의 미소를 지었다는 YS. 그 노래는 금융실명제, 하나회 숙청, 역사 바로 세우기 등 그의 쾌도난마 식 '개혁'을 위한 송가로 해석해도 무리가 없었다. 출발이 좋았던 YS의 개혁 기관차는 1994년 7월 김일성 사망으로 인한 조문 파문에 이은 공안정국, 1995년 한국통신노조 파업 강경진압, 1996년 한총련 사태, 1997년 노동법 날치기 통과, 소통령으로 불리던 비선 실세인 차남 김현철의 국정농단 등으로 점점 탈선하더니, 결국 'IMF 구제금융'이라는 초유의 비극적 종점에서 멈추고 말았다.

한때 역사의 발전법칙을 믿었다. 그렇게 되돌릴 수 없을 정도의 관성으로 멈추지 않고 앞으로만 흘러가는 줄 알았다. 인생은 아름답다고 낙관도 했다. 아니었다. 비유는 번번이 틀렸다. 역사는 시계처럼 정방향으로, 강물처럼 순류로 흘러가지만은 않았다. 지난 30년 동안 거꾸로 돌아가는 시절은 불현듯 찾아오곤 했다. 예측 불가능한 방식으로, 때로는 너무도 노골적인 양상으로. 5년마다 바뀌는 정부, 한줌의 괴물 같은 존재나 집단 때문만은 아니었다. 문제는 갈수록 커져만 가는 우리들의 욕망에 있었다. 매번 끓어오르다 식기를 반복하는 눈먼 기대와 길 잃은 희망에 있었다. 존 버거는 "기대는 몸이 하는 것이고 희망은 영혼이 하는 것"이라고 했다. 과연 지금 우리의 기대와 희망은 어디에 있는가? 이제 지천명이 되어가는 우리는 저마다 어떤 답을 할 수 있을까?

이제 모든 걸 다시 시작해

내겐 아직도 시간이 있어

때론 상처가 좌절로 남아

돌이킬 수 없는 후회도 하고

그러나 우리 잊어선 안 돼

지금의 나는 내가 아닌걸

신문에 실려온 얘기들

헝클어진 우리들을 탓할 순 없어

이제 모든 걸 다시 시작해

이렇게 여기서 끝낼 순 없어

내겐 아직도 시간이 있어

지금 이렇게 지금 멈출 수는 없어

—ZAM, 〈난 멈추지 않는다〉(1993)

3장

놀며 사랑하며 생각하며

문화/단상

10

N번째 테이크

하나의 작품이 완성되기까지의 과정은 포기와 폐기의 연속이다. 도공은 불완전한 것은 가차없이 깨뜨린다. 그렇게 몇 개를 버리고서야 단 하나의 도자기가 탄생한다. 원고지에 글을 쓰던 시대의 작가는 지우개로 무수히 지우고 그래도 안 되면 원고지를 구겨서 내팽개쳤다. 쌓이는 지우개똥과 휴지만큼 글의 완성도는 높아졌으리라. 하나의 노래가 녹음되어 세상에 나오기까지의 과정도 마찬가지다. 무수한 테이크(take: 녹음 회차)가 생겨날 수밖에 없다. 물론 그런 과정을 생략한 마법 같은 순간도 있다. 도둑처럼 찾아온 영감이 아티스트의 손을 빌려 불과 몇 분 만에 오리지널 그대로가 되는 경우. 그것도 단 원 테이크, 일사천리로 완성된다면 마법은 정점이 될 것이다. 하지만 유명이든 무명이든 그런 요행수는 드물게 찾아온다. 대중음악 사상 최고의 작곡가로 평가받는 비틀스의 폴 매카트니와 존 레넌 역시 예외는 아니었다. 불세출의 천재이기 이전에, 그들은 음악광이자 연습 벌레였고 일벌레였다. 무명 시절에는 독일 함부르크의 클럽에서 취객을 상대로 하루 평균 10시간이 넘는 공연을 하며 연주 실력을 길렀다. 하늘 아래 새로운 것은 없는 법. 선배 뮤지션들의 노래를 커버하고 모방한 레퍼토리로 작곡의 감각을 익혔다. 악보를 볼 줄도 쓸 줄도 몰랐던 그들에게 가는 곳마다 손에 잡히는 것들은 빈 오선지가 되었다. 식당의 냅킨, 휴지, 메모지, 그 어디에라도 기타코드를 적고 말도 안 되는 가사를 붙여서 떠오르는 선율을 붙잡아 두었다. 우리가 알고 있는 노래 한 곡이 만들어지기 전의 각 테이크는 익숙하면서도 어딘가 어색하다. 거기엔 그들의 과감한 시도와 실수, 장난기와 치열함, 결핍과 여백 등 노동의 빛나는 순간이 고스란히 담겨 있다. 당대 최고의 슈퍼스타를 비추는 각광 뒤엔 고통스러울 만큼의 그늘진 분투가 있었다. 또래 이십대 그 누구 못지않게 절박하게 일에 매진했던 네 명의 딱정벌레, 아니 일벌레들이 있을 뿐.

　비틀스의 역량이 최고조로 무르익고 해산의 기운도 함께 무르익던 60년대 후반. 런던의 폴은 뉴욕의 사진작가 린다 이스트먼과 '장거리 연애'를 했다. 사랑꾼 폴은 그녀에게 바칠 짧은 노래에 더할 수 없는 사랑을 담고자 했다. 1968년 9월 16일 월요일 런던 EMI의 제2스튜디오. 조지 해리슨을 제외한 멤버 셋이 모였다. 폴은 자신의 러브송 하나에 '공적 자산'인 밴드의 역량을 쏟아부었다. 오후 7시부터 새벽 3시까지 무려 67번의 테이크가 나왔다. 당사자 폴을 제외한 두 멤버 존 레넌과 링고 스타는 짜증이 날 법도 했다. 미안했던지 폴은 겸연쩍은 장난기를 발동해 29번째 테이크에서 'I will(그렇게 할게)'을 'I won't(그러지 않을게)'로 살짝 바꿔 불렀다. 그러자 존 역시 특유의 장난기로 'yes she will(그녀가 그렇게 할 거야)'로 대구하며 마무리. 이 총 67개의 테이크 중 하나를 선택한 결과가 바로 우리가 알고 있는 노래다. 터질 듯한 그리움을 담았으나 너무도 담백하고 사랑스럽게 다가오는 1분 46초짜리의 명곡 〈I Will〉.

21세기 세계 최대 브랜드 중 하나인 '애플'(Apple Inc.). 1976년 스티브 잡스(1955~2011)가 애플 컴퓨터란 이름으로 설립했다. 하지만 그보다 앞선 1968년 비틀스는 이미 같은 이름의 음반회사인 애플(Apple Corps.)을 먼저 만들었다. 두 회사 간의 법적 분쟁은 컴퓨터 회사인 애플이 음반 회사인 애플의 영역에 진출하지 않기로 하고 휴전 상태에 머물렀다가, 이후 다시 오랜 기간의 갈등이 불거졌다가 애플의 세계적인 성공과 시장의 절대적 지배력에 의해 종지부를 찍었다. 음악은 기술에 종속되는 것으로 막을 내렸다. 이제 절대다수에게 애플은 스티브 잡스의 애플로만 기억되고 있다. 이처럼 잡스는 음반회사와의 분쟁을 불사하고 그 이름을 채택할 만큼 자타 공인 비틀스 광팬이었다. 그는 앞뒤가 모두 A면인 싱글 〈Penny Lane/Strawberry Fields Forever〉의 세션 과정을 담은 부틀렉음반(비라이센스반, 일명 **빽판**)을 구했었다. 단 두 곡의 노래에 관한 각 테이크를 모은 앨범이었다. 생전에 잡스는 새로운 프로젝트를 준비할 때 이 앨범을 듣는다고 밝힌 적이 있다. 그러면서 하나의 곡이 만들어지기까지의 '무쓸모처럼 보이는 과정'이 그 자신에게도 큰 영감을 선사한다고 했다. 세상을 뒤바꾼 IT계 기린아의 혁신적인 아이디어는 처음부터 단박에 '다르게 생각'(Think Different)하여 나왔던 건 아니었다.

그랬다. 마치 비틀스의 앨범 세션과도 같았다. 타인에게는 사소하거나 구분되지 않을 무수한 시행착오의 반복이었다. 부틀렉 앨범엔 아이디어에 따라 악기가 더해지고 더빙과 믹싱을 달리하는 여러 개의 테이크가 담겨 있었다. 두 개의 노래가 탄생하는 과정은, 차가운 뼈대에 따뜻한 살이 붙어가는 조각상의 그것과 흡사했다. 테이크를 거듭할수록 모호하고 혼돈스러웠던 장난과 실험과 연습이 점차 윤곽을 드러내기 시작했다. 그러더니 어느새 오늘날 우리가 알고 있는 노래의 모습이 되어 귓가에 다가오는 것이다. 이윽고 존과 폴의 고향 리버풀에 관한 사적인 추억을 담은 두 노래는 '보편적인 노래'가 되었다. 지난 반세기 동안 지구촌을 달구며 모두의 추억으로 완벽히 탈바꿈하게 된 것이다. 잡스는 그 고독하고 지루한 작업 과정과 변화를 귀로 들으며 영감의 밑천을 얻어 낸 것이다.

우리가 사는 생도 그렇다. 유치하고 뻔한 비유이긴 하지만, 나는 우리의 생을 노래를 만드는 과정에 빗대어 생각하곤 한다.

'나의 오늘은 어느 정도까지 완성된 곡일까?'
'여전히 미완성 상태의 무수한 테이크 몇 번 중의 하나겠지?'
'나를 아는 사람들은 이런 '나'라는 노래를 어떻게 듣고 있을까?'
'나를 알지 못하는 사람들은 '나'라는 노래를 들으려고는 할까?'

일정한 세월을 껍데기처럼 겹겹이 둘러쓰고 있는 '나'라는 에고는 완성체가 아니라 고정체다. 그럼에도 불구하고 나를 알든 모르든 타인은 이미 완성된 노래처럼 나를 대하고 있을 것이다. 다만 그 노래가 근사한가 아닌가, 인기가 있나 없나, 사랑을 좀더 받나 안 받나의 차이가 있을 뿐이다. 그들이 이해하거나 오해하고 있는 '나'라는 노래는 그런 것이다. 딱 보이는 만큼일 것이다. 듣기에 쉽고 익숙하고 편안한 리듬, 멜로디, 그루브, 톤, 매너를 기대하고 요구하고 있을지도 모른다. 그러나 상대의 마음속에 쉽고 익숙하고 편안한 누군가로 자리잡기란 얼마나 어려운가? 단 한 사람의 마음에라도 제대로 가 닿는 일이 그렇게나 힘들다. 그에 부응하는 일이 우리가 겪는 생의 애환인 동시에 숙명이다. 끝이 없는 그 과정 자체가 바로 생이다.

자, 그럼 타인의 익숙한 관습, 세상의 시선과 평가를 떠나볼까? 우선 고정된 그 무엇으로 '나'를 보는 데서 벗어나는 것부터다. 나는 나를 어떻게 여기고 있는가? 남들이 뭐래도 내 삶의 세션은 여전히 현재진행형이다. 세상 또래의 평균적인 삶보다 조금 뒤쳐져 있을 수도 있다. 그렇더라도 저 혼자서 아무도 알아주지 않을 생의 테이크를 시도하고 있는 건 아닐까? 물론 자기 객관화의 부족일 수도 있다. 혹은 무쓸모의 자기만족이나 자기암시에 불과할 수도 있다. 자기 존재감을 확보하기 위해서, 먹고살기 위해서, 밥벌이를 하고 생산활동을 해내고 있다. 비록 타인에겐 우리의 그런 하루하루가 평범하고 무탈하게 비칠 테지만. 우리는 지금껏 이렇게 살아왔기에 익숙한 속도나 방향의 관성을 따르고 싶어한다. 동시에 새로운 무언가를 찾아 나서려고 한다. 훌쩍 떠나기도 한다. 힘들면 내려놓고 일단 멈추기도 하면서 무언가를 기다리는 것이다. 이것도 용기라면 용기다. 그 와중에 꿈을 되풀이하여 꾸는 게 언젠가는 완성된 그 무엇이 될지 확신할 수는 없다. 새로운 생의 약속을 잡기에 애매한 내 생의 '일요일 오후 4시'도 이미 지나가고 있으니 말이다.

하지만 그렇게 평범하게 묻히고 잊히는 가운데서도, 무용할지도 모르는 테이크를 거듭하는 이유는 무엇일까? 결국 삶의 중독이 아닐까? 더 나아가지도 더 물러서지도 못하는 비슷한 삶의 오후. 그때에 머무른 채 뭔가 닮은 구석 하나쯤은 있을 법한 삶의 중독자들끼리 서로를 가련히 여기고 위로하고 응원하며, 서로를 알아보고 사랑도 하는 건 아닐까? 페이스북, 인스타그램, 트위터 같은 사회관계망 서비스가 선사하는 친교와 연대의 순기능이 그럴 것이다. 누군가는 그 덕에 어떤 계기를 얻어 내일이란 것을 꿈꾸고 다시 길을 찾아 떠날 수도 있겠다. 설혹 타인의 눈에는 끝내는 어설픈 미완성일지라도 자신에게만큼은 흐뭇한 최선을 내놓을지 모를 일이다.

그러다 보면 언젠가는 내 생의 서투르고 무용한 테이크가 모여 노래 한 곡은 될 수 있을까? 단 한 사람의 마음이라도 움직일 수 있는 노래로 말이다. 비록 백조가 죽기 전에 부른다는 가장 아름다운 노래 '스완송'은 아닐지라도. 지금도 어디선가 저마다의 노래 하나를 위해 무수한 테이크를 만들고 있을 '우리들'을 떠올린다.

11

구름 여행기

언젠가부터 구름 보는 것을 좋아하게 되었다. 날마다 같은 창가에서 같은 구도로 구름 사진을 찍어 둔다. 길을 가다가도 멈춰서서 찍는다. 어떤 때의 구름은 밟고 올라서도 될 만큼 풍성한 하얀 이불솜 같다가도 또 어느새 흩날려가는 깃털처럼 듬성해지기도 한다. 저녁에는 오렌지빛에서 자몽빛으로, 마침내 핏빛으로 물든 것을 볼 수 있다. 드물기는 해도 무지개가 서려 있는 경우도 있다. 한시도 똑같지 않은 그 모습은 그야말로 예측불허다. 하지만 불안이 아니라 평온을 선사한다. '오늘은 어떤 모양이 그려져 있을까' 하고 아주 소소한 기대를 품게 된다. 덕분에 그렇게라도 작은 변화가 시작될 수 있다는 것을 깨달았다. 어떠한 기대도 없이 하루를 보내던 차 그저 하늘을 올려다봤을 뿐인데…. 그 과정에 의미까지 부여할 수 있다면, 구름만큼 믿음직한 변화가 어디 있겠는가 싶어지는 것이다. 날씨는 대기의 희로애락이다. 구름은 그 희로애락을 표현하는 하늘의 표정이다. 그렇게 하늘은 정중동을 한다. 유유자적 떠 있으면서 세상 아무렇지도 않다는 저런 표정을 하기까지에는 물과 공기의 수만 가지 사연이 켜켜이 쌓여 있을 것이다. 하늘의 표정을 살피는 사람들 저마다의 사연도 함께.

구름은 물이다. 정확히는 물의 순간이다. 전 세계 5만 3천여 회원을 보유한 '구름 감상협회(The Cloud Appreciation Society)'의 창설자 개빈 프레터피니. 그는 저서 『구름 관찰자를 위한 가이드』(2023, 김영사)에서 그 순간을 이렇게 표현했다. "변화 과정에 있는 물인 구름은 끊임없이 하늘과 땅을 오르내리는 물의 순환 주기에서 잠깐 스쳐 지나는 한 단계에 불과한지도 모른다. 마치 테니스 선수가 로브 타법으로 쳐 올려 하늘 위 정점에서 순간적으로 멈춘 듯 우아하게 떠 있는 테니스공처럼." 그렇게 구름이 하늘에 머물러 있는 물방울의 순간이었다면, 색채 없이 투명해야 할 것이다. 하지만 우리 눈에 대체로 하얗게 보이는 이유는 수많은 물방울 각각의 표면에 의해 빛이 사방으로 산란하기 때문이다.

그런 원리로만 보자면 하늘 위에 떠 다니는 것만이 구름은 아니다. 가장 가깝게는 우리 입에서 나오는 입김도, 자욱하게 내려앉은 어느 날의 안개도 구름의 형제뻘은 된다. 그러나 하늘에 있던 것도 땅에 내려앉으면 다른 것으로 읽히나 보다. 대체로 구름이 변화와 희망과 평안을 상징한다면, 안개는 우수와 우울과 불안을 상징한다. 영화 〈헤어질 결심〉(2022)에서 인상적으로 쓰였던 정훈희의 노래 〈안개〉(1967)가 다룬 정서가 그랬다. "그 사람은 어디에 갔을까/안개 속에 눈을 떠라/눈물을 감추어라". 무릇 땅 위의 존재는 하늘을 봐야 희망이 생기고 평안해지는 것일까? 그래서 '이 땅에 그것을 내려 달라'고 오래전부터 하늘을 우러러 그토록 간절히 기도했던가?

그런 정서가 모이고 모여, 구름은 이야기가 된다. 신과 인간, 지상과 천상, 그 경계에 구름이 놓여 있다. 성경에선 신과 천사가 죄 많은 지상을 벗어나 승천할 때 이용하는 엘리베이터나 군중을 인도하는 안내자처럼 구름을 표현한다. 기독교 예술에선 신이 제 옷처럼 구름으로 몸을 감싸기도 하고 푹신한 의자나 침대 같은 구름 속에 파묻혀 있는 모습으로 묘사되곤 한다. 앞선 저서에서 개빈 프레터피니는 구름을 신과 인간을 한 그림 안에 머무르게 하는 "수증기로 만든 가구"라고 재치 있게 통찰했다. 중국 고대소설 『서유기』의 손오공은 '근두운술'이라는 술법으로 구름을 잡아타고 자유자재로 이동

할 수 있었다. 근두운은 단박에 십만팔천 리를 간다. 이는 아미타 부처의 서방 극락정토까지의 거리로 맑은 정신으로 정진해야 닿을 수 있는 불교의 궁극이다. 구름은 중생을 살리는 생명수인 단비를 내리는 보살 같은 존재이지만, 때에 따라선 먹구름이 하늘의 빛을 덮듯 지혜광명을 가리는 것으로 경계의 상징이 되기도 했다.

다채롭고 풍부한 구름이 떠 있는 하늘 아래에서 그만큼의 예술이 탄생한다. 구름과 하늘을 담은 풍경화로 유명한 영국의 낭만주의 화가 존 컨스터블(1776~1837). 그는 풍경화(the landscape)에 있어서 하늘을 으뜸음(the key note)이자 규모의 기준(the standard of scale)이며 가장 중요한 정서 기관(the chief organ of sentiment)이라고까지 했다. 일본에서 미야자키 하야오와 호소다 마모루와 신카이 마코토 같은 세계적인 애니메이션 거장이 나오는 것은 우연이 아니다. 도쿄에 갈 때마다 인상에 남은 것은 바로 작열하는 태양, 새파란 하늘이었다. 물론 화룡점정은 스프레이로 크림을 막 쏘아 놓은 것처럼 겹겹이 피어오른 새하얀 뭉게구름이었다. 일본 대중문화 특유의 여름과 청춘과 노스탤지어의 미학은 그런 자연이 일상화된 가운데 탄생했다.

구름은 그것을 관찰하는 사람의 마음이 된다. 갖가지 모양과 농도와 빛, 그리고 움직임을 통해서 땅 위에 틀어박힐

뻔한 인간의 생각을 지금껏 넓혀 왔다. 현실에 붙들려 움직일 수 없는 몸 대신 정처 없이 떠도는 마음의 처지를 대변했다. 마음의 탈것이 되어 그리움과 향수, 탈주와 희망을 함께 싣고 떠다녔다. 헤르만 헤세는 시 〈흰 구름〉에서 '잊고 있던 아름다운 노래의 멜로디'처럼 떠도는 구름의 속성을 인간사의 운명에 빗대었다. '정처 없는 여행길 같은 인생에서 방랑의 기쁨과 슬픔을 겪지 못한 사람은 구름을 결코 이해할 수 없다'면서. '고향이 없는 이에게는 해, 바다, 바람, 그리고 구름이 누이이고 천사'이므로 사랑한다고 했다.

구름에도 계보가 있다. 1896년 프랑스 파리 기상학회 개최에 맞춰 발간된 『국제구름도감』에서는 구름을 10가지 체계로 분류했다. 이때 9번째로 소개한 구름이 바로 적란운(cumulonimbus). 일명 뭉게구름으로 더 잘 알려진 이 구름은 뇌우를 동반하는 거대하고 무시무시한 녀석이지만, 겉은 몽실몽실한 솜사탕처럼 온화하고 따뜻한 모양새다. 그래서일까? 이후로 'on cloud nine'은 '구름 위를 걷는 듯한 행복한 기분'을 상징하는 영어의 관용적 표현이 되었다. 20세기 대중음악 사상 가장 성공한 그룹 비틀스의 주역으로 화려한 60년대를 보냈던 존 레넌. 하지만 세상이 부러워하는 최정상의 위치에 서 있던 그는 마냥 행복하지만은 않았다. 1970년대에 들어서며 그는 방황하기 시작했다. 미국 정부의 정치적인 박해와 함께 영혼의 반려자 오노 요코와도 결별의 위기에 놓였다. 이른바 잃어버린 주말(lost weekend)의 시절. 술과 바람과 폭력으로 얼룩진 탕자의 시간을 보냈다. 피폐해진 심신으로 깨달음처럼 발표한 노래가 바로 〈Nobody Loves You When You're Down And Out〉. 여기에서 예의 9번째 구름이 등장한다.

"Nobody knows you when you're on cloud nine(사람들은 당신이 행복할 때는 알지 못하지)."

앞서 말한 대로 이 적란운은 한없이 명랑하고 밝게 솟아오른 모양새지만, 사실 불안정한 대기 상태를 품고 있는 것이다. 언제든지 소나기와 천둥번개를 쏟아낼 수 있다. 사는 일도 비슷하다. 구름 위를 걷는 듯한 기분이란 게 그렇다. 비틀스처럼 세상에서 가장 높은 위치, 가장 밝게 빛나는 순간은 언제든지 그만큼에 비례하는 추락과 어둠을 동반한다. 행복은 새파란 하늘 위로 찾아오는 화사한 뭉게구름처럼 단박에 알아볼 수 있는 것은 아니다. 바라는 꿈, 이루어야 할 목표, 갖고 싶은 대상, 즉 욕구의 충족, 욕망의 달성에만 국한되지 않는다. 오히려 구름인지 하늘인지 구분하지 못할 정도로 밋밋하고 특징이 없는 상태에 가깝다. 실제로 대기의 상태로만 보자면 그때야말로 가장 안정적인 순간이다. 행복은 구름 한 점 없는 하늘처럼 너무 평범해서 제대로 쳐다보지 않았던 어느 날들 중 섬광처럼 찾아오는 순간이다. 그것이 행복인지조차 모르게 지나가고 있는 특정 지점 말이다. 곧 시간이 한창 흘러 돌이켜봤을 때라야 알 수 있는 지나간 어떤 찰나가 될 것이다. 한 사람의 생에서 가장 소중하고 본질적인 것과 맞닿아 있기 때문에 비록 그 순간은 짧아도 영원히 기억 속에 남게 된다. 존 레넌에게 다시 찾아온 행복도 그랬다. 그것은 한동안 누리던 슈퍼스타의 부와 명성과 대중의 갈채가 아니었다. 재결합한 요코, 그리고 새로 태어난 아이 숀, 바로 가족과 함께한 순간이었다. 이 행복은 1980년 12월 8일, 불의의 총격으로 그가 죽기 직전까지 계속됐다.

순간의 미학인 구름은 눈앞에선 행복처럼 덧없이 쉽게 사라진다. 그렇다고 그 생애가 완전히 끝나지는 않는다. 내가 달리면 몸에서는 열 에너지가 발생한다. 이때 흘린 땀방울은 바람에 씻겨서 증발하여 공기 중에 맺히고 구름의 일부로 돌아가는 것이다. 지구상에 살아 있는 모든 존재의 신진대사가 그렇다. 그렇다면 우리 모두는 저 하늘의 구름을 만드는 데 일조하는 셈이다. 미미한 존재인 나도 하늘의 일에 관여할 수 있다는 벅찬 상상은 기분 좋다. 저녁노을은 오늘 하루치 상처를 대신하듯 붉게 구름을 물들이고 있다. 장엄한 그 광경을 보고 위로를 받는다.

각자의 시야만큼의 세상을 어깨 위에 짊어지고 살지만, 우리 모두의 머리 위에는 하늘이 있다. 결국 세상은 모두 하늘로 연결된다. 멀리 떨어져 있는 사람과 사람 사이도 그렇다. 지금 이 순간 내가 호흡하는 공기는 한때 당신을 스치고 지나갔을지도 모를 바람이다. 또 어느 날 그 바람이 데려간 구름은 예고 없이 비가 되어 다시 나를 찾아온다. 내리는 비는 당신이 보았을 그때 그 구름일 것이고, 그 빗방울 속에는 구만리 밖의 당신이 흘린 눈물과 땀방울이 섞여 있을 것이다.

저기 저 구름을 잡아타면 붉게도 피로 물든 저 구름을, 밤이면 새 캄한 저 구름을. 잡아타고 내 몸은 저 멀리로 구만리(九萬里) 긴 하늘을 날아 건너 그대 잠든 품속에 안기렸더니, 애스러라, 그리는 못한대서, 그대여, 들으라 비가 되어 저 구름이 그대한테로 내리 거든, 생각하라, 밤저녁, 내 눈물을.

—김소월, 〈구름〉 전문

12

냄새

발달장애인 A. '삼인조 강도살인범' 중 하나로 몰려 억울한
옥살이까지 했다. 경찰, 검찰, 판사가 한통속이 되어 그를 오
랫동안 감옥에 가뒀다. 유일한 가족이었던 엄마는 유년기에
그의 눈앞에서 스스로 생을 마감했다. 아들에게 농약 심부름
을 시킨 뒤 음독을 감행한 것. 이후 A는 세상으로부터 철저히
버려졌다. 마음의 성장을 멈춘 채 스스로를 지킬 수조차 없었
다. 결국 법의 거짓과 강압에 못 이겨 억울한 옥살이로 생의
시간마저 강제로 **빼앗기고** 말았다. 저항은커녕 그것이 절망
인지조차 알지 못했다. 출소한 A를 비롯한 삼인조는 의협심
하나만큼은 강한 변호사와 재심을 준비한다. 이 팀에 합류한
열혈 정의파 전직기자 B가 어느 날 A를 찾아왔다.

B는 인터뷰 중 다그치듯 A에게 묻는다.

"아니, 엄마가 더 중요한 사람이잖아요? 왜 진범은 기억하면서 엄마 얼굴을 기억 못 해요? 잘 좀 생각해 봐요."

B는 확신에 찬 표정으로 답한다.

"엄마 냄새는 기억나요. 그날 엄마가 토 많이 했어요. 농약 제초제 냄새. 엄마 냄새."

A가 어이가 없다는 듯 묻는다.

"그 농약 냄새가 엄마 냄새라고요?"

"네, 얼굴은 기억에 없지만 그 냄새는 기억나요. 제가 그 냄새 좋아해서 여기 살아요."

B는 안타까움이 섞인 질문을 A에게 던진다.

"살면서 언제가 제일 좋았어요? 아니, 언제가 제일 행복했어요?"

"행복이요? 저 그런 적 없는데."

"에이, 생각 좀 해 봐요. 기분좋고 따뜻하고, 누구든 그런 날이 하루쯤은 있잖아요?"

잠시 머뭇거리던 A는 서서히 미소 지으며 말했다.

"그날요. 엄마가 저한테 팔베개해주던 마지막 날요. 그때 정말 따뜻했어요. 잠들기 전에 아주 잠깐 느꼈었는데, 그 순간이 제일 좋았고, 자주 생각나요."

엄마가 스스로 생을 마감하던 문제의 그날. 천천히 식어

가는 엄마의 팔베개로 잠들었던 오후. 이미 어른이 된 아이는 그때를 세상에서 가장 따뜻했던 순간으로 여전히 기억하고 있었다. 음독 증세로 구토하는 엄마의 온몸에서 퍼져 나오던 농약 냄새. 그는 그것을 '엄마 냄새'라고 부르며 미소 지었다. 폐가와 다름없는 시골집에서 혼자 사는 이유도 그 때문이었다. 해마다 여름이면 논에서 날아오는 농약 냄새가 좋아서, 바람이 불 때마다 엄마가 오는 것 같아서.

A의 이야기를 듣던 기자 B는 눈물을 흘리며 말했다.

"그거 뭔지 알아요. 엄마 냄새. 저도 제일 좋아하는 엄마 냄새 있거든요. 꿉꿉한 목욕탕 냄새."

B에게도 엄마와 얽힌 유년기의 트라우마가 있다. 엄마는 목욕탕 세신사를 하며 어린 B와 부족한 살림 속에서도 행복하게 살고 있었다. 그러던 어느 날. 그녀는 가정폭력을 견디다 못해 결국 동거남을 살해하고 말았다. B는 학교에서 돌아와 방문을 연 순간 온통 피로 물든 사건 현장을 목격했다. 그 뒤 어른이 되어서도 문 손잡이를 쉽게 열지 못했다. 문을 열면 언제나 피비린내 나는 살풍경이 펼쳐질 것 같았기 때문이다. 피 묻은 손에 수갑을 찬 엄마가 끌려가는 장면도 함께. 그렇게 문을 열지 못한 채 어린 시절 속에서 영영 갇혀 버렸다.

인터뷰를 파하고 길을 나서는 B를 A가 먼발치에서부터 쫓아왔다. 그러더니 기어코 무언가를 B의 손에 쥐여 주었다.

아까 집에서 대접한다고 내놓았던 싸구려 캔커피 하나.

B는 사양하며 물었다.

"그거 빼면 냉장고에 아무것도 없지 않아요?"

A는 활짝 웃으며 말했다.

"괜찮아요. 저 원래 아무것도 없어요."

캔커피를 받아든 B는 얼굴을 씰룩거리는가 싶더니, 결국 길바닥에 주저앉아 오열하고 말았다. 약자인 A를 동정하며 해결사를 자임했으나, 그 시절의 아이로만 내내 머물렀던 B 자신이 오히려 위로받고 말았던 것이다.

SBS 드라마 〈날아라 개천용〉(2020)의 한 장면이다. '냄새' 의 추억에 관한 이 에피소드는 탁월했다. 드라마 전체의 성취나 출연배우가 빚은 사회적 물의와 관계없이 한동안 뇌리에 강렬하게 남았다. 두 사람이 기억하는 냄새는 곧 그들의 엄마였다. 각각 농약과 목욕탕 냄새. 냄새는 그리운 존재를 고스란히 구현했다. 이미 지상에서 사라지거나 함께하지 못하는, '몸' 없는 존재의 대체가 된 것이다. 비록 원래의 그것이 좋았건 싫었건 간에. 냄새는 다른 그 무엇보다도 떠나간 존재에 관한 가장 정확한 기억이 되었다. 그 냄새를 통해서야 트라우마 탓에 애써 존재를 부정하거나 왜곡시켰을 그들의 '진짜 엄마'를 만날 수 있었기 때문이다.

냄새는 관계의 리트머스다. 관계에 관한 호불호의 척도가 된다. 냄새의 장본인이 생물이든 사물이든 다 해당된다. 좋아하지 않으면, 사랑하지 않으면, 그 냄새는 결코 좋은 것이 될 리가 없다. 누군가에게는 세상 가장 좋은 것이, 누군가에게는 소름 끼치도록 싫은 것이 되는 이치다. 프랑스의 황제 나폴레옹이 이역만리 전장에서도 그리워했다는 황후 조세핀의 냄새에 관한 에피소드—지금도 내 이맛살을 찌푸리게 하는 이해 불가의 취향이지만—를 인정할 수밖에 없듯 말이다. 어느 엄마에게는 사춘기 아들 방에서 나는 것 같다던 '들짐승' 냄새가 언젠가는 못내 그리운 무엇이 될 것이다.

반려동물의 경우도 마찬가지다. 함께 살아본 경험이 없는 이에게 그들 특유의 체취와 대소변 냄새는 고역일 수도 있다. 물론 나에게는 그 반대의 경우다. 매일 수차례 반려견 콩순이의 대소변을 손으로 처리한다. 그 털투성이 몸에 코를 들이밀고 맡는다. 좀체 질리지 않는다. 고소하고 노릿하고 달큰하달까? 아니지. '고소하다'가 아니라 '꼬소하다'쯤이 그나마 가까운 표현일 것이다. 집밖에 나와 떨어져 있으면 그 냄새가 금세 그리워진다. 목욕을 하고 나면 목욕한 대로의, 목욕하기 직전까지 갈 정도라면 또 그런 대로의 냄새가 다 좋다. 그 냄새에 1부터 10까지 단계를 매길 수도 있다. 나는 '1부터 10까지', 그 모든 범위 내의 콩순이 냄새를 사랑한다. 그 냄새를 맡고 있는 지금 이 순간을 한없이 연장시키고 싶다. 그렇다고 나와 콩순이의 사랑이 등가일 수는 없다. 콩순이는 텅 빈 집에서 시간의 흐름에 따라 조금씩 희미해지는 나와 아내의 냄새를 맡으며, 언제나 같은 자리에서 인간인 우리를 기다리고 있으니까. 그 절대적 사랑 앞에 인간인 우리의 몫을 다했노라 감히 치켜세울 수는 없는 것이다.

반려견은 말과 글로 된 물리적 기록을 남길 수 없다. 때문에 우리가 기억할 수 있는 최대치는 바로 그들의 몸이다. 구체적으로는 그 몸의 생김새, 그 몸이 주는 촉감, 그리고 그 몸이 풍기는 냄새 같은 것. 온라인상에서 강아지 사진을 보면 '꼬순내 난다'라고 호응하고 공감하는 반응을 쉽게 볼 수 있다. 그렇다고 내가 다짜고짜 산책길에 마주친 다른 반려견의 냄새를 맡을 수는 없는 노릇이다. 설령 맡으라고 내어줘도 차마 그러지는 못할 테니까. 그것은 오로지 콩순이에게만 해당하는 것이므로. 사람도 그렇다. 누군가의 정수리 냄새가 좋다고 하여 모든 사람의 그것이 좋다는 말은 결코 아닌 것이다.

냄새란 무엇인가? '공기 속을 떠도는 냄새 분자들과 콧속 점막 단백질 수용체 간의 화학작용?' 과연 매번 그럴까? 실은 이렇게 지극히 주관적이고 변칙적인 감정의 산물이 또 어디 있겠는가? 요컨대 냄새란 지독한 편향성을 더욱 고착시키는 노골적인 기호다. 그것이 문제가 되지 않는 경우란, 사랑하는 대상에 관해서일 때만, 오직 그 관계 내에서만 표현될 때다. 영화 〈기생충〉(2019)에서의 그것처럼 호오와 적대의 드러냄, 타인을 향한 구분 짓기, 그로 인한 차별과 공격의 수단이 되지 않는다면 말이다.

……라고 글을 맺는 지금, 내 무릎 위에는 콩순이가 앉아 있다. 이번 주말에는 어김없이 목욕을 해야 할 것 같은, 9단계쯤 될 것 같은, 몸에서 예의 그 냄새가 풍긴다.

"아, 꼬순내!"

13

라이카의 눈

끝도 없이 내리는 밤눈을 맞으며 길을 걷는다. 주위는 하얀
어둠으로 뒤덮여 있다. 뒤를 돌아보면 점점이 찍힌 발자국만
이 나를 따라오다가 잠시 후 흔적조차 없이 사라진다. 지금
이 순간은 철저하게 혼자다. 바로 그때, 온순했던 눈송이들이
돌연 사나운 눈보라로 변한다. 눈앞에 수없이 그어지는 하얀
빗금 때문에 앞이 보이지 않는다. 어디로 가야 할지 알 수 없
다. 이제 하얀 감옥 안에 갇혀 있는 것 같다. 이대로 영영 버
려지는 것일까? 쓸모를 다한 것처럼. 잊히고 마는 것일까? 어
디에도 존재하지 않았던 것처럼.

　라이카는 가위에 눌린 듯 허우적거리다가 깨어났다. 창밖
은 여전히 캄캄했다. 꿈이라니, 다행이었다. 아니다. 차라리

깨지 못할 꿈이었으면 좋았을 것이다. 사실 잠을 잤다기보다는 까무러친 것이었으니까. 그때 라이카는 우주선을 타고 있었다. 기계장치가 달린 좁은 캡슐 안에 온몸이 묶인 채로. 고향인 모스크바로부터 2000마일 떨어진 지구 궤도로 진입한 것은 불과 두어 시간도 되기 전의 일이었다. 라이카의 심장은 마구 요동치고 호흡은 급격히 가빠졌다. 견디기 힘들 만큼 뜨거워진 실내온도로 고통스러웠다. 남아 있는 생의 끝이 언제일지는 몰랐다. 하지만 얼마 남지 않았다는 것쯤은 알 수 있었다. 저절로 감기는 눈 사이로 보이는 건 저 창백하게 푸른 동그라미 같은 지구였을까? 캄캄한 우주의 장막을 수놓은 무수한 별빛이었을까? 이 지옥의 순간이 꿈이기를 바랐을 라이카는 그렇게 좁은 우주선 안에서 영원히 잠들어 갔다. 라이카, 최초의 우주개(space dog), 자신의 의지와 관계없는 완벽한 '타살 미션'이었다.

인류사에서 미소 냉전의 발흥기로 기억되는 1950년대. 인류의 탐욕과 질투 앞에선 지상도 좁았다. 두 나라는 우주에까지 눈을 돌려 앞서거니 뒤서거니 경쟁을 벌였다. 우선 1957년 10월, 소련이 만든 최초의 무인 로켓 스푸트닉 1호가 지구 궤도 진입에 성공했다. 소련의 판정승이었다. 이른바 '스푸트닉 효과'. 그 과시적 성과에 힘입어 수상 흐루시초프는 과학자들에게 후속 계획을 닦달하기 시작했다. 목표일자는 1957년 11

월 7일. 그러니까 볼셰비키 혁명(1917년 11월 6일~8일) 40주년에 즈음해 2호를 비행시켜야 한다는 것. 이번에는 유인 로켓을 꿈꿨지만 시간이 너무 촉박했다. 인간을 대신할 생명체로 개를 태우기로 했다. 떠돌이 개가 그 대상이었다. 우선 뒤탈이 없었다. 거리에서 태어나고 자라온 존재인 만큼 누구 하나 따져 묻지 않을 테니까. 혹독한 환경을 충분히 버텨내고 예측 불허의 상황에도 쉽게 적응할 수 있을 거라는 계산도 있었다. 그렇게 거리에서 잡아온 개들 중 두 마리가 후보에 올랐다. 암컷을 선택하는 이유는 작고 유순해서였다. 그중 쿠드랴프카(Kudryavka)라는 이름의 세 살짜리 믹스견이 최종 선정되었다. 다른 한 마리는 대기 후보가 되었다. 새끼를 가졌기 때문이었다. 거기에 훈련사와의 깊은 유대감도 한몫했다. 그것은 곧 예견된 비극에서 벗어날 수 있게 만든 생의 최고 행운 중 하나였다.

소련 인민을 향한 라디오 방송쇼. 여기서 앞서 선발된 최초의 우주개가 소개되었다. 그때 개가 짖었다. 그 소리는 전파를 타고 소련 전역에 퍼졌다. 덕분에 쿠드랴프카는 러시아 말 '짖다'(лаять)와 유사한 어원을 지닌 품종명의 하나인 '라이카'(лайка, laika)를 새 이름으로 얻었다. 훈련사 블라디미르 야즈도프스키는 라이카를 우주여행 전 자신의 집으로 데려갔다. 죽기 전까지 잠시나마 잘해주고 싶은 마음에서였다고 했다. 죽음의 결전을 앞둔 병사에게 주어진 마지막 위로 휴가 같은 것일까? 자신의 운명은 예측하지 못한 채 처음이 자 마지막으로 인간의 손길을 느끼며 길들여졌을 그 짧은 행복. 라이카가 죽음을 눈앞에 두고 떠올린 것은 그중 한순간이 었을지도 모르겠다. 인간에 의해 버려지고 죽임을 당하면서 까지도, 그 손길을 그리워하면서.

11월 3일 오전 5시 30분. 마침내 스푸트닉 2호는 죽음의 여행을 시작했다. 몇 인치밖에 움직일 수 없는 좁은 캡슐이 라이카가 생의 마지막을 보낼 공간이었다. 입었던 수트에 연결된 장치를 통해 모스크바로 생체 반응이 전달되었다. 발사 후 상공으로 오르면서 중력의 5배에 달하는 압력이 가해지고 엄청난 소음이 생겼다. 라이카의 심장은 3배 이상 더 뛰기 시작했다. 호흡은 4배 이상 더 가빠졌다. 7일간의 우주여행 뒤 15초 이내에 산소 부족으로 고통 없이 죽도록 하는 것이 원래 계획이었다. 하지만 완전히 실패로 끝났다. 추후 비밀 해제된 당시의 생체 그래프 데이터는 라이카의 비극을 적나라하게 보여주었다. 우선 지구 궤도에 막 접어들기까지 103분간은 생존해 있었다. 하지만 단열재가 떨어져 나가자 캡슐 내 온도 는 섭씨 90도에 육박했다. 그 열이 고스란히 라이카에게 전해 졌다. 고통에 몸부림치다가 이내 사망했다. 그리고 주인을 잃 은 우주선 혼자 지구 주위를 5개월간 떠돌았을 뿐이었다.

니체가 『차라투스트라는 이렇게 말했다』(책세상)에서 갈파한 바, "국가는 삼라만상의 괴물 중에서도 거짓말을 해대는 가장 냉혹한 괴물"이다. 소련은 스푸트닉 2호의 궤도 진입 후 며칠 동안 라이카가 생존해 있었다고 발표했다. 후안무치한 거짓말이었다. 이 냉혹한 괴물에게도 인민을 현혹시키기 위한 체제 선전용 영웅담이 필요했으리라. 라이카를 기념한 우표를 만들고 이를 기리는 동상도 세웠다. 물론 쓸데없는 짓들이었다. 개에게 국가가 어디 있으며 명예가 무슨 소용일까? 우주에 도전한 인간의 죄를 대속한 어느 떠돌이 개의 비참한 최후일 뿐이었다. 라이카에게 필요한 것은 무엇이었을까? 주인의 따뜻한 손길과 사랑, 밥 한 그릇? 아니, 어쩌면 마음껏 돌아다녔던 그 거리의 춥고 배고픈 자유였을지도 모른다. 라이카의 이야기는 늘 나를 울렸다. 그 공포와 고독을 상상할 때마다였다. 자신의 앞날을 알지 못하는 그 어리고 겁먹은 눈망울이 생각나기도 해서다. 난생처음 겪는 고통 속에서 그 눈이 목격한 생의 마지막 풍경은 무엇이었을까?

라이카가 겪었던 비극적 운명. 인간인 우리라고 예외일 수 있을까? 불운은 밤, 새벽, 이른 아침, 대낮을 가리지 않는 불청객이다. 축제의 밤거리를 걷다가 하루아침에 불의의 피해자가 된 사람들이 있었다. 거기 있어야 해서, 시키는 대로 일을 했을 뿐인데, 속절없이 세상을 떠난 청춘들이 있었다.

한밤의 발전소 컨베이어 벨트에서, 폭염 속 마트 주차장에서, 구명조끼도 없이 수해 실종자 수색에 나섰던 강물에서, 오후 5시의 지하철 스크린도어 정비 현장에서, 한낮의 요트 선착장 현장실습에서, 근무지인 학교에서. 그때마다 그들은 철저히 '혼자'였다. 어른들의 세상은 그들을 지켜주지 않았다. 슬프게도, 달력의 날짜와 시계의 눈금마다 새겨진 숱한 사연은 지금 이 순간도 멈추지 않는다. 고립무원의 비극을 품은 채로 말이다. 각자도생의 교훈도 함께.

한번 벌어진 일을 돌이킬 수는 없다. 그 무엇으로든 위로할 수도, 대신할 수도 없다. 공감이라는 말조차 쉽게 쓸 수 없다. 다만 타인의 고통을 이해하려 노력하고 그 고통의 근사치에 가깝게 느끼는 가슴이 여전히 세상에 존재한다는 것, 그것만이 유일한 희망의 근거라고 말할 수 있을 뿐이다. 더 이상의 라이카가 생겨나지 않았던 것은 지식과 기술의 발달 못지않게 그 고통을 깨달은 인간의 가슴이 있었기 때문이다. 그것이 곧 책임 윤리의 바탕이 되었다. 책임 윤리는 어떤 행위로 인한 결과에 대한 예측을 통해서 작동된다. 그래서 이미 스스로에게 그럴 수 있는 능력이 있다면 그만큼의 책임을 지니고 있는 셈이 된다.

공지영의 소설 『높고 푸른 사다리』(한겨레출판)에는 한국전쟁 발발 후 6개월 뒤인 1950년 12월의 흥남 부두가 등장한다.

혹한 속에서 밀려드는 중공군의 공세에 퇴각하는 미군과 한국군, 그리고 수많은 피난민들이 그날 거기 있었다. 여객선이 아니라 수송선이었던 빅토리아 매러디스호의 정원은 고작 60명뿐. 애초에 일반인을 태울 수 있는 시설도 없었다. 배 주위 바다에는 기뢰가 떠다니고 적의 손에 넘겨줄 군수물자를 파괴하고 철수를 엄호하기 위한 미군의 폭격이 계속되고 있었다. 자칫 배를 타고 있는 사람들 모두도 위험할 수 있는 상황이었다. 하지만 선장은 태울 수 있는 사람 모두를 태우자는 중대한 결단을 내렸다. "혹한의 날씨에 아이를 안고 무등을 태우고 바닷물이 잠기도록 들어와 애원하는 저 눈빛"을 외면할 수 없었기 때문이리라. 죽음을 목전에 두고서도 아우성치지 않고 쳐다보기만 했던 간절한 침묵, 그 표정과 눈빛. 결국 빅토리아 매러디스호는 1만 4000명의 인원을 태우고 항해를 시작했다. 물과 식량도 없이 사람으로만 채워진 배 안은 또다른 공포였다. 하지만 생명의 빛이 흔들리는 참혹한 환경 속에서도 희망처럼 새 생명이 태어났고, 정원도 늘어났다. 1만 4001, 1만 4002, ······1만 4005명. 항해 중에 생일이 같은 5명의 아기가 태어났다. 최종목적지인 거제도에 도착했을 때엔 우려와 달리 단 한 사람의 인명 피해도 없었다. 전쟁의 참혹한 비극 속에서 피어난 이 아름다운 이야기는 '크리스마스의 기적'처럼 한국현대사에 두고두고 회자되고 있다.

희망이란 그런 것일지 모르겠다. 오래된 흑백사진 속 라이카처럼, 빅토리아 매러디스호 앞에 선 12월 부둣가의 사람들처럼, 불안과 절망에 사로잡힌 존재의 눈빛을 떠올리는 것, 그 눈빛이 바라보는 곳을 상상할 수 있는 것 말이다. 바로 연민을 느끼고 슬픔을 아는 순간부터다. 사람의 얼굴을 하고 따뜻한 손을 내밀어 함께 살고 싶다는 마음이 그때마다 생겨날 것이다. 그 시작은 미약하다. 그래도 한번 시작하면 멈출 수는 없다.

14

마지막 향연

"여러분이 생각하는 가장 편한 술자리란 무엇인가요? 나는
어제 폭음을 해서 상태가 좋지 않고 그래서 쉬고 싶긴 해요.
그건 어제 함께했던 여러분들도 마찬가지겠죠?"

이른 저녁 모임에서 누군가가 기조 연설 격으로 말문을
연다. 좌중에선 맞장구를 친다. "옳소. 살살 마시자는 거 대
찬성입니다. 나도 어제 완전히 달렸던 사람 중 하나거든요."
주거니 받거니 서로를 알뜰히 챙기는 그들의 술자리는 아래
와 같은 규칙을 모토로 내건다.

하나. 우선 자신의 주량을 밝혀 각자의 주량만큼 마실 것
둘. 술에 물을 타서 마셔가며 틈틈이 자신의 몸을 보호할 것
셋. 순서와 주제를 정해서 서로를 존중하는 대화를 할 것

넷. 무엇보다도 기분 좋을 정도의 취기만을 추구할 것

자, 이제 이 별난 술자리가 시작된다. 원형탁자에 둘러앉아 시계방향으로 돌아가며 발언을 하기로 한다. 주제를 정해야겠지? 사람 셋 이상이 모이면 그 주제란 뻔한 것. 그렇다. 모든 이야기는 결국 '사랑'으로 수렴된다. 연설이 나올 때마다 웃고 공감하며, 더러는 흥분하고, 더러는 눈물 짓기도 한다. 누군가는 심한 딸꾹질 탓에 자신의 순서 때 말조차 할 수 없는 지경이 되었다. 그러자 좌중에서 한 사람이 나서서는 대처법을 친절히 알려주기도 한다. '숨을 참고 물로 입을 헹구고 코를 간지럽혀서 재채기를 하라.'

밤이 깊어지고 술에 취해 한두 사람씩 졸거나 쓰러져 간다. 도중에 술에 취한 자도 합류한다. 그사이 이론은 슬며시 실천으로 바뀐다. 사랑에 대한 찬양이 아니라 참석자 중 누군가에 대한 찬양으로! 격정에 못 이겨 취중진담, 그만 사랑고백까지 하고 만다. '플라토닉'에서 '에로틱'을 넘나든다. 이제 두 사람만 남는다. 밖은 벌써 새벽. 둘은 끝나지 않을 대화를 이어 나간다. 이윽고 동이 희부윰하게 터올 무렵. 한 사람마저 곯아 떨어진다. 그러자 주위에 쓰러진 '전우들'을 뒤로 한 채 최후의 한 사람은 유유히 자리에서 일어나 집을 나선다. 눈부신 아침 햇살을 온몸에 받으며 목욕을 하러 간다. 그리고 그날 저녁이 되어서야 집에 들어가 잠자리에 든다. 외박을 한

대가로 아내에게 온갖 쌍욕과 협박을 갑절로 얻어들으며 하루를 마감한다.

왠지 모를 기시감이 드는 이 술자리 풍경. 언제 적 이야기인고 하니, 놀랍게도 2500년 전 고대 그리스의 도시국가 아테네의 것이다. 외박을 하고 집에 간 '최후의 용자 1인'은 바로 저 유명한 소크라테스(BC 469~BC 399). 일행이 권하는 대로 마시지만 절대로 취하는 법이 없다는, 그래서 아무도 그가 취한 것을 본 적이 없다는 당대의 주당. 후대에 책 한 권 남기지 않았던 이 주당의 사상과 삶이 온전히 인류에 전해질 수 있었던 것은 알려진 대로 제자 플라톤 덕이다. 후대 철학자들에게 '철학의 시조'이자 '철학 자체'라 불리는 플라톤. 그는 특유의 대화체로 존경하는 스승 소크라테스의 삶과 가르침을 책으로 펴냈다. 서두에 언급한 그리스식 술자리는 그의 저서 『향연』〈대화편〉에 생생히 묘사돼 있다. 플라톤은 향연 참석자들의 대화를 빌어서 에로스(eros)를 논한다. 개중에는 술자리에 난입해 소크라테스에 대한 흠모를 넘어 연모의 정을 취중 고백한 어린 제자 알키비아데스가 있다. 동성 간인 스승과 제자 사이의 '밀당'은 보통의 평범한 사랑으로 환원된다. 토드 헤인즈 감독의 영화 〈헤드윅(Headwig)〉(2002)에 삽입된 뮤직비디오 〈사랑의 기원 The Origin Of Love〉은 아리스토파네스가 이 향연에서 '에로스의 힘'을 역설하며 펼친 장광설을 근사하게 시각화한 것이다. 여전히 사랑의 의미가 가족주의에 기반한 '이성(異性)' 간의 만남으로만 옹졸하고 편협하게 쓰이고 있는 대한민국의 오늘은 2500년 전 고대 그리스보다 더 아득하게만 느껴진다.

'향연(饗宴)'의 원어는 심포시온(Symposion). 함께 마시는 술자리인 심포시아(Symposia)에서 유래했다. 이를 라틴어식으로 옮긴 것이 심포지움(Symposium)인데, '학술토론회'의 공식 명칭처럼 익히 알려져 있다. 고대 그리스의 향연에서는 어렵고 예민한 정치·경제·사회 따위의 주제가 아니더라도 술자리의 단골 안줏감인 '사랑-에로스'를 자유롭고 진지하고 유쾌하게 토론했다. 결론과 관계없이 각자의 지혜를 서로 나누는 매력적인 술자리였던 셈이다. 이 향연의 주최자 소크라테스는 결코 '라떼족'이나 꼰대가 아니었다. 그의 말을 들어 보자. "지혜란 물과 같은 것이지. 조금이라도 더 많은 지혜를 가진 사람의 그것이 그보다는 덜 가진 사람에게 전해진다면 근사할 거야. 마치 두 개의 잔 중에서 가득 찬 잔의 물이 털실을 통해 비어 있는 잔으로 흘러들어가듯 말이지. 그리하여 자네의 넘치는 지혜가 내게도 가득 차게 될 게 분명해. 내 지혜란 보잘것없지만 자네는 아직 젊고 이미 빛나고 있고 앞으로도 더 많이 빛나게 될 걸세."

소크라테스는 제자들에게 즉문즉답 식의 명쾌한 답을 내

놓지는 않았다. 되려 질문을 거듭하는 특유의 대화법으로 제자들을 설복시켰다. 그는 안다고 하는 것과 모른다고 하는 것 '사이'를 즐겼다. '내가 모른다'는 것을 안다는 점에서 적어도 당대의 소피스트들보다 낫다고 자부했다. 끊임없는 질문과 의심, 비판과 반성이 이성(理性)이며, 이성이야말로 철학의 궁극이라 믿었다. 미래에 대한 막연한 '의지의 낙관주의'가 아니라 발 딛고 서 있는 현실에서 변화의 가능성을 찾는 '지성의 비관주의'를 작동시켰던 셈이다. 반면 당대의 주류 이데올로그였던 소피스트는 옳고 그름의 가치야 어찌 됐든 간에 무조건 상대를 이기면 되는 토론의 기술만을 가르쳤다. 설령 말꼬리 붙잡기나 궤변일지라도 입심만 좋으면 출세가도를 달릴 수 있으니, 아테네의 돈 많은 집안은 자식들에게 죄다 변론술과 수사학만 가르쳤다. '인간은 만물의 척도'이고 '모든 것은 진리'라는 소피스트의 주장은 사고나 행위에 있어서 보편적이고 객관적인 진리를 인정하지 않는 극단적인 주관주의와 무책임한 상대주의로 전락했다. 이는 결국 승리와 성공을 위해선 수단 방법을 가리지 않으며 '살아남는 자가 강한 것'이고 '정의는 강자의 이익'이라 인정하는 처세주의적 세태를 낳았다.

반면 소크라테스의 철학은 스스로의 깨달음과 그로 인한 내면의 반성, 올바른 것에 대한 가치판단, 끊임없는 영혼의 단련, 그리고 양심을 촉구했다. 신념과 꿈과 정견도 없이 잠든 아테네 젊은이를 흔들어 깨웠다. 그의 말은 비뚤어지고 안온한 시대를 내리치는 묵직한 죽비가 되었다. 때는 스파르타의 오랜 지배에서 벗어나 '사이비 민주화의 봄'이 만개할 무렵. 편견과 편법으로 점철된, 어리석은 대중의 합의가 이뤄낸 중우정치(衆愚政治)를 즐기던 지배층에겐 소크라테스가 눈엣가시였다. 같은 하늘을 이고 살기에 불편한 일종의 '반체제세력'이었다. 결국 돌아온 건 젊은이를 선동시키고 사회를 어지럽힌다는 불순분자의 낙인. 세 명의 아테네 시민의 고발로 그는 재판에 회부된다. 500명의 배심원 중 1심은 220대 280로, 2심에선 140대 360으로 그의 유죄를 인정했고 재판정은 사형을 언도한다. 억울함을 알고 결백함을 믿고 있는 제자와 지인들이 감옥 안의 소크라테스에게 탈옥을 권한다. 하지만 그는 거절하고 독배를 순순히 받아든다. 대한민국의 저 어려운 시절에 소크라테스의 이 일화는 권력에 의해 철저히 악용되었다. '악법도 법이다'라며 인간보다 우위에 선 법치에 정당성을 부여하는 '단골 메뉴'가 되었다. 악법도 법으로써 지키는 것이야말로 '자유민주시민'의 소양이라며 도덕교과서의 우화로도 실렸었다. 정당성을 결여한 국가기구의 임의적이고 폭압적인 통치마저 '법과 질서'라는 이름 하에 순응하도록 하는 데 유용한 이데올로기가 되었다.

마침내 아테네 전체를 대표했다는 500명의 편견은 한 사람을 어이없이 죽음으로 몰고 갔다. 하지만 소크라테스는 아테네식 비이성적 중우정치를 인정한 적이 단 한 번도 없었다. 끝까지 재판의 부당함에 항변했던 그가 그 터무니없는 결과를 운명처럼 기꺼이 받아들이는 이유는 분명했다. 우선 사람들의 권유대로 목숨을 부지하기 위해 도망치면 불의(不義)의 세상이 자신을 고발한 근거를 인정한 꼴이 될 것이기 때문이었다. "죽음을 피하는 것보다 불의를 피하는 것이 더 어렵다." 그의 철학은 사람들을 현혹시키는 기만적인 몽상이나 환상이 아니었다. 현실로부터의 도피가 아니라 불의를 혁파하려는 도전이었다. 그것은 자신이 발 딛고 서 있는 아테네라는 현실을 긍정하는 것에서부터 시작될 수밖에 없었다. 불의에 대한 부정(不定)이 성립되기 위해서는 그 전제로 정(定)이 먼저 있어야 하는 이치다. 부당한 오늘을 제대로 직시해야 오늘을 바꿀 수 있고 오늘보다 달라질 내일을 기대할 수 있는 것이다. 막연한 냉소와 분노로 일관하고 현실을 미워하고 그로부터 일탈하는 순간 '그 이후'란 기대할 수 없다. 일단 주어진 운명을 사랑하고 인정하지 않으면 이를 뒤바꿀 용기와 새로움은 나올 수 없는 것이다.

또한 소크라테스가 독배를 기꺼이 받아든 것은 현실의 법정이 아니라 진리의 법정을 믿었기 때문이다. 그 자신이 말했듯 "철학하는 자유를 포기하느니, 차라리 죽는 것이 내 이성의 참된 명령"이어서다. 결국 그는 죽음으로써 삶을 살기를 택했던 것이다. 니체는 『비극의 탄생』(책세상)에서 소크라테스의 최후를 이렇게 묘사했다. "그는 죽음으로 걸어갔다. 먼동이 트는 새벽에 새날을 시작하기 위하여 마지막 주객으로서 연회장을 떠나듯이 그렇게 침착하게 죽음으로 걸어갔다." 그렇게 그의 마지막 향연이 끝났다.

제자와 지인들에게, 남긴 마지막 말은 의외였다. 의신(醫神) 아스클레피오스에게 빚진 닭 한 마리를 갚아 달라는 것. 이에 대한 해석은 분분하다. 그냥 농담이었다는 설부터 아스클레피오스라는 동명이인이 실제로 있었다는 설, 혹은 독약을 받아든 뒤 의신에게 바친 기도였다는 설까지. 평소 절제를 강조하던 채식주의자이자 소식가인 소크라테스가 향연에서 '치맥'을 즐겼을 리는 없었을 테니 더욱 의문투성이다. 혹시 병을 치유하는 의신께 제물로 닭을 바쳐 감사드릴 정도가 되도록, 세상의 모든 병을 치유하는 '행동하는 양심'으로 살아 달라는 마지막 당부는 아니었을까? 소피스트의 궤변과 중우정치의 광기가 득세하던 고대 아테네와 오늘의 대한민국은 묘하게 닮아 가고 있고, 우리에게 소크라테스와 같은 스승은 더는 보이지 않는다.

그래도 어쩌겠는가? 여기가 로도스다! 지금이 우리가 살아내야 할 순간이다! 우선 태양 같은 영웅이나 스승, 그러니까 이제는 그들의 빛이 먼저 우리를 찾아오지 않는다는 것을 인정해야 한다. 결국 스스로만의 빛을 깜냥대로 만들어야겠다 마음 먹는 것부터다. 발광(發光)을 해야 하는 것이다! 형광등 백 개를 켜놓은 듯한 아우라든 반딧불이 한 마리의 그것이든 간에. 근거 없고 대책 없는 자신감이지만, 그러다 보면 저 막막한 어둠 속에서도 빛을 찾을 수 있겠지 싶은 것이다. 비록 이름 없고 작은 떠돌이별일지라도, 언젠가는 그런 별들끼리 서로 알아볼 수도 있을 것이다. 서로를 비추는 빛이 서로의 존재가 되고 의미가 되는 기적도 일어나게 될 것이다. 드리워져 있던 삶의 그늘이 깊고 넓어질수록 외려 "진실된 삶과 사랑이 내게만 주어지는 것"(김경미, 시 〈이기적인 슬픔을 위하여〉 중)이라고 믿어보기로 하는 것이다. 어떻게든 살길을 찾아보는 것이다.

이제 마음속으로 잠정한다. 다음에 올 최악이 얼마든지 있으므로, 지금의 위기는 차악일지언정 최악이 될 순 없는 것이라고. 절망이 아닌 헛헛한 희망을 담아, 노래로라도 '테스형'을 찾으며 오늘 당장의 시름을 달래는 것이다. 그렇게 다시, 지성의 비관주의, 의지의 낙관주의를 생각하는 것이다.

15

말년의 양식

"깨달음과 즐거움 간의 모순을 해결하지 않고 둘 모두를 그대로 드러내는 힘은 말년의 양식의 특징이다. 반대 방향으로 팽팽하게 맞서는 두 힘을 긴장 속에 묶어둘 수 있는 것은, 오만한 태도를 버리고 오류 가능성을 부끄러워하지 않으며 노년과 망명으로 인해 신중한 확신을 얻는 예술가가 가진 성숙한 주체성이다."

—에드워드 사이드, 『말년의 양식에 관하여』, 마티

'쿨함'과 '자기 객관화'. 서양 노장들의 인터뷰에서 얻는 인상이다. 묻는 자, 답하는 자 모두 그렇다. 무슨 철학이나 메시지를 애써 끄집어내어 전파하려는 프레이밍(framing)이 없다. 그러다 보니 대답하는 인터뷰이의 자의식 과잉이 없다. 공은 공대로 과는 과대로 담담하게 표현한다. 한국 같았으면 묻는 인터뷰어부터 대화 상대에게 주눅들어 '선생님' 운운하며 굽실거리기 바빴을 것이다. 그러다 보니 국내 노장들의 인터뷰는 대체로 축하연이나 회고전 스타일을 벗어나진 못한다. 성공 후일담, 자화자찬, 주례사 비평, 후배 세대에 대한 훈장질 등으로 점철된다. 그리고는 그가 여전히 현재진행형의 활동을 할 수 있음에도, 그의 살아온 시간/경력을 '거장'이라는 이름으로 퉁친 뒤 박물관의 유물처럼 고정된 역사로 박제화해버린다. 숭배와 존경이라는 공치사만 던지고 실제 활동무대에서는 배제하는 꼴이다. 그런 겉치레 인터뷰가 재미와 감동을 줄 리는 만무하니, 좀체 눈이 안 가는 게 사실이다.

개인적으로 〈불후의 명곡〉 같은 TV 예능쇼를 즐기지 않는 이유이기도 하다. 이런 프로그램은 '일회성 효도잔치'의 주인공으로 선배 세대를 심판석 같은 데 앉혀 놓고, 후배들은 천편일률 격의 해석과 포맷화된 변주로 자기 음색 자랑질에 여념 없다. 우스개로 '불후의 목청' 꼴이 아닌가? 자신들만의 감동에 사무쳐 서로 환호와 칭찬을 주고받는 모양새도 어김없이 연출된다. 시청자 보기엔 정작 헌정 받고 있는 당사자는 객이나 들러리로 전락하는 형국이다. 반면 해외 노장에 대한 헌정 공연의 경우 그 양상이 다르다. 문화적 차이일 수 있겠는데, 후배들은 그에 대한 존경심을 포옹이나 기립박수로 대신하되, 막상 무대 위에서는 동료로서 스스럼없이 친근하게 대한다. 그는 후배들과 합주를 하기도 하고 단독으로 레퍼토리를 연주하기도 한다. 무엇으로든 간에 그날 무대의 주인공은 역시 그 자신이다. 현재의 인기와 명성이 제 아무리 드높은 후배들일지라도 그 무대에서만큼은 철저히 게스트일 뿐이다. 왜냐하면 그는 여전히 현역이기 때문이다.

물론 〈불후의 명곡〉류의 프로그램에 부정적 요소만 있다는 것은 아니다. 나름의 순기능도 있다. 오랫동안 묻히거나 잊힌 옛 노래를 이렇게라도 살려내는 것만으로 어딘가 싶은 것이다. 덕분에 새로운 세대는 새로운 노래를 만나는 새로운 경험을 하게 된다. 문제는 노장을 대하는 인식이다. 선배 세대는 그 옛날 전성기 시절의 모습으로만 박제되어 유튜브에서 소환되고 그도 아니면 대부분 리메이크나 밈(meme)의 소재로 호명된다. 그들의 존재감은 현재적 재활용의 원천소스, 그러니까 항시 과거에만 머물러 있게 된다. 여전히 현역으로 활동할 수 있음에도, 그 기회를 빼앗는 세태에 본의 아니게 후배 세대가 일조하는 모양새다. 노장이든 선배 세대든 어느 누가 그렇게 들러리가 되기를, 속절없이 무대의 뒤안길에 물러서 있기를 바랄까? 이것은 대중문화계에서 유독 두드러지는 경향이다. 60대, 아니 70대를 훌쩍 넘기는 정치인의 현역 활동 평균 연령대에 비하면, 참으로 슬프고도 고약한 세태다.

나이가 많다고 해서, 그러니까 노장이 곧 거장이 되는 건 아니다. 노장이 꼭 거장이 되어야 하는 것도 아니다. 노장 또한 현역 중 한 사람일 뿐이다. 그래서 그 역시 당대의 대중과 계속 호흡할 수 있어야 한다. 그리하여 계속 진화해야 한다. 그것이 무대 위에 선 자들 간의 공정한 평가를 위한 최소한의 조건이다. 무엇보다 노장 본인에게도 좋고 그도 원하는 바일 것이다. 이를 보고 배우는 후배에게는 미리 찾아온 자신의 미래에 대한 밑그림쯤은 되어줄 것이다. 때문에 그의 업적(legacy)은 켜켜이 쌓인 시간의 기록, 당대의 평가, 여전히 유효한 현재적 의미를 종합적으로 충족할 때 그 가치와 권위를 인정받는다. 물론 노장의 커리어가 현재진행형이 된다는 것은, 철저한 자기 관리는 물론이고 자기 객관화를 통해 스스로 거듭날 때라야 가능한 것이다. 후배 세대에게만, 특정 장르에만 편중된 얄궂은 시장이야 익히 아는 바이니, 그 탓만을 한다 한들 무슨 소용이랴!

자, 그렇다면 노장은 과거의 명성을 지키기 위해 박수 칠 때 떠나야만 하는가? 아니면 "늙어가지만 정신적으로는 민첩한, 그리고 금욕적인 평온함이나 향기로운 원숙함에 절대 굴복하지 않는"(『말년의 양식에 관하여』, 마티) 삶을 끝내 추구해야 하는가? 에드워드 사이드(1935~2003)는 해당 저서에서 문학가와 예술가 들의 말년의 양식에 관한 고찰(on late style)을 해당

장르를 넘어 인생에 관한 통찰로 끌어올렸다. 한 개인의 말년이 통상적인 '엔드 게임(end game)'으로써의 귀결이 아닌, 현실과 부딪히는 새로운 과정의 하나일 수 있음을 포착했다. 적어도 나는 그렇게 읽었다. 이러한 양식의 소유자들은 죽음이 명확한 박자로 찾아온다는 것을 인정하지 않는다. 대신 죽음은 굴절된 양태로, 아이러니로써 그들에게 소리 없이 나타날 뿐이다. 말년은 인생의 결말부에 가까워지는 것이라고 볼 수도 있겠지만, 그 최종점인 죽음이 언제 어떻게 다가올지 모르는 탓에 특정 존재의 생물학적 소실점으로 향하는 '어떤 과정'의 일부일 뿐 확실한 결말은 아니다. 늙거나 젊거나 공히 그 누구도 찾아오는 순서를 장담할 수 없는, 결코 살아서는 자의에 의해 완성시키지 못할 결말일 뿐이다.

때문에 끝날 때까지 끝난 게 아닌 바, 청년이든 노년이든 그의 삶은 언제나 현재진행형인 셈이다. 그런데도 명예며 도덕이며 대의명분이며 업적이며, 과정이 아니라 결과에 목숨을 걸곤 했다. 그러자 그것들이 되려 자신과 타인을 공격하는 무기가 되지 않았던가? '호랑이는 죽어서 가죽을 남기고 사람은 죽어서 이름을 남긴다.' 사실 이 말은 용도 폐기돼야 한다. 호랑이는 가죽 탓에 지구상에서 사라질 지경이 되었고, 사람은 이름이라는 허명(虛名) 탓에 결말을 재촉당하고 있으니까. 타인의 시선, 도덕, 관습, 업적의 잣대 위에 놓인 '쓸모의 삶'에 오늘 하루도 마음만 조급해지는 것이다. 일찍이 세상을 향해 외롭게 외친 니체의 말, "아모르 파티(Amor Fati)"는 운명론적 체념이 아니었다. 다른 누구도 아닌 나 스스로가 안배한 욕망의 완급과 크기에 맞게 선택한 자신의 운명을 인정하고 사랑하라는 '긍정의 철학'이었다. 그러다 보면 어떤 한 개인의 삶을 그 귀결점에서만 평가하는 건 일견 무용해 보이기까지 한다. 생이라는 게 예상된 경로나 단계를 차곡차곡 거쳐 최종목적지를 향해 가는 '퀘스트게임' 같은 것이라면 모를까? 만일 그렇다면 그 평가는 그간 쌓아올린 포인트를 합산하여 평균치를 내보면 그만일 것이다.

하지만 생이 어디 숫자로 쉽게 환원되는가? 생이 평가와 상벌이 분명한 게임처럼 단순하게 흘러가지만은 않는다는 걸 우리는 너무도 잘 알고 있다. 이야기 양식(드라마나 영화)처럼 뚜렷한 기승전결이 있기는커녕 선형적(linear)이지도 않다는 것 말이다. 생은 불규칙적이며 반복적이고 비선형적(non-linear)이다. 때문에 어제까지 굳건하던 마음도 오늘은 흔들리고 느닷없이 바뀔 수 있다. 그러니 영원을 맹세하던 철석같은 사랑과 우정의 관계도 한순간에 끝나기도 하는 것이다. 결국 생은 타인과 세계와의 끝없는 접촉과 교류 속에서도 끝내는 혼자 이끌어가야만 하는 결말 없는 과정의 연속이다. 그 과정 자체의 완성도 혹은 성숙도에 관한 객관적 지표란 없다. 그 누구도 특정 지표를 정답인 양 빌미 삼아 현역의 무대 위에서 '그'를 함부로 퇴장시킬 수 없고 그 반대로 무조건 각광을 보내야 하는 것도 아니다. 그가 청년이 됐든 노년이 됐든 간에 어차피 한 번뿐인 인생의 연속선상에 나란히 서 있을 뿐이다. 먼저 오거나 나중에 오거나 그 순서의 차이일 뿐. 인생은 타인의 시험(examination)이 아니다. '나'의 실험(experiment)이고 경험(experience)이고 존재(existence)의 한 국면일 뿐. 이 각자도 생의 세상에서 앞으로 어떻게 될지 알 수 없다는 건, 누구에게나 동등하게 주어진 조건이다.

> "봐주지 마라. 노인들이 저 모양이라는 걸 잘 봐두어라. 너희들이 저렇게 되지 않기 위해서. 까딱하면 모두 저 꼴 되니 봐주면 안 된다."
>
> -2014년 1월 4일자, 한겨레신문, 이진순의 〈열림〉 중

그 자신 노인이었던 故 채현국 선생(1935~2021)의 그 유명한 일갈은 말년의 새로운 양식으로 귀감이 될 만했다. 그것은 살아온 시간이 계급장이라는 세태에 대한 준열한 꾸짖음이었다. 노인이라고 해서 적당히 대접받고 꼰대 노릇의 권위를 인정받는 것은 아니라는 매서운 자기 객관화였다. 늙음에 대한 자기 연민보다 자기 직시를 권장한 것이다. 그는 자서전이나 에세이를 쓰지 않느냐는 질문에 이렇게 말했다. "절대 쓰지

않을 거다. 주변 사람들한테도 부탁했다. 쓰다 보면 좋게 쓸 거 아닌가. 그거 뻔뻔한 일이다. 난 칭찬받으면 안 되는 사람이다." 하나둘씩 어른들이 떠나가고 본받고 싶은 말년의 양식을 선보이는 어른들은 쉽게 보이지 않는 이 답답하고 어려운 시절에, 지금까지 회자되고 있는 그의 인터뷰는 읽을 때마다 새롭다. 정신을 번쩍 들게 만든다.

> "지식을 가지면 '잘못된 옳은 소리'를 하기가 쉽다. 사람들은 '잘못 알고 있는 것'만 고정관념이라고 생각하는데 '확실하게 아는 것'도 고정관념이다. 세상에 '정답'이란 건 없다. 한 가지 문제에는 무수한 '해답'이 있을 뿐, 평생 그 해답을 찾기도 힘든데, 나만 옳고 나머지는 다 틀린 '정답'이라니."
>
> -위의 인터뷰

나이들수록 나만 옳다고 믿는 동시에 타인은 그르다고 여기는 경향은 강해진다. 그런 데다가 푸념과 냉소는 더 익숙해지고 쉬워진다. 나이듦은 어려운 실천을 우회하거나 회피하는 그럴싸한 변명이 된다. 하지만 '저 모양'인 노인들을 향해 손가락질을 하기 전에 정작 나 자신부터 '자기 객관화의 대상'이 돼야 하지 않을까? 스스로가 먼저 납득될 만한 시간으로 늙어가는 일을 꿈꿔야 하지 않을까? 저 노인들은 먼저 온 나의 미래이기도 하니까. 그래서 이제는 자기 존중을 위한 조건을 나 스스로 만들어가는 수밖에 없다. 안온한 삶 속에서 정체된 대상에 머무르는 것이 아니라 한 사람의 여전한 현역으로서 말이다. 더 이상의 성장은 없을 수도 있지만 성숙할 수는 있다. 그렇게 길러진 노년의 열매에 완숙이란 없다. 여전히 풋것처럼 시어터질지언정, 그 떫고 쓴맛과 풋내만으로도 내 곁을 지나는 누군가를 불러 세울 수도 있다. 비록 최후의 단 한 사람일지라도, 그의 존경을 가슴에 안고서 저물어가는, 끝내 달콤하게 익지 않아도 되는 그런 인생. 그만하면 제법 아름다운 인생이 아닐까?

16

밤의 작가, 낮의 작가

이른 아침 그는 책상에 앉아 컴퓨터를 켠다. 모니터 속 새 문서창에는 몇 분째 커서 하나만 떠 있다. 여백 위에 오도카니 서서 깜박깜박 제자리걸음을 하고 있는 'ㅣ'. 기다리는 척하면서 은근히 재촉하는 모양새다. 그 작대기 하나를 쳐다보고 있는 것은 괴로움이다. 무에서 유를 창조하는 일, 그 불가능에 근접하려는 막연함 때문이다. 천지사방 분간이 어려운 검은 새벽의 첫눈 위에 어느 방향으로 발자국을 내야 할지 모르는 그 심경, 그러니까 이 세계를 오롯이 혼자 만들고 책임져야 한다는 부담감과 외로움. 제 능력의 한계에 대한 자괴감, 감정과 생각의 민낯이 익명의 대중에게 낱낱이 보여지고 만다는 것에 대한 두려움. 이 모두가 글쓰기라는 고통을 기꺼이 자처한 이의 마음속 양상이다.

글을 쓰는 일이란 그런 것이다. 우선 '없음(無)'과의 싸움이다. 꿈을 꾸다가, 길을 걷다가, 차를 마시다가, 차를 타고 가다가, 샤워를 하다가 만나는 생각은 막상 키보드와 마주하는 순간 머릿속에 삭제 키가 있는 것처럼 온데간데없이 사라진다. 게다가 밤의 생각은 아침이 되고 나면 눈뜨고 보기 어려울 정도로 처참하다. 그래서 아무것도 아닌 게 돼버리기 일쑤다. 물론 그런 영감이 간혹 찾아온다는 것만으로도 그나마 다행이다. 그러므로 생각이 제대로 손에 붙잡힐 때까지, 스스로를 설득할 수 있을 때까지, 오로지 쓰고 또 쓰는 수밖에 없다. 게으름과 느림을 찬양하는 글조차 부지런히 치열하게 써 내려가야 하는 게 글쓰기의 아이러니다. 아무리 써도 역부족이지만, 그래도 쓰지 않으면 견딜 수 없는 것이니, 무엇이라도 쓰고 나서 퇴고를 반복한 끝에 해결의 실마리를 찾아내야 한다. 이윽고 '글 감옥'의 탈출구를 찾아낼 때의 짜릿한 해방감. 오직 그 한순간을 위해서 여백을 채워온 그간의 시간이 존재한 것처럼 느껴진다. 그때 비로소 '없음'은 '있음'으로 탈바꿈된다.

그리 길지 않은 인생 동안 삼라만상은 매번 바람처럼 스쳐 지나간다. 그래서 남는 것은 결국 기록뿐이다. 바람을 볼 순 없지만, 물 위에 새겨진 물결을 보고 비로소 우리는 바람의 힘을 체감한다. 물결은 바람이 새긴 기록이다. 잔잔한 물 위에 기록을 남기려는, 불가능에 가까운 힘을 홀로 키우는 자의 고독. 그것이 작가의 숙명이고 의무다. 그 벅찬 과제를 접할 때마다 '그'는 글 감옥 속 무능한 죄수의 현실로 인해 자괴감으로 번번이 주눅든다. 그리고 방황한다. '이 길을 계속 가는 것이 맞을까?' 잠시 흔들리지만 그래도 쓰는 것 말고는 달리 왕도가 없으니, 무쓸모가 될 게 뻔한 초고를 지금도 쓰고 있는 것이다. 그러다 문득 궁금해진다. 소위 걸작(傑作)에 깃든 마법 같은 천재의 순간, 그때의 영감이나 '삘(feel/aura)'은 대체 어떻게, 어디에서, 오는 건가? 그 '삘'을 가져다 쓰려 했던 그때 그 사람들의 속사정은 무엇일까?

우선 인간의 뇌에 관한 기초적인 상식부터 되짚어 보자. 좌뇌는 흔히 논리/이성/분석/계산 등 의식적 자아를, 우뇌는 감성/상상력/직관/잠재기억 등 무의식적 자아를 각각 관장하는 것으로 알려져 있다. 우뇌가 풀어헤쳐 놓은 실이라면 좌뇌는 골라 든 실에 꿴 바늘과 같다. 문학에 빗대자면, 좌뇌는 의도와 주제를, 우뇌는 표현과 느낌을 맡는 것이라고 도식화할 수 있다. 그 연장선상에서 우뇌를 통해 체득한 만물의 인상과 느낌을 좌뇌로 갈무리하는 과정이 바로 글쓰기. 이때 글 쓰는 손은 그저 뇌를 거들 뿐! 하지만 문제는 세상이라는 학교는 좌뇌와 관련된 기능만을 가르치고 장려한다는 데 있다. 바늘

귀에 넣은 실로 무언가를 꿰매는 법만 가르쳐 주기 때문이다. 정작 저마다 다른 길이와 색깔과 굵기를 지닌 실을 스스로 알아보고 추려내는 과정은 홀대하기 십상이다. 작가는 '좌뇌를 권하는 세상'이라는 핸디캡을 지닌 채 '우뇌의 영역'으로 독자라는 낯선 타인을 초대하는 사람이다.

이를 위해 작가는 자신의 육감(六感)을 최대한 열어야 한다. 원래 라틴어 'sapio'는 '맛보다/냄새 맡다' 등의 감각적 행위를 뜻하는 동사였다. 형상과 자극을 받아들이는 감각적 행위가 '구분하다', '분별하다'로 연결되더니 자연스레 '생각하다'의 뜻으로까지 확장되었다. 결국 '사피엔스'(sapiens)는 '맛보는 자'인 동시에 '생각하는 자'이기도 하다. 감각을 통해 체득한 경험을 축적시켜 지식이라는 정교한 체계로 구축한 존재가 바로 인간이다. 경험하는 동물들 중에서 인간이 '슬기로운 사람'인 '호모 사피엔스(Homo Sapiens)'로 불리게 된 연유다. 이 호모 사피엔스 중에서 유독 예민하게 태어났거나 예민하기로 작정한 작가라는 종(種)은 1차원적 경험을 뛰어넘는 초감각적인 상황을 누구보다 깊게 맛보고 싶어한다. 물리적으로 동일하게 주어진 시간 속에서 더 많이 경험하고 더 많이 느끼고 더 많이 받아들이려고 한다.

플라톤은 모든 사람은 저마다의 마음속에 새장이 있다고 했다. 지식과 경험이란, 날아다니는 새들을 붙잡아 새장에 가급적 많이 채우려는 것이다. 하지만 작가는 새장 안의 새들을 구경하거나 그 깃에 손이 닿는 것만으로 만족하는 사람이 아니다. '2차 사냥'이 새장 안에서 시작된다. 그는 목표로 했던 그 새 한 마리(삶의 비밀과 원리)를 향해 집요하게 손을 뻗는다. 그런 자세를 취하고부터는 시선과 감각은 온통 새장 안에 쏠려 있고 반면 새장 밖, 즉 외부와의 단절은 불가피하다. 이를테면 스스로를 삶의 비밀과 원리를 품고 있는, 잡히지 않는, 새 한 마리를 쫓아다니는 글 감옥에 고립시켜야 한다. 그렇다고 더 많은 경험에의 열망을 포기할 순 없다. 사람과 사물과의 접촉을 통해서 지속적으로 충족해야 한다. 그때 관계를 형성하는 데 있어서 작가는 좀더 압축적이고 효과적인 매개체를 필요로 한다. 게다가 생에 관한 집요하고 깊은 탐구는 편집증과 집착, 스트레스를 촉발한다. 이럴 때 망각이나 이완이 필요하다. 예의 그 부끄러움과 두려움을 덜어낸 채 작가 특유의 자기 과시를 만족시키고 자신감을 일시적으로 고양시킬 수 있는 그 무엇 또한 필요하다.

그래서다. 이럴 때 작가에게 그가 가장 손쉽게 구할 수 있는 '매개체'가 등장한 것이리라. 바로 술이었다. 동서고금 문학사에서 술과 작가는 실과 바늘처럼 뗄래야 뗄 수 없는 환상의 복식조로 활동해왔다. 으레 독한 술과 줄담배를 달고 사는 폐병쟁이 이미지, 중독에 가까운 상태로 자신의 육체를 소모해가는 기인의 모습은 작가가 갖고 있던 글쓰기적 삶의 고전적 표상이었다. 시인 이태백은 배 위에서 취중에 물에 비친 보름달을 건지려다가 빠져 죽었다는 설이 내려온다. 한국에선 수주 변영로가 『명정 사십년(酩酊四十年)』이라는 수필집으로 40년 술인생을 드라마틱하게 펼쳐냈다. 청록파 대표시인 조지훈은 '주도에도 단이 있다(酒道有段)'며 바둑처럼 1단에서 9단까지 주당의 단수를 매겼다. 그에 따르면 1단은 애주(愛酒), 9단은 폐주(廢酒)다. 폐주는 이 세상 사람이 아니다. 드라마로도 조명된 바 있는 1950년대 '명동백작'의 낭만시대는 술과 뗄래야 뗄 수 없다. 명동거리를 활보하던 문화예술 가객들의 대부분은 '폐주'로 생을 일찍 마감했다. 소설가이자 의사인 워커 퍼시는 '작가들이 그렇게 술을 마셔댔던 이유'를 절묘한 비유로 묘파한 바 있다.

"오른쪽 뇌가 말을 하지 않으면 아무것도 떠오르지 않는다. 결국 작가는 자신의 왼쪽 뇌를 알코올로 공격하기 시작한다. 물론 이 경우에 술은 억제작용을 한다. 비유하자면 술은 천국의 문을 지키는 엄한 문지기 천사를 기절시킨 뒤 왼쪽 뇌만 가지고 고민하는 가엾은 작가를 그 안으로 인도해 들인다. 작가가 술에 취하는 순간 오른쪽 뇌에서는 상상력이 봇물처럼 터져 나오고, 내면 깊은 곳에서는 마성이 깃들인 온갖 욕망이 튀어나와 왼쪽 뇌를 짓밟아 납작하게 만들어버린다."

─스콧 도널드슨, 『헤밍웨이 Vs. 피츠제럴드』, 갑인공방

이를 액션영화의 클리세(cliché)로 바꿔 보자. 여기 백전노장의 첩보요원이 있다. 이름은 '에틸 알코올'. 그에게 하달된 작전 내용은 이러했다.

○ 코드네임: C_2H_5OH(에틸알코올 Ethyl Alcohol)
○ 필살기: 아세트 알데히드
○ 조연: 사이드 디시(안주: 按酒)
○ 미션: '좌뇌'라는 이름의 견고한 요새를 무력화하고 '우뇌'라는 비밀의 방에 진입하라!

요새의 입구엔 논리와 합리와 이성(理性)이라는 충성스러운 경비병 여럿이 버티고 있다. 백전노장 에틸 알코올은 은폐와 엄폐를 거듭하며 침투에 성공했다. 그러더니 시간이 흐르자 자신감이 붙었는지 노골적으로 정문 출입을 하려고 한다. 그때마다 사이드 디시는 누를 안(按), 술 주(酒), 글자 그대로 '안주' 본연의 임무에 따라 알코올을 누르려고 한다. 하지만 역부족이다. 어느새 사이드 디시는 알코올 요원에 투항하였고, 급기야 최고의 파트너가 되었다. 사이드 디시라는 천군만마를 얻은 알코올은 필살기 아세트 알데히드로 차례차례 논리와 합리를 제압한다. 그렇게 초저녁에 시작해 새벽녘까지 이어진 대결. 마지막까지 버티는 이성이라는 경비병이 가장 끈질겼다. 하지만 결국 이성마저 쓰러지자 알코올은 유유히 '우뇌'라는 비밀의 방문을 열고 들어간다. 오랫동안 신비에 쌓여 보관된/버려진/남겨진 판도라의 상자를 거머쥔다. 그 상자를 여는 순간 '무의식'과 '상상력'과 '욕망'이란 파일이 폭발한다.

이 일련의 활극이 작가 자신의 육체에서 벌어지는 동안, 그에게는 신천지가 펼쳐진다. 잠시 머무르던 도취의 순간, 그의 소우주는 온갖 뮤즈, 디오니소스, 세이렌의 파티로 들썩거린다. 이때만큼은 그도 외롭지 않은 것이다. 바로 그렇게 얻어낸 판도라 상자 속의 비밀을 고스란히 자기 것으로 옮기고 싶어진다. 그는 그것을 영감이라고 부르기로 한다. 이제부터 '삘'과 술의 (악)순환에 빠져드는 것이기도 하다. 아무도 그를 말릴 순 없었다. 그리고 암흑처럼 찾아온 블랙홀, 아니 블랙아웃.

문제는 이후부터다. 알코올 요원이 '좌뇌'라는 요새에 아예 제 집처럼 드나들기 일쑤다. 요새는 붕괴 직전으로 치닫고, 우아한 톰 크루즈 같던 요원은 어느새 스티븐 시걸이 돼버렸다. 나비처럼 날아서 벌처럼 우아하게 경비병들을 서서히 제압해 기절시킨다는 침투의 기본은 지켜지지 않은 지 오래다. 급기야 너무 우악스럽게 '우드득' 하고 경비병들의 목을 꺾어버린 것이다. 다음 날도, 그다음 날도 스티븐 시걸의 공격은 계속됐다. 그는 지칠 줄을 몰랐다. 경비병들은 이제 자신을 습격하는 자가 누군지조차 모른 채 쓰러졌다 깨어났다를 반복하더니 끝내는 일어나지 못했다. 실망한 사이드 디시는 언제부터인가 알코올을 아예 떠나버렸다.

이제 어쩔 것인가? 요원 에틸 알코올의 명예는 완전히 바닥에 떨어졌다. 자신의 '본분'을 망각한 지도 오래다. 수시로 잔뜩 흥분하기만 하는 이 요원은 스티븐 시걸이 되다 못해 급기야 마동석이 되었다. 마동석은 '좌뇌'라는 요새를 초전박살 내는 것은 물론이고, '우뇌'라는 비밀의 방문을 온몸으로 부딪쳐 박살내 버렸다. 그 바람에 무의식과 상상력과 욕망의 상자조차 이제는 온데간데없이 산산조각나고 말았다. 또다시 암흑처럼 찾아와 모든 것을 잊고 잃어버리게 하는 블랙홀, 아니 블랙아웃. 명정의 쾌락과 숙취의 죄책감이 반복적으로 교차한다. 결국 요원 에틸 알코올의 미션은 '임파서블', 불가능한 것으로 판명났다! 근데, 미션이 뭐였더라?

그리고……잔치는 끝났다. 하나의 소우주는 사라졌다. 최후에는 술로 패배한 자들이 남긴, 패배 직전의 위대한 작품들만 남았다. 그들은 견실한 동료 인간으로서의 삶을 살았던 것이 아니라 그들이 써 내려간 비극 속 주인공의 삶을 연기한 것처럼 보였다. 술과 장미의 나날 속에서 훌쩍 가버린 위대하고도 가여운 F.스콧 피츠제럴드, 고주망태 행려병자로 객사한 에드가 앨런 포, 술로 비롯된 우울증으로 엽총 자살을 한 어니스트 헤밍웨이, 죽기 10년 전까지 지독한 알코올 중독으로 번민하고 방황했던 레이먼드 카버, 그리고 통음을 일상화하다가 요절의 리스트에 이름을 올린 동서고금의 수많은 작가들이 그랬다. 대한민국에는 박인환, 천상병, 박정만, 김수영 같은 주당 시인들이 있었다. 가난했고 병들었으며, 시대와 불화했고, 그래서 술로 '완만한 자살'을 택했던 이들이 많았다.

그랬던 20세기도 오래전에 지났다. 그들이 누렸던 '술과 밤의 작가'의 시대도 애저녁에 갔다. 우선 펜과 종이에서 타자기로, 워드프로세서로, 다시 컴퓨터로 글쓰기 도구가 바뀐 것이 결정적이었다. 펜 하나와 텅 빈 원고지 한 장의 막연함에서 벗어난 것이다. 썼다 마음에 들지 않는 문장은 언제든지 백스페이스 키를 두드리면 된다. 덕분에 지우개똥이나 원고지가 책상 아래 쌓여가는 풍경은 생겨나지 않을 것이다. 메모처럼 산발적으로 기록해 놓은 아이디어도 손쉽게 재조립할 수 있다. 문장의 앞과 뒤를 자유자재로 뒤바꿀 수도 있고 그 안에 새로운 것을 끼워 넣을 수도 있다. 이른바 '레고형 글쓰기'가 가능해진 것이다. 기본적인 팩트 중심의 참고 자료는 인터넷 검색으로 해결한다. 문장 하나를 인용하기 위해서 도서관의 방대한 책더미 속에서 참고자료를 찾던 칼 마르크스와 발터 벤야민으로선 상상할 수 없는 일이다.

이제 작가는 아침에 출근하고 저녁에 퇴근하며 글을 쓴다. 손수 커피를 내려 마시며 정신을 맑게 하고, 운동을 하며 체력을 비축한다. 카페에 노트북을 들고 가서 작업을 하기도 한다. 시끄러운 공간이 주는 백색소음과 함께 무언가에 매진하는 '사람 동료들'의 활력이 오히려 작업에 도움이 되기 때문이다. 잡지와 TV와 라디오 같은 매체에서, 그리고 SNS, 서점, 카페, 그 어느 곳에서도 독자와 만날 수 있고 만나야 한다. 잠재적/실질적 독자들의 반응을 일일이 직접 챙겨야 하기 때문이다. 작가 스스로가 자신의 작품을 알리는 '세일즈맨'이 될 수밖에 없다. 세상 사람들이 하루를 보내는 리듬에 작가의 몸과 마음 또한 맞춰야 하는 이유다. 스스로 선택한 고립을 통해 신비주의와 염결주의로 살아가는 소수 작가들의 고고한 세계를 모두가 따를 수는 없는 노릇 아닌가? 이제 더는 '술'과 '밤'의 고독한 힘을 빌리지 않아도 되는 것이다. 그렇게 하지 않아도 뽀송뽀송, 매끈매끈, 섹시한 글이 잘만 나오기 때문이다. "명정에서 빚어지는 쾌락의 현재, 무감각해진 현재를 한없이 연장"(장석주)하려는 무망한 꿈을 이제 더 이상 꾸지 않기 때문이다. 여기에 술이 제공했던 취기를 빌려 선보인 한때의 가면이나 분신보다는, 솔직함을 더 애호하는 달라진 세상도 한몫한다. 술의 부정적 영향도 빼놓을 수 없다. 한국문단사에는 소위 거장이라는 이들이 주관했던 질펀한 '술의 리그'가 드리운 그늘이 짙다. 그 그늘에서 독버섯처럼 움텄던 음험한 문화권력과 숱한 폭력의 기억을 어찌 잊으랴!

그래서다. 권력의 자장으로부터 벗어나, 원래 생겨먹은 그대로 이름 없이 작고 평범한 것이 오히려 위대하고 아름다울 수 있다. 특별한 체험이나 일탈 못지않게 일상의 루틴이 더 진하게 다가올 수 있다. 삶의 묘미는 궁금한 것투성이로 가득한 선물 상자를 개봉하는 여섯 살배기의 들뜬 마음 같은 데서만 오진 않는다. 포장이 화려하고 고급져서 그 내용물을 애초부터 짐작케 하는 수준의 상자도 재미없기는 마찬가지다. 지극히 평범한 것들이 들어 있는 그저 그런 사물함 같은 상자에서 오히려 의외의 것이 나온다. 그 뚜껑을 열기 전에는 알 수 없어 무엇을 꺼내고 어떻게 펼쳐 놓는가에 따라 이후의 결과가 달라지는 것이다. 즉 순서와 배열의 기술, 그것이 삶을 예측불허로 만들고 기대하게 만든다.

오늘의 작가들은 선물상자처럼 특별해야 할 것만 같은 경험의 무게에 짓눌리지 않고 익숙하고 평범한 것들의 순서와 배열을 효과적으로 다루는 사람들이다. '밤의 작가' 시대에 요절한 선배들의 마법 같은 걸작을 흠모하고 질투하지만, 그렇다고 해서 어둠 속에서 제 몸까지 연소시켜야 겨우 찾아오는 영감과 우연의 불빛을 마냥 기다리진 않는다. 동시대 사람들과 함께 호흡하는 평범한 고독과 성실을 택하는 것이다. 그렇게 오늘도 생계형 인간의 한 사람으로 성실히 쓰고 또 쓰면서 살아갈 뿐이다. 그렇게 취하지 않고 맨정신으로 글을 쓰는 작가들이 대세다. 바야흐로 '낮의 작가'의 시대가 온 것이다. 나처럼 게으른 독자나 애저녁에 가버린 '밤의 작가'의 시대에 가끔 건배를 하는 것뿐이지. 고전이며 사라진 낭만 운운하면서. 그런 이에게 일본 문학계의 대표적 염결주의자인 어느 작가의 일침은 지금도 귀담아들을 만하다.

> "소설은 햇빛이 있는 동안 써야 마땅하다. 낮의 햇살은 문장을 환히 비추어 진위 여부를 명백하게 분별해준다. 진짜 문장은 글에 묵직하고 선명한 검은 그림자를 드리우고, 가짜 문장은 그림자도 없이 글자를 공중에 띄워버리고 만다."
>
> ─『소설가의 각오』, 마루야마 겐지, 문학동네

17

인간의 운명, 인간의 품격

생지옥에 진배없는 나치 수용소. 어느 날 이곳에 러시아의 평범한 중년 가장 소콜로프가 왔다. 순전히 전쟁 때문이었다. 그는 1900년에 태어나 볼셰비키 혁명(1917) 이후까지 성장기 내내 부농들을 위해 죽도록 일만 했다. 1922년에 찾아온 대기근으로 부모와 누이를 잃었다. 산전수전 끝에 기술을 배워 공장의 대장장이가 되었다. 천애고아였던 지금의 아내를 만나 결혼을 했다. 아들 하나와 딸 둘을 얻어 단란한 가정을 일구었다. 일을 마친 후 코가 삐뚤어지도록 술 한잔 걸치고 귀가하면, 아내는 그가 숙취에 찌든 다음 날 아침 소금에 절인 오이와 보드카 한 잔을 해장거리로 내놓곤 했다. 부부는 돈도 알뜰하게 모아 방 두 개와 창고가 있는 집도 갖게 되었다. 하지만 소박한 행복이 영글어가던 이 가족에게 피할 수 없는 운명의 시간이 다가왔다. 대하소설 『고요한 돈 강』으로 1965년 노벨문학상을 수상한 현대 러시아문학의 거장 미하일 숄로호프의 단편 〈인간의 운명〉(1957)은 그렇게 시작된다.

때는 2차 세계대전이 한참이던 1942년 5월. 러시아군으로 징집된 운전병 소콜로프는 트럭으로 적진을 돌파하는 임무를 맡는다. 그러다가 적국 독일군의 폭격을 받아 포로가 된다. 부상으로 인한 장애, 동료 포로의 배반을 응징한 보복살인, 한 차례의 탈출 시도 실패 끝에 독일 전역을 떠도는 기약 없는 포로 생활이 이어진다. 언제 어디서나 배반은 곰팡이처럼 다시 피어나게 마련이다. 물리적으로 불가능할 정도의 과중한 노역량에 대해 그가 던진 불평을 동료 포로가 포로수용소 소장에게 고자질한 것이다. 소콜로프는 곧 소장 앞으로 끌려 간다.

소장: 이제 네가 행한 말의 대가로 나는 너를 사살할 것이다.

포로: 뜻대로 하시오.

소장, 빵 위에 비계를 얹으며 포로 소콜로프에게 독한 술을 건넨다.

소장: 죽기 전에 마셔라, 러시아인이여! 우리 독일군의 승리를 위하여.

포로: (머뭇거린 뒤 책상 위에 술잔과 안주를 놓으며) 환대는 감사하지만, 난 술을 마시지 못하오.

소장: 우리의 승리를 위해 마시고 싶지 않은가? 그렇다면 너 자신의 죽음을 위해 마셔라!

포로: 그럼 나 자신의 죽음과 고통을 피하기 위해 마시겠소.

포로, 두 모금에 잔을 비운다. 그러나 안주에 손을 대지 않는다.

포로: 환대에 감사하오. 자, 이제 나는 죽을 준비가 되었소.

　　　가십시다, 소장님. 총살을 집행해야죠.

소장: (천천히 포로를 바라보고 명령) 죽기 전에 안주를 먹어라.

포로: 나는 첫 잔을 비운 뒤엔 안주를 먹지 않소.

소장, 둘째 잔을 따라 건넨다. 포로, 그대로 둘째 잔을 받아 단숨에 들이켠다. 그러나 역시 이번에도 안주에는 손을 대지 않는다.

소장: (눈썹을 치켜 뜨며) 왜 안주를 먹지 않는가, 러시아인? 비겁해지지 마라.

포로: 미안하오. 나는 둘째 잔 이후에도 안주를 먹지 않소.

소장, 노여움에 볼을 실룩거리는가 싶더니 호탕하게 웃는다. 그리고는 주변 동료들에게 포로의 말을 전한다. 그들 역시 웃는다. 분위기가 부드러워진다. 소장, 셋째 잔을 따라 건넨다. 포로, 셋째 잔을 천천히 비운 뒤 그제서야 안주로 나온 빵 한 조각을 베어 물고 나머지는 책상 위에 올려 놓는다. 소장, 책상 위에 놓인 남은 빵 한 조각과 비곗덩어리를 포로에게 건넨다. 그리고는 진지한 표정으로 포로 가슴에 걸린 철제 십자가를 바로잡아주며 말한다.

소장: 이봐, 소콜로프. 넌 진짜 러시아의 군인이다. 너는 용감한
　　　군인이야. 나 역시 군인이며 호적수를 존경한다. 나는 너를
　　　죽이지 않을 것이다.

비록 굶어 죽을 지경이었지만 스스로의 품격을 지키려 한
포로 소콜로프. 결국 그를 '돼지'로 바꾸지 못했음을 깨닫고
소장은 마음을 바꾼 것이다. 파리 목숨처럼 가차없이 포로를
대했던 수용소라는 지옥도. 그 살풍경 속에서 상대를 인간으
로 이해했던 적장을 만난 건 분명 천운이었다. '내가 원하지
도 않는 최소한'을 먼저 아는 상대란 얼마나 근사한가? 인간
의 품격은 인간이 인간이기 위한 바로 그 '최소한이자 궁극'
인 조건이다. 그것을 배워서 얻는 교양이나 지성의 소산으로
볼 수만은 없다. 혹은 높은 영적 수준, 신념, 단련된 영웅적
결단이나 희생으로만 치부할 수도 없다. 실은 평범한 인간 안
에 이미 와 있는 것들이기 때문이다.

언제라도 독가스실로 향할지도 모르는 일촉즉발의 운명
에 놓인 수용소의 사람들. 그런 그들이 수용소 길에 괸 진창
을 피해 마른 신발을 벗어 들고 지나갔다. 훗날 생존자의 증
언에 따르면 그렇게 언제 어디서든 스스로의 품격을 지키려
했던 사람들의 생존률이 훨씬 더 높았다. 그 진흙탕의 웅덩이
에도 어김없이 찾아와 비친 저녁노을을 보고 저도 모르게 터
져 나왔을 감탄사. 인간이기에 가능한, 슬프지만 아름다운 본

능이었다. 동시에 품격이었다. 한때 코로나 팬데믹 속에서 더 필요한 이에게 마스크를 양보했던 '미덕'이 그랬다. 소비자의 행동심리학으로는 이해할 수 없는 것들이었다. 그와 반대로 지구촌 곳곳에서 한때 벌어졌던 사재기(panic buying)는 '그 최소한'을 서로 믿지 못하는 공포 때문에 생겨난 일이 아니었던가? 코로나로 빚어진 전대미문의 참극에 대해 특정국가와 아시아계라는 희생양을 만들어 분풀이하던 저열함 역시 또 하나의 본능이기도 했다.

주인공 소콜로프는 확고부동한 사상과 신념으로 무장한 초인은 아니었다. 전쟁의 비극에 휘말린 가장 평범한 인간이었을 뿐. 그렇게 보통의 인간이 자신의 운명 앞에 무릎꿇지 않을 때 인간으로서의 품격이 실현되었다. 그 순간이 쌓이고 쌓여서 역사의 결정적 분기점이 되곤 했다. 전봉준과 동학농민군, 일제하 수많은 독립운동가들, 1960년 4월의 꽃다운 청춘들, 1970년 11월 제 몸을 불살라 노예의 삶을 평범한 인간의 그것으로 기어이 돌려놓은 청년 전태일, 목숨을 걸고 싸웠던 유신독재 치하의 수많은 저항가들, 1980년 5월 27일 새벽 몰려드는 계엄군의 경고방송을 들으며 죽음을 예감하면서도 조용히 자신의 자리를 지켰던 전남도청의 사람들이 그랬다. 제5, 6공화국 군사독재 치하 민주화의 도정에 자신의 청춘을 바친 수많은 사람들, 속절없는 세월 속에서도 마지막 싸움을 포기하지 않는 위안부 할머니들, 더 젊은 X86들이 명망을 이용해 부나방처럼 부와 권력을 탐하며 훼절해도 평생 신념과 가치를 포기하지 않는 영원한 현역 민주화운동가들, 권력의 횡포와 타락에 맞서 촛불을 들었던 시민들, 4월의 차가운 바닷속에서 어른들 대신 생의 마지막 순간까지 서로를 격려하던 아이들, 기나긴 팬데믹 속에서 분투했던 의료진과 자원봉사자들과 공무원들, 원치 않았고 의도하지 않았던 두려움에 맞서 싸우고 있는 환자들, 그리고 여전히 모순투성이인 이 땅에서 살기 위하여 철탑 위에서, 길 위에서 싸우는 사람들, 바로 그들처럼!

그리고 떠오르는 영화 〈인생은 아름다워〉(1997)의 한 장면. 주인공인 아버지 귀도(로베르토 베니니 분)는 아들 조슈아에게 유대인 수용소라는 지옥의 살풍경을 미션이 있는 거대한 롤플레잉게임(RPG)이라고 '하얀 거짓말'을 했다. 결국 탈옥이 발각돼 독일군의 총부리를 등에 진 채 죽음 앞으로 씩씩하게 걸어가던 아버지. 그가 숨어서 이를 지켜보던 아들에게 보여준 마지막 웃음. 새로운 인생을 어떻게든 기필코 살아가야 하는 아들에게 남긴 인간의 품격이었다. '먼저 온 누군가'가 '다음에 올 누군가'에게 온몸으로 선사한 인간의 조건이기도 했다. 그것은 인간이 서로를 위해 지켜야 할 일종의 마지노선이자 약속이었다. 앞으로 언제든지 닥칠지 모를 대재앙 속에서도, 그래도 물과 공기와 식량과 의료서비스와 약품 등의 필수재를 공유하여 공존할 수 있다는 상상이 여전히 가능한 이유다. 덕분에 수용소와 다름없이 인간의 품격을 낮출 것을 요구하는 오늘을 여전히 견뎌낼 수 있는 것이다.

그러나 인간의 품격을 지킨 소콜로프 개인의 운명은 여전히 기구했다. 어느 날 그는 독일 장교를 포로로 삼아 기적적으로 탈출하여 러시아군으로 복귀한다. 영웅 칭호와 함께 병원에서 휴식을 취하던 차 청천벽력 같은 소리를 듣게 된다. 고향의 보금자리를 군수비행장 근처에 장만한 것이 화근이었다. 독일의 무차별 폭격으로 인해 집은 물론이고 그의 아내와 두 딸들이 더는 이 세상에 없다는 것이다. 그가 끝끝내 목숨을 유지하며 이끌어 왔던 생의 의미가 일순간에 사라지고 말았다. 이제 그에게는 단 하나의 피붙이가 있었다. 전쟁에 참전한 큰 아들. 그는 엘리트장교로 승승장구하며 아버지의 남은 희망이 되었다. '전쟁이 끝나면 아들을 결혼시키고 목공일이나 하며 손주녀석들이나 키워야지!'

하지만 또 다시 운명은 기대를 저버렸다. 전쟁이 끝날 무렵 퇴각하는 독일군 저격병에게 아들이 그만 사살당하고 만 것이다. 결국 낯선 독일 땅에 마지막 남은 기쁨과 희망이었던 아들을 묻고 소콜로프 자신은 상이군인이 되어 홀로 귀향한다. 그리고 살아남은 자의 일상은 다시 시작된다. 화물 운송을 하여 생계를 유지하던 나날들. 홀로 술을 마시러 찾곤 했던 카페 인근에서 부랑아처럼 떠도는 소년을 만난다. 소년은 전쟁 중에 부모를 모두 잃었노라고 했다. 소콜로프 자신이 아버지라며 거짓말을 하여 소년을 새 아들로 받아들였다. 소년은 가끔 떠오르는 희미한 유년의 기억으로 진짜 아빠를 찾았다. 그때마다 그가 적당히 둘러대면 여름날의 번개처럼 슬며시 그 기억은 사라지곤 했다. 그에게 더는 없을 것 같던 희망은 그렇게 다시 시작되었다. 피붙이가 아닌 생존자끼리 새로운 가족이 되어 함께 밥을 먹던 영화 〈괴물〉(2005년, 봉준호 감독)의 마지막 장면과 꼭 닮아 있는 그 희망처럼.

하지만 생이 계속되는 한 해피엔딩은 오지 않는 것일까? 새 아들과 새 생활을 시작하며 새로운 행복을 만들어가던 어느 날. 안타깝게도 소콜로프는 트럭으로 이웃 암소를 치어 죽이고 만다. 졸지에 생계 수단인 운전면허증마저 빼앗기게 되었다. 어쩔 수 없이 새로운 일자리를 찾으러 아들과 함께 떠나는 길. 그때 소콜로프가 나룻배에 함께 탄 화자와 만나 자신의 기구한 인생 역정을 들려주는 것이 이 소설의 얼개다. 이야기가 끝나고, 화자인 '나'는 저 멀리 사라지는 소콜로프 부자의 모습을 바라본다. 그리고 이 파란만장한 생의 앞날을 축복하지도 연민하지도 못하며 다만 이렇게 홀로 속삭이는 것이다.

"수년 동안 전쟁을 치르면서 머리가 희끗해진 중년의 남자들이 꿈속에서만 우는 것은 아니다. 그들은 현실에서도 울고 있다. 지금 중요한 것은 제때에 얼굴을 돌리는 일이다. 그리고 지금 가장 중요한 건 아이의 마음에 상처를 주지 않는 것이고, 그대의 **뺨**을 타고 흘러내리는 뜨겁고 인색한 남자의 눈물을 아이가 보지 못하도록 하는 것이다."

—미하일 숄로호프, 『숄로호프 단편선』, 〈인간의 운명〉, 민음사

18

한 권의 책

한 권의 책을 숲으로 본 발터 벤야민(1892~1940)의 비유를 변
주하자면, 독서(讀書)가 그 숲 위를 나는 비행기를 타고 사방
으로 뻗은 길을 관람하는 탑승객의 특권이라면, 필사(筆寫)는
그 숲속의 사잇길을 제 발로 직접 걸어가는 여행자의 태도일
것이며, 서평(書評)은 그 숲속에 정주(定住)할 수 있는 이주민
의 권리증이다.

19

사랑의 단상 ①: 지금 실패하고 있는 것은 당연하다

"이것은 사랑이다."

"저것도 사랑이다."

"그것마저 사랑이다."

사랑은 책임이며 약속인가? 관계가 소위 제도적, 도덕적 울타리 안에 우리의 상상력을 가두는 한에서는 그렇다. 사랑은 윤리이며 태도인가? 그 울타리 바깥에서도 한 존재를 온몸으로 껴안는 것이 가능하다는 것으로서는 그렇다. 사랑은 현상인가? 인위와 자연의 경계선에서 생겨나는, 끝을 모르는 발생의 한 과정으로서는 그렇다. 꼬리에 꼬리를 문다. 사랑은 결과인가? 사랑은 상태인가? 사랑은 사건인가? 사랑은 사고인가? 사랑은 행위인가? 사랑은 심리인가? 사랑은 언어인가?

사랑은 반응인가? 사랑은 깊이인가? 사랑은 강도(強度)인가? 사랑은 높이인가? 사랑은 넓이인가? 사랑은 두께인가?

　사랑은 일반명사다. 수많은 '당신'들을 향한다. 사랑은 고유명사다. 우주 안에 오직 하나밖에 없는 OO라는 이름을 지닌 당신. 사랑은 재귀대명사다. 결국 그런 상대를 사랑하는 나 자신이 목적어가 된다. 사랑은 동사다. 과거였다가 현재이고 기약 없이 유보되는 미래다. 우연의 사고로 시작했다가 필연의 사건으로 끝나기도 한다. 과정이었다 싶을라치면 어느새 결과가 된다. 좌충우돌 종횡무진 살아 있는 생명체 같다가도 책임과 약속이라는 관념의 박제가 되기도 한다. 어떤 모습으로든 결코 단순하지는 않다. '왜 사랑하는가'라는 질문에 '사랑하니까 사랑한다'라는 동어반복 정도랄까? 나의 이런 낙서를 포함한 대부분의 사랑 이야기는 '사랑을 사랑하는 것'이다.

　사랑에 관해서라면 궁극의 이해라고 생각했던 것이 한순간에 착각와 오해로 전환될 수도 있다. 사랑에 대한 정의란 명쾌하게 내리려 하면 할수록 어렵다. 아니, 그 시도 자체가 무망한 것임을 결국 알게 된다. 롤랑 바르트의 『사랑의 단상』을 밑줄 그으며 읽어 놓고선, 완벽한 명제라는 그물로 포획했는가 싶었는데, 어느새 성긴 그물코로 그 실체는 모조리 빠져나가 버리는 식이니까. 이론과 실천은 결코 일치하지 않는다. 프리드리히 니체가 저서 「아침놀」에서 일갈했듯, 사랑이란 상대에게서 가능한 한 많은 아름다움을 보고자 하기 때문에 오히려 잘못 파악하는 것이 즐거움이고 이익이 되는 요지경이다.

업무상 계약서에 자주 쓰는 문구가 있다. 'OO를 제외하고 현존하거나 향후 생겨날 모든 것을 포함' 운운이다. 가장 강력한 범우주적 권리를 내어 달라는 소리다. 이른바 '포괄적 네거티브 방식'이다. 이 방식은 사랑에 관해서도 유용하게 적용된다. 이를테면 사랑하고 있을 때보다 사랑하지 않(았)을 때, 존재보다 부재를 상상할 때 말이다. 그러니까 획득보다 상실 속에서, 현실보다는 회고나 가정(假定) 속에서 사랑이라는 실체에 더 가까워지는 아이러니가 생기는 것이다. 지금의 너와 내가 아니라면, 오히려 사랑이 될 가능성이 훨씬 높다는 것일까? 혹은 '너의 본질을 제외한 모든 것을 파악하고 있다'고 오해하는 것이 외려 눈앞의 사랑이 되는 격이랄까? 두 평행선의 끝은 서로 만나고 있는 것처럼 보인다. 하지만 원근법으로 그려낸 눈의 착시일 뿐이다. 사이좋게 평행을 달리는 두 사람 사이의 소실점은 끝내 생겨날 수 없다.

그래도 무수한 지행불일치, 언행불일치, 시행착오를 맛보았다. 비로소 사랑이 무엇인지 알 것도 같다고 여긴다. 과연 그럴까? 그렇다면 이제 알게 된 그것이 무엇인가 자문해본다. 보통은 '같은 실수를 더는 되풀이하지 않는 것'이라고 답한다. 그런데 말이다. 실수와 실패가 없는 사랑이 과연 성공적인 것인가? 아니 사랑에 성공이라는 말이 가당키나 한 것인가? 만일 그렇다고 한다면 성공에 준하는 그 결과로서의 완성태가 있어야 한다. 그 경우 사랑의 종착지는 무엇인가? 사랑에는 유효기간이 없다는데 말이다. 만일 그 유효성이라는 게 존재한다면, 그것을 '관계의 계약'이라 부르지 누가 사랑이라고 부르겠는가?

그러니 역설(逆說)이 성립된다. 사랑의 실패를 전제하지 않고서는 사랑에 가 닿을 수가 없다는 것. 언제나 사랑은 달의 운명을 지니고 있다. 밤낮없이 보름달인가 싶더니 차츰 이지러지기 시작한다. 사람에 따라 그 주기에 관한 속도 혹은 지속성의 차이가 있을 뿐. 달처럼 완전히 기울고 말 것이다. 그것은 처참하고 쓸쓸하다. 하지만 장엄한 최후이기도 하다. 평생 밥벌이를 제외한다면, 인간이 시지프스의 미련하고도 위대한 집념을 보여주는 데 있어서 사랑만 한 게 어디 있으랴? 마지막 숨을 넘기기 직전까지도 인간은 사랑을 갈구한다. 결국 사랑을 정의 내리지도 못한 채, '사랑을 사랑했다'라고 하면서. 주마등처럼 스쳐가며 서서히 꺼져가는 이름이며, 얼굴이며, 그 모든 것이며….

삶은 매번 '원 플러스 원(1+1)'을 주지 않았다. 특히 인연이 그랬다. 누군가를 잃거나 떠나보내고 나서야, 새로운 누군가가 찾아오는 식이었다. 달이 기울고서야 다시 차오르는 것처럼. 인연은 회전목마처럼 우리의 주위를 돌고 돌았다. 하지만 매번 다른 얼굴, 다른 표정, 다른 사연으로 나타났다. 인연의 기원은 언제나 그 인연이 끝나고 나서야 겨우 돌아볼 수 있었다. 하나의 인연을 이제는 떠나보낼 수 있다는 현실을 인정하는 데서부터다. 결과론적으로는 '슬기로운 체념'이었다. 그러고 나면 어김없이 새로운 인연이 찾아왔으니까. 하나의 루틴이었고 일종의 진리가 되었다. 물론 그 진리는 우리의 생을 마냥 반기지만은 않았다. 무뚝뚝하고 불친절하게 엄습했다.

그럼에도 불구하고 기꺼이 끌어안고 따르며 함께 살아야 했다. 그리하여 그것은 순리가 되었다. 지금 하고 있는 사랑이 완벽하지 않은 것, 크고 작은 실수로 점철되고 있는 것은 당연하다. 그렇다고 그 실패가, 그 끝이 반드시 어두운 것만은 아니다. 사랑의 불완전성, 예견된 실패를 겸허하게 인정하는 순간 오히려 지금의 사랑은 사랑다워질 뿐이다. 결코 미래로 유보되지 않을 사랑으로 말이다. 아주 오래전의 유행가 가사처럼, '사랑은 미완성'이라 '부르다 멎는 노래'일지니.

> "어떠한 행위에도 잘못이나 오류가 포함되어 있다는 확신은 종종 억제하기 힘든 힘, 어쩌면 유일한 힘이 되어 그러한 행위를 하도록 우리를 부추긴다."
>
> —애드거 앨런 포, 발터 벤야민 《아케이드 프로젝트1》, 새물결에서 재인용

20

사랑의 단상 ② : 친밀하지만, 낯선

나이들어가면서 점점 더 알게 된다. 친밀하면서도 낯선 사람들을 만나는 게 비교적 흔한 일이라는 것을. 한때 가까운 사이라고 철석처럼 믿었던 관계의 밀도가 한순간에 그 믿음만큼의 차이(difference)이자 거리(distance)로 탈바꿈된다는 것을. 겉으로는 순탄한 것만 같은 관계를 들춰보면 볼수록 여지없이 그 바닥까지 확인하게 되는 이치다. 그래서 그 '최종 확인'의 단계가 두려워 더 이상은 나아가지 못하는 상태로 봉합하곤 한다. 시인 고정희의 '사랑법'으로 읽자면, 높은 기대로 상대를 잃지 않기 위해 기대보다 더 큰 돌덩이를 가슴 한복판에 매달아 놓는 식이다. 이는 현재의 관계를 유지하기 위한 의도적 판단 중지 또는 유보의 과정이다. 세간에서는 이 어정쩡한 상태를 '친하다'라고 두루뭉술하게 표현한다.

사회적 관계망(SNS)은 온갖 친분의 전시장이다. 하지만 학교, 직장, 가족 구성원끼리의 친밀감을 과시하는 사람들은 저토록 많아 보이는데, 웬일인지 세상은 더욱 외로워진 사람들 또한 한가득이다. 보통은 당사자들이 직접 그 친밀함을 표현한 순간 그 관계는 이미 과거에 획득된 어느 정도의 앎에 기반한 것으로 간주된다. 이후로는 예상한 대로다. 익숙하고 안온한 평화를 얻는 대가로 감내해야만 하는 피로, 냉소, 실망, 권태, 환멸 따위가 찾아옴은 물론이다. 결국 친밀하다고 주장하는 것은 '상대의 오늘 이후부터는 더 이상 알려고 하지 않는 정체된 상태'라는 역설에 직면하게 된다. 즉 미래 없는 과거만이 그 관계의 친밀도를 유일하게 보증한다. 달리 생각하면 그토록 친밀했던 당신조차 오늘 이 순간부터 언제든지 낯선 타인이 될 수도 있는 것이다.

그리하여 여기서 또 하나의 역설이 탄생한다. 상대가 낯설어야 그가 기대하는 나의 참모습을 보여줄 가능성이 더욱 커진다는 것. 낯선 상대끼리는 사소한 그 무엇도 신기한 것으로 바뀐다. 호기심이 커질수록 나를 드러내고 알려주고픈 욕망도 자발적으로 생겨난다. 그만큼 상대를 알아가고픈 욕망도 비례하여 자라난다. 물론 일면식도 없었던 완벽한 타인에게 그럴 수는 없는 법이다. 그러므로 이럴 때의 '낯섦'은 언제든지 좁힐 가능성이 있는 거리와 차이를 전제로 해야 할 것이다. 그렇다면 그 가능성은 어떻게 획득하는가?

　본능적으로 낯섦은 두려움이라는 자기보호 기제에 의해 거부당하기 일쑤다. 서로의 시간이 겹치지 않는 한 타인은 예측 불가능한 전인미답의 영토이기 때문이다. 일단 그곳에 발을 내딛기 위해서는 호기심 내지 용기가 필요하다. 이때 나 자신이 그동안 학습해온 동일한 패턴이 작동된다. 과거의 경험으로 체득하거나 미래를 예측하여 직관적으로 내린 판단이 그것이다. 자신만의 인생 데이터베이스에서 이 낯선 상대와 닮은 인물 유형을 끄집어내고 자신이 규정한 카테고리로 묶으려고 한다. 그리하여 우연처럼 시작되어 좋았던 '언젠가의 처음'이 또다시 반복되는 기시감이 드는 것이다. 그럼에도 불구하고 '이번에는 다르겠지' 속는 셈치고 막연한 기대를 해보는 것이다. 그렇게 나는 낯선 타인의 영토로 한 발 내딛게 된다.

　'자식, 배우자, 정인(情人), 친구에 대해선 나만큼 아는 사람은 없어.' 과연 그럴까? 일단 이런 근거 없는 과신이나 오만은 낯섦의 씨앗이 언제든지 발아될 수 있는 가장 좋은 토양이다. 무엇보다 자신이 지니고 있던 기왕의 앎이라는 껍데기를 깨부수어야 한다. 어림짐작으로 안다고 했던 것도 막상 그 속을 들여다보면 생각보다 그 알맹이가 크지 않다. 실은 껍데기의 크기만 잴 줄 알았지 그 속에 든 것의 사정에 관해선 제대로 아는 게 별로 없었던 것이다. 그럴 땐 무지를 인정하는 용기가 필요하다. '모르는 것은 모르는 것이다'라고. 결국 관계의 지속성은 친밀했던 상대에게서 문득문득 발견하곤 하는 그 낯섦을 그때마다 나 자신이 어떻게 받아들일 것인가라는 태도의 문제로 귀착되고 만다.

그렇다면 다시 처음으로 돌아간다. 그 낯섦으로 인해 새로운 가능성이 열리는 것인가? 이제라도 좀더 알아봐야겠다는 식의? 한때의 그 처음처럼? 아니면 더는 예전의 그것이 아니므로 도무지 받아들이기 힘들어 여기까지가 끝이 되는 것일까? 뫼비우스의 띠를 타고 돌고 도는 낯섦과 친밀함의 꼬리 물기, 바로 필로스(philos)든 에로스(eros)든 사랑이 직면하게 되는 역설이다.

21

사랑의 단상 ③

1. 비대칭

최초의 사랑은 마음의 기울기로 발생한다. 상호교감을 전제로 한다지만, 사랑의 발생 조건은 '누군가는 반드시 먼저 더 좋아해야 한다'는 것의 문제다. 시쳇말로 양자 사이엔 갑을(甲乙) 권력 관계가 작동된다. 때문에 증여와 답례의 호혜성이 매번 적용되진 않는다. 받았던 것만큼 정확히 주는 5:5의 셈법은 사랑이 아니라 관계의 경영일 뿐이다. 산술적인 등가교환이 불가능하기 때문에 무조건 주고 싶은 마음, 주는 만큼 받고 싶은 기대와 욕심, 그만큼 내어주지 못하는 안타까움, 그 불일치에 의한 앙앙불락(怏怏不樂)이 생겨난다. 고마움과 미안함과 서운함 따위로 감정의 시소가 오르락내리락한다.

사랑은 그 기울기에 따라 자라나고 걷잡을 수 없이 요동친다. 완벽한 수평으로 균형을 이루는 시소 같은 사랑은 어떻겠느냐고? 물리학적으로는 양호하고 평탄한데, 웬일인지 화학적으로는 그 사랑이 시들시들해질지도 모른다.

2. 역설

너를 한없이 추구했고 너로 이루어진 모든 것을 갈망했다. 그러나 결국 너를 원했던 나의 마음이 우선이었다. 그렇게 철저히 이기적이어야 사랑의 순도가 입증되는 역설. 너를 놓아주는 것보다 나를 놓는 일이 힘들다. 네가 곁에 없는, 혼자인 나를 견딜 수 없는 것이다. 너를 견디는 일보다 나를 견디는 일이 죽기보다 어려운 것이다. '너를 시작한다', '나는 네가 아프다', '네가 끝난다'. 사랑은 틀린 문장, 시적 허용이 이상하리만치 가능한 세계. 너를 제외한 배경은 송두리째 무의미해지고 너라는 대상 외에 달리 설명할 길이 없는 세계. 사랑의 최초 발병기에는, 이성(理性)은 최소한으로 차이를 애써 축소시키고, 감성은 최대한으로 동일성을 추구하는 법이다. 티끌 하나의 교집합, 그 우연의 몇 가지 엉성한 조합을 운명이라 여긴다. 그 판단에 이성이 끼어들 여지는 없다. 당사자 두 사람이 그렇게 믿고 알리바이를 맞춘다. 그러니 그 만남이 필연 같은 것이 되고 만다. 우연조차 필연으로 만들어버린 돌격대처럼, 내가 나를 잊고 직진해야 사랑이 발생한다. 하지만 내가 나를 잃어버리면 결국 사랑은 필패한다.

3. 일치 혹은 착각

'너도 나와 같이 저 달을 보고 있었구나' 혹은 '너도 내가 봤던 이 바람을 지금 보고 있는 게지?' 혹은 '너는 장미보다 아름답진 않지만 그보다는 따사로워.' 뜬구름 잡는, 그러나 밉지 않은 흰 소리들. 지구 전체를 덮는 그물로 망망대해 크릴새우 한 마리를 잡으려는 듯한 일치에의 무망한 욕구. 하지만 착각(錯覺)은 초기 사랑의 증후군. 이 착각은 분명 상호 발명되고 상호 계발되는 것이다. 보고 싶은 것만을 이해하게 만든다. 그렇게 이해하게 된 것만을 좋아하게 된다. 하지만 시간이 흐르고 그 착각이 환멸로 바뀔 때 착각의 주체인 자신보다 착각의 대상을 탓한다. 사랑하는 상대를 단일하고 변하지 않는 존재라 규정하려던 고집이 실재(實在)에 대한 착각을 낳고 실망에 이어 환멸을 부르는 것인데도 말이다. 어제의 그녀/그는 오늘의 그녀/그가 아닐 수 있음을 인정해야 한다. 한시도 쉴 틈 없이 인간은 변하고 있으니까.

4. 전기처럼

사랑에 '에너지 보존 법칙'은 적용되지 않는다. 사랑을 에너지로 환산한다고 해도 '100% 총량'이란 없다. 원래 양이 정해져 있어 갖다 쓴다고 줄어들거나 다른 곳으로 그만큼의 에너지량이 옮겨가는 게 아니다. 그렇다고 저절로 에너지가 발생하지도 않는다. 끊임없는 자가 발전으로 에너지를 생성해야 한다. 그렇게 사랑도 계발되고 훈련되고 학습되는 것이기 때문이다. 하지만 그 이전에 설명될 수 없는 그 무언가가 필요하다. 사랑에도 마중물이 필요하다. 푼크툼(punctum)—순간의 깨달음과 닮은 짜릿한 최초의 전류가 그것이다. 만일 애초부터 둘 사이에 미세하게나마 정전기 수준의 전기라도 생겨나지 않았다면, 그 사랑의 접속은 더 이상 이루어지기 어렵다. 열 번 찍어 안 넘어가는 나무 없다는 말? 그거 정말 옛말이다. 요즘은 열 번 찍으면 안 된다. 한 번도 안 되는데 열 번이라니! 그럴 경우 관계의 폭력으로 비화될 수도 있다. 애초 전류가 흐를 수 없는 극과 극이라면 더욱 그렇다.

5. 냉장고

시간이 흘렀다. 이제 익숙한 관계에서는 더 이상 전기를 느낄 수 없다고 여긴다. 당연하다. 냉장고를 생각하면 된다. 누가 냉장고를 쓸 때마다 켰다 껐다 하는가? 냉장고와 같은 그런 관계가 있다. 전류의 흐름을 거의 의식하진 않지만, 365일 사시사철 접속돼 있는 관계. 냉장고에선 이따금씩 알 수 없는 정체불명의 검은 봉지를 발견해 들춰보고는 식겁하기도 한다. 하지만 정전이라도 될라치면 속에 든 것들 상할까 전전긍긍한다. 온갖 것들로 채워져 있어 개중엔 그 안에서 잊어버린 것도 많고, 너무 익숙해져 있어 어떤 게 더 좋은 것인지 꺼내보지도 못한 채 방치해둔 상태. 그래도 단 하루라도 결코 없어서는 안 될 존재. 사랑이라는 상태와 존재, 중요함과 소중함의 차이를 늘 견주게 만드는 관계가 바로 냉장고를 닮은 사랑이다. 한때의 설렘은 흔들리는 기쁨. 하지만 흔들리는 것만큼 불안한 게 또 어디 있을까? 그러니 더는 설레지 않는다고, 예전만 같지 않다고, 좌절하거나 너무 서운해하지 말 것.

6. 크기

내가 관계를 맺고 싶은 사람과의 관계에서 '나'라는 에고가 작아지는 건 자존감이 낮아지는 것이 결코 아니다. 특히나 그 관계가 사랑이라면 말이다. 사랑할 때의 나는 한없이 작아질 수도 있고, 작아질수록 오히려 당신 앞에 당당해진다. 나는 당신 앞에서 작아지다 못해 점 하나가 되고 싶을지도 모르겠다. 이왕이면 쉼표(,)가 되면 좋겠다. 그다음을 재촉하지 않고 기다려주는 문장 부호처럼. 당신이 당신을 믿고 있지 않을 때조차 나는 당신을 믿는다. 그렇게 당신에게 내가 오래도록 천천히 스며들 때, 당신이 나를 통해 당신을 만날 수 있는 일이 점점 더 많아지면 좋겠다. 당신이 잊고 있던 당신, 당신이 모르고 있던 당신, 당신 생각보다 훨씬 근사한 당신, 누구에게도 사랑받아 마땅하고 당신조차 반해버릴 당신. 지금의 당신과 그런 당신의 만남이 곧 채움이고 해방이지 않을까?

4장

가장 아름답게 빛나는 순간

대중문화

22

가장 아름답게 빛나는 순간

해마다 통과의례 격으로 찾는 영화들이 있다. 허우 샤오시엔의 〈쓰리 타임즈〉(2005)도 그중 하나다. 주로 여름에서 가을로 계절이 바뀔 무렵에 보곤 한다. 이 영화는 연애몽(1966년), 자유몽(1911년), 청춘몽(2005년), 총 3개의 독립된 에피소드로 구성된 옴니버스 영화다. 각 에피소드의 남녀 주인공은 모두 배우 장첸과 서기. 두 사람은 각기 다른 3개의 시대 속에서 펼쳐지는 3가지 사랑을 연기한다. 동일한 남녀 배우가 시대마다 서로 연인이 된다는 관객과의 약속 하에 시대에 따라 달라지는 사랑의 양태를 살필 수 있다. 그로 인해 모든 시대를 관통하는 사랑의 보편성 또한 읽어낼 수 있다. 백미는 역시 제1부 〈연애몽〉.

1966년 대만 가오슝의 한 당구장. 실내엔 플래터스(The Platters)가 부르는 〈Smoke Gets In Your Eyes〉(1959)가 흐르고 있다. 당구대 위를 왕복하는 여러 개의 당구공. 큐대를 들고 분주히 오가며 당구를 치는 남자 첸(장첸 분). 여자 종업원 슈메이(서기 분)가 미소를 머금은 채 그의 경기를 지켜보고 있다. 그리고 떠오르는 타이틀 〈연애몽〉. 당구장의 일과는 특별한 사건 없이 흐르는 중이다. 사실 단골손님인 첸은 평소 연정을 품고 있던 종업원 하루코에게 편지를 보냈던 차였다. 하지만 지금 그 편지는 당사자가 아닌 신임 슈메이의 손에 들려 있다.

> "대학에 두 번 떨어지고, 어머니는 돌아가셨고, 난 곧 군대에 가야 해요. 미래는 불투명합니다. 하지만 고맙다는 말을 전하고 싶었어요. 여기서 보낸 시간이 가장 행복한 시간이었거든요. 답장 기다릴게요.
>
> P. S. 이렇게 시작하는 연가(戀歌)를 아시나요?"

무심한 표정으로 첸의 편지를 읽은 슈메이. 편지를 서랍 속에 넣어 둔다. 그녀를 보고 전임 하루코가 떠났음을 알게 된 첸. 허탈함에 애꿎은 담배만 태우며 슈메이와 손님들의 당구 치는 모습을 지켜본다. 이윽고 그가 먼저 그녀의 이름을 묻는다. 하루의 영업이 끝난 그날 밤. 둘은 단 한 번의 당구

게임을 함께한다. 당구공의 움직임에 각자의 시선을 둔 채 몇 마디 말들이 오간다. 사랑의 우연은 같은 것을 보는 데서 시작한다는 공식처럼. 그러다가 가끔은 당구를 치는 서로의 곁을 눈으로 좇는다. 많은 것을, 깊은 것을 나누지 않아도 상대를 충분히 느낄 수 있는 교감의 시간. 때론 침묵이 불편하지 않은 시간. 이윽고 게임을 마치고 가게문을 닫는 슈메이. 남자는 약속한다. "편지할게요. 여기로." 여자는 답한다. "좋아요." 기약할 거라고는 오로지 편지밖에 없던 시절. 그렇게 사랑이 발병된다. 순진하고 몽매한 서로의 기다림이 그 '초기증상'이다. 3개월 뒤 슈메이에게 군대에 있는 첸의 편지가 도착한다.

> "나를 기억하시나요? 제가 입대하기 전날 함께 당구를 쳤죠. 세월 참 빨라요. 이곳은 항상 보슬비가 내려요. 부대엔 〈Rain and Tears〉가 흐르고 있죠. 딱 지금 내 마음 같네요. 꼭 다시 만나길 바라요. 아름다움 계속 간직하시길…."

하지만 편지를 읽은 그날, 그녀는 새로운 고장 자이로 떠나간다. 배에 올라탄 그녀의 얼굴엔 왠지 모를 미소가 머물러 있다. (시간 경과) 휴가를 나오자마자 당구장을 찾은 남자. 이내 여자가 떠났음을 알게 된다. 아슬아슬 이어질 듯 끊어져버린 실낱같은 인연을 찾아 나선다. 손에는 그녀의 답장이 들려 있으나, 우리는 그 내용을 알지 못한다. 헤맴 끝에 마침내 여자가 일하는 새로운 당구장에서 재회하는 두 사람.

여자: "어떻게 날 찾았어요?"
남자: "당신 어머니에게 물었어요."
여자: "담배 피울래요?"

그리고 아무 말없이 미소와 함께 담배를 피는 남자, 하염없이 해맑게 웃는 여자. 당구장 일을 마치고 처음이자 마지막일 데이트를 시작한다. 그리스 록그룹 아프로디테스 차일드(Aphrodite's Child)의 명곡 〈Rain and Tears〉(1968)가 영화 사상 가장 아름답게 흐른다. 두 사람은 포장마차에서 함께 밥을 먹는다. 비가 내리는 거리로 나서며 함께 우산을 쓴다. 내일 아침 9시까지 부대에 복귀해야 하는 남자. 하지만 기차는 끊겼다. 버스터미널로 향하는 두 사람. 버스를 기다리며 함께 서 있는 동안 가까워질 듯 머뭇거리던 두 손은 마침내 서로를 붙잡는다. 그리고 엔딩.

영화의 원제는 〈최호적시광(最好的時光)〉. '인생에서 가장 아름답게 빛나는 순간'이라는 뜻이다. 널리 알려진 '화양연화(花樣年華)'와 같다. 사실 그 순간은 사계절 어느 때라도 상관없다. '당신'이 있고 '설렘'이 있고 '약속'이 있고 '기다림'이 있다면, 함께 꾸는 '꿈'이 있다면, 그 시작은 내일을 향해 무한히 열린 가능성의 영역이 된다. 날씨가 좋았을 때는 하늘과 구름과 빛과 색채의 시간으로 아름답게 기억될 것이다. 반대로 날씨가 궂어서 비나 눈이 오거나 바람이 불 때는 오감이 느낀 그것대로 몸과 마음속에 단단히 아로새겨질 것이다. 그 모든 순간이 아름답게 피어오르는 추억의 사유(事由)가 된다. 그렇게 과거를 뒤돌아보는 시선은 계절이나 날씨와 관계없이 어디선가 내리쬐는 눈부신 빛 또는 활짝 핀 꽃의 이미지를 담고 있다.

영화는 '최호적시광', 바로 그 정점에서 여운을 남긴 채 끝난다. 때문에 두 남녀가 사라진 검은 화면 속에서 행복과 함께 묘한 슬픔을 느낄 수밖에 없다. 저 가난한 두 청춘의 만남은 가슴을 뛰게 만들지만 그렇다고 그 앞날을 마냥 축복할 수도 없고 낙관할 수도 없게 된다. 세파에 따라 육체도 마음도 늙어가며 사랑도 시들어 끝나갈 것이라 여기면 그렇다. 극중 배경이 바로 내 부모님 세대의 청춘 시절이기에, 돌이킬 수 없는 당신들의 그 시간을 생각하니, 또 그렇다. 문득 드는 구경꾼의 생각. 이 모든 것은 이제는 돌이킬 수 없을 정도로 늙어버린, 그때 그 남자 혹은 그 여자의 노스탤지어는 아니었을까? 감독 허우 샤오시엔 그 자신의 회고처럼 말이다. 그는 1947년생이다.

『우리의 인생은 기억의 편린들로 가득 차 있다. 그것들은 너무나 작은 순간 순간이기에 자칫 중요하지 않게 느껴지기도 한다. 하지만 그 기억들은 우리의 마음속에 어쨌든 굉장히 굳건히 존재한다. 예를 들어, 난 어린 시절 당구치기를 좋아했는데, 그 당시 당구장에서 흐르던 노래 〈Smoke Get In Your Eyes〉를 잊을 수가 없다. 나는 이제 60대에 접어들었고, 그런 기억들은 내 마음 깊숙이 떠돌아 마치 나의 일부처럼 되어 있다. 아마 내 마음속에 존재하는 이런 기억들을 발산하기 위한 유일한 방법이 영화를 찍는 것이 아닐까 싶다. 나는 그 시절이 내 인생에서 가장 행복했던 순간이었던 것 같다. '가장 행복하다는 것'은 우리가 그것들을 잊을 수 없기에, 그리고 그것은 잊히지 않기에, 우리의 기억 속에만 존재하고 있기에 그러하다.』

—허우 샤오시엔, 감독 코멘트 중, 2005년, 〈출처: 다음 영화 정보〉

〈연애몽〉 속 두 남녀는 너무 순정하다. 그러므로 얼핏 사랑이라는 통상적인 '게임의 법칙'에서 비껴서 있는 것처럼 보인다. 대표적으로는 소위 '밀당'에서 말이다. 보통 기다리는 자, 인내하는 자, 먼저 찾는 자에게 '패배'를 선고하는 게 사랑의 권력이다. 답을 하지 않음으로써 가장 강력한 답을 선사하는 것 역시 사랑의 아이러니. 휴대전화의 '부재중', 카카오톡의 사라지지 않는 '1', 메일의 '읽지 않음' 등등. 사랑의 기호를 쉽고도 식상하게 만들어 놓은 현대판 메신저들은 앞으로 더 복잡한 권력관계를 낳을 것이다. 이미 숱한 연애 리얼

리티 프로그램 속에서 사랑은 정교한 '밀고 당기기'의 심리게임이 된 지 오래다. 코칭도 받고 학습하고 훈련하여 상대를 획득하는 커리큘럼으로 말이다. 혹은 상대가 지닌 조건과 배경을 판단하여 의사결정을 내리는 경영 내지 '인생 투자'의 일부로 여긴다. 그 와중에 서로를 욕망의 대상으로 여겨 소비하는 형국은 잦아지게 될 것이다. 풍요로운 시대의 빈곤한 사랑? 아니, 사랑 없는 '사랑 과잉' 증후군의 시대?

영화의 배경이 된 1966년. 가진 것이라고는 편지와 수소문밖에 없던 가난의 시절. 그 결핍이 바보스러울 정도로 순정한 사랑을 낳았다. 그것도 욕망이냐고 묻는 이들이 있을 정도로 말이다. 하지만 욕망은 들끓고 분출할 때에만 제 이름을 찾는 것은 아니다. 우직한 기다림과 반복, 인내로도 스스로의 욕망에 가장 충실할 수 있기 때문이다. 감독의 말을 빌리면 "(그때는) 정말 소박하게 상대를 마주보는 기분을 소중히 한다는 자체, 그것이 바로 연애의 형태"였던 시절이었다. 그렇게 서로를 소비하지 않고도, '나'를 연료로 태울 수 있었던 빈곤한 시대의 사랑은 얼마나 풍요로웠던가? 그 사랑이 몹시도 그립고 사랑스러워지는 밤. 그런 사랑을 할 수 있고 가능성을 품을 수 있는 때라면, 여전히 인생에서 가장 빛나는 '최호적시광'이 아닐까?

처음 이 영화를 봤을 때보다, 이제 극중 주인공들은 나보다 한참 더 젊은 청춘에 머물러 있다. 하지만 보는 순간만큼은 그 시절 그 나이의 나로 돌아갈 수 있다. 저마다의 장면이 품은 의미는 내가 먹은 나이만큼 새롭게 해석되어 다가온다. 한때 나에게도 있었을 '최호적시광'을 돌이켜보게 하는 식으로. 그리고 새삼 생각하는 것이다. 중년이 된 나는 과연 지금 이 순간을 '가장 좋은 시절'이라고 부를 수 있게 될까? 이 평범조차 그리워지는 먼 훗날에는 그럴 수도 있겠지? 그렇다면 과거가 된 '지금'을 돌이켜보며 '가장 좋았던 시절'이라고 부를 수 있는 기회는 앞으로의 내 생에서 얼마나 많이 남아 있을까?

23

나의 빨간 사춘기

2012년 10월 20일. 신혼여행지인 프라하에서 돌아오던 비행기 안에서 받아든 국내 일간지. 문화면 한 귀퉁이에 어느 서양 여배우의 부고가 실려 있었다. 향년 60세. 그녀를 처음 만난 건 중학교 1학년 때인 1987년 12월 어느 토요일. 동시상영극장인 K시의 코리아극장에서였다. 문제의 영화는 바로 D.H.로렌스의 소설 〈Lady Chatterley's Lover〉(1928)를 영화화한 저스트 자킨 감독의 〈차타레 부인의 사랑〉(1981). 껑충한 키에 볼륨 있는 몸매, 우수와 뇌쇄가 엉킨 눈빛의 차타레 부인을 열연한 주연배우. 그녀가 바로 나의 사춘기의 서막을 올렸으니. 그것도 아주 빨간.

실비아 크리스텔(1952~2012). 네덜란드 출신인 그녀는 내가 태어나던 해인 1974년 데뷔작 〈엠마뉴엘〉로 프랑스 감독 저스트 자킨과 첫 작업을 했다. 그리고 이 영화는 곧 레전드 가 되었다. 채널4로 맞춘 브라운관 TV 속 VHS 비디오의 구 린 화질로 숨죽이며 보았던 〈엠마뉴엘〉. 하지만 심의 이슈 로 화면 전환은 튀듯 부자연스러웠고 출연배우의 주요 부위 를 가리는 작은 안개도 떠다니곤 했다. 이 영화를 극장에서 35mm 스크린으로 처음 보게 된 것은 1995년 7월 B시의 동성 극장에서였다. 그때 동시상영작은 문성근, 채시라 주연의 〈네 온 속으로 노을지다〉. 광고와 네온사인으로 상징되는 자본주 의 문명과 욕망 앞에 무릎 꿇은 이상주의자, 그리고 혁명의 실 패. 하지만 주인공의 최후는 엠마뉴엘의 '성혁명'보다 헛헛하 게 다가왔다. 〈엠마뉴엘〉은 오리엔탈리즘에 기반한 성애영 화로만 홀대 받기 십상이다. 그럼에도 불구하고 영화의 텍스 트는 만만찮은 메시지도 담고 있었다. 당대 남성 가부장만이 전유하던 성적 자기결정권에 대한 여성의 '일탈적 저항'이랄 까? 68혁명, 플라워 무브먼트(flower movement) 이래 프리 섹스 가 기성가치관에 대한 저항의 방편으로 통용되던 시절이었 다. 물론 여성의 성적 판타지와 욕망 해소를 온전한 주체로서 가 아닌 남성적 시각의 관음증으로 풀어낸 것은 시대적 한계 이기도 했다. 극중에서 실비아 크리스텔이 선보인 패션 스타 일은 시대를 앞서간 것이었다. 그리고 우리에게는 잊을 수 없

는 추억을 선사했다. 바로 라디오의 익숙한 시그널로 남아 있
는 불멸의 테마 음악.

"나나나나나나나~나, 나나나나나나나~♬ 2시의 데이트 김기
덕입니다."

당시의 나에게 사춘기적 징후란 뚜렷하지 않았다. 그 시
기 또래들의 통과의례 격인, 어른들에 대한 불만으로 인한
'중2병적 반항'도 없었다. 또래들과 운동장에서 축구, 씨름을
하거나 동네 탁구장에서 탁구를 치는 것 외에 대부분의 시간
을 주로 혼자 보냈다. 그 무렵 부쩍 고개를 든 성적 호기심
은 또래가 돌려보던 '빨간책' 따위가 아닌 다른 데서 돌파구
를 찾았다. 필름 영사기 대신 빔 프로젝트로 비디오를 동시상
영 하는 삼류 소극장에 혼자 가는 일이었다. 때는 5공을 지나
6공으로 접어든 정권 이양기. 검열은 정치, 문화, 교육, 사회
전반의 예민한 속살까지 들여다봤지만, 정작 스크린 속 속살
에는 관대했다. 때문에 극장측은 하굣길이면 500원짜리 '우
대권'(일종의 할인권)을 청소년에게도 거리낌없이 나눠주곤 했
었다. 1000원짜리를 반값인 500원에 연이어 두 편을 볼 수 있
는 청소년 문화 향수의 기회라니! 주머니 사정도 얇고 가진
거라고는 온통 시간밖에 없던 사춘기 소년이 이를 마다할 도
리가 없었다.

그 무렵 민주화의 분수령이 될 87년 겨울 대선은 실패로 끝났다. 7년 전 5월의 악몽을 생생히 기억하고 있는 K시의 시민들은 라면과 연탄을 사재기하면서 우울과 불안에 휩싸였다. 그러더니 어느새 봄의 총선 열기로 들썩였다. 포스터와 현수막이 거리를 도배하다시피 했던 도시는 정치적 에네르기가 넘쳐 흐르는 용광로 같았다. 억압과 금기의 시대를 벗어나려는 한과 환상과 열망이 절절 끓고 있었다. 유신 말기 행방불명된 김형욱 중앙정보부장, 12.12 사태의 피해자 정승화 육군참모총장, 5.18 진압군측에 서지 않았던 정웅 31사단장, 삼청교육대 피해자들 등의 회고록과 르포, 증언 수기가 봇물처럼 터져나왔다. 그야말로 정치의 계절이었다. 시국강연회와 유세 현장의 가판대는 책과 유인물로 가득 찼다. 사춘기 소년에게도 정치는 몹시 익숙한 공기로 다가왔다. 운집한 군중이 주는 규모의 스펙터클, 선동의 파토스, 예정된 물리적 충돌이 주는 공포. 1988년 5월 어느 날. 집회 현장에서 호외처럼 뿌려진 한겨레신문 창간호를 처음 만났다. 첫인상은 강렬했다. 그동안 보아온 조선일보, 중앙일보, 동아일보, 무등일보, 광주일보 등 기존 신문과는 완전 딴판이었다. 제호에 깔린 판화 문양의 백두산, 한글, 가로쓰기, 모든 게 생경했다. 무엇보다 1면에 커다랗게 실린 백두산 천지 사진은 압도적이었다. 그렇게 시대의 분위기를 거리에서 어른들의 어깨 너머로 배웠다. 뉴스를 볼 때마다 마음속에서 욱하는 뜨거운 기운이 올라오곤 했다.

　한편 문제의 영화 〈차타레 부인의 사랑〉을 보고 더욱 뜨거워진 사춘기 소년 P, 그러니까 나는 그날 저녁 충격으로 밥을 먹지 못했다. 한동안 차타레 부인이, 아니 실비아 크리스텔이 머릿속에서 내내 맴돌았다. 그리고 신세계의 문이 열렸다. 〈개인교수〉, 〈마타하리〉, 〈프라이빗 스쿨〉 등으로 그녀를 계속 만났다. 본격적으로 동시상영극장의 나날들이 시작되었다. 태평, 계림과 같은 2류는 물론이고 라인, 로얄, 코리아, 대원, 뉴코아, 허리우드, 락희, 성도 같은 3류 극장은 진정한 아지트이자 해방구였다. 영화 2편 동시상영에 휴게실에서는 비디오영화도 함께 틀어주는 곳이었다. 어두운 구석에 앉아 밥도 굶고 어른들이 피워대는 담배연기 속에서 하루종일 영화만 봤다. 은밀한 사생활은 이후 고등학교 졸업 때까지 이어졌다. 극장 프로그램은 그야말로 잡식 뷔페였다. 19금 해외영화, 홍콩, 서양의 B급 액션영화, 블록버스터 재개봉작, 가끔은 고전영화, 프랑스영화, 그리고 한국방화까지. 〈무릎과 무릎 사이〉, 〈앵무새 몸으로 울었다〉, 〈뻐꾸기는 밤에 우는가〉, 〈창밖에 잠수교가 보인다〉, 〈먹다 버린 능금〉, 〈사방지〉, 〈고금소총〉, 〈호호전〉, 〈어울렁 더울렁〉, 〈빨간앵두〉, 〈산딸기〉, 〈산머루〉, 〈사노〉, 〈뽕〉, 〈애마부인〉, 〈파리애마〉, 〈서울무지개〉,

〈어우동〉, 〈변강쇠〉, 〈내 무덤에 침을 뱉어라〉, 〈핫 타겟〉, 〈일레븐데이 일레븐나잇〉, 〈나인하프위크〉, 〈투문정션〉, 〈와일드 오키드〉, 〈라붐〉, 〈유콜잇러브〉, 〈블루라군〉, 〈람보〉, 〈델타포스〉, 〈맹룡과강〉, 〈용쟁호투〉, 〈당산대형〉, 〈정무문〉, ……….

　　그리고 위의 말줄임표로는 도무지 채울 수도 없는 '뼈와 살이 타던' 무수한 영화들. 금연 간판과 뽀얀 담배 연기 사이로 지글거리는 리더 필름*: '골든 하베스트', '태흥', '세경문화' 등의 로고가 둥둥 효과음 소리와 함께 뜨면 나의 가슴도 덩달아 뛰었다.　선우일란, 방은희, 곽은경, 민복기, 최미선, 이수진부터 이혜영, 이미숙, 이보희, 안소영, 정윤희 같은 주류 배우들까지 모두 나만의 은막의 스타들이었다. 그녀들과 만나러 가는 주말. 두세 개의 소극장을 전전하다 보면 1주에 평균 6편씩, 52주인 1년이면 300여 편은 거뜬했던 시절이었다. 그렇게 한없이 빨간 영화들과 함께 빨간 사춘기를 보냈던 홍안의 나는 고등학교 졸업과 함께 K시를 떠나게 되었다. 눈앞에 펼쳐질 봄의 연둣빛 캠퍼스를 상상하며 상경했다. 하지만 그때는 미처 몰랐다. 앞으로의 나의 삶이 더욱 더 빨갛고도 빨갛게 물들어갈 것이라는 걸. 그랬다. 다음 차례는 머릿속이었다. 빨간 책, 빨간 생각, 빨간 말, 빨간 두꺼비, 빨간 번

---

* Leader Film: 본 영화 시작을 알리며 제작사의 명함 구실을 하는 도입부 영상

데기탕, 빨간 깃발. 나를 둘러싼 모든 것이 다 빨갰다.

몸이 흔들렸다. 가벼운 터뷸런스. 그리고 나는 '오늘'로 돌아왔다. '동시상영극장키드'의 삶을 시작하게 해준 나의 실비아 크리스텔. 그녀의 부고는 나의 빨간 사춘기를 야간비행 중에 떠올리게 만들었다. 승무원의 눈을 피해 신문 귀퉁이의 부고기사를 손톱으로 오려냈다. 비행기 안에서 그녀가 떠난 날짜(한국시각)의 일기에 오려낸 종이조각을 붙여 두는 걸로 추모를 대신했다.

"굿바이, 엠마뉴엘!"

24

발 없는 새처럼

"발 없는 새가 있었다. 이 새는 늘 날아다니다가 지치면 바람 속에 몸을 맡겨 쉬곤 했다. 이 새는 평생 딱 한 번 땅에 내려 앉는다고 하는데, 그때가 바로 새가 죽는 날이라고 한다."

—왕가위, 영화 〈아비정전〉(1990) 대사 중

"아르튀르는 죽어가며 오딜의 얼굴을 생각했다. 마치 눈 앞에 진한 안개가 내리는 것 같았다. 그는 거기서 인디언 전설 속의 새를 보았다. 그 새는 발 없이 태어났기에 땅으로 내려와 앉지 못했다. 잠 역시 높은 바람을 타고 그 속에서 자기 때문에, 그 새의 존재는 죽었을 때에야 확인이 가능하다. 그 새가 독수리의 것보다 길고 투명한 날개를 접으면 당신의 손으로 들어가리라."

—장 뤽 고다르, 영화 〈국외자들〉(1964) 대사 중

〈아비정전〉과 〈국외자들〉. 26년의 시차를 두고 만들어진 두 영화의 교집합이 있다. 바로 '발 없는 새'에 관한 전설. 〈아비정전〉 주인공 아비의 저 유명한 독백은 〈국외자들〉 극중 인물 아르튀르에 관한 나레이션의 인용이다. 두 영화의 주인공들은 모두 발이 없는 새처럼 땅에 내려앉지 못한 채 목적 없는 꿈을 꾼다. 뚜렷한 인과 관계나 주체적 의지에 의해 사건이 발생되거나 해결되는 것도 아니다. 그 와중에 인생의 허방다리를 짚다가 하나같이 비극적 최후를 맞이하고 만다. 예측 불허인 데다가 모호하고 불안하기 짝이 없는 영화 속 청춘 군상은 그만큼의 세상을 반영한다. 〈국외자들〉의 경우 당대 프랑스 문화계를 휩쓸던 '새로운 물결(La Novelle Vague, 누벨바그)'이 지향하는 '기성가치와 시스템에 대한 거부/저항'을 범죄 소동극 형식으로 다루었다. 〈아비정전〉의 경우 '좋았던 60년대'를 향한 노스탤지어, 일국양제(一國兩制)라는 불안한 현실에 잠재된 홍콩의 신경증을 건달 아비의 액션 없는 느와르로 표출했다.

사실 두 영화가 당대에 지녔던 신선하고 독창적인 스타일에 비해 그 주제는 평면적이다. 예컨대 제임스 딘(1931~1955) 주연의 저 유명한 영화 〈이유 없는 반항〉(1955)과 같은 청춘영화가 일찌감치 이룬 성취에서 크게 벗어나지 않는다. 이런 계보의 영화에서 안타고니스트는 바로 기성세대, 즉 어른들이 이끄는 세상이다. 그 세상이 청춘에게 요구하는 것은 일정하다. 우선 젊은이들의 '이유 없는 반항'은 이해되는 범위 안에서 가능하다는 것. 그러니까 반항을 하려면 '이유'가 있어야 한다. 그러나 그 이유를 찾으려 하는 순간 반항의 힘은 거세되고 만다. 결국 애초부터 반항은 단 한 번도 허용되지 않았다는 사실. 학생이라면 학교에서는 본분과 성적을 지켜야 하고 졸업한 순간부터는 자격과 능력을 지녀야 한다. 뿐만 아니다. 꿈과 끼와 패기와 낭만도 품고 있어야 하고, 인성도 훌륭해야 한다. 스펙도 이런 고스펙이 따로 없다! 하지만 청춘에게는 이번 생이 처음이다. 때문에 스펙처럼 요구되는 청춘의 통념에 자신을 전부 꿰맞출 수는 없다.

"지금이 참 좋은 시절이다!" 어른들은 그렇게 말하곤 한다. 이 현재진행형의 고난과 방황이 미래를 위한 밑거름이 된다는 것이고 지나고 보면 젊음만큼 좋은 것도 없다는 소리다. 제 아무리 돈과 권력이 있더라도 젊음만큼은 되찾을 수 없는 것이고 나이들어갈수록 젊음을 그리워하는 것은 인지상정인지라 결과론적으론 맞는 얘기이긴 하다. 하지만 정작 청춘의 당사자는 지금이 왜 '화양연화'인지 도무지 알 수가, 아니 인정할 수가 없다. 경험을 바탕으로 어른들이 건넨 지혜, 위로, 충고가 당장엔 그들 자신의 후일담에 머물 수밖에 없는 이유다. 그러니 어른들은 이해해야 한다. 자신이 건네는 말들을 한 귀로 흘려듣거나 꼰대라고 거부하는 지금의 청춘이 별쭝나거나 삐뚤어져서가 아니라는 것을. 어차피 인생이란 모의고사도 아니고 어른들의 대리시험으로 해결될 과목도 아니다. 어떻게든 혼자 짊어지고 풀어나가야 할 실전 시험이다. 이 시험에선 그 자신이 수험생이 되어야 마땅하다. 어른들로서는 청춘의 미숙함이 안쓰럽고 답답해서 보다 못해 불쑥 '가르침'이 튀어나올 수도 있다. 하지만 제대로 적중 못할 조언이라면, 차라리 한때 자신의 것이었을 그 처지를 마음으로 이해하고 그저 묵묵히 들어주는 편이 나을 수도 있다. '나 때'의 이야기는 그들이 먼저 궁금해하며 물어볼 때 해주어도 결코 늦지 않으니까. 그렇게 많은 말을 먼저 하지 않아도 어른들이 몸으로 살아오고 입증한 삶이 이미 청춘에게는 등대의 역할을 충분히 하고 있기 때문이다.

청춘을 통과해본 사람만이 지나온 한때가 청춘이었음을 안다. 청춘에 대한 자각은 언제나 사후적으로 찾아온다. 바꿔 말하면, 어른들이 청춘을 정의하고 대상화하고 박제화하는 것이다. 이른바 X부터 MZ까지의 '요즘 OO세대론'은 알파벳 OO만을 바꿔 단 채 면면히 이어져온 어른들의 발명품이었다. 한때 '단군 이래 가장 싸가지없는 세대'라는 소리를 듣던 내 또래 X세대도 어느덧 기성세대가 되었다. 이제 'X'는 소위 'MZ'를 만나서는 '이 세대는 납득 불가의 외계인'이라며 혀를 끌끌 차고 있다. 자신들의 이해 범위에 한눈에 들어오지 않기 때문이다. X는 자신의 지난날을 까맣게 잊고 있는 것이다. 어른들은 청춘을 일컬어 완전체가 아니라고 한다. 흔한 비유로 나비가 되기 전의 번데기 단계, 어른이 되기 전의 단계, 즉 '미성숙한 어른'이라는 것이다. 마치 한 사람의 인생에 정해진 공정이 있고 이를 통과해야만 비로소 공장에서 완성체가 되어 나오는 것처럼 말이다. 한때 우리 역시 지겹도록 들었던 '대학 가야 사람 되고, 군대 가야 사람 되고, 결혼해야 사람 되고, 아이를 낳아야 사람 된다'는 식의 유구한 레퍼토리가 대표적이다. 베스트셀러 제목이었던 '아프니까 청춘'이고 '천 번은 흔들려야 어른이 된다'는 소리는 그 레퍼토리의 변주다. 통증과 혼란은 통과의례가 맞다. 하지만 그 또한 당사자가 사후적으로 판단하는 게 낫다. 만일 그 논리의 연장선상에서라면 청춘을 먼저 겪은 어른들은 나비처럼 날개를 단 성체가 되어 있어야 한다. 이제 더 이상 아프지도 않고 흔들리지도 않아야 한다.

그렇다면 어른들, 아니 우리들, 아니 지금의 나는 과연 그런가? 지금 제대로 날고 있는 것일까? 육체적 성숙을 넘어서 진짜 '정신적 성체'가 되어 있기는 한 걸까? 한때 세상을 향해 날아오르기를 꿈꾸었던 소년은 어른이 된 지금 어디에서 무엇을 하고 있을까? 안타깝지만, 어른들은 지금껏 살아온 경로가 앞으로의 행로가 되는 것처럼 살고 있다. 관성에 익숙하고 그 편이 차라리 안전하다고 여긴다. 반면 그 자신이 이루지 못했고 엄두도 내지 못했던 꿈을 청춘에게는 쉽게 말한다. 높이 날아오르기를 요구하고 속도와 깊이와 방향을 강권한다. 하지만 그 자신도 그렇게 하지 못했듯 또는 할 수 없었듯, 지상의 모든 새가 날아올라야 하는 것은 아니지 않는가? 하나같이 줄짓고 무리 지어 다녀야 하는 것 또한 아니지 않는가? 날지 않고 걷거나 그저 한 자리에 내내 머물 수도 있지 않겠는가? 그 '질서'와 '규칙'을 이탈한 새들도 있을 테고.

어른이 된 나 역시 여전히 '발 없는 새'처럼 떠돌고 있다. 속도의 완급 조절이 어렵고 내일의 방향을 모르고 생의 깊이는커녕 가까운 사람의 속도 모른다는 점에선 청춘의 처지와 그닥 다르지는 않기 때문이다. 다만 그때보다 물질적으로 덜 가난하고 심리적인 파고가 상대적으로 잠잠해졌다는 것일 뿐. 그 평범조차 꿈이 되어버린 이들에게는 미안함을 느끼고 사는 것일 뿐. 발이 없어 바람에 몸을 맡기는 새나 단단히 딛고 설 자리가 없어 세파에 몸을 맡기는 처지나 매한가지. 그저 밥벌이의 시계 바늘을 따라서 그럭저럭 오늘 하루를 살아지는 대로 살고 있는 것이다. 날아다니는 것이 아니라 시류에 몸을 맡겨 흘러가는 모양새라고 하는 게 더 맞겠다. 그러다 보니 저도 모르게 '~생각하다'보다 '~생각되는'이라는 표현에 더 익숙하다. 주어를 얼버무리거나 감추는 수동태를 빈번하게 사용한다. 한국인보다 한국어를 더 촘촘하고 따뜻하게 톺아보는 미국의 언어학자 로버트 파우저는 이 세태를 꼬집었다.

> "'생각되다'에서는 생각의 행위자도 명확하지 않고 그 주체 역시 애매모호하다. 그렇게 보면 '되다'의 잦은 사용은 책임이 예민한 시대에 주어, 곧 행위자를 은폐하고, 그 생각의 책임을 회피함으로써 스스로를 안전하게 만들기 위해 선택한 방법일 수 있다."
>
> —〈사회의 언어〉, 한겨레신문, 2023년 4월 12일자

"사는 거요? 그냥 그렇죠. 별일 없어요." 근황을 묻는 물음에 대한 내 답은 거개가 '그냥'이다. 그냥? 더하거나 뺄 것도 없는 안전한 상태? 사람들 앞에서 예의를 가장한 미소를 짓거나 허허롭게 웃는다. 대체로 비슷한 오늘의 무대 위에 출연한 배우처럼 그 반복에 안도하며 그냥 별일 없이 살고 있다고 '생각되는' 연기를 하는 것이다. 가끔은 나의 뾰족한 생각이나 주장을 관철시킴으로써 관계에서 빚어질 삐걱거림이나 어긋남이 피곤하고 두렵기도 하다. 겨우 유지하고 있는 이 평온이 내일도 계속됐으면 좋겠다 싶은 것이다. 그러니 일단 내일은 생각하지 않기로 한다. 계획을 세우려 하는 순간 무엇 하나 뚜렷하지 않은 현실 앞에서, 아슬아슬하게 무너질 둑

처럼 적재된 지난 시간의 무게를 자기 부정하는 게 두려워서
일 수도 있겠다. 게다가 내일이란 만남보다 이별에 익숙해지
고 말 상태니까. 나를 포함한 사랑하는 존재들이 가야 할 길
이 보이는 것이다. 생로병사, 그 끝은 언제나 소멸이고 이별
이다. 그 생각을 품고 산 것은 꽤 오래전부터다. 프루스트를
읽으며, 한때의 날짜, 시간, 분위기, 사람, 공간 따위를 수없
이 반복 재생하며, 추억에 골몰하는 퇴행의 습관이 생긴 것도
그 때문이다. 나도 나를 조금씩 떠나보내고 있다. 이제 모든
거울에는 부쩍 시들어가는 중년이 보인다. 사회적 실패나 실
수가 용납되기 어려운 나이를 먹은 지도 오래. 기쁨과 열정보
다 체념과 관조가 내 옷처럼 맞춤하다.

그러나 내 나이, 세는나이로 고작 쉰, 만으로는 마흔아홉.
아직 한참은 가야만 하는 길이 남아 있다. 반환점을 돌았는지
조차 모르겠다. 그 처지는 기록이나 결승점 같은 목표가 없는
중장거리 달리기 선수의 그것이다. 이것이 훈련인지 실전인
지조차도 알 수 없는 달리기의 연속이다. 끝까지 나를 자극하
고 견인하며 함께하는 페이스 메이커가 있을까? 있다면 더할
나위 없이 행복해질 것이다. 생의 탄생 시각을 정오라고 한다
면, 무명 선수 K인 내 생의 시침(時針)은 이제 오후 5시로 접
어들며 무르익거나 희미하게 저물어 가는 중이다. 그 시계를
따라 흘러가는 마음속에는 언제나 길 하나가 나 있다. 문득

뒤돌아볼 때만 보이는 길이다. 지나온 생의 그 국면마다 그 길 위엔 이정표가 세워져 있다. 희미한 글씨로 무언가 적혀 있는데, 그것이 기억이다. 그 길 위에서 지나온 쪽을 뒤돌아보는 내가 신은 신발, 그것이 추억이다. 기억이 고정된 좌표라면, 추억은 속도와 방향을 지니고 있다. 추억이라는 신발을 신으면 어느 순간으로 내달릴 수 있다. 가는 길 굽이굽이마다 한때 청춘이었던 내가 있다. 너무 고마운 일이다. 먹고 놀고 울며 웃고 지냈던 그 추억을 여태껏 나의 육체에 지닐 수 있는 것만으로도 지복이라고 생각한다. 온전히 자신의 힘으로 이룬 것 못지않게 시대의 운, 많은 사람들의 사랑과 배려와 도움이 있었다. 그렇게 어른이 된 내가, 우리가 청춘의, 젊은 타인의, 젊은 슬픔을 더 이해하려고 노력했으면 좋겠다. 함께 슬퍼할 줄 알았으면 좋겠다. 적어도 우리보다 뒤에 온 세대 또한 구불구불한 추억의 오솔길은 가질 수 있도록 해주고 싶다. 그래서 결국 돌고 돌아 우리 자신에게로 돌아오는 사랑을, 아직은 남아 있을 사랑을 했으면 좋겠다.

"OOOO년 O월 O일 3시 1분 전. 그 순간 당신은 나와 함께 있었어요. 당신 덕분에 난 그 1분을 영원히 기억하게 되었군요. 지금부터 우린 친구예요. 이건 당신도 부정할 수 없는 엄연한 사실이죠. 이미 지나간 시간이니까."

〈아비정전〉에서 아비의 그 날짜는 1960년 4월 16일이었다. 그로부터 3일 후면 대한민국의 봄날 거리는 어린 청춘들의 피로 온통 물들 것이다. 종신 집권을 꿈꾸었던 늙은 독재자는 부득불 하와이로 영원히 떠나게 될 것이다. 하지만 4.19의 '4월'은 역사 속에 박제된 숫자였다. 혹은 T.S. 엘리엇의 시 〈황무지〉 속 '잔인한 달'의 그것처럼 해마다의 클리셰였다. 〈아비정전〉을 볼 때의 '4월 16일' 역시 영화 속 장치였을 뿐이었다. 적어도 2014년 4월 바다의 그날이 오기 전까지는. 이제 그 날짜는 우리 시대를 살아온 사람이라면 누구도 잊을 수 없는 그날이 되었다. 누구도 부인할 수 없는 엄연히 살아 있는 슬픔으로. 그렇게 예측불허의 삶이 일상이 된 시절이다. 세상에 찾아온 순서와 관계없이 앞서거니 뒤서거니 자의든 타의든 끝은 한순간에 찾아온다. 삶이란 이름 없는 여인숙에서 하룻밤을 보내는 것이라 했던가? 그 거처에 의탁했던 나의 몸도 언젠가는 체크아웃을 하게 될 것이다. 이름 하나 제대로 남길 명부(名簿)도 없이. 바람에 몸을 맡긴 발 없는 새가 지상에 단 한 번 내려앉듯. 영국 밴드 더 스미스(The Smiths)의 명곡 〈There Is A Light That Never Goes Out〉(1986)이 아름다운 러브송이자 묘비명처럼 다가오는 건 그 '끝'을 생각하고 있기 때문이다.

If a double-decker bus

Crashes into us

To die by your side

Is such a heavenly way to die

And if a ten-ton truck

Kills the both of us

To die by your side

Well, the pleasure, the privilege is mine

이층 버스가, 10톤 트럭이 우릴 덮치는 그 순간 사랑하는 누군가의 곁에 있다면? 적어도 살아온 모든 시간에 관한 주마등이 후회와 비련의 그것만으로 채워지지는 않을 것이다. 탐욕과 실망, 미움과 원망, 적대와 냉소의 상태에서 자신의 최후를 맞이한다는 건 얼마나 억울한 일인가? 그래서 나는 '최선의 상태'로 그 끝을 맞이하고 싶다. 불가항력이므로 그 끝이 어떤 경우일지 알 순 없지만. 어떤 경우에라도 그 순간이 '가장 사랑하는 상태'였으면 좋겠다. 살아지기보다는 살면서, 소중한 존재들과 함께하면서, 타인에게 친절할 수 있도록 노력하면서.

25

사랑은 각성이 되기도

고전은 처음부터 직선으로 과녁을 겨냥하는 화살이 아니다. 과녁을 향한 것이라고 믿기 힘들 정도로 허공을 향해 멀찌감치 느린 포물선을 그리며 날아오르더니, 어느 결에 우리 삶의 궤적을 따라 낙하하는 화살이다. 그러다가 내 좁은 마음의 과녁에도 여지없이 내려앉았던 화살이다. 바로 그 명중의 순간, 각성과 통찰과 공감이라는 놀라운 경험을 선사하는 것이다. 이처럼 단숨에 잡히지 않는 궤적으로도 끝내 과녁을 관통하고 마는 높은 명중률의 화살, 바로 내가 생각하는 고전의 매력이다. 이런 고전의 좋은 점은 무엇인가? 볼 때마다 이전과는 다른 새로운 의미가 읽힌다는 것이다. 물론 그 새로움이란 오늘을 경과하는 나 자신에 맞춰 취사선택되는 것일 테지만.

어느덧 현대의 고전이 된 영화 〈트루먼쇼〉(1998) 또한 그랬다. 사반세기가 지난 뒤 다시 본 영화는 이제는 사랑과 윤리에 관한 작품으로 새롭게 다가왔다. 한때는 미디어, 종교, 빅 브라더(Big Brother)*, 파놉티콘(Panopticon)†에 관한 통렬한 풍자를 담은 대표적인 텍스트로 읽혔다면 말이다.

TV 프로듀서 크리스토프(애드 해리스 분)가 창조한 실재이자 맞춤형 가상현실 세트 '씨헤이븐(Sea Haven)'. 전세계 220여 개국의 17억 시청자가 즐겨보는 일종의 시뮬라크르(simulacre)‡다. 이 씨헤이븐이 인생의 전부이자 자신의 소우주인 트루먼 버뱅크(짐 캐리 분). 태어나서부터 10,909일째가 되는 오늘까지의 이 당연한 삶에 대해 어느 날 그가 의심을 하기 시작한다. 한 개인에게 생기는 변화란 지극히 작디작은 계기로부터 생겨난다. 영국 그룹 오아시스가 〈Don't Look Back In Anger〉(1995)으로 노래했듯 '혁명조차 침대 위에서부터 시작'(so I start a revolution from my bed)될 수 있는 것.

트루먼에게 찾아온 이 '혁명'의 시초 역시 일상의 작은 균

---

* 조지 오웰의 소설 『1984』 속 가상세계 오세아니아의 최고권력자이자 절대 1인자
† 영국 공리주의 철학자 제레미 벤담이 고안한 건축 양식으로 소수 관찰자가 스스로를 드러내지 않고 다중을 감시할 수 있도록 만든 일종의 원형감옥. 미셸 푸코는 한발 더 나아가 파놉티콘적 사회에서 감시자의 여부와 관계없는 피감시자 스스로의 자기통제 경향을 지적했다.
‡ 프랑스 철학자 장 보드리야르가 본격화한 개념으로 흔히 '진짜보다 더 진짜 같은 가짜'로 통용된다.

열에서부터였다. 정교한 기계처럼 한 치의 오차도 없이 돌아갔던 세트장에서의 소품 장치의 이탈, 연기자들의 크고 작은 실수. 하지만 결정적인 계기는 각성에서 찾아왔다. 첫사랑에 대한 기억이 바로 그것이다. 그런데 이상하다. 흔히 사랑은 도취와 몰입으로 현실과 비현실의 시간을 하루에도 몇 번씩 오가게 하는 롤러코스터라고 하는데 말이다. 각성은커녕 꿈속에 머문 듯 현실 감각이 일정 기간 둔화되는 것은 당연지사. 오죽하면 동서고금의 기성세대와 세상은 '그놈의 사랑이 밥 먹여주지 않고 세속의 가치와 질서를 해친다' 하여, 공식적으로는 결혼/가족이라는 제도를 통한 장려를, 실제로는 번번이 토를 달고 반대하지 않았던가? 그리하여 사랑의 서사는 『로미오와 줄리엣』에서부터 『춘향전』까지 하나같이 무수한 금기와 방해의 찬 이슬을 맞으며 오히려 더욱 찬란하게 꽃을 피웠으니!

사랑. 공중으로 떠올라 한없이 날아오를 것만 같던 생의 선물 같은 순간. 둘이었던 것이 하나가 되기, 즉 1+1이 진정한 1이 되기를 갈망하던 일. 하지만 영원히 하나일 것만 같던 순간도 어느 결에 둘로 나뉘기 시작한다. 원래 그럴 수밖에 없는 일이었다. 내 눈앞을 가리던 빛의 눈부심이 가라앉은 뒤 차차 보이게 되는 상대의 티끌들. 이후부터는 완만한 추락만이 남았다. 천상에서 내려와 다시 지상에 발을 딛게 될 것이다. 그렇게 어떤 사랑이든 예견된 실패를 품고 있다. 혹은 봉합된 미완성으로 지속될 것은 자명하다. 그러므로 루이 아라공이 노래했듯 원래 "행복한 사랑은 없다". 그제서야 '사랑 이후'를 체감하고 체념한다. 이제는 사랑이 끝나고 난 이후의 결과가 그 어떤 것보다 더 철저히 실제일 수밖에 없음을 받아들이는 것이다. 그 원인이 제3자의 훼방이든 당사자 중의 일방 혹은 쌍방책임으로 비롯됐든 간에.

러시아 시인 마야코프스키는 〈이별의 시〉에서 "사람들이 말하듯 사건은 끝났다"라고 했다. 여기서의 사건은 말할 것도 없이 사랑이다. 사랑은 초기에 미미한 사고로 시작되어 이내 사건으로 발전된다. 그러고는 끝내 이별이라는 강력사건으로 비화된다. 손쓸 도리 없는 영구미제 사건, 하지만 공소시효는 있는 사건이다. 공소시효가 궁극의 해결책이 되는 기묘한 사건이다. 만일 예방책도 해결책도 없이 공소시효만이 유일한 마무리인 무능한 형사사건이 있다면 얼마나 끔찍한가? 하지만 그나마 다행이랄까? 사랑에 한해서는 예방책이든 해결책이든 백방이 무효, 그럼에도 불구하고 이별이라는 이 '무도한 사건'으로부터 사람들이 끝내는 구원받는다는 것이다. 시간의 마법을 겪고 다시 사랑할 수 있게 됨으로써 말이다. 물론 구원의 메시아는 결국 시간과 그 시간을 온몸으로 겪으며 마모되어 갈 수밖에 없는 '나 자신'이다. 한때의 맹렬했던 더운 마음이 식고 끝내 죽어도, 내 몸은 여전히 따뜻하게 살아 있기 때문이다. 살아서 별별 꼴을 보겠노라고 애써 다짐하지 않아도 된다. 몸은 어느새 예전처럼 '소주 한잔에 밥만 잘 먹더라'는 것이다. "삶이 본처인 양 목 졸라도 결코 목숨 놓지" 않는 "순수하게 수학적인 세컨드"(김경미, 시 〈나는야 세컨드1〉)로 충분히 살 수도 있는 것이다. 지금이 아니면 또 다음이 있기 때문이다. 결국 그렇게 되는 것이다.

트루먼에게도 첫 번째 기회가 있었다. 그것은 누구라도 그러하듯 사고처럼 다가왔다. 씨헤이븐이 설계한 단역 연기자 로렌과의 대학 시절 '우연한 만남'. 하지만 실제로 트루먼이 그녀와 사랑에 빠지고 말았다. 이제 로렌이 트루먼 쇼의 주연으로 급부상할 수밖에 없었다. 예정에 없던 돌발변수, 씨헤이븐측에는 그야말로 대형 사건이 되었다. 그래서 새로운 단계로 그 사랑이 항해를 시작하려던 찰나, TV 쇼는 즉각적인 방해와 개입을 한다. 그녀의 옷에 단 배지에 적힌 문구. "How it's going to end(어떻게 끝날 것 같아)?" 그렇게 트루먼에게 염려와 경고를 넌지시 건네고 어디론가 '강제로' 사라져버렸던 로렌. 결국 사랑은 채 싹을 틔우기도 전에 순식간에 끝나고 말았다. 스스로의 힘으로 끝을 보지 못한, 이루어지지 못한 연정은 곧 첫사랑의 신화가 되었다. 단 한 번도 제대로 날아오르지 못한, 실패보다는 미완성, 아니 시작에 가까운

'혼자만의 사랑'이 공소시효를 한없이 연장한 채 미제사건으로 지속되고 있었다.

그녀가 남긴 추적의 실마리는 자신의 본명 '실비아', 그리고 첫 데이트 때 입었던 빨간 카디건 조각뿐. 오래전 감쪽같이 사라진 데다 대신할 사진 한 장조차 없다. 이제는 트루먼 자신의 몇 조각의 흐린 기억으로 겨우 붙들고 있을 뿐이다. 때문에 결코 그 존재를 완벽히 재연할 수는 없다. 할 수 있는 것이라곤, 잡지 속에서 오려낸, 그녀의 것과 닮았다고 추정되는 사진 속 눈, 코, 입 따위를 퍼즐처럼 맞춰가며 기억을 애써 소환하는 일. 반쪽이 나머지 반쪽을 찾아가는 절박함이 계속되고 있는 것이다. 그동안의 자기 삶이 온전한 전체가 아닌 부분이라고 생각하는 것처럼. 이제 씨헤이븐 시스템의 균열으로 인한 의심, 그리고 첫사랑 소환 행위가 트루먼의 유일한 현실감이 되고 있다. 그리고 자기 생의 주요 배역이었던 아내와 친구, 그러니까 소위 사랑과 우정조차 연기이며 허상임을 깨닫게 된다. 그럴 때 한 인간이 의지할 수 있는 '진짜'란 무엇일까? 트루먼에게는 미완성의 첫사랑이야말로 정교한 시뮬라크르를 의심하게 하는 각성의 계기였고 가짜로부터 벗어날 수 있는 출구의 실마리였다. 아니, 생의 유일한 원본 (original)이었다.

실비아가 트루먼을 진짜 사랑했을까? 또 하나의 관찰자인 우리가 단정지을 수는 없다. 그녀는 원래 트루먼 쇼에서 배정한 단역 배우 '로렌'이었다. 하지만 그녀에겐 직업적 소명 의식 이전에 인간에 대한 연민과 양심이 우선이었다. TV 쇼에서 자신에게 맡겨진 '트루먼의 첫사랑 로렌'이라는 배역을 거부하고 일으킨 초대형 방송사고. 이는 직업적으로는 '빵점감'이겠으나 윤리적으로는 '만점감'이었다. 결국 그녀는 해고당했다. 하지만 그녀의 용기는 트루먼에게 생애 최고의 실존감을 선사했다. 그로 인해 극중에선 완벽한 나비 효과를 보여주었다. 그리고 그녀는 트루먼 쇼, 아니 실비아 자신의 삶의 주연이 되었다. 이제 그녀는 트루먼의 시뮬라크르 탈출기를 시청자의 한 사람으로 응원하고 있다. "You Can Do It!"

험난한 세상으로 향하는 트루먼의 손에는 여전히 실비아의 합성사진이 쥐어져 있다. 그가 믿고 있는 유일한 생의 실감, 곧 사랑. 우리는 지금까지의 이 당연한 삶을, 무엇을 통해 의심하게 되는가? 무엇으로 인해 미몽에서 깨어나고, 다시 태어나게 되는가? 허황된 장밋빛 삶에의 도취가 아니라 진짜 삶을 위한 적나라한 각성이 되는 경우. 그런 사랑도 있을 것이다. 비록 영원토록 '행복한 사랑'은 없다지만.

26

상실 3부작

작가 조앤 디디온(1934~2021), 박완서(1931~2011), 줄리언 반스 (1946~). 각각 미국, 한국, 영국 현대문학의 대표적인 거장이 다. 이들의 공통점은 사랑하는 사람을 잃었다는 것, 그리고 그 사별로 인한 극한의 고통, 그 심연(深淵) 속에서 허우적거 리던 한때의 기록을 세상에 남겼다는 것이다.

그렇다면 독자로서 그들이 온몸으로 써 내려간 고통을 읽 는 일이란 무엇일까? 우선은 타인의 고통을 이해하기 위한, 보잘것없고 부질없는 노력의 시작이다. 또한 스스로가 살아 오면서 행했던 숱한 위로의 태도를 되짚어보게 만든다. 이를 테면 이런 것이다. 나의 위로는 온전히 타인을 위한 이타심 의 발로였던가? 아니면 내 마음을 우선 편히 하고자 하는 이기심이었을 뿐인가? 그 답은 나 자신만이 알고 있다. 어느 것이 되었든 나 자신에게 닥쳐올 미래의 고통에 대처하는 매뉴얼이 될 수는 없다. 그저 이런 '문학적 대리체험'을 통해 가슴 서걱거리는 공감을 얻어갈 뿐이다.

그렇다면 이런 공감은 어떻게 생겨나는가? 작가들이 유명인이어서 혹은 그들이 특별한 일을 겪고 있어서만은 결코 아니다. 단지 우리 중의 누군가가 그 고통을 먼저 겪었을 뿐이라는 데서 생겨나는 공감이다. 언제든지 '나의 것'일 수도 있겠다는 서늘한 예감이 드는 것은 물론이다. 그들이 자신의 상처로 우리에게 건네는 삶의 예행연습 혹은 복습, 거기에 우리가 참여하는 것뿐이다. 그것이 문학의 역할이기도 할 테고.

1. 『The Year of Magical Thinking』, Joan Didion, FOURTH ESTATE·London
202X년 O월 O일 오전 10시경 A대 앞 정류장. 내가 탄 좌석버스 뒷좌석에 앉아 있던 여학생이 급한 일이 있는지 나를 앞질러 먼저 버스에서 내려 횡단보도로 뛰어갔다. 곧이어 쿵 하는 소리가 들렸다. 그 학생이 자신을 미처 발견하지 못한 병원 셔틀버스에 들이받혀 아스팔트에 내동댕이쳐진 것. 불과 수 초 사이에 벌어진 일이었다. 도로에 누워 있는 의식 불명의 피해자 곁에서 119에 연락하고 흩어진 소지품을 챙겼다. 그렇게 구급차가 올 때까지 사고 수습을 돕고 출근길을 이어

갔다. 그날은 일이 손에 잡히지 않았다. 한여름인데 내내 한기가 느껴졌다. 생의 불예측성을 종일 곱씹었다. 그것이 두려움의 실체이며 슬픔의 원인이란 걸 깨달았다.

"Life changes fast.

Life changes in the instant.

You sit down to dinner and life as you know it ends.

The question of self-pity.

생은 빠르게 변한다.

한순간에 달라진다.

저녁 식탁에서 끝나기도 한다.

자기연민의 문제."

—Joan Didion, 『The Year of Magical Thinking』, Forth Estate

속절없이 흐르는 광포한 시간을 관장하는 신 크로노스. 인간은 나이들어가며 그를 이제야 알 것 같다고 생각한다. 그의 섭리에 순응하며 겸허해지고자 한다. 크나큰 잘못을 범하지 않는 한 신은 지금까지 그랬듯 당분간은 관대하게 인간을 지켜봐줄 것만 같다. 하지만 어느 순간 신은 돌변한다. 그때부터 배신은 시작된다. 크로노스는 무뚝뚝하고 차가운 손으로 느닷없이 운명의 문을 세차게 두드린다. 이제 다 끝났다고. 유유히 흐르던 시간의 강은 한순간에 죽음의 강 스틱

스(Styx)로 뒤바뀐다. 조앤 디디온(Joan Didion)의 논픽션 『The Year of Magical Thinking』(2005) 속의 상황도 그랬다. 작품 도입부의 위 네 문장이 응축한 대로다. 평범한 일상 속에서 죽음과 삶의 경계는 찰나에 허물어진다. 시간과 시간 사이에는 일관성 없는 심연이 언제나 도사리고 있다. 누구나 하루아침에 그 구렁에 빠질 수 있는 것이다. 차분히 준비하면서 기꺼이 의연하게 최후를 맞이하는 장엄성보다 예측 불허라 허둥지둥대다가 황망하게 끝나고 마는 범속성, 그것이 우리네 실제 비극의 속성이다.

어쩌면 차라리 다행일까? 생이 예측 불허로 가득 차 있다는 것은. 그것만이 한 치도 바뀌지 않을 것 같은 답답하고 뻔한 현실을 뒤엎을 유일한 반전 카드가 될지도 모를 테니까. 막연한 기대와 희망으로 살다 보면, 아직 오지 않은, 실은 이미 와 있었을지도 모를 기회의 신 카이로스를 어쩌면 만나게 될 수도 있을 테니까. 비극과 희극, 둘 중 어느 하나로라도 섣불리 그 운명을 점칠 수 없도록 만사를 인간의 능력 밖의 일로 만들어버린 야속하고 심술궂은 신. 그는 인간의 삶을 양가적 균형으로 관장하는 것인가? 마치 원래부터 세상의 선과 진실과 정의와 행복, 인간 개개인의 길흉화복 따위에는 관심이 없었던 것처럼. 그 결과 인간은 크로노스와 카이로스, 두 신만이 주도할 수 있는 '게임의 법칙'에 따라 움직이는 장기

판의 말과 같다. 신의 변덕이 행사한 운명의 패로 인해 일순간에 행운을 얻었다가도, 또 어느 결에 사랑하는 누군가를 혹은 그 자신을 잃을 수도 있는 일. 그때마다 살아남은 자는 곱씹는다. '만일 그때 그랬더라면 어땠을까?' 그렇게 최초에는 정말 사소할지도 모를 원인을 곱씹고, 그 운명을 피할 수 있었을지도 모를 방도를 따져보는 것이다. 부질없지만 후회와 자책을 하염없이 반복한다. 그렇게 되풀이하다가 차츰 이별을 체감하기 시작한다. 다시 만날 것을 기약하는 헤어짐으로서가 아니다. 환원 불가, 복구 불능 상태로서의 과정이다. 그것이 바로 상실(喪失)의 감각이다. 상실, 그 사전적 의미를 살피면 더 분명해진다.

①어떤 사람과 관계가 끊어지거나 헤어지게 됨.
②어떤 것이 아주 없어지거나 사라짐.

①과 ②를 아우르는 것은 죽음, 즉 사별이다. 사별로 누군가를 떠나보내고 남아 있는 이에 관한 영어 표현은 'bereaved'. 'be+reaved', leave(떠남)가 아닌 reave(박탈)의 피동형, 즉 빼앗김을 당한 자. 2003년 12월 30일 밤 9시, 작가 조앤 디디온은 순식간에 'bereaved'가 되었다. 동료작가이기도 한 남편 존 그레고리 던을 빼앗기고 만 것. 채 끝내지 못한 저녁식사가 존의 생의 마지막 자리가 되었다. 갑작스럽게 찾아온 심

장마비가 원인이었다. 두 사람에겐 외동딸 퀸타나가 있었다. 부부가 두 살 때 입양한 유일한 자식이었다. 이제 삼십 대 후반이 된 그녀는 사소한 플루가 원인이 되어 병원에 의식 불명의 중환자로 누워 있는 상태. 그날 부부가 딸 퀸타나를 문병하고 막 집에 돌아와 차린 저녁 식탁. 그곳이 그녀의 삶을 송두리째 뒤흔든 비극의 서막이 열린 무대였던 것이다. 앞날을 예측할 수 없는 중환자인 딸을 두고 멀쩡하던 남편이 갑자기 먼저 세상을 떠났으니.

그 와중에 퀸타나는 기적적으로 혼수 상태에서 깨어났다. 그제서야 아버지 존의 부음을 접했다. 석 달 뒤 딸이 회복해 장례식에 참석할 수 있게 되었을 때 식이 치러졌다. 그리고 어떻게든 모녀의 새로운 삶이 시작될 것 같았다.

하지만 비극은 아직 그 막을 내리지 않았다. 장례식에 참석한 직후 공항에서 쓰러진 딸은 머리를 다친 뒤 다시 투병을 시작했다. 그리고 2005년 8월 26일, 끝내 세상을 떠나고 말았다.[*] 남편 존이 떠났을 때 조앤은 막 일흔을 넘긴 나이였다. 이미 자신의 부모님을 떠난 보낸 경험이 있었다. 각각 85세, 90세 생일을 며칠 앞두고 떠났던 아버지와 어머니. 그때마다 딸 조앤이 느꼈던 감정들이 있었다. 슬픔(sadness), 나이와 관계없

---

[*] 2개월 뒤 출간된 이 책에서는 딸 퀸타나의 죽음은 다루지 않았다. 그 비극은 6년이 지난 2011년에 출간된 『Blue Nights』에서 비로소 되짚을 수 있었다.

이 홀로 버려진 아이 같은 고립감(loneliness), 고인들이 겪어야 했던 말할 수 없고(unsaid) 나눌 수도 없는(unshared) 무기력함(helplessness), 고통(pain), 육체적 굴욕(physical humiliation), 당신들의 그런 시간을 흘려보내도록 지켜볼 수밖에 없었던 자식으로서의 회환(regret). 거기에 어쩔 수 없는 무능/불능(inability)도 체감했다.

죽음, 사실 생의 모든 순간에 걸쳐서 내내 두려워하고 예상했던 '끝'이었다. 때문에 때가 되면 누군가를 죽음으로 잃을 것쯤은 마음의 준비를 해두고 있었다. 더구나 부모님과의 이별은 이미 어른이 되어 심리적으로나 물리적으로나 오래 떨어져 있는 경우에 일어났다. 임종이 아닌 부음으로 접했으니까. 그래서 기꺼이 그 슬픔을 견딜 수 있을 거라고 생각했다. 실제로도 그랬었다. 하지만 이번에는 달랐다. 남편이 쓰러졌다. 그것도 바로 둘만의 공간인 집안에서, 그녀의 등 뒤에서. 알아차렸을 때는 손을 쓸 수 없었다. 응급구조대원들이 바닥에 쓰러진 그를 조치했을 때는 이미 늦었다. 40년을 함께한 동반자를 1시간도 안 돼 죽음의 뱃사공 카론에게 빼앗겼다. 그때 홀로 남은 이가 느끼는 감정을 무엇이라 불러야 할까? 조앤은 슬픔과 구분해 애통(grief: 누군가의 죽음으로 인해 생기는 극한의 고통)이라고 특별히 명명했다. 직접 겪기 전에는 결코 모르는 감정. 그녀의 부모님이 떠났을 때도 느끼지 못했던 것이다. 상실 다음에 오는 끝나지 않는 부재와 공허함, 끈질기게 계속되는 의미 없는 경험, 더 이상 어떠한 기대와 예상도 할 수 없는 내일. 결국 세상에 철저히 혼자만 존재한다는 자각만이 남았다.

조앤이 이 책을 쓴 이유는 단순했다. 아무도 남편을 잃는 게 어떤 건지 제대로 얘기해주지 않아서였다. 이 비극에 관한 한 그 누구에게도 그녀가 제대로 위로 받을 수 없었기 때문이다. 그래서 남편이 세상을 떠난 뒤 1년이 흘러가고, 딸이 아직 병마와 사투를 벌이는 동안 스스로를 위하여 쓴 글이다. 조앤 그 자신이 밝혔듯 애통과 애도(mourning)는 달랐다. 애통은 수동적이다. 반면 애도는 주의(attention)를 필요로 한다. 그녀는 결코 애도할 수가 없다. 애도는 자신의 것이 아니므로 그저 애통해하고 있는 것이다. 그것은 무언가를 하려고 하는 행위가 아니다. 생겨난 대로 놔두는 상태 그 자체다. 이 책은 그 상태에 관한 정밀한 기록이다. 장례식, 추도와 위로의 반복, 그렇게 며칠의 시간이 흘렀다. 곁에 머물러주던 이들이 하나둘씩 자신의 일상으로 돌아갔다. 이제 온전히 조앤 혼자 남았다.

지옥 같은 시간이 흐르고 무언가 조금씩 달라지고 있다. 아무것도 먹지 못할 것 같았는데, 어떻게든 무언가를 먹기 시작한다. 그렇게 당사자 역시 어느 결에 정상으로 돌아가고 있는 듯하다. 하지만 그 정상이란 더는 예전의 그것은 아니다. 새로운 정상, 요즘 유행어로는 뉴노멀(new normal)? 새로운 상태에 놓였다고 해서 그것이 희망적일까? 아니다. 부재와 공허와 무의미를 체감하고 인내하며 맞서다가 순식간에 바닥을 알 수 없을 만큼 곤두박질치는 일들의 반복이 앞으로도 이어질 것이다. 흔히 타인이 겪는 엄청난 충격을 왠지 알 것 같다고 한다. 그렇게 제 3자는 지레짐작하고 공감을 표하곤 한다. 하지만 실제로 들이닥칠 때의 몸과 마음의 충격은 당사자가 되어 겪지 않으면 결코 알 수 없다. 상상을 초월한다. 그것이 조앤이 써 내려간 이 증언의 골자다.

"It was as close a declaration of love as J.J. was capable of making." 그녀는 그가 채 넘기지 못한 원고에서 문법적 오류를 발견한다. 'close' 다음에 전치사 'to'를 붙여야 한다는 것. 작가인 두 사람은 서로의 다른 스타일과 관점에도 불구하고 서로를 거치지 않고서는 원고를 출간시키지 않았었다. 부부는 서로의 가장 신뢰하는 독자였다. 조앤은 망설인다. 그리고 결심한다. "만일 실수가 있었다면 처음부터 있었던 것이다." 그래서 그냥 그대로 두기로 한다. 생전의 존이 그녀에게 했던 말을 복기하면서. "왜 당신은 항상 옳으려고만 하지? 왜 당신은 항상 논쟁의 결론을 내야 직성이 풀리지? 당신 인생에서 한 번쯤은 그냥 내버려둬." 전치사 'to'처럼 남편 존은 언제나 세상과 그녀 사이에 있었다. 그래서 옷장, 신발장 앞에서 아직 그의 물건을 치우지 못한 채 망설인다. 서재 책상의 흐트러진 배열도 그대로다. 언제라도 그가 돌아올 것 같아서다. 과거와 현재, 현실과 환상과 몽상 사이 그 어느 곳에서도 그녀는 실존감을 느끼지 못한다. 그저 비디오를 역재생(rewind)시키듯 자꾸만 시간을 거꾸로 돌리려 애쓸 뿐이다. 때문에 시종일관 '그가 죽기 전 OO일을 앞두고서'와 같이 운명의 그날까지의 D-day를 세곤 한다. 존 본인은 알 수 없는, 그의 생에 남겨진 시간의 숫자를 달리해가며 그 눈금 사이에 놓인 둘만의 면밀하고도 사소한 추억을 더듬는다. 그리고 그녀는 깨달았다. "지난 몇 달간 내 에너지의 대부분은 그날들, 그 시간들을 되돌려 셈하는 데 바쳐졌다는 것을." 가정법 'would+have+p.p'가 문장의 주를 이루는 것은 이 때문일 것이다.

그렇다. 이 책은 거대한 가정법 과거완료로도 읽힌다. 자꾸만 시간을 결정적 순간의 그 이전, 과거의 어느 한때로 되돌리고 싶은 바람. 우선은 더할 데 없는 그리움, 회한과 자책 때문일 것이다. 동시에 냉정한 체념일 것이다. 부질없음에 대한 현실 자각. 한국식 문법 교육 시간에 우리는 가정법 과거완료 해석을 이렇게 공식처럼 배웠다. '과거에 그래야 했었으나 실제로는 그러지 못했다.' 없는 사실에 대한 가정(假定), 그것은 이미 도래한 결과에 대한 인정(認定)이기도 하니까. 존이 세상을 떠난 날짜는 2003년 12월 30일. 1년 전 그가 무얼했었나를 생생하게 기억하는 조앤. 그녀에게 1주기인 2004년 12월 30일에서 하루가 더 지난 2004년 12월 31일은 유일하게 그에 관한 기억이 없는 날짜다. 그렇게 이제는, 1년 전에도, 그는 이미 없는 사람이 되었다. 그리고 다시 새해가 왔다. '1년도 더 지나버린' 고인의 생전 모습은 서서히 멀어질 것이다. 뾰족하게 폐부를 찌르던 그리움도 조금씩 부드러워질 것이다. 이 모든 과정은 부지불식간에 이루어진다. 사실 이미 그렇게 되고 있었던 것이다. 결국 어떻게든, 언젠가는, 한 번은, 맞이할 수밖에 없는 시간이었으니까.

'왜 죽은 이를 살아 있는 것처럼 여기려 애썼던 것일까?' 그녀는 깨달았다. 그녀 자신과 떠난 그를 함께 있도록 하기 위해서였다. 이내 다시 깨닫는다. 그녀가 그녀 자신으로 살기 위해서는 죽은 이를 놓아주어야 한다는 것을. 이제는 그가 떠나가도록, 정말로 죽음 그 자체로 놓여 있도록 해야 한다는 것을. 그리하여 식탁 위의 사진이 되게 해야 한다는 것을. 만료된 신탁계정(trust account)의 위탁자로 기록되도록 해야 한다는 것을. 그렇게 물처럼 흘러가도록 그를 놓아주어야 한다는 것을. 생명은 흐르고 또 흐르는 것이므로. 결국 우리 모두는 앞서거니 뒤서거니의 차이일 뿐 하나같이 망각의 강 '레테'(lethe)로 흘러가게 마련이다. 레테의 수평선 너머로 소실점이 되어 가더니, 이윽고 점 하나조차 보이지 않게 될 것이다. 그렇게 언젠가 기억하고 추억하는 이조차 없으면, 저마다의 존재는 완벽히 사라지는 것이다. 이 세상에 한 번 다녀갔다는 흔적, 그 변함없는 사실만을 살아남은 이들의 마음속에 남긴 채.

브레히트는 시 〈아침저녁으로 읽기 위하여〉에서 사랑하는 사람을 위해서라면 빗방울까지도 두려워하며 걷는다고 했다. 그것에 맞아 살해되어서는 안 될 것이기 때문이란다. 사랑은 언제나 매혹인 동시에 공포다. 철석처럼 굳건한 것인가 싶더니 바람 한 줄기에도 훅 꺼져버리는 촛불처럼 너무도 위태하고 연약한 것이다. 사랑하지 않았을 때보다 사랑했을 때가 더 쉽게 다치고 더 쉽게 사라질 것 같다. 홀로 남은 조앤에게는 조앤 자신이 사랑의 대상이다. 자신을 철저히 사랑하는 사람이 되어야 했다. 나이들어 갈수록 육체만이 그녀 자신이고 그녀의 전부가 되기 때문이다. 그러자 익숙했던 거리의 보도블록, 심지어 집안 곳곳이 거대한 무기처럼 그녀를 위협하는 것처럼 보였다. 세상이, 아니 삶이 그 자체로 온통 흉기였다. 이제는 아무도 돌보지 않을 자신의 몸을 스스로 보호해야 했다. 여름이면 신던 샌들을 안전한 스니커즈로 바꾼 이유다. 집안에 항상 불을 켜 두는 것도 그 방편이다.

그렇게 1년이 지났고, 2년이 되어 가고 있다. 한때 그토록 잔인했던 크로노스는 어느덧 친절한 마법(the year of magical thinking)을 부리고 있었다. 그로 인해 슬픔조차 너무도 익숙해지고 있는 것이다. 오히려 슬픔이 삶을 붙들어주는 현실 감각이 되었다. 슬프면 슬픈 대로, 웃기면 웃는 대로, 일일이 이해하려 하기보다는 그렇게 외워버린 몸과 마음이 살기에는 더욱 편했다. 사는 대로 생각하는 아이처럼, 독약과 해독제를 한몸에 안고 사는 생의 만성 중독자처럼. 자기 보호와 자기 위안의 앙상한 논리라도 발견할라치면 그게 그렇게 반가울 수가 없는 것이다. 나의 생을 향해 내밀어진 지푸라기를 구원처럼 쥐고 살아야 했다. 사랑하는 이의 상실은 결국 이렇게 자기 연민의 문제(the question of self-pity)로 돌아오는 것인가?

2. 『한 말씀만 하소서』, 박완서, 세계사

조앤 디디온은 그 자신이 겪는 아픔을 애통(grief)이라고 불렀다. 박완서에게 그 고통을 축약하는 말은 바로 참척(慘慽). '참혹한 슬픔'이라는 뜻이다. '자식이 부모나 조부모보다 먼저 죽는 일'은 그렇게밖에 표현할 수가 없어서다. 전도유망한 의사였던 아들은 그녀의 자랑거리였다. 세속의 모든 어미와 같이 자식이 잘되는 모습은 큰 낙이었다. 행복은 지고지순의 가치가 아니라 삶의 범속성이 충족되는 순간이다. 하지만 교통

사고로 스물여섯의 아들을 잃으면서 그녀의 행복은 순식간에 산산조각 나고 만다. 온 나라가 서울올림픽에 열광하기 직전인 1988년 여름이었다. 남편이 세상을 떠난 지 불과 3개월 뒤였다. 웅숭깊은 문학으로 당대에 인간사의 통찰을 선사해온 대가는 헤어나올 수 없는 짐승의 시간에 갇히고 만다.

그녀의 곁엔 다른 자식들이 있다. 참척으로 허우적대는 어머니를 걱정하며 살뜰히 보살핀다. 하지만 박완서는 어미인 자신의 문드러진 속을 알 길 없는 그들이 괜히 원망스럽다. 사실 그 원망은 밥 잘 먹고 웃고 아무렇지도 않게 사는 듯해 보이는 세상의 모든 이들을 향한 것이기도 하다. "세상이 아무리 많은 사람과 좋은 것으로 충만해 있어도 내 아들 없는 세상은 무의미한 것"이 된다. 무엇보다 신은 대체 어디에 있었던 것인가? 남편을 떠나보낼 때 묵주를 들고 구일기도, 단식기도도 해보았다. 하지만 별무소용이었다. 거기에 자식까지 앗아간 신은 예측 불허의 공포로 인간을 복종시켜 믿음을 강권하고 기도를 요구하기만 한다. 박완서는 그렇게 신에 대한 원망과 두려움과 저주와 회의로 번민한다. 숟가락이 국 맛을 모르듯 "신을 느끼는 감수성에 있어서 (그 자신은) 철두철미 숟가락"이라고 잠정한다. 그래서 기도를 달리 생각하기도 한다. "영세 받고 성당이나 집에서 격식에 맞게 올리는 기도보다 그 전에 마음에서 우러날 때마다 자연 발생적으로 바친

기도, 기도하듯 삼가는 마음가짐이 훨씬 더 순수하고 간절했었다."

먹는 것에 대한 의식적 거부와 동시에 몸이 요구하는 식욕. 모두 한 몸에서 벌어지는 일이다. 이 작품은 참척의 고통을 모티브로 하되, 실은 육신의 갈등과 변화에 대한 생생한 '내면일기'다. 지금 아들을 잃은 그녀에게 또 다른 자식인 딸의 집에서 임시로 함께 지내는 것은 여간 고역이 아니다. 딸이 정성 들여 차린 밥상을 받아 놓고 잘 먹는 척하고는 몰래 화장실에 가서 토하기를 반복하던 나날들이었다. "먹고 싶어서 먹고 있다는 자의식이 나를 한없이 부끄럽고 참담하게" 했기 때문이다. 만일 오로지 인간적 염치만을 갖고 있는 인간이 있다면? 그에게 참척의 고통 속에서도 밥만 잘 먹더라는 것은 필시 죽고만 싶었을 부끄러움이 된다. 하지만 살아 있는 생명은 모질게도 질기다. 애써 부인했던 짐승과도 같은 생의 본능이 오히려 인간을 살게 한다. 자의식을 지닌 인간이기 전에 하늘 아래에선 똑같은 짐승 중 하나일 수밖에 없기 때문이다. "짐승처럼 질기고 파렴치한 생명력", 바로 본능(本能), 본래부터 지니고 있는 능력. 그것이야말로 신이 선사한 능력이 아니었던가? 딸의 집을 도망치듯 빠져나와 수녀원에서 지내게 된 것은 그 자신이 표현했듯 짐승의 본능 때문이었을 것이다. 다치고 아픈 짐승이 몸에 맞는 약초를 찾아내거나 혀로

앓아 치유하는 놀라운 자연의 섭리처럼. 그것은 그녀에게도 어김없이 찾아오기 시작했다.

수녀원에서 지내던 어느 날. 박완서는 점심으로 나온 비빔밥에 강렬한 식욕을 느꼈다. 하지만 그동안의 체면과 자존심은 그녀를 망설이게 한다. 해서 식사량을 조절하는 것으로 겨우 절제했다. 실은 너무 꿀맛 같았다. 그날 저녁 다시 배가 고파왔다. 이제 성당 언덕길은 신에게 드릴 기도를 위해서 걷는 길이 아니다. 주린 배를 채우기 위해 가는 길이다. 이후 때가 되면 배가 고프고 밥을 먹는 일들이 자연스러워졌다. 참척의 고통은 지속되는 상태일 뿐이지 결코 이전보다 나아지는 과정이 될 수는 없었다. 그때마다 신에게 한말씀해달라고 했더니, 신은 말이 없었다. 그러던 어느 날 대답 대신 따뜻한 밥 한 그릇이 되어 찾아온 것이다. "내 육신이 밥을 먹지 않고는 목숨을 부지할 수 없는 것처럼 내 마음 또한 좋은 추억의 도움 없이는 최소한의 인간다움도 지킬 자신이 없었기에, 가장 어려울 때 신세진 이곳에서 얻어가진 좋은 추억의 힘을 믿을 수 있어서 한결 마음이 가라앉았다."

딸의 배려로 가게 된 미국 캘리포니아. 아들의 생전 추억과 연관 지을 게 없는 무명과 낯섦을 택하면 좀 나아지려나? 아니었다. 되려 그것이 그녀의 고독을 부추겼다. 한국에 있을 때는 자신을 알지 못하는 위로와 배려가 그토록 싫어 혼자 있고 싶었다. 그런데 이제는 자신과 관계없이 세상이 흘러가는 꼴을 도저히 보아 넘기지 못하는 것이다. 더구나 타지에서의 '말 못 알아들음', 그것은 참척에 버금가는 또 하나의 고통이 되었다. 결국 '다시 사람들 속에서'여야 했다. 하필 '왜 내가 이런 일을 당해야 하나?'에서 시작된 좌절과 원망과 저주. 그러다가 '왜 나라고 그런 일을 당하면 안 되나?'라는 반문은 사람들이 있어서 가능했다. 그것이 되려 자극이자 위로가 되었다. 영국의 작가 줄리언 반스가 인정했듯 "이건 그저 우주가 제 할일을 하는 것일 뿐"이니까. 우주의 할일엔 모든 생명의 죽음을 재촉하는 가운데 생명을 유지하는 것도 포함된다. 말과 밥, 그것은 그녀가 '아들이 없는 세상'을 다시 사랑할 수 있게 만든 근거이자 힘이 되었다. 몸에 피를 돌게 하고 사람들 사이에서 다시 발을 딛고 섞여가도록 함으로써 실존감을 주는 것. 그리하여 결국 다시 살아가게 만드는 것. 참척의 고통에서 이제 막 벗어나고 있는 어미는 이렇게 다시 기도하는 것이다.

"주여, 저에게 다시 이 세상을 사랑할 수 있는 능력을 주셔서 감사합니다. 그러나 주여 너무 집착하게는 마옵소서."

3. 『사랑은 그렇게 끝나지 않는다』, 줄리언 반스, 다산책방

1+1=2. 하지만 이 수학적 공리가 세상을 다 설명해주진 못한다. '1+1=1'이 되는 경우가 있으니. 연인, 부부 등 사랑하는 관계의 함수에 관한 흔한 비유가 그렇다. 그렇게 둘이서 하나가 되어 살아가던 어느 날. 그중 하나가 영원히 사라진다. 산술적으로는 살아남은 하나가 원래로 돌아가는 순리(1=1) 같다. 하지만 그는 이제 원래의 그것일 수는 없다. 둘의 총합이 도로 분리될 수 없고, 그 총합은 원래 각각의 하나보다 더 커져 있기 때문이다(1≥1). 실연이나 이혼 같은 일방 또는 쌍방의 자발적 의지에 의한 이별이 아니라 사별처럼 불가항력에 의한 경우라면 특히 그렇다. 그럴 때 사라진 이를 제외한 모든 것들은 이제 그 사람이 없다는 이유만으로 의미를 잃는다. 한편 사라진 이를 둘러쌌던 모든 것들은 한때 그 사람과 관계있었다는 이유만으로 여전히 의미가 있다. 이처럼 사별의 경우 남아 있는 이의 생에 관한 변수는 사라진 이가 그의 마음속을 얼마나 차지하고 있는가에 달려 있다. 사라진 이는 자신의 부재로써 자신과 남겨진 이의 세상이 여전히 연결되어 있음을 시시각각 말한다. 부재의 존재감이 생전의 그것보다 훨씬 더 커지는 이유다.

이것은 작가 줄리언 반스가 겪은 상황이다. 병으로 세상을 떠난 그의 아내는 이제 더 이상 세상에 존재하지 않는다.

그녀가 있던 자리는 생전의 존재를 압도할 만큼의 공백으로 남아 있다. 그때 반스의 지인들은 입을 다물거나 조언을 하는 축으로 나뉜다. 그들은 애써 무심을 가장해 고인의 존재를 회피하거나 모른 척한다. 마치 그녀의 공백이나 부재는 거론해서는 안 될 금기처럼 말이다. 그럴수록 반스는 더더욱 죽은 이의 이름을 식탁 위에 꺼내 놓는다. 분위기 따위 무슨 상관이람, 하는 식으로. 그는 주위의 머뭇거림, 눈치보기, 물색없음이 꼴 보기 싫다. 갈수록 매사에 냉소적이며 예민해진다. 누군가는 사별을 "극단적인 형태의 이혼"이라고 위로한다. 개를 키워보라고도 한다. 살다가 떠나버린 존재를 완벽하게 대체할 새로운 존재란 없는데도 말이다. 혹자는 반스에게 이기회에 일전에 꿈꿨던 '주말 도보여행'을 떠나는 건 어떠냐고 권한다. 하지만 마음의 감옥에 갇힌 이에게 자유를 만끽하라는 농담이 어찌 위로가 되겠는가? 어찌 그리 쉽게 정상으로, 평범으로 돌아갈 수 있단 말인가? 이제 그 빈자리는 생전의 아내가 곁에 있을 때보다 더욱 커져 있는 상태가 아닌가? 그들에게 반스는 소리를 지르며 전화를 끊고 마음을 닫는다. 그렇게 가까운 친구들과도 하나둘씩 절연하고 자기 안으로 침잠한다.

이제 시간은 예전과는 완전히 다른 것이 된다. 그저 그대로 놓여 있는 상태의 지속일 뿐이다. 비탄의 감정이 고스란히 몸과 마음이 되는 시간들. 오늘이고 내일이고 똑같이 무의미하다. 이 마당에 시간의 구분이라는 게 대체 무슨 소용일까 싶은 것이다. 이 초유의 비극 앞에서는, 각각의 시간들에 이름을 붙여 구분하는 현대인의 활동 같은 것은 완벽하게 중지될 수밖에 없다. 그저 새롭게 생겨난 마음의 지형들만 있을 뿐이다. "상실의 사막, 무심의 호수, 황무지가 된 강, 자기연민의 습지, 기억의 지하동굴." 그곳에서 살아남은 자가 지금 헤매며 허우적대고 있다. 고장난 나침반을 들고 쥐고 망연자실 서 있는 목적 없는 여행객 혹은 조난자. 그의 고통은 거쳐가는 곳마다 새삼 재연될 것이다. 물론 그도 알고 있다. "자기연민, 고립주의, 세상에 대한 경멸, 자기만 특별히 예외라는 생각은 모두 허영의 면면들"이기 때문이다. 참척을 겪으며 자신의 육체를 괴롭혔던 박완서 역시 그 '허영'을 깨달았으므로 그 지옥 속에서 결국 빠져나올 수 있었다.

질문이 꼬리에 꼬리를 문다. 사랑하는 존재가 이 세상에서 사라진 순간 서로를 묶어주던 사랑은 무엇으로 남게 되는가? 소중한 추억일까? 강렬한 그리움일까? 여전히 바꾸지 못한, 몸에 익은 패턴들일까? 이별에 대한 강한 현실부정 또는 체념의 정서일까? 반복되는 자책, 미련, 후회의 감정일까? 과연 남아 있는 그것을 사랑이라 부를 수 있을까? 사랑은 서로 함께하는 순간에만 점멸되는 불빛일까? 사라진 이를 기억하는 마음 또한 여전히 꺼지지 않는 사랑의 불씨는 아닐까? 이미 오래전에 사라져 재가 돼버린 별빛을 두고도 내일의 사랑을 맹세했던 한때의 '우리'였으니.

거대한 우주의 시간에 비하면 스치는 수준에 불과한 찰나, 1+1=1의 시간. 사랑은 그 시간 속의 마주침 내지 겹침이다. 이로 인해 생겨나 쌓아온 둘만의 패턴이 한순간에 무너지는 일을 남아 있는 이가 홀로 겪고 있는 것이다. 삶이 정상궤도로 돌아갈 거라는 믿음조차 사라지고 있다. 이제 그들의 시간은 더는 마주치거나 겹칠 수가 없다. 그것은 오직 흘러가버린 시간 속에서만 가능하다. 하지만 박완서가 그랬듯 인간에게는 짐승의 본능이 있다. 실존적 선택인 자살을 하지 않는 이상, 어떻게든 살아가게끔 돼 있다. 그래서 패턴을 회복하거나 애써 다시 만들려고 한다. 대단한 솔루션도 아니며 누군가 일러줄 수도 없는 것이다. 결국 나의 세상은 내가 구하는 것. 자구책이라 했던가? 스스로의 안간힘, 노력이 그 동력의 전부다. 박완서에게는 생의 본능, 자연의 섭리가 계기를 주었고 그로 인해 차츰 다시 보이게 된 사람들이 힘이 되었다. 다시 만들어진 패턴은 지옥의 삶을 새롭게 버티게 만드는 근거가 되기도 한다.

디디온이 남편의 사후로부터 1년을 경과하고 난 뒤 마법처럼 고통을 경감했듯, 반스 역시 1년을 패턴의 주기라고 간주한다. 두 사람의 생일, 결혼, 첫 만남 등 기념일이라는 이름으로 익숙했던 것들 말이다. 이 생활의 패턴은 1년 내내 달력 위에서 지뢰처럼 포진해 있다. 그렇게 겨우 1년이 지난다. 그러자 이제는 고인이 병을 판정받고 치료받고 퇴원하고, 결국 세상을 떠났던 37일간의 '그날들'이 각각 새로운 기념일이 된다. 그리고 더는 함께할 추억이 없어진 지도 2년째가 되었다. 이제는 상상 속에서 아내와 함께할 수 있는 일들이 늘어간다. 가끔 아내가 꿈속에 찾아오기도 한다. 아니다. 실은 반스 자신이 만들어내는 꿈이다. 꿈속에서 여전히 회한과 자책을 곱씹는다. 가끔 피식 웃음 나는 농담 같은 상황도 연출해 본다. 그렇게라도 고인을 만나고 생각하는 일들이 위안이 되곤 하는 것이다. 물론 기억의 어떤 부분은 점점 희미해진다. 때로는 흔적조차 알 수 없어진다. 둘이라는 공동의 기억에 관한 시점(視點)이 이제는 오로지 일방의 것으로만 존재하기 때문이다. 이 세상에서 오로지 나만 기억하는 것이 있다면? 그 기억은 정말 맞는 것일까? 어쩌면 존재했던 것인지조차 자신할 수 없는 상황이 되지는 않을까?

그럼에도 고인과 함께했던 그 모든 마지막만큼은 여전히 생생하게 기억 속에 남아 있다. '마지막 ( )'처럼 괄호 안을 채워 넣을 그때의 그것들. 이를테면 마지막 잠자리, 마지막 식사, 마지막 책, 마지막 술, 마지막 음악, 마지막 문장, 그리고 정말 마지막으로 남긴 고인의 말………. 이제 아내는 더는 살아 있지 않지만 그렇다고 존재하지 않는 것은 아니다. 그러므로 반스는 아내에게 끊임없이 말을 건다. 당신이라면 이럴 때 어땠을까? 그러면 그의 머릿속에서 복기된 고인의 평소 스타일대로 고인이 답을 해오는 것이다. 마치 살아 있는 이의 머리 위에서 내려다보는 전지적 시점의 카메라가 있기라도 하듯 말이다. 사소한 일상에서부터 결정의 순간에 이르기까지 고인과 대화를 한다. 요컨대 한 존재의 부재가 그녀를 뺀 나머지를 무용하게 만들 때, 그녀의 빈자리는 이전보다 훨씬 더 강렬한 존재감을 선사한다. 마치 어느 날 휴대전화에 찍혀 있는 옛사람의 '부재 중 전화 1통'이 너무도 강렬한 존재의 신호가 되는 것처럼. 이렇게 반스의 아내는 '부재의 존재'로서 여전히 그의 곁에 남게 되는 것이다. 과거도, 현재도 아닌 "과거적 현재형"으로 존재하는 관계. 그것이 새로운 패턴이며, 이 또한 그의 삶이다.

4. 結

상실은 피할 수 없는 공통의 운명이다. 상실을 먼저 겪은 모든 이가 생의 선배다. 그들이 나름의 방식으로 몹시도 충실하게 '새로운 정상'을 살아가는 모습을 보여 왔으니까. 이렇게 해서 겨우 안다고 여겼던 것들이지만, 어느 날의 내게는 한순간에 무쓸모가 될 게 분명하다. 죽음은 불청객이 되어 불쑥 찾아올 것이기 때문이다. 익숙한 죽음은 없다. 죽음은 언제나 낯설다. 연습 없는 실전이 곧바로 벌어지는 지옥. 죽음과의 한끗 차이, 그것이 삶이다. 그러다가도, 조앤이 그랬었듯 마법처럼 어느새 익숙한 현실이 될 것은 분명하다. 타인이 겪었던 그 상실은 미리 온 나의 미래다. 크로노스가 저토록 줄기차게 운명의 문 앞에서 서성거리고 있는 한은. 한때 자식들을 삼켰던 이 광포한 신은 모든 존재에게 공평하다. 타인이 겪는 상실, 내가 사랑하는 혹은 아는 존재의 상실, 마침내 나 자신의 상실도 찾아올 것이다.

이기적이지만 인간은 그렇게 타인의 고통과 슬픔, 그 상처를 배워서 자신의 안으로 끌고 들어온다. 마치 그로부터 마음속에 항체를 생성시키기라도 하는 것처럼. 우리의 상처도 언젠가는 누군가에게 그런 것이 되어 주리라. 생은 그런 것일 테다. 서서히 익어가는 후숙과일인가 싶더니, 어느 순간에 풋과일처럼 몸서리치도록 쓸쓸하게 다가오는 것. 이번 생은 늘 처음투성이라서 그렇다. 그때마다 그 "절망에 이르는 경로를 알게 된다면, 어떻게든 그 절망 속에서 다시 살아갈 수 있게 되는 것"이라는 벤야민의 충고를 되새길 뿐.

"작가는 상처를 치유하거나 뛰어넘는 사람이 아니라 상처를 거느리는 사람이다. 상처를 거느린다는 뜻은 상처와 거듭거듭 부대끼며, 새로이 새로이 살아간다는 뜻이다."

—편집자의 해설, 『한 말씀만 하소서』, 세계사

27

시간은 내 마음의 문제

영화는 짧게는 하루를, 길게는 수십, 수백 년의 세월을 압축한다. 두어 시간 안팎의 러닝타임으로 시공을 종횡무진한다. 주인공의 희로애락 역시 순서대로 흐르지 않는다. 어느 국면이 확대되어 느닷없이 관객 앞에 던져지는 식이다. 그럼에도 충분히 이해하고 공감할 수 있다. '3개월 후', '1년 후' 같은 자막으로 세파를 헤쳐 나갈 수 있다니, 이 얼마나 고마운 일인가? 지옥 같은 매분 매초의 고통을 직접 겪지 않고도 마치 겪은 것인 양 퉁칠 수 있으니까. 물론 이 모든 건 '영화문법', 그러니까 영화라는 세계관을 공유하는 관객과의 오래된 약속이 있기에 가능한 것이다. 그런데, 주인공이 살아가는 일상의 아주 일부분, 그것도 실제 시간 그대로가 영화 러닝타임의 전부라면? 이것은 픽션인가? 다큐인가? 리얼리티쇼인가? 영화적 통제를 거치지 않은 파리 거리는 '천연 세트'가 되고 카메라를 정면으로 바라보는 시민들은 실존 인물인 동시에 엑스트라가 된다. 누벨바그의 영민하고 발랄한 기운이 넘쳐난다. 거장 아녜스 바르다(1928~2019)의 초기 대표작 〈5시부터 7시까지의 클레오〉(1962)는 그런 영화다. 1년 중 낮이 가장 긴 하루인 하지, 1961년 6월 22일 오후 5시부터 7시까지, 정확히는 1시간 30분 동안의 리얼타임 스토리다.

평소 위를 앓던 클레오라는 예명의 인기 가수 플로랑스(코린 마찬드 분). 그녀는 병원 검진 후 암에 걸렸을지도 모른다는 불안을 안고 있다. 불길한 점괘를 내놓은 타로점이 도화선이 되었다. 일상에서 마주치는 사소한 징조가 모두 그녀의 비극적 운명을 가리키는 것만 같다. 자주 가던 카페엔 여전히 지적인 대화와 농담이 오간다. 거리의 자동차와 사람들 역시 그렇다. 무심히, 그러나 분주히. 그녀 역시 평소처럼 친구를 만나고 커피를 마신 뒤 예쁜 모자와 옷을 고르고 산다. 집에 돌아와 반려동물인 고양이를 어루만지고 남자의 부질없는 구애를 받는다. 작곡 작사 듀오가 만든 신곡으로 노래 연습을 한다. 그렇게 여느 때와 같은 일상을 보낸다. 그런데도 불안은 좀체 가실 길이 없다. 자신의 미를 포함해 세상의 아름다운 모든 것을 한순간에 잃어버릴 수 있다는 염려는 극심한 우울과 허무를 안겨주었다. 검사 결과가 나오는 그날 저녁까지는 어떠한 현실도 그녀에게 실제감이 없을 뿐이다. 하지만 이 불안은 비단 그녀의 것만은 아닌 듯하다. 당대 파리의 흑백 거리 또한 곧 엄습할 불안이 서려 있는 것처럼 보인다. 그녀가 탄 택시의 라디오 뉴스는 알제리 전쟁(1954~1962)의 상황을 무미건조하게 알린다. 감독은 클레오가 겪는 신경증에 프랑스의 양심과 여론을 두 동강이 냈던 전쟁의 분위기를 우회적으로 대입한 듯하다. 불안과 공포로 부유하는, 모든 게 '임시'이고 '비상'인 나날들. 영화가 제작된 1961년은 프랑스-알제리 간 협정으로 전쟁이 종식되기 직전이었다.

인생을 한 편의 영화로 간주한다면, 대다수는 클레오의 경우처럼 자신을 희극보다 비극의 주인공으로 캐스팅하기 일쑤다. 행복은 소소하고 평범하며 섬광처럼 지나간다. 행복은 행복의 경과나 부재를 통해서야 겨우 발견하고 깨달을 수 있는 것이다. 현재 시제보다 과거 시제로 더 많이 표현하고 미래 시제로 약속하거나 유보하는 이유도 그 때문이다. 반면 고통은 언제나 내 손톱 사이에 낀 가시 같다. 내 것만이 가장 크고 내 것만이 가장 아프게 다가온다. 그러니 언제까지나 내내 머물러 있는 상태처럼 느껴진다. 마치 내 머리 위에만 내리는 비처럼 억울하고 원망스럽게. 이러니 나를 둘러싼 도처가 자기 연민의 소재로 다가올 가능성은 항상 열려 있는 셈이다.

싸이월드 시절 미니홈피 대문에 주인장의 마음 상태를 '우울' 내지 '슬픔'으로 표시하고 비를 맞으며 눈물 흘리는 아바타를 전시하는 감성도 그중 하나이리라. 우리는 스스로를 비극적 서사의 주인공으로 내세우는 입장에 언제나 익숙하다. 설령 성공적인 생을 회고하며 쓴 자서전을 온통 영웅담으로 엮을지라도 그 자기 과시의 이면에는 영락없이 고통과 시련을 감내한 자기 연민의 그늘이 드리워져 있기 마련이다. 시인 유하는 "열매의 엄살인 꽃봉오리와 내 삶의 엄살인 당신"(〈당신〉, 『세상의 모든 저녁』, 민음사)이라고 시를 썼지만, 정말이지 타인으로 인해 생겨났다고 여겼던 아픔과 괴로움조차 그것이 가리키는 방향은 하나다. '내 삶의 엄살은 바로 나 자신'이라는 것. 이처럼 엄살은 존재의 자구책이다.

나는 엄살이 필요할 때면 상상을 하곤 한다. 이 고립무원의 순간에 어디선가 나를 지켜보고 있는 전지적 시점의 무비카메라가 있는 것이라고. 그러니까 지금 나는 영화를 찍는 중이라고. 주인공은 바로 '나'라고. 무작정 버스를 잡아타고 차창에 기대어 있을 때도, 맛을 느낄 리 없는 밥 한 술을 뜰 때나 쓰디쓴 술 한 잔을 들이켤 때도, 이불 밖을 벗어나지 못하고 숙취 가득한 어지러운 눈빛으로 천장만을 내내 응시할 때조차도, 그 카메라는 나를 찍고 있다. 나의 이 시간은 극중 주인공의 시련 정도로 기록되고 있을 것이다. 당연히 연출과 편집도 내 맘대로다. 이 신(scene)에 어울리는 음악도 내가 정한다. 뮤직비디오처럼 슬로우 모션을 준다면 이 방황이 돋보일까? 감정 과잉의 연출도 남발한다. 덕분에 그 속에서의 나는 더 이상 초라하지 않다. 심지어 스타일리시해 보이기까지 한다. 주인공인 나는 지금 이 순간을 미래의 어느 시점에 회고하고 있는 것일지도 모르겠다. 그렇다면 '몇 개월 전' 혹은 '몇 년 전'의 자막이 달리게 될 것이다. 좀체 흐르지 않던 고통의 오늘은 회상의 신으로 묶이는 것이다.

애초부터 이 영화는 보이지 않는 관객을 염두에 두고 만드는 것이다. 지금의 나를 봐주길 바라는, 하지만 곁에 없는 당신. 더는 볼 수 없는 과거 속의 당신. 아니면 미래의 언젠가 우연히 만날지도 모를 당신일 수도 있다. 누군가는 이를 신(神)으로 혹은 궁극의 사랑으로, 또 누군가는 이를 가족이나 친구 같은 준거집단으로 환원시켜 생각할 것이다. 당신, 아니 그 누구라도 봐주길 바라는 마음이 고립을 벗어나게 만드는 계기가 될 수 있다. 비록 그 누구도 볼 수 없는 나만의, 나에 의한, 나를 위한 영화가 될 건 뻔하지만. 결국 내 삶의 실제 관객은 나 자신이라는 결론으로 돌아온다. 그러니 어떤 발연기를 해도 막무가내 연출을 해도 된다. 다만 지켜보는 누군가가 있다는 생각에 카메라는 촬영할 동기를 얻는 것이고, 배우는 연기할 명분을 얻는 것일 뿐이다. 자존감을 잃었던 나는 내 삶의 배우로서 다시 나를 소환할 수 있다. 지금의 내 방황과 무기력이 나를 좀더 성숙시켜줄 연기 연습이라는 생각으로.

다시 클레오의 딱한 처지 속으로. 자기 연민의 과잉에 사로잡힌 그녀에게 구원은 어떻게 다가올 것인가? 진료 결과야 전화로도 들을 수 있다. 하지만 그녀는 직접 의사를 만나 듣고 싶어한다. 운명의 시간을 최대한 늦추고 싶은 것이다. 지푸라기라도 잡고 싶은 심정으로 거리를 방황한다. 그러다가 군인 앙뜨완을 만난다. 그는 오늘 저녁 기차를 타고 전쟁이 일어나는 알제리로 가야 한다. 원치 않는 암 선고의 공포를 기다리는 불안한 가수, 역시 원치 않는 전쟁을 피하고 싶은 우울한 군인. 불안에 관한 한 두 사람은 서로를 가장 잘 이해할 수 있다. 믿음직한 동지다. 그 둘이 산책을 한다. 그들이 나누는 '프랑스 영화적' 대사가 빈티지한 질감의 흑백화면 속에 흐른다. 어느덧 그들에게 주어진 시간도 얼마 남지 않았다. 두 사람이 만나기 전 각자가 지루하게 보낸 몇 분보다, 두 사람에게 남아 있는 몇 시간이 훨씬 더 짧게 느껴진다. 그렇다. 결국 시간 체험은 물리적 변화가 아닌 마음의 문제가 되는 것이다. 즉 우리가 시간이라는 물자체(物自體) 속에서 사는 것이 아니라 삶과 함께 시간의 관념이 생겨난다고 보는 게 맞다. 아우구스티누스가 『고백록』에서 밝힌 시간론을 살짝 비틀자면, 시간이란 일종의 중단 혹은 연장이다. 그러니까 자로 잴 수 있는, 횡적인 길이로서의 시간이란 없다. 특정한 때를 저마다의 시간이라고 간주하는 우리들의 판단이 존재할 뿐이다. 요컨대 시간이란 과거도 미래도 아닌 현재의 내가 느끼는 마음일 뿐이다. 그것이 바로 내 삶의 영화 러닝타임이 될 것이다.

"우린 지금 함께 있어요." 불안과 허무에 사로잡힌 채 남아 있는 시간이 고통이었던 클레오와 앙뜨완. 두 사람이 혼자만의 영화를 벗어날 기회다. 서로가 서로의 영화에 출연하고 서로가 서로의 관객이 될 수 있는. 그렇다면 이제 그들 각자의 자기 연민은 서로를 향하게 될까? 우연으로 만난 두 사람은 서로의 구원이 될 수 있을까? 그들의 시간은 중단 혹은 연장될까?

28

첫사랑, 일기일회의 신화

"이렇게 한 번 있었다는 것,
단 한 번이라도,
지상에 있었다는 것은 돌이킬 수 없을 것 같다."

—라이너 마리아 릴케, 《두이노의 비가》 제9장 중

영화 〈콜 미 바이 유어 네임(Call me by your name)〉(2017)에 관해 떠오르는 몇 가지 것들—따갑고도 상쾌한 지중해의 여름 햇살. 이태리풍의 유쾌하고 지적인 야외식사, 젊고 아름다운 육체의 향연, 편견 없이 사랑을 이해하고 응원하는 부모, 입시지옥 없는 십대 청소년, 물질적으로 풍요로운 중산층 지식인 가족, 갈등과 다툼 없이 온통 평화만이 가득할 것 같은

1983년 그해 여름, 장면 하나 하나를 완벽한 '스틸 사진'으로 탈바꿈시키는 데 공헌한 미술, 바흐의 칸타타에서 조르지오 모로더의 일렉트로닉, F.R. 데이비드의 팝송 〈Words〉까지 장르를 넘나드는 OST. 바로 영화 속 첫사랑에 관한 완벽한 판타지를 일구는 데 기여하는 요소들이다.

열일곱 소년 엘리오(티모시 샬라메 분)의 어머니가 '직독직해'로 읽어준 독일 동화의 직선적인 메시지. "둘 사이 피어난 우정 때문에 차마 사랑을 입에 담을 수조차 없었다." 훈계가 아니라 위로가 되었던 아버지의 말. "어쩌면 너희는 우정, 그 이상의 것을 나눴을지도 몰라. 난 너희가 부러워. 대부분의 부모는 그 난관을 극복하길 바라겠지만, 난 그런 부모가 아니야." 그리고 이어지는 아포리즘을 닮은 말들. "상처를 빨리 치유하려고 마음을 거칠게 뜯어내면 서른쯤에는 아무것도 안 남아. 새로운 사람과 시작할 때 줄 수 있는 게 줄어들지. 아무것도 느끼기 싫어서 무감각해지는 건 너무 아깝잖아." 나는 아파하는 그 누군가에게 이렇게 사려 깊은 마음을 건네는 어른이 될 수 있을까?

그리고 살구. 이 영화에서 살구는 중요한 소재다. 엘리오가 사랑하게 된 스물넷 미국 청년 올리버(아미 해머 분)의 현란한 어원학적 지식에서 언급된 그 과일. 버트란드 러셀이 산문집 『게으름에 대한 찬양』에서 '무용하지만 삶을 풍요롭게 하는 지식'의 예로 들었던 살구의 어원. 원래는 일찍 익는 과일인 살구의 영어 표기는 'precocious'(발육이 빠른, 조숙한)와 동일한 어원에서 비롯됐다. 하지만 그 와중에 라틴어 접두어 a-를 잘못 채택한 데서 오늘의 apricot(살구)이 되었다는 것이다. 그런 어원을 품고 있는 살구의 이미지가 중첩되는 열일곱 소년의 첫사랑.

다시, 이 영화의 중추를 이루는 요소들. 두 주인공의 우월한 육체와 패션, 아무렇게나 내팽개쳐지는 자전거, 으깨지는 복숭아 과육과 배어 나오는 과즙, 체액과 물의 이미지, 일상화된 맨발과 벗은 몸, 그리고 다녀도 모기 물림이나 유행성 출혈열 걱정 따위는 없어 보이는 풀밭과 개천, 폐허조차 빈티지하게 보이는 풍광의 마법. 이런 요소들이 껄끄러움과 더러움을 탈각시킨 채 첫사랑의 신화에 함께 박제된다. 그리하여 사랑의 생성과 상실, 슬픔과 아픔은 외적 조건에 의해서가 아니라, 온전히 두 사람 간 소우주의 변화에 의해서만 발생하는 것처럼 여겨질 정도다. 근 10년 이내 첫사랑 판타지를 가장 강력하게 구축한 것으로 꼽힐 한국영화 〈건축학개론〉(2012)의 그것과는 궤를 달리한다. 이 영화에서 첫사랑이 무너진 계기는 '차이'에 있었다. 소위 강남과 강북, 서울과 지방, 계급과 문화의 차이. 그로 인해 '덜 자란 소년' 승민(이재훈 분)에게서 더욱 곪아버린 열등감과 오해와 치기도 그 첫사랑의 실패에 한몫했다. 드라마 〈스물다섯 스물하나〉(2022)의 경우는 더욱 현실적이다. 이전과 달라져버린 두 남녀의 직업적 성장과 성취 욕구, 둘 사이의 물리적 거리, 생각의 차이, 감정의 마모와 피로감. 어쩌면 우리 스스로가 겪어온 지극히 현실적인 이별 사유였으리라.

반면 〈콜 미 바이 유어 네임〉 속의 첫사랑은 달랐다. 이 영화 속 첫사랑이라는 소우주의 생성-성장-소멸은 판타지에 가깝다. 때문에 현실의 사랑에 얼마나 닮아 있을지는 미지수다. 다만 우리가 첫사랑에 관해서는 한없이 관대한 해석을 품고 있음은 인정해야 할 것이다. 비록 최초의 실패로 기록된 그때는 지옥처럼 아픈 것이었더라도, 시간이 흐르고서는 영원히 아름답게 박제하고픈 윤색의 욕망이 있지 않았던가? 그게 첫사랑이었을까? 남들처럼 '사랑앓이'로 스스로를 불태워 본 적도 없었거나 일방의 연정을 품었던 것 외에는 애초에 제대로 시작조차 하지 않았던 것인 줄 알면서도, 인생에서 한 번쯤은 갖고 있어야 되는 것 같길래, 애매모호한 감정의 발아조차 모조리 첫사랑이라고 퉁쳐버리지는 않았던가? 그러다 보니 첫사랑에서만큼은 '현실적'이라는 단서를 떼고 싶지 않았던가? 그렇게 지켜내거나 만들어낸 기억 속에서의 희미한 첫사랑이란 정확성을 비껴갈 수밖에 없다. 그러므로 첫사랑은 과거의 상대였던 그/그녀의 실제 모습이 아니라 닮은 꼴의 배우, 아니 실은 그/그녀와 상관없는 특정 배우의 전형을 첫사랑의 아이콘이라고 주장하는 모양새로 귀결되곤 한다. 거기에 계절의 이미지가 중첩된다. 아지랑이가 꽃처럼 피어오르는 연둣빛의 봄. 쨍하게 맑은 바닷빛의 여름. 쓸쓸하고 향기롭고 마른 갈색빛의 가을. 첫눈처럼 허무하게 밝은 하얀빛의 겨울. 각자의 첫사랑이 종료된 그해 그 계절의 색채와 함께 머문다. 그 안에 독하고 구리고 더러운 것은 아예 존재하지 않았던 것처럼.

첫사랑이란 무엇인가? 계급, 돈, 불투명한 미래, 질투, 타이밍, 권태 따위로 무너지는 것이 아니었던 사랑. 생의 통과의례 같은 완벽한 사랑. 그 견고한 성채와 같은 사랑의 판타지를 박제하여 기억하고픈 욕망. 영원히 신앙처럼 지켜내야 할 자신만의 원시종교. 일생에서 단 한 번밖에 주어지지 않을 우리의 몸과 마음을 사용해 얻어낸 신화. 비록 나이들어 닳아지는 몸일지라도 마음속의 그 원형만큼은 그대로 지켜내고픈 고집. 이제는 남의 것으로 물려주고 온, 먼산바라기로 지나쳐가야 할 그 이름.

첫사랑의 호명 대상은 셋이다. 우선, 지금은 여기 없는 '너'. 앞서 언급한 대로 첫사랑인 '너'를 닮은 배우 누군가를 종종 거론하기도 한다. 생애 첫 번째 사랑의 상대를 기표화하는 것인데, 보통 특정인을 실제로 지칭하려 한다기보다는 한

때 자신이 지녔던 사랑의 순도에 대한 알리바이 격으로 더 많이 쓰인다. '나도 그런 사랑을 해 봤었다'는 식으로. 또 하나는 그런 '너'를 소환하는 '나' 자신. 지금 이 순간 첫사랑으로 호명되는 그/그녀는 과연 옛 모습 그대로의 그/그녀였던가? 시간이 흐르면서 기억의 밀도가 약해질수록 내가 기억하는 만큼의 '너'를 만들어 가는 것은 아니었던가? 그러다 보면 언제부터인가 '너'는 그때의 내가 미처 몰랐던 그/그녀로 새롭게 태어나는 것은 아닐까? 나는 선택적 기억을 하는 것일까? 그래서 기억의 우회로만을 빙빙 맴돌고 싶었던 것은 아닐까? 이윽고 첫사랑이 부르는 마지막 대상이 등장한다. 그것은 '시간', 바로 지나가버린 그때 그 시절. 그렇다. 첫사랑은 생애 최초의 '정인'(情人)이라는 존재를 넘어선 특정 시간 자체에 대한 노스탤지어다. 곧 돌아올 수 없는 청춘에 대한 그리움과 회한이다. 세상에 맞서 무슨 일이 있어도 너만은 영원히 사랑하겠노라 자신만만했던, 하지만 그만큼 더 깊은 사랑의 실패를 안을 수밖에 없었던, 한없이 미욱하고 부족했던, 지금보다 어렸던 그때 그 시절 말이다. 그래서 첫사랑의 대상은 '이제 여기 없는 너'가 아닌 '그때의 나'로 여지없이 귀결되고 마는 것이다. 때로는 자기 연민과 함께.

수많은 연하 여성들의 첫사랑이 되었던 세계적인 문호 요한 볼프강 폰 괴테(1749~1832). 산전수전 다 겪은 이 희대의 사랑꾼은 시 〈첫사랑〉에서 첫사랑의 본질을 간결하고도 탁월하게 짚은 바 있다. 원제는 'Erster Verlust', 즉 '첫 번째 상실'이다.

> "아 누가 돌려주랴, 그 아름다운 날
> 그 첫사랑의 날을
> 아 누가 돌려주랴, 그 아름다운 시절의
> 그 사랑스러운 때를
> 쓸쓸히 나는 이 상처를 키우며
> 끊임없이 되살아나는 슬픔에
> 잃어버린 행복을 슬퍼하고 있으니
> 아, 누가 돌려주랴 그 아름다운 나날
> 첫사랑 그 즐거운 때를"

'아름다운 날, 사랑스러운 때, 즐거운 그때, 행복……나에게도 화양연화가 있었지.' 결국 시 〈첫사랑〉에서 그리워하는 것은 정인이 아니다. 그/그녀를 통해서 행복하다고 여겼던 시절, 잃어버린 행복, 그 시간 속의 돌아올 수 없는 나 자신인 것이다. 그렇게 쓸쓸한 미소를 품은 채 늙은 괴테 혹은 늙어가는 우리는 끊임없이 첫사랑을 각색하고 재방송처럼 이따금 소환하고 있을 뿐이다. 무르익다 못해 속절없이 저물어가는 하루하루의 삶을 짊어진 채로. 그 속에서 흔적기관처럼 희미해지거나 낯설고 어색해진 순수의 시절을 돌아가야 할 시원처럼 여기는 것이다. 마치 원래 있었으나 지금은 사라져버린 수몰지의 고향처럼.

'나도 한때 누군가에게 사랑받고 누군가를 열렬히 사랑하던 사람이었다.' 살다 보면, 많이 닳아버린 자존감과 자신감을 새롭게 다듬어 다시 빛을 내고 싶은 순간이 언제든지 찾아올 수 있다. 첫사랑이라는 내 인생의 태곳적 신화를 일깨우는 어떤 계기라도 만나고 싶어진다. 내 인생에서 처음이었던 만남 혹은 단 한 번의 그런 사건, 일기일회(一期一會)의 신화를 찾아나서는 것이다. 그럴 때면 영화와 드라마와 노래, 문학과 예술은 제법 효능 좋은 촉매제가 된다. 이를 통해 많은 사람들이 열광하고, 뒤늦은 첫사랑 증후군을 기꺼이 앓아주곤 하는 것이리라. 그렇다. 가끔씩 당의정은 필요하다. 삶에는 시어 터지도록 진실한 맛만 필요한 건 아닐 테니까. 판타지는 그렇게 오늘도 제 몫을 다한다. 삶이 시디신 레몬만을 준다면, 어떻게든 기어이 달콤한 레모네이드라도 만들어버려야지!

29

두 개의 월드컵: 삶이 어떻게 더 완벽해?

"영원이라는 것이 시간의 지배를 받지 않는다는 것을 의미한다면 우리 기억 속의 어떤 장면도 늙지 않고 거기 있을 때 우리는 어쩌면 이 지상에서 아주 소소한 영원을 이미 경험하는 것이 아닐까?"

―공지영, 『높고 푸른 사다리』, 한겨레출판(2013)

2002년

그해 나는 스물아홉이었다. 목 놓아 부르던 '서른 즈음'이 정작 목전에 오게 되니, 별다른 감흥이나 포부가 생기지는 않았다. 달력과 세포의 변화 과정일 뿐이라고 생각했다. 더위보다 먼저 찾아온 축제로 온 나라가 들끓었던 초여름이었다. 그 무렵 내가 다니던 회사는 안팎의 회의적인 시선과 반대에도 불구하고 영화를 제작하여 개봉했다. 예견된 실패이긴 했지만 그 여파는 생각보다 심각했다. 작지만 탄탄했던 IT기업의 기둥뿌리까지 통째로 뽑아버렸다. 벤처 붐을 타고 들어온 투자자의 돈을 날린 건 물론이고, 쥐꼬리 월급은 몇 개월째 밀리고 있었다. 나를 포함한 직원 대다수는 혈기 방장한 이삼십대였다. 때문에 그 와중에도 배꼽시계 하나만큼은 정확했다. 다같이 주머니 사정이 곤궁했던 건 마찬가지. 점심 때면 사무실에서 버너와 코펠을 놓고 갹출한 돈으로 짜장라면과 라면 따위를 사서 끓여 먹었다. 식후엔 당시 유행하던 플레이스테이션(PS) 비디오게임을 사내 스튜디오의 큰 화면으로 즐기기도 했다. 놀고먹는 것은 그렇다치더라도, 채권자가 들락거리는 회사엔 일마저 아예 끊기고 있었으니, 일과 중엔 해찰을 할 수밖에 없었다.

그중 하나가 컴퓨터 프로그램 ALZIP(알집)을 이용한 '새 폴더 만들기' 대회. 게임 규칙은 단순했다. 조류대백과에나 나올 법한 온갖 새(bird) 이름이 생성되는 파일 폴더를 '정해진 시간에 자신의 컴퓨터에 누가 더 많이 만드는가'였다. 대체 '새 나라, 그 끝엔 무엇이 있을까?' 일단 가보자는 것이었다. 남아도는 건 오직 시간뿐이니 몇 번이고 할 만했다. 어느덧 우리의 기술도 진화했다. 초기에는 마우스 오른쪽을 클릭

한 뒤 '새 폴더'를 선택해서 생성하고 다음 폴더를 만드는 수동 소량제작 방식이었다. 나중에는 마우스 오른쪽을 클릭한 채 키보드의 N만 동시에 누르면 되는 반자동 다량제작 방식을 익히게 되었다. "새새~"에 이어서 "쫌~", "새 이름도 바닥났어", "제발 그만 좀 만들어", "그만해…" 등등 짜증과 읍소와 체념까지 다채로운 폴더명으로 등장했다. 그때 1등을 차지한 이가 보았던 '새 나라의 끝'은 무엇이었는지 기억나지 않는다.

그 무렵은 아이엠프를 극복한 뒤 정말 새 나라답게 세상이 변화하고 있었다. 신용카드가 거리와 사무실 곳곳에서도 손쉽게 발급되었다. 쓰는 만큼 족족 요금이 매겨지던 PC통신 시대는 어느새 저물었다. 초고속이라던 56kbps 모뎀보다 몇 배는 더 빨라진 ADSL이 대한민국 가정 곳곳에 급속도로 깔리기 시작했다. 당대 최고의 인기가수 유승준이 등장한 모 통신사의 TV 광고문구는 자신만만했다. "따라올 테면 따라와 봐!" 하지만 나는 따라갈 엄두조차 낼 수 없었다. 재개발되기 직전의 금호역 인근 옥수동 달동네에 있던 내 옥탑 자취방에는 인터넷이 들어오지 않았다. 때문에 늦은 밤까지 사무실에 남아 삼각김밥과 컵라면을 먹으며 컴퓨터로 여가를 해결해야 했다. 월급을 받지 못했고 마이너스 통장으로 연명하는 주머니 사정은 녹록지 않았으니, 딴에는 합당하게 행사한 내 권리라고 생각했었다. 그 용도라고 해봐야 온라인 동호회 활동과 메신저 대화, 웹서핑, 책 주문 따위가 전부였지만.

　때는 프리챌(freechal)이 전성기를 구가하고 있던 시절이었다. 누구라도 쉽게 무료로 온라인 커뮤니티를 만들 수 있는 서비스였다. 2000년 연말 온라인에서 만난 친구와 둘이 시작한 프리챌 동호회는 급속도록 커졌고, 2년이 채 지나기도 전인 2002년도엔 회원수 2,000여 명을 훌쩍 넘긴 규모가 되었다. 대가 한 푼 주어지는 일도 아닌데, 그때의 나는 동호회 활동에 열심이었고 진심이었다. 미래의 불확실한 가능성을 품고 답이 없는 현재를 살아가는 20대 후반의 사내가 누군가로부터 환대받고 인정받을 수 있는 유일한 공간이었다. 영화, 출판, 음악, 뮤지컬, 연극 등 소위 문화업계에서 제법 영향력이 커진 '재야조직'의 운영자가 된 덕에 무척 바빠졌다. 운영진과 함께 일간지 신문 문화면에도 대문짝만하게 등장하고 아침 라디오 DJ와의 생방송 전화인터뷰로 전국 전파도 탔다. 매일 게시판에 깜냥을 다해 글을 쓰기 시작했고 남들을 웃기고 기쁘게 해주었다. 내 보람이자 기쁨이기도 했다. 몇 개월째 나오지 않는 월급에 대한 최소한의 보상은 된 셈이었다. 동호회는 대학을 졸업한 후 무엇이 되겠다는 욕심이나 계획, 포부 따위가 없던 내게는 일종의 '정신적 준거틀'이 되어 주었다. 아무도 내게 그 의무를 부여한 적은 없으나 소명이 되었고 갑절의 자존감이 되어 돌아왔다. 동호회에서는 즉석의 오프라인 약속, 즉 '번개'가 빈번했다. 주로 대학로와 종로와 압구정 등지에서 이뤄졌다. 늘 보던 익숙한 얼굴, 새롭게 만나는 얼굴과 뒤섞여서 동이 터올 때까지 매번 통음을 했다. 정점은 단연 2002년 월드컵이었다. 더 미치지 못한 게 후회되고 아쉬울 만큼 행복했던 여름이었다.

서른이 되기 직전, 그때의 나는 젊었었다. 아니, 나뿐만 아니라 정치도, 세상도, 온 나라가 젊었었다. 아직 내일의 무엇 하나 확정된 것도 없던 불확실과 혼돈의 시절, 하지만 그로 인해 변화의 가능성 또한 품고 있던 시절이었으니까. 그때만큼은 '새 나라'에 한 발자국은 더 가까워진 듯했다. 물론 '기적의 월드컵 4강' 이후에도 내 생활엔 조금의 기적도 허용되지 않았고 아무것도 바뀐 게 없었다. 시간은 무기력했고 불투명했다. 그래도 미래는 '여전히 앞으로의 세계'라는 말과 같은 것이었다. 그 세계를 찾아 헤맸고 가끔은 중심을 기웃거렸으나 언저리에도 자리잡지 못했다. 불안해하고 초조해하면서도, 한편으로는 이상하리만치 태평했다. 하루에도 몇 번씩, 아니 끊임없이 '새 폴더' 같은 미래를 머릿속에서 만들어냈다. 그해 겨울, 사랑과 기쁨과 슬픔과 분노를 온라인과 광장에서 함께 나누었던 '광장세대'의 열망이 비주류 출신의 정치가를 대통령으로 선출하는 기적을 일궈냈다.

그리고 이듬해 나는 서른이 되었다. 가을엔 분당에 있는 대기업 계열의 케이블방송사에 취업했다. 서른이 되어서도 사랑이고 일이고 동호회고 뭐든 잘 해낼 것만 같았다. 대책 없고 근거 없는 자신감이었고, 오만이었다. 사는 곳도 달라지고 가진 것이 시간뿐이던 시절은 애저녁에 흘러갔다. 약간의 돈이 생기면서부터 시간은 그만큼 줄어들어만 갔다. 예전만큼의 열정을 낼 여력도 동기도 없었다. 나 자신의 운명조차 책임지지 못하는 주제에 사람들을 챙기겠다고 버티고 있던 내 모습은 위선 같아서 활동을 중단했다. 운영자 한 사람의 헌신과 개인기에 의존하던 동호회는 급속도로 한산해졌다. 학창 시절 사상적 공동체 이후 나의 정신적 터전이 되었던 프리첼도 돈을 벌어야 하는 기업의 생리상 변화를 모색하고 있었다. 하지만 '커뮤니티 유료화' 시도라는 국내 인터넷 비즈니스 역사에 길이 남을 역대급 오판으로 점점 외면받기 시작했다. 결국 몇 년 뒤 사람들의 재능과 웃음과 눈물과 의기투합의 결과물인 수많은 글과 사진은 흔적도 없이 역사의 뒤안길로 사라졌다. 함께 모였던 사람들도 흩어졌고 대부분 소식조차 알 수 없는 타인이 되어 갔다. 지금껏 내 곁에 남아 있는 그 무렵의 밑줄 친 헌책 한 권보다 못한 허망한 끝이었다. 하지만 시절의 추억만큼은 내 머릿속에서 화양연화(花樣年華)로 영원히 남게 되었다.

시간 사이로

2차 세계대전 당시 나치수용소 생존자이기도 했던 오스트리아의 작가 장 아메리(1912~1978). 그는 저서 『늙어감에 대하여』(돌베개)에서 이렇게 말했다. "젊은 사람을 두고 '그가 시간을 앞에 두고 있다'고 말하기보다 '그에게는 세상이 활짝 열려 있다'고 말하기를 즐겨한다." 그러니까 젊은이에게 "미래는 시간이 아니라, 세계이자 공간"이라는 것이다. 시간은 젊은이와 외따로 가는 것처럼 보인다. 전도유망(前途有望), 글자 그대로 앞으로 잘될 희망이 들어설 빈 공간을 지니고 있는, 유용함(availability)으로 가득 차 있는 시절이다. 반면 늙어가는 이는 "미래를 매일같이 공간의 부정으로 경험하고, 이로써 실제로 일어나는 일의 부정"으로 여긴다. 즉 미래는 새롭게 열린 공간이 아니라 시간의 연속일 뿐인 것이다. 그렇다. 시간은 곧 하루하루 변해가는 나의 육체다. 늙어감에 대한 자각은 우리의 육체와 영혼에 누적되는 시간의 무게에 대한 체감이다. 때문에 늙은 사람은 "전적으로 시간을 살아가는 존재자이자, 시간의 소유자이며, 시간을 인식하는 사람"이 된다.

어느덧 20년이 흘렀고 나는 오십 줄에 들어섰다. 이제는 나이 드는 것이 아니라 늙어간다는 말이 제법 어울리게 되었다. 아메리의 말대로 "전적으로 시간을 살아가는 존재자"임은 물론이고, 하루가 다르게 변해가는 내 육체의 안과 밖을 수시로 체감하는 중이다. 덕분에 '자기 객관화' 정도는 할 수 있는 나이가 되었다. 이제 나에게 더는 '새로운 세계'는 없다고 생각한다. 인생을 기회가 아니라 시간으로 환산하는 데 더 익숙하기 때문이다. 대신 앞으로 얼마나 남아 있는지 알 수 없지만 흘러가야 할 새로운 시간이 남아 있을 뿐이다. 그 새로운 시간, 그러니까 새로운 세계이자 공간, 더 많은 기회의 몫은 나보다 한참 뒤에 온 젊은 세대가 누려야 할 것이 되어간다.

2022년

그해 나는 마흔아홉이었다. 월드컵 사상 최초로 겨울에 열린 2022 카타르 월드컵은 현지의 여러 논란과는 별개로 반가운 축제였다. 오랜 코로나 팬데믹, 러시아-우크라이나 전쟁, 경기침체, 이태원 참사로 세상이 어두울 대로 어두운 시절이라 더욱 그랬다. 현지 경기장과 광화문 광장과 술집에는 다시 젊은 인파가 모였다. 그들의 눈물과 환호가 보기 좋았다. 경우의 수까지 따져가며 조마조마한 극적인 승부 끝에 대한민국은 예선을 통과해 12년 만에 원정 16강을 달성했다. 그리고 12월 6일 대한민국 대 브라질의 16강전. 결과는 1:4 패배였다. 새벽 6시, 나는 경기가 끝나고 나서도 바로 TV를 끄진 않았다. 4년 뒤를 기약해야 할 '마지막 경기'라는 아쉬움이 남아

서이기도 했고, 축구팬으로서 할 수 있는 예의이기도 했지만, 선수들의 매체 인터뷰까지 다 보고 싶어서였다.

그날 새벽 부상 투혼으로 뛰었던 대표팀 주장 손흥민 선수의 인터뷰는 우문에 현답이었다. "내가 아픈 건 괜찮다. 선수들이 고생한 것에 비하면 아무것도 아니다." 나는 그의 인터뷰를 보고 감동받았다. 그는 이미 축구 그 자체로도 일정한 경지에 이른 대단한 선수지만, 인성적인 측면에서도 너무 근사한 인간이었다. 단단하고 바르며 따뜻했다. 우리가 경기 안팎에서 몇 번이고 목격한 손흥민의 울음은 모든 걸 다 바쳐본 사람만이 가질 수 있는 희로애락의 정점이었다. 인생을 자신의 몸으로 최대한 밀고 끌어가며 사는 사람의 그것이었다. 축구도 인생이다. 인생을 제대로 사는 사람의 축구는 더욱 아름답다. 포르투갈의 크리스티아누 호날두와 우루과이의 루이스 수아레스의 축구가 그러했는가? 탁월한 재능과 별개로 지나친 이기심과 반칙과 기만과 무례와 무절제로 얼룩진 플레이를 경기장 안팎에서 펼쳤던 그들이 과연 오래도록 존경받는 선수가 될 수 있을까?

물론 축구는 게임이다. 경쟁심과 승부욕이 가장 큰 가치임은 물론이다. 이기는 것과 지는 것의 결과는 천양지차이기 때문이다. 하지만 어떻게 이기고 지느냐는 더욱 중요하다. 삶은 축구보다 오래가기 때문이다. '왕관을 쓰려는 자, 그 무게를 감당하여라.' 셰익스피어의 이 말은 여지없이 축구에서도 통한다. 결과의 몫은 전적으로 왕관을 쓰는 과정과 그 무게를 알고 있는 이들의 것이다. 즉 축구를 업으로 여기며 살아온 이들, 바로 당사자인 선수들과 감독, 스태프진에게 주어진 것이다. 영광도 책임도 모두 그렇다. 그들이 기꺼이 감당해야 할 현실이다. 결과가 좋아도 그들이 가장 기뻐해야 하고, 아쉬워도 그들이 가장 아쉬워해야 한다. 거리와 안방에서 편히 응원을 했던 축구팬인 우리의 몫은 아니다. 축제를 즐기는 일원으로서 카타르시스를 만끽했으면 그만인 것을. 16강 달성, 아니 8강 진출을 못 한다고 하여, 당장 내일 우리의 삶이 크게 달라질 리는 만무하니까. 우리는 다음 날 아침이면 어김없이 우리 몫의 하루를 묵묵히 살아가면 그만이니까. 하지만 선수들에게 월드컵은 끝인 동시에 시작일 뿐이다. 모든 경기가 끝나고 나서도 저마다의 소속팀에서 그 가치를 재평가받고 입증해야 할 끝나지 않는 길을 다시 걸어가야 하기 때문이다.

주장 손흥민은 국가대표 주장으로서 그 '왕관의 무게'를 익히 알고 있었다. 때문에 결과의 책임을 겸허히 인정했다. 최선을 다했음에도 불구하고 어쩔 수 없는 실력의 차이가 있었다고 했다. 대신 팀 동료들의 노고를 아낌없이 칭찬했다. 차세대 풀타임 주전이 될 후배들을 격려했다. "이강인 백승호 등 어린 선수들이 잘해줘서 너무 고맙다. 이것이 끝이 아니다. 앞으로 더 잘해줬으면 좋겠다." 지금도 그는 충분한 자격을 지닌 팀의 리더지만, 머지않아 한국 축구계의 더 큰 리더가 될 거라는 예감이 들었다. 희생, 포용, 솔직, 책임, 겸허, 결단, 배려처럼―소위 세대론이라는 '갈라치기' 이데올로기 속에서도―여전히 유효한 리더의 덕목을 보여주었다. 육체적 고통과 정신적 중압감을 안고서 끝까지 최선을 다해 뛰었던 선수들, 갈채를 받아 마땅한 그들이 외려 죄송하다고 먼저 말했다. 우리는 알고 있다. 그들은 자신의 몫을 죽기 살기로 해냈고, 카타르 월드컵은 여기까지가 최선의 결과였을 뿐. 그 덕분에 우울과 슬픔으로 맞이할 뻔했던 지난겨울을 우리는 13일간의 축제로 시작할 수 있었다. 근래에 SNS에서 그렇게 진심으로 즐거워하는 많은 사람들을 나는 보지 못했다. 그동안 일부러도 웃고 또 웃었지만, 무언가 공허했고 대부분 자조적이었다. 그렇게라도 웃으며 넘겨야 했던 슬픈 늦가을이었다. 그래서다. 축구로 함께 열광하면서도 못내 아쉬워하고, 가끔은 짜증내고 욕까지 했던 우리 모두는 그들에게 기꺼이 감사의 마음을 가질 수 있었다.

반면 지난가을 젊은이들이 거리의 축제에서 속절없이 죽어갈 때, 자신의 직무를 망각하고 최선을 다하지 않았던 어른들의 모습은 어떠했는가? 지금 이 순간도 책임 회피, 책임 전가, 남 탓뿐이다. 적어도 이 나라의 체제를 지탱하는 어른들

중 어른다운 어른은 단 한 사람도 없었다. 직업적으로나 인성적으로도 한심했다. 생물학적으로 늙었다고 해서 지혜가 거저 생기는 건 아니다. 힘이 세지고 지위만 오른다고 해서 어른이 되는 것도 아니다. 마음의 나이를 차곡차곡 먹어가며 스스로가 어른이 될 자격이 있는지를 끊임없이 반문하고 자문하는 사람이야말로 진짜 어른이다. 출생연도 따위의 숫자와는 관계없다. 2022년 카타르 월드컵 국가대표팀이 보여준 모습이 그랬다. 스포츠만이 선사할 수 있는 최상의 카타르시스와 함께 어른이 된 지 한참 지난 내게 '어른이란 무엇인가'를 새삼 되짚어보게 만들었다.

고국을 떠나 오랫동안 해외에 살고 있는 A. 그녀는 지난밤 "한국은 분명 떨어질 거라던" 사춘기 아들의 냉소가 다음 날 학교에서 돌아와 "와우! 코리아 대단하다"의 감탄으로 바뀌는 순간 이렇게 말해주었다. "미래는 아무도 모르는 거야. 그들이 해내는 걸 봐. 그렇지만 그들이 잘해서 그런 것만은 아니야. 사랑하는 마음이 없었다면 아무 일도 일어나지 않았을 테니까. 사랑하면 기적이 일어나기도 해." 그렇게 A는 "삶의 본질이 사랑임을 깨닫는" 행복한 순간에 관한 잊을 수 없는 추억 하나를 간직하게 되었다. 한밤의 축제, 그 순간의 기쁨으로 인해 사랑을 새삼 발견하고 깨닫는 일은 얼마나 대단한 것인가? 아이유의 노래 〈Strawberry Moon〉(2021)의 노랫말처럼 "사랑이 어지러이 떠다니는 밤"이 된 이유다. 그 순간만큼은 "삶이 어떻게 더 완벽해?"

2002년 월드컵 때보다 훨씬 늙고 배부른 나는, 이제 알 것도 같다. 월드컵이란 인생 속에서 극히 일부인 찰나의 이벤트이자 축제였음을. 하지만 그 찰나가 무언가에 대한 간절함이자 사랑이자 용기이자 친절이자 위로가 되는 흔치 않은 기회였음을. 메울 수 없을 정도로 갈라지고 틀어져, 서로 생채기낼 일이 더욱 많아진 세상에서는 말이다. 앞으로도 많은 사람들이 같은 주제로 일제히 기뻐하고 웃을 수 있는 일을 얼마나 많이 만날 수 있겠는가? 갈수록 드물어지는 것이기 때문에 이 짧은 순간이 더욱 소중한 시절로 남는 것이다. 이 또한 나와 누군가의 화양연화로 기억되리라! 그리하여 지나간 화양연화의 추억을 안고서 새로운 화양연화를 기대해보는 것이다. 그것이 언제일지, 얼마나 남아 있을지, 남은 생에서 다시 찾아오기나 할지, 한 치도 모르겠지만 말이다. 그저 기다리는 마음으로 오늘을 살아보는 것이다.

30

정은임의 FM 영화음악

"어릴 적 나는 라디오에 귀를 기울이곤 했어

좋아하는 노래를 기다리면서

그 노래가 나오면 따라 불렀지

그게 언제나 날 미소 짓게 했어

그렇게 행복으로 가득한 시절

그리 오래전도 아니었는데

그 시절이 어디로 갔을까 궁금했었거든

그런데 그때가 다시 생각났어

오랫동안 보지 못했던 친구처럼 말이야

내가 너무 좋아하던 그 노래들"

—카펜터스, 〈Yesterday Once More〉(1973) 중에서

'라디오는 침묵을 향해 사격을 멈추지 않는 자동권총'이다. 의사 출신의 스위스 작가 막스 피카르트(1888~1965)가 『침묵의 세계』(1948)에서 던진 비판이다. 그는 인간이 만든 기계인 라디오가 오히려 인간과 그 관계를 지배하는 가치 전도 현상을 꼬집었다. 그가 이 책을 쓰던 당시는 1940년대. 라디오가 가장 강력한 대중매체일 수밖에 없었던 고릿적 얘기랄 수도 있겠지만, 그때와 비교할 수 없을 만큼 기술이 발전한 지금에는 더욱 유효적절해진 탁견이 되었다. 눈뜰 때부터 잠들 때까지, 라디오는 물론이고, 손안의 스마트폰 하나가 인간을 쥐락펴락하는 세상이니 말이다. 이제 더 이상 인간이 만물의 척도(尺度: 평가하거나 측정할 때의 잣대)가 아니라 인터넷이 만물의 척도다. 인간이 만물의 영장(靈長: 영묘한 힘을 지닌 우두머리)이 아니라 인공지능이 인간의 영장이다. 그사이 라디오가 오늘 하루에서 차지하는 비중과 영향력은 피카르트의 오래전 걱정과 달리 눈에 띄게 줄었다. 대신 과거에 대한 향수(鄕愁)를 불러일으키는 '조용한 매체'로 자리잡았다. 우선 라디오는 눈에 보이는 것만을 최우선으로 쳐주는 시류에 편승하지 않는다. 세파에 흔들리지 않고 자신의 목소리를 담담하게 내고 있을 것만 같은 우직함도 느껴진다. 오랫동안 보지 못했지만 여전히 그곳을 지키고 있을 것만 같은 옛 친구처럼 말이다. 한마디로 라디오는 아날로그의 정수를 고스란히 간직한 대표적 존재가 되어가고 있다.

여기 30년 전의 심야 라디오 프로그램이 있다. 정확히는 팟캐스트에 올려진 지난 방송분의 오디오 파일들이다. 이제 더 이상 실시간 전파로는 대중에게 닿지 않는 '지나가버린 소리'. 온전히 내 의지와 선택에 의해서만 소환되는 '잠들어 있는 소리'. 이 소리들이 담긴 오래된 서랍장을 상상해본다. 서랍마다 연도와 날짜가 적힌 낡은 라벨이 붙어 있다. 그중 하나를 꺼낸다. 잠자고 있던 먼지가 그제서야 이는 것처럼 그 속에 든 소리가 지직대며 세상 밖으로 나온다. 그 순간 오래전의 나에게로 접속된다. 옛 사진에 담긴 표정 없는 나. 그마저도 단체사진이나 기념사진처럼 덩그마니 찍힌 독사진 속에서다. 표정이 담긴 셀피라는 게 사실상 없던 시절이었다. 요즘처럼 매일 매시 매분 매초를 사진으로 기록해둘 만한 여건이 안 됐으니까. 설사 그랬다 하더라도 매번 필름을 현상할 만한 여유도 없었다. 게다가 소위 '학생사회'에선 사진이 불리한 증거로 채집되는 시대적 상황이 여전했다. 때문에 고학년으로 올라갈수록 되도록이면 일거수일투족을 찍어 두지 않으려는 관습이 대대로 전승됐다. 여차저차한 이유로 나로서는 한 계절에 사진 몇 장 제대로 남기지 못했던 대학 시절이었다. 나에게 사진보다 라디오가 요긴한 추억의 소재가 된 연유다.

자, 이제 오디오 파일의 소리를 재생시킨다. 공감각을 동원해 지나간 시간을 복기한다. 그럴 땐 자연스럽게 눈을 감으며 침묵한 채 소리에 집중할 수밖에 없다. 그렇다면 라디오가 잡음이며 침묵을 소거하는 파괴자라고 했던 피카르트의 견해를 비틀 수 있다. 라디오를 듣는 동안 보이는 것과 보이지 않는 것 사이에 나의 침묵을 놓는다. 그 시절의 DJ는 이런 내 운명을 예언하듯 이렇게 말해 두었다.

"버스를 타고 가다가 한 중학생이 친구에게 이렇게 말하는 것을 들었습니다. '저 방송은 한마디로 잡음이야.' 안녕하세요. FM 영화음악의 정은임입니다. 아침에 눈을 떠서 잠들 때까지 우리는 너무 많은 소리에 노출됩니다. 자동차 소음, 전화벨, 복사기, 타자, 공사장 소음, 킬킬대는 소리, 싸우는 소리, 욕설, 시계의 속삭임, 쓸데없는 잡담, 정치판의 흰소리, TV 코미디 프로의 악쓰는 소리, 술 취한 사람의 고성방가, 코고는 소리…… 그러고 보니까 어릴 적 조용한 봄날에 가끔씩 들려오던 엿장수의 가위 소리, 그렇게 여유로운 소리가 그리워지네요. 오죽했으면 아무 소리도 나오지 않는 레코드가 미국에서 나왔겠습니까? 마치 온갖 세상의 소리를 지우려는 듯, 시끄러운 파티장에서 침묵의 레코드를 올려놓고 스피커에 귀기울이는 사람들이 있다는 얘기죠. 혹시 FM 영화음악도 잡음이야, 이러시는 분 안 계시겠죠? FM 영화음악은 여러분의 귀를 어지럽히는 소리들을 지워주는 침묵의 레코드가 되겠습니다."

―1993년 5월 6일, 〈정은임의 FM 영화음악〉(이하 정영음) 오프닝

오프닝 전엔 시그널이 흐른다. 영화 〈Local Hero〉(1983)의 사운드트랙 중 하나인 〈Wild Theme〉. 작곡자이기도 한 기타리스트 마크 노플러가 연주했다. 지직거리는 잡음과 침묵 사이를 가르며 찾아온 〈Wild Theme〉의 첫 음. 아르페지오 주법으로 다음에 올 음을 끌어당기는 과정이 이어진다. 철학자 앙리 베르그송에 따르면 음악은 "앞에 들었던 음을 기억하면서 아직 오지 않은 음들을 기대하는 과정"이다. 곧 감정이나 의미를 지닌 소리란 시간에 관한 기억과 기대를 품고 있다. 그렇게 도입부가 귓가에 찾아오자마자 조건반사적으로 시간여행이 시작된다. 라디오 시그널은 타임머신이다. 나는 지금 정영음의 시대로 떠나고 있다. 첫 방송을 한 1992년 11월 2일부터 1995년 4월 1일 사이. 이때가 일종의 '시즌 1'이다. 나를 포함한 대다수가 기억하는 정영음은 이 시절의 것이다. 이후 8년 만에 방송을 재개한 2003년 10월 21일부터 2004년 4월 26일까지 6개월여의 짧은 '시즌 2'가 있었다. 그렇게 도합 830여 회 이상 전파를 탔다. 정영음은 그 깊은 밤에 외롭게 깨어 있는 이는 자기 혼자라고 믿고 있었을 전국 각지의 청춘들에게 말을 건넸다. 세상의 주류가 아닌, 눈에 보이지 않는, 사람들을 언제나 위로하고 응원했다. 그들은 너무도 평범해서 자주 잊히고 때로는 버려진 듯해도, 언제나 충실히, 묵묵히, 자기 자리를 지키고 있는 존재들이었다. 지금도 그렇지만.

"새벽 3시, 고공 크레인 위에서 바라본 세상은 어떤 모습이었을까요? 100여 일을 고공 크레인 위에서 홀로 싸우다가 스스로 목숨을 끊은 사람의 이야기를 접했습니다. 그리고 생각했습니다. 올 가을에는 외롭다는 말을 아껴야겠다구요. 진짜 고독한 사람들은 쉽게 외롭다고 말하지 못합니다. 조용히 외로운 싸움을 계속하는 사람들은 쉽게 그 외로움을 투정하지 않습니다. 지금도 어딘가에 계시겠죠? 마치 고공크레인 위에 혼자 있는 것 같은 느낌, 이 세상에 겨우겨우 매달려 있는 것 같은 기분으로 지난 하루 버틴 분들, 제 목소리 들리세요? 저 FM 영화음악의 정은임입니다."

—2003년 10월 22일자, 〈정은임의 FM 영화음악〉 오프닝

방송 횟수만큼 쌓여 있는 830여 개의 파일에 당대의 영화, 음악, 드라마, 광고, 유행, 그리고 지금은 유명인이 된 젊은 날의 그들이 있다. 지금과는 사뭇 다른, 30년 전의 방송 어투를 아나운서인 DJ 정은임의 목소리로 만날 수 있다. 그녀의 말과 침묵 사이로 한 시대의 공기가 고스란히 흐르고 있다.

"저는 이런 말을 모든 사람들에게 하고 싶습니다. 우리 어린이들이 어른이 되어서도 밤하늘의 무수한 별들을 볼 수 있게끔 모두가 환경 보전에 노력합시다." 이렇게 생뚱맞게 시작되는 1993년 7월의 어느 청취자의 엽서는 '미래에서 너무 늦게 온 편지'라 해도 어색하지 않다. 사연을 읽은 DJ 정은임은 언제나 새겨들어야 할 중요한 이야기지만 구호에서 끝내서는 안 된다고 담백하게 지적한다. '신한국 창조에 앞장서는

저와 학원선생님' 운운의 실패한 농담 같은 사연에는 웃음을 머금긴 했지만 따끔하게 답한다. "신한국 창조에 앞장선다, 이런 말 너무 함부로 내세워서는 안 될 것 같아요. 그러던 사람들이 보니깐, 있던 자리에서 물러나고 검찰에도 끌려가고 그러던걸요(웃음)."

지금도 수없이 인용되고 있는 '전설의 오프닝'은 DJ 정은임이 직접 쓴 것이다. 하나같이 시대의 생생한 공기를 품고 있다. 약자에 대한 연민과 사랑, 삶의 희로애락과 아이러니, 일상의 균열에 관한 사유도 오프닝의 단골메뉴. 또한 그 자신이 당대의 이십대로서 겪고 있는 진솔한 일상도 담겨 있다. 덕분에 정영음의 오프닝은 깊은 공감대를 형성할 수 있었다. 장산곶매가 만든 영화 〈파업전야〉(1990)를 소개하고 〈인터내셔널가〉, 〈임을 위한 행진곡〉 등을 선곡하면서 당시로서는 실험을 넘어 모험에 가까운 프로그램 진행을 했다. 민감한 정치적 발언은 삼가고, 연습장 표지에나 쓰일 곱디고운 아포리즘(명언, 잠언, 격언, 경구 등으로 진리를 표현하는 짧은 글)을 오프닝의 미덕이라 여기던 시대에 비춰볼 땐 파격적인 행보였다. 프로그램을 만드는 사람들의 사회적 금기에 대한 도전정신, 용기, 치열한 직업의식이 없었다면 불가능한 일이다. 요컨대 '정영음 신화'는 DJ뿐만 아니라 PD, 작가진, 게스트가 세상과 영화에 대한 애정으로 똘똘 뭉쳐 일궈낸 결실이었다. 그래서 정영음을 들으면 치열하면서도 부드럽고 세심한 상대와 마주하고 있는 것 같다. 그 상대가 조곤조곤 나에게 건네는 말과 음악을 귀담아듣는 시간은 위안과 휴식이 된다. 세상사를 허투루 넘기지는 않기에 가슴속에서 잔잔한 파문이 일어나다가도 부드러움이 있었기에 어느새 그 속이 따뜻하고 편안해진다. 그런 그녀를 팬들은 언제부터인가 '정든님'이라고 부르기 시작했다. 청취자가 보내온 엽서나 편지에서 종종 틀리게 적히기도 하는, 발음하기 힘든 정은임이라는 이름. 그 대신 그녀의 지인이 불러준 별명 '정든님'이 DJ의 영원한 애칭이 된 것이다.

오프닝 이후 선곡은 대부분 오프닝에서 다룬 주제와 관련돼 있다. 노래가 끝나고 나면 DJ가 광고 고지를 하기도 한다. 어떤 경우는 꽤 인상적이다. "4분 40초 후에 만나 뵙겠습니다." 5분에 가까운 광고 시간을 미리 알려주는 것이다. 청취자더러 그 '긴 시간' 동안 잠시 일을 보고 오라는 배려였을까? 센스 만점이다. 쌍방향은 반드시 소통의 현재성, 즉시성, 등가성만을 뜻하지는 않는다. 상대의 마음이나 입장을 읽어내는 센스가 전제되지 않는다면 형식에 불과한 것이 될 뿐이다. 그런 점에서 정영음은 지금의 다른 어떤 매체보다도 쌍방향적이었다. 광고가 집행되는 모든 매체가 같은 목적을 띠고 있겠지만, 각인 효과의 측면에선 역시 라디오가 발군이다. 제아무리 세월이 오래된 징글[*]이며 슬로건, 멘트일지라도 일단 듣자마자 바로 어제 들었던 것처럼 금세 익숙해지는 것이다. 그 시절에는 도서 광고가 유독 많았고 그 영향력도 컸다. 정영음이 막 시작한 1992년 11~12월 한 달만 해도 에세이 『열일곱에서 스물다섯까지(여자 편)』, SF소설 『달은 무자비한 밤의 여왕』, 정지우 기획소설 『순분예술학교』, 김한길의 소설 『여자의 남자』등이 있다. "4년 동안 기다려온 본 조비의 새 앨범 〈Keep The Faith〉, 폴리그램" 같은 음반 신보도 빼놓을 수 없다. 하이틴 로맨스 소설, 여드름약, 비타민제, 700 유료전화(사서함, 운세, 노래방) 광고는 단골이었다. 하나같이 주요 청취자인 10대와 20대를 타깃으로 했다. 집안과 학교와 거리 어느 곳에서도 천덕꾸러기 신세일 수밖에 없었던 그들은 심야 라디오에서만큼은 귀한 손님으로 당당히 대접받았다.

#1. "사춘기는 벅찬 그리움. 립스틱, 하이힐, 매니큐어. 그리고 사랑에 조금씩 눈떠가는 소녀들을 위한 3편의 작은 사랑 이야기, 『오렌지향은 바람을 타고』, 『언니는 신부』, 『사랑을 처음 만날 때』. 도서출판 미래향이 펴냅니다. 남학생은 몰래 보세요."

#2. (드라마 〈맥가이버〉 오프닝이 흐르고) "맥가이버 배한성입니다. 저는 요즘 머리 아플 때 스파맥을 먹습니다. 효과 좋죠. 휴대

---

* jingle: 상업적으로 사용되는 짧은 곡

용 포장이라 간편하죠. 두통 치통 생리통엔 새로 나온 일양약품 스파맥."

#3. "스무 살치곤 너무 평범하다 생각하지 않으세요? 지금 바꿔 보세요. (노래) 이젠 느낄 수 있어요. 에띠앙! 스무 살 감성의 파운데이션 란제리 에띠앙. 사랑의~비너스."

#4. "세계를 침묵시킨 범죄의 공포. 미스터리 거장 토마스 해리스가 그린 화제의 베스트셀러 「양들의 침묵」. 감동을 증폭시킨 또 하나의 소설 「레드 드래곤」. 서점에 있습니다. 도서출판 고려원"

#5. (드라마 〈맥가이버〉 오프닝이 흐르고) 배한성 성우의 나레이션: "새로운 라면을 만든다는 건 쉬운 일이 아니지. 하지만 내가 어렸을 때 할아버지께선 맥을 이어야 한다고 말씀하셨어. 엄선된 원료와 기술, 나만의 영감. 그래 맛으로 해냈어. 이 새로운 라면은 라면 맥이라 불러야지. 라면의 맥은 삼양이 이어야 해. 얼큰한 햄 맛, 라면 맥."

#6. "아, 피로가 몰려오는 이 시간. 뭐 상큼한 거 없을까? 아 레모나! 피로회복, 기미, 주근깨엔 레모나. 음, 정말 상큼한데. 자기 전에 레모나. 경남제약 레모나."

이제 한 편의 영화를 소개하는 〈귀로 보는 영화〉 코너. 요즘 영화 감상의 전형으로 자리잡은 '주요 장면 미리 보기'의 오디오 버전쯤이 되겠다. 이를테면 '주요 장면 미리 듣기'? 우선 영화 삽입곡이 본편 소개 전후로 선곡된다. 곧이어 특정 장면 속의 대사와 현장음이 흘러나온다. 그 사이사이를 정든 님의 코멘터리(commentary: 해설)가 채운다. 30년 전의 것인데도 지금 막 개봉을 앞둔 최신영화 같다. 국내 미개봉작이나 흥행과 별개로 작품성을 지닌 영화를 소개하는 〈지괜비(지나쳐버린 괜찮은 비디오) 100〉 기획 시리즈의 경우 지금 그 영화를 비디오로 찾아보고 싶게 만든다. 그럴 때면 오랜만에 나의 DVD 아카이브를 뒤적거리곤 한다. 수십 수백만 편이 쌓여 있는 OTT에서 손쉽게 찾아볼 수 있는 작품인데도 말이다. 일일이 찾고 꺼내서 돌려보는 불편과 수고로움을 동반한다. 하지만 그렇게라도 손에 잡히는 물성을 통하지 않고서는 왠지 라디오에서 얻은 그 아우라(aura)에 근접할 수 없을 것만 같다. 영화 한 편 한 편을 극진하게 다루는 프로그램의 정성에 대한 최소한의 예의랄까?

정영음 게스트 중에서 그 정성과 열정의 상징이 된 인물은 단연 영화평론가 정성일. 숨이 넘어갈 듯 끊기지 않는 그의 격정적인 멘트는 다시 들어도 압권이다. 방송 초기엔 60분 방송 분량의 절반에 가까운 '30분 장광설'을 어떻게 끊어야 할지 몰라 DJ가 난감해하는 느낌이 역력했다. 하지만 정은임이 자신만의 안목과 공부로 차분히 대응하고 정리해가면서 두 사람은 보기 드문 명콤비가 되었다. 만일 정은임과 정성일, 이 '정콤비'가 함께하는 '관객과의 대화'가 지금의 극장 시대에 재연된다면 어떨까? 생각만 해도 가슴 떨리는 행복한 그림이다. 영화광으로 이름난 신인감독 박찬욱도 정영음의 고정 게스트였다. 그는 1995년 시즌1의 종영 때까지 정기적으로 출연해 선배 거장인 감독 김기영, 알프레드 히치콕과 그들의 작품세계 등을 해박한 지식으로 들려주었다. 영화 〈장밋빛 인생〉(1994)의 김홍준 감독은 필명 '구회영'으로 쓴 『영화에 관해 알고 싶은 두세 가지 것들』이라는 전설의 영화책으로 두고두고 회자되었다. 정영음에 열광하던 대다수는 영화잡지 「키노」, 「로드쇼」, 「스크린」 등의 열혈 구독자였다. 그중 소수는 읽기에 만만찮은 「카이에 뒤 시네마」나 「사이트 앤 사운드」 원본을 헌책방에서 구해 들고 뻐겼다. PC 통신 '영퀴방'(영어퀴즈방) 고수가 되기 위해 잡지를 읽고 라디오를 들으며 영화에 관한 철사장을 부단히 연마했다. 영화를 즐기면서도 치열하게 듣고 읽고 배우던 시절이었다. 너도나도 시네마키즈, 영화마니아였다. 그렇다면 소위 '문화민주주의'가 만개하던 행복한 시절이었을까? 아니다. 거꾸로 말하면, 라디오와 잡지, 평론과 마니아의 지적 권위에 철저히 의존해야만 했던 정보 결핍의 시대이기도 했다.

정영음은 근자의 영화 소개 프로그램과는 결이 달랐다.

요즘은 주로 개봉영화 중심으로 프로그램이 구성된다. 또 출연배우들이 홍보랍시고 특별출연해 예능식 재담을 나눈다. 때문에 영화 역시 단발성 이벤트로 소비되곤 한다. 영화보다 '셀럽'과 '굿즈'만 남는다. 반면 정영음은 정보의 다양성과 깊이, 메시지의 감수성, 영화를 다루는 태도가 돋보였다. 무엇보다 결국 영화가 고스란히 남았다. "라디오에서 영화는 연예와 이음동의어 취급을 받았던"(정성일) 시절에 연예 이야기를 빼고 글자 그대로 영화 이야기를 본격적으로 다루었기 때문이다. 영화란 볼거리(spectacle)인 동시에 읽을거리(text)이자 생각거리(context)임을, 무비(movie)인 동시에 필름(film)이고 시네마(cinema)임을 새삼 일깨워주었다. 그렇게 지나간 영화들, 숨겨진 영화들, 아직 소개되지 않은 영화들, 소개되지 못할 운명의 영화들이 심야의 전파를 탔다. 정영음은 세상과 단절된 극장과 TV 속 시네마 천국으로 가는 계단만은 아니었다. 영화를 통해서 라디오 밖 세상으로 연결되는 것을 잊지 않았다. 그래서 시대의 음울한 공기도 허투루 넘기지 않았다. 물리적으로 다시보기(VOD)라는 게 불가능했고 개인이 다룰 수 있는 영상 기록 매체는 비디오(VHS)밖에 없던 시절. 정영음은 이 땅의 영화팬들에게 활력과 동시에 각성을 주는 자양강장제 노릇을 톡톡히 했다. '영화란 산업이기 이전에 문화야. 소비이기 이전에 향유야. 유통이기 전에 소통이야.' 그렇게 일깨워주듯. 한 편의 영화프로그램이 미칠 수 있는 문화적 영향력의 최대치였다.

> "자택 몇 평에 얼마, 자식 소유 아파트 얼마, 시골에 있는 임야 얼마, 골프 회원권 얼마, 자동차, 현금, 증권, 저축 얼마, 도합 얼마. (사이) 안녕하세요. FM 영화음악의 정은임입니다. 요즘 공직자들이 공개하는 재산 명세를 보다 문득 나는 얼마를 갖고 있나, 이런 것들 챙겨 보고픈 마음이 들었어요. 여러분도 자신의 것들 한번 챙겨보세요. 오늘 여러분께 저 정은임의 재산을 공개하겠습니다. 아, 사실, 아직 나이가 어려서, 재산이라고 할 것도 없어요. 제 방 벽면을 다 차지하고 있는 책들, 영화음악을 비롯한 CD와 LD 한 백오십여 장, 고등학교 졸업 선물로 어머니가 해주신 금반지, 그리고 자동차는 아직 없구요. 월급은 차비, 식비, 책 사고, 또 공부하는 친구들 물주 서는 일, 이런 데 다 나가구요. 글쎄요. 근데, 사실 제가 생각하는 재산은요. 이것보다는 어, 국민학교 때부터 써온 일기장 모아 놓은 것, 또 친구들이 보내온 편지들, 그리고 언니 어머니가 제게 남겨준 쪽지, 뭐 이런 메시지들. 이렇게 돈으로 계산할 수 없는 것들입니다. 또 하나 있어요. FM 영화음악을 사랑하는, 여러분들의 따뜻한 마음. 그것을 저는 갖고 있습니다. 그래서, 저는, 엄청난 부자입니다."
>
> —1993년 3월 20일, 〈정은임의 FM 영화음악〉 오프닝

1993년 당시 정든님의 나이는 우리 나이로 스물여섯. 그녀가 공개한 '재산' 목록은 또래답게 소박하다. 돈의 쓰임새 역시 현실적이다. 그런데 듣고 나서 여운이 오래 남았다. 요

즘 이런 멘트를 라디오에서 DJ가 한다면 어떨까? 아니 할 수는 있을까? 아마도 세상 물정 모르는 철부지의 몽상 내지 위선이라고 손가락질 받기 십상일 것이다. 연예인, 지식인, 정치인 등 유명인 누구 하나 가릴 것 없이 물질적 욕망을 충실히 드러낸다. 그것이 솔직함의 미덕으로 인정받는 시절이다. '마음이 부자라야 진짜 부자'라는 꿈같은 소리는 애저녁에 사라졌다. IMF 이후 신자유주의가 창궐하면서 각자도생의 일환으로 '모두 부자 되세요'를 외칠 때부터. 그렇다. 시대가 젊은이들에게 앗아간 것은 공정과 경쟁의 기회만은 아니었다. 돈으로 계산할 수 없는 것들, 바로 마음이었다. 원래는 누구나 지니고 있었고 계속 지닐 수 있었던 것들이었다. 연민, 친절, 사랑, 우정……. 그사이 라디오를 듣던 소년이 청년이 되고 중년이 되었다. 세속에 대한 계산도 그만큼 몸에 익었다. 지금의 나에게 그 '마음'은 얼마나 남아 있을까? 어쩌면 예전보다 마음은 더 가난해져 있는 건 아닐까? 옛날보다 훨씬 더 배부르고 등 따신 내가 젊고 가난한 나를 떠올리며 옛날 라디오를 듣는다.

"단 한 사람의 가슴도 제대로 지피지 못했으면서 무성한 연기만 내고 있는 내 마음의 군불이여 꺼지려면 아직 멀었느냐? 안녕하세요? 〈FM 영화음악〉의 정은임입니다. 나희덕 시인의 '서시'로 FM 영화음악 문을 열었는데요. 서시. 우리 말로, '여는 시'입니다. 그러니까 앞으로 계속해서 시를 쓸 사람이 영원한 시작의 의미로 쓴 글이죠. 항상 아이러니해요. 이 끝방송을 하게 되면, 그래, 끝은 시작과 맞닿아 있다, 하는 의미에서 이런 시를 골랐어요. 꼭 그 마음입니다. 단 한 사람의 가슴도 따뜻하게 지펴주지 못하고 그냥 연기만 피우지 않았나… 자, FM 영화음악을 듣고 있는 모든 분들을 위해서 오늘 첫 곡 들려드리겠습니다."

—2004년 4월 26일자, 〈정은임의 FM 영화음악〉 오프닝

이날 두 번째 노래 선곡은 제목부터 아이로니컬했다. 레니 크레비츠의 〈It ain't over 'til it's over(끝날 때까지 끝난 게 아니야)〉(1991). 하필 마지막 방송 무렵의 그녀는 감기에 걸려 있었다. 목소리에는 물기가 가득했다. 때문에 일부 청취자들은 그날 그녀가 울었다는 것으로 기억하고 있다. "도대체 왜 제가 이 영화음악이라는 프로그램의 문을 닫게 되는지, 숨통을 끊고 가는 것 같아 너무너무 죄송하다." 청취자에 대한 사과의 형식을 빌렸지만, 실은 MBC에 대한 당당한 항의였다. 애초부터 예정된 슬픈 운명이기는 했다. 2003년 10월, 8년 만에 부활한 정영음의 방송시간은 당황스러웠다. '27시'라는 자조 섞인 명칭을 프로그램 코너에 썼듯 새벽 3시. 밤의 구중궁궐 같은 심야 시간대에 편성됐으니 청취율 경쟁에서 자유롭기는 했다. 한편으론 방송국의 명운에 영향을 주진 못하니 언제든지 정리될 수 있는 불안한 처지임을 입증하는 셈이었다. 종영

되기 1개월 전, 그 운명을 미처 예측하지 못했던 그녀는 과거를 돌아보며 달라진 자신을 솔직하게 얘기했다.

"10년 전 정영음을 평가한다면, 내가 좋아하는 일이었기 때문에 굉장히 열심히 하긴 했다. 그때 매일의 방송을 기록했는데, 오프닝은 뭘 했고, 어떤 노래를 틀었는지부터 미처 소개하지 못한 청취자들 이름도 나중에 언젠가는 언급하려고 적어 놨다. 근데 그때 멘트들은 이제 와서 보면 좀 우스울 때가 있다. 그때만 해도 지식이 독점되던 시기라서 별거 아닌 것도 굉장히 포장해서 얘기하거나, 민족주의나 유치한 애국주의적인 멘트도 많았고. 당시에는 대상을 바라보는 시각 자체가 참 감성적이었던 것 같다. 지금은 훨씬 이성적이 됐다."

─〈씨네21〉, 2004년 3월 24일, '피플 인터뷰' 중

그렇게 그녀가 애정을 지니고 있던 프로그램이었다. 하지만 다짐도 무색하게 정영음은 봄을 넘기지 못했다. 결국 2004년 4월 26일, 부활한 지 6개월여 만에 완전히 막을 내렸다. 그녀는 그 마지막 방송 내내 당혹감과 서글픔과 실망감을 굳이 감추지 않았다. 그리고 그해 8월 4일. '우리들의 정든님' 아나운서 정은임은 불의의 교통사고로 영영 우리 곁을 떠났다. 모두의 가슴을 따뜻하게 지폈다가, 채 식지 않은 온기를 남긴 채. 세는나이로 향년 36세. 고인의 아버지는 고인이 생전에 진행했던 정영음의 모든 방송을 일일이 녹음해 두었다. 그 자

료는 나중에 추모사업의 일환으로 인터넷에 공개되었다. 바로 지금 이 순간, 언제라도, 들을 수 있는 830여 개의 디지털 음원이다. 나를 포함한 정영음 팬들에겐 값으로 따질 수 없을 만큼 소중한 추억의 매개가 되었음은 물론이다. 두고두고 감사할 일이다.

나의 몸은 물리적 시간에 떠밀려 지금 이 순간도 앞으로만 흘러가고 있다. 정영음과 함께 멀리 떠나가버린 시간은 지난날이 되었다. 하지만 방송일자라는 정확한 기록이 여전히 남아 있다. 덕분에 '지난날'로 뭉뚱그려진 시절은 정영음을 듣던 '그때 그 순간'이라는 각각의 개별성을 지닌 구체적 시점(時點)으로 바뀔 수 있다. 나의 마음만큼은 시간을 거슬러 한달음에 그 시점에 닿을 수 있다. 물론 미래라는 고무줄에 묶인 내 몸은 이내 현실로 튕겨 나올 것이다. 거대하고 복잡해 보이며 한치도 예측할 수 없고 예외적인 상황으로 가득한 세상이 나를 보채고 있으니 말이다. 그 안에는 강요된 규칙성이 보인다. 마음을 지우고 논리를 택할 것. 시간을 돈으로 환산할 것. 숫자에 철저해질 것. 뒤돌아보지 말 것. 앞만 보고 갈 것.

그 와중에 나를 지키는 방법은 무엇일까? 당연히 나로부터 시작할 수밖에 없다. 우선 시간이 단일하지 않다는 것을 상상하는 일부터다. 그러니까 다양한 시간을 생각하고 그 시간의 국면을 최대한 느긋하게 즐기기. 그리고 나서 시간이라는 말에 대뜸 계획부터 떠올리는 습관을 탈피하는 것이다. 그러니까 내게 주어진 시간이란 미래만이 아님을 깨닫는 것이다. 그렇다면 추억하기는 부질없는 퇴행적 회고가 아니라 일종의 회복탄력성(resilience)이 될 수 있다. 지금보다는 친절하고 따뜻하며 무한한 가능성을 지니고 있었던 젊은 시간으로 향하는. 거기엔 '되찾고 싶은 나' 이전에 '잃고 싶지 않은 나'가 있다. 그런 나를 만날 수 있다면, 추억을 통해서 나는 조금은 더 착해질 수 있다. 그만큼의 위로를 받고 오늘을 사는 용기도 얻을 수 있다. 그래서 나는 오늘밤도 추억하러 간다. 정영음을 듣는다. 정든님을 만나러 간다.

"이거 꼭 사랑에 빠진 것 같다 이런 생각이 들었습니다. 보이지 않는 사람과."

—1995년 4월 1일자, 〈정은임의 FM 영화음악〉 클로징

31

이번 생은 처음이니까

표정 없는 얼굴로 숲속을 걷는 60대 후반의 여자. 화면은 천천히 그녀의 뒤를 따른다. 여느 날과 같은 소풍일까? 그녀는 적당한 자리를 찾은 듯 풀밭 위에 숄을 깐다. 가지고 온 휴대용 SONY 라디오를 튼다. 게오르그 필리프 텔레만(1681~1767)의 〈트럼펫 협주곡 D장조〉가 흐른다. 천으로 싼 것을 펼친다. 리볼버(revolver), 회전식 연발 권총이다. 천천히 하늘을 올려다본다. 잎이 얼마 안 남은 나뭇가지가 보인다. 바람에 그 가지가 조용히 흔들린다. 이제 우리는 이 상황을 알 수 있다. 여자는 스스로 생을 마감하려는 중이다. 결심한 듯 눈을 감고 심호흡을 하며 리볼버를 장전하는 소리. '찰칵.'

　(플래시백) "25년 전"

집안 라디오에서도 앞선 텔레만의 곡이 흐른다. 남자가 카드 한 장을 여자에게 수줍게 내민다. '사랑하는 아내에게'라고 적혀 있다. 먼저 말을 건넨다. "해피 발렌타인, 올리브!" 설거지를 하고 있던 여자는 무심한 표정으로 답한다. "당신도." 발렌타인 카드를 받는다. 그러더니 시끄럽다는 듯 라디오를 꺼버린다. 어색하면서도 익숙한 침묵이 집안에 흐른다. 올리브라는 이름의 여자는 숲속에서 자살을 시도하던 바로 그 여자다. 그때보다 훨씬 젊은, 그러니까 25년 전의 모습이다. 그렇다면 이날 이후 25년이 흐르는 동안 그녀에겐 대체 무슨 일이 일어났던 것일까? HBO의 4부작 드라마 〈올리브 키터리지(Olive Kitteridge)〉(2014)는 그렇게 과거로부터 시작한다. 총 4개의 에피소드 안에서 70년대와 80년대, 중년과 노년 사이 25년을 오간다.

미국 메인 주의 바닷가 작은 마을 크로스비가 드라마의 배경이다. 주인공은 한때 수학교사였던 올리브 키터리지(프랜시스 맥도먼드 분). 친절의 기미라고는 약에 쓰려도 없을 만큼 강퍅한 인상의 소유자다. 철두철미한 원칙주의자로 이웃에겐 남녀노소 구분 없이 매사 똑부러지다 못해 쌀쌀맞기 그지없다. 남편, 자식, 며느리, 손주에게도 예외는 아니다. 상대의 호의에도 고맙다는 말을 먼저 하는 법이 없다. 그러는 통에 누구 하나 그녀에게 먼저 다가서려 하지 않는다. 당연히 그녀의 속을 더 깊이 들여다보길 꺼린다. 올리브가 사람들에게 마음을 닫은 이유에 대해 시청자인 우리가 알 수 있는 단서는 많지 않다. 아버지의 자살로 인해 그녀가 성장기에 겪었을 트라우마? 겉으로는 단정하고 평범해 보이는 이 소도시의 크고 작은 위선과 거짓에 대한 반감이나 냉소? 중년을 지나 노년으로 향하면서 사라져가는 여성성 상실에 대한 방어적 기제? 그로 인한 실존적 방황? 물론 올리브에게도 가끔은 희미한 기쁨이 불쑥 치밀고 들어온다. 하지만 그것도 잠시, 그녀는 겨우 내려앉은 입가의 미소를 서둘러 내쫓아버린다. 이내 주변마저 우울의 공기로 가득 채운다. 환대보다 냉대가 차라리 더 익숙한 삶. 그러니 이웃과 가족 간의 만남에선 언제나 다툼과 불쾌한 헤어짐이 반복된다.

그녀의 남편 헨리 키터리지(리처드 젠킨스 분)는 정반대다. 우선 그는 아내 올리브에게 다정하다. 서투르지만 앞서 발렌타인데이 때 그랬던 것처럼 카드나 꽃다발로 사랑을 표현한다. 마을 약국 약사인 그는 온 동네 '홍반장'이고 '오지랖퍼'다. 종업원인 젊은 과부 데니스에게는 연민과 연정이 섞인 친절을 베푼다. 약국을 찾는 손님들, 동네의 모든 사람들, 길가의 새끼 고양이에게도 한없이 자애롭다. 그 성정만 보자면 성자의 그것에 가까울 정도다. 올리브에게는 그런 헨리가 못마땅하다. 관계의 무대 위에서 가면을 쓰고 행하는 연기라고 여겨서다. 남편의 오지랖 같은 친절이 계속될수록 그녀의 삶은 더욱 외롭다. 올리브의 강퍅함은 대조적으로 더욱 도드라지기 때문이다. 아들도, 며느리도, 이웃들도 그녀보다는 남편을 칭찬하고 더 따른다.

하지만 겉보기와는 달리 올리브의 속내는 누구보다도 약하고 섬세했다. 사실 인간의 정신적 병증이 빚어내는 후과는 언제나 그녀의 인생 난제였다. 우울증에서 비롯됐을 아버지의 자살. 그 우울증이 가족력처럼 혹시라도 자신에게도 따라붙어 있을까 염려하고 스스로를 경계했던 것이다. 덕분에 누구보다 예민하고 영민하게 자신을 방어하면서도 타인의 의중과 상황을 간파할 수 있게 되었다. 자신의 도움이 필요한 곳에서는 따뜻한 말 한마디보다 냉철한 판단과 행동이 앞섰다. 그로 인해 올리브는 자살을 시도하던 동네 젊은이의 목숨을 구하기도 했다. 말만 앞세우는 뭉툭한 친절과 연민보다는 뾰족한 침묵과 단순한 행동이 얻어낸 결과였다.

그런 올리브에게도 사랑하는 남자가 있었다. 아들 크리스토퍼의 학교 교사이자 동료인 짐 오케이시(피터 뮬란 분). 짐은 친절하지도 따뜻하지도 않았다. 게다가 그는 술에 찌들어 사는 알코올 중독자였다. 그런데 이 남자, 시(詩)를 닮았다. 시인 랭보가 더 오래 살았더라면 이런 모습일까? 짐이 올리브의 마음을 어떻게 사로잡았는지 구체적으로 알 수는 없다. 다만 그가 투박할지언정, 그녀 마음의 스트라이크존을 향해 제대로 돌직구를 던졌음은 분명하다. 그랬던 그가 의문의 사고로 황망하게 세상을 떠나버렸다. 어쩌면 짐은 완만한 자살을 실행하고 있었을지도 모르겠다. 통음으로 생의 고통을 잊고 자신의 몸을 학대하며 세상과의 불화 속에서 천천히 죽어간 술꾼 문학쟁이들처럼 말이다. 문학에는 유능했으나 삶에는 무능했던 나약한 인간들. 사회제도와 통념상 인정받을 수 없는 관계였기에 애도는 차마 밖으로 드러낼 수 없었고 슬픔은 그저 안으로 곪아 들어만 갔다. 혼자만의 사랑, 혼자만의 추억, 혼자만의 상실감.

자, 그녀는 이제 누구에게 이해받고 사랑받을 수 있을까? 붙들고픈 의미를 잃어버린 삶은 죽음에 가까울 만큼의 권태와 고통의 연속이다. 그녀가 겪고 있는 순간순간이 그랬다. '자신보다 더 괴로운 사람은 없다.' 그렇게 믿었기에 그녀는 자신의 고통을 부러 말하지도 않는다. 그만큼 이해받을 수 없다고 여겨서다. 타인에게 최소한의 친절을 내어줄 여력도 없다. 그녀가 지닌 예민한 관찰력, 더 멀리 내다본 속 깊은 배려, 냉철한 판단력은 번번이 타인과 주파수를 맞추지 못할 뿐이다. 그런 뜻은 아닌데도 그녀의 말과 행동은 타인에게 상처와 불쾌감을 주기 일쑤다. 비단 그녀만 그럴까? '알고 보면 오해였다'고 풀어보려 하기도 전에 타인은 우리를 기다려주지 않는다. 그들은 생각보다 훨씬 더 빨리 마음을 닫고 더 멀리 물러서 있곤 한다. 때문에 평화를 유지하기 위해서는 오해를 야기할 만한 불필요한 마찰을 되도록 피해야 한다. 그러려면 적어도 호감을 줄 만한 몇 개의 가면이 필요하다. 그 가면이 타인을 기만하거나 우롱하는 게 아닌 이유는 단순하다. 상호 호감을 바탕으로 소통도, 관계도 어떻게든 시작되기 때문이다. 인간사에는 역설이 있다. 가면을 쓰지 않으면 서로를 제대로 알아보려는 노력조차 않는다는 것. 그것은 우리가 서로의, 사실은 자신의 맨얼굴을 너무도 두려워하기 때문이리라. 안타깝게도, 올리브에게는 그런 가면이 없었다. 아니, 쓰지 않으려 했다. 야속하고 억울한 일이긴 하다. 그녀가 타인에게 겉으로는 호감을 주지 못한다고 하여 그 속에 깃든 호의마저 없는 것은 결코 아닐 테니까.

때문에 그녀는 애초부터 호의를 낯간지러워한다. 그럴 기미라도 보일 성싶으면 먼저 툭 쏘고 비켜선다. 상대가 제공하는 반대급부인 최소한의 환대도 기대하지 않는다. 고집을 넘어 신념인 것처럼 보인다. 설사 본인은 타인에게 무뚝뚝하나마 실질적인 도움을 건넬지언정, 올리브 자신이 먼저 타인에게 도움을 청하는 일은 결코 만들지 않겠다는 마음으로 살아가려는 것이다. 그것이 세상과 환대를 주고받는 법에 서툰 그녀의 방어기제임은 어렵지 않게 알 수 있다. 누구보다 자신의 품위와 자존을 지키려 했던 사람이라서 그렇다. 아들의 결혼식을 위해 자신이 손수 만든 드레스를 비웃으며 '시월드' 뒷담화를 한 첫 번째 예비 며느리에 대한 소심한 복수도 좋은 예다. 그것은 이 시골마을에서 자신이 꿋꿋하게 지켜온 삶이, 그 나름의 헌신과 최선이, 존중받지 못하고 모욕당한 데 대한 분노이자 항의였다. 재혼한 아들의 두 번째 신혼살림집이 있는 뉴욕에서 결국 아들 내외와 싸우고 쫓겨나다시피 돌아오는 여행길도 그렇다. 공항 검색대에서 구멍 난 스타킹을 보여주지 않으려 신발을 벗지 않겠다고 고집했던 것은 그녀가 몰상식해서만은 아니었다. 올리브는 노추(老醜)로부터 자신을 지키고 싶어했다.

드라마에서 가장 큰 사건은 결국 시간의 흐름이다. 시간은 극중 가장 강력하고 유일한 안타고니스트(antagonist)다. 드라마 밖 실제 우리네 삶 또한 그러하듯 말이다. 시간이 벌여놓은 짓들을 보라. 누군가에게 해를 끼치지 않고 친절을 베풀던 평범하고 소심하고 선량하고 다정한 가족이자 이웃을 어느 순간에 데려가버리곤 한다. 헨리도 그랬다. 그는 하루아침에 뇌졸중을 앓고 생사의 경계에 놓이게 된다. 관대하고 따뜻한 시선은 초점을 잃었다. 기쁨과 상처를 함께 들던 귀도 닫혔다. 서로를 보듬고 할퀴던 한때의 말은 이제는 그 쓰임새를 잊어버렸다. 결국 시간이라는 안타고니스트가 인간에게 가하는 가장 큰 죄악은 육체의 손상, 정신의 망실(忘失)이다. 시간은 그저 제 할일을 하는 것일 테지만. 시간에 맞서는 노년 캐릭터가 주인공인 이상 결국 해피엔딩은 없는 것일까? 드라마의 매 장면에는 "○○년 후" 또는 "○○개월 후"라는 자막이 나온다. 그럴 때마다 시간이 저질러 놓은 크고 작은 비극이 이번에는 또 어떻게 실현될까 싶어 다음 장면이 나오기 전 1~2초 사이 긴장이 감돈다. 그리고, 역시, 예감은 틀리지 않는다. 헨리가 입원해 있는 요양원. 그곳에서 올리브가 그와 함께한 4년간의 간병 생활도 어느새 끝났다. 이제 그녀는 혼자가 되었다.

이전보다 더욱 휑덩해진 집에서 올리브가 보내는 일상은 노년기의 전형이다. 실은 나 자신의 미리 온 미래 같다. 내 가족을, 내가 아는 누군가를, 어느덧 나의 늙은 한때를 상상하게 만들기 때문이다. 사랑하는 존재들을 떠나보낸 빈 자리에 서 있을 내 모습. 혹은 내가 떠난 뒤의 빈 자리를 지켜볼 그들의 모습. 내 생에 후손이라는 존재는 없고, 동년배인 지인들마저 떠나고 나면, 그렇게 더 많은 시간이 흐르고 나면, 그땐 누가 나를 기억해줄까? 나를 기억할 존재가 없다면 나는 깨끗이 잊히는 것이다. 한편으론 그게 유일한 위로가 된다. 그 미래가 차라리 낙관적일 것 같기도 하다. 적어도 나의 노추(老醜)가 진행 중인 시간을 목도할 '나의 사람들'이 그만큼 없다는 것일 테니까. 물론 그때의 나는 영원히 기억되고 싶은 마음과 결국엔 잊히고 싶은 마음 사이에서 내내 갈등하게 될지도 모른다. 노년의 삶은 그런 딜레마를 품고 있다.

"당황스러워요. 이 세상." 그 사이에서 올리브가 처음이자 마지막으로 자신의 흔들림을 표현한다. 이 당황스러운 세상은 바로 여기다. 정확히는 우리가 생을 사는 공간이자 수많은 생들의 얽힘 자체다. 생, 生, Life, Vie, Vida……그 자체로 이미 살아 있다는 뜻. 그러므로 생을 산다(live a life)는 일종의 동어반복이기도 하다. 하지만 단지 숨이 붙어 있고 신진대사를 하는 상태를 일컬어 '삶을 산다'라고 말할 수는 없다. 아니다. 개똥밭에 굴러도 저승보다 이승이 낫다고들 한다. 문학평론가 김현은 자살을 비판하며 '어떻게든 살아서 별별 꼴을 다 봐야 한다'고도 했다. 세상이 가르쳐온 생명 윤리는 그렇게 단순했다. 무조건 살려내야 하고 어떻게든 살아야 하고 끝내 살아내야 한다는 것.

그러나 현실은 녹록치 않다. 때로는 살아 있음 자체가 고통의 연속인 경우가 있다. 죽는 것보다 못한 삶도 많다. 그래서 생은 단순히 '산다(live a life)'뿐만 아니라 그 무거운 짐을 꾸리고 이끌고 가듯 '영위하다(lead a life)'라고 표현하는 것 아니겠는가? 생명이 있는 한 삶의 결정권은 스스로에게 주어진다. 존재에게 부여된 최초이자 최후의 책임이다. 자신을 보호하고 행복을 추구하려는 생의 의지인 코나투스(conatus)가 중요한 이유다. 오랜 병치레로 자리보전하고 아픈 몸으로 고통받아도 영혼을 다해 그 생을 끝까지 견뎌내는 사람이 있다. 반면 멀쩡한 육신을 지니고도 시간의 수챗구멍에 자신을 무심코 흘려보내는 이도 있다. '살아야겠다'와 '살아지는 것'의 차이랄까? 과연 누가 생을 영위하는 것(lead a life)에 더 가까운 걸까? 코나투스를 지니고 애써 여기까지 온 사람, 그러니 그 생조차 스스로의 결단으로 존엄하게 끝낼 권리도 갖는 것 아니겠는가?

그랬다. 이제 그녀에게 남은 건 최후의 책임, 실존의 마지막 권리. 아니, 어쩌면 생의 마지막 계획이랄까? 늙은 반려견 클랜시마저 떠나면 자살할 거라던 그녀의 다짐도 그렇게 현실이 되었다. 완벽하게 혼자가 된 그녀가 마지막 선택을 실행할 장소가 바로 드라마 도입부의 탈레만이 흐르던 어느 숲속. 하지만 하필 그곳이 동네 꼬마들의 아지트라니? 그러자 자신의 비참한 최후를 보여주어 아이들에게 평생 가는 상처를 남길 수는 없겠다고 생각하고 자살을 포기한다. 그녀는 그토록 세상에 친절한 사람이었으니! 자살을 시도하는 난데없는 장면으로 시작한 드라마는 끝을 향해 가면서 이렇게 다시 현재로 돌아왔다. 그리고 우연처럼 두 사람이 만났다. 생의 동반자인 남편 헨리를 임종조차 못한 채 떠나보냈고 하나뿐인 아들과는 의절한 여자 올리브. 역시 아내와 사별했고 다른 여성과 함께하는 성소수자의 삶을 택한 딸을 이해할 수 없었기에 2년간 소통조차 없던 남자 잭 케니슨(빌 머레이 분). '아침에 눈을 떠 살아야 할 이유를 한 가지라도 떠올릴 수 있을까?' 그럴 수만 있다면 오늘 하루를 기꺼이 살아가겠노라던, 방황하는 노년의 두 사람이 여기 함께 있다. 세상이 기대하듯, 노년은 폭풍우를 헤치고 안정권에 접어든 항해의 끝자락만은 아닐 것이다. 폭풍 속의 고요에 잠시 머무는 순간일 수도 있다. 벗어나면 언제든지 거센 세파에 휩쓸릴지도 모른다. 그렇다면 또 다른 생의 사춘기가 되는 것은 아닐까? 그들 역시 이번 생은 온통 처음 겪는 것투성이기 때문이다. 그러니 혼란스럽고, 당황스럽고, 방황하는 것이다. 요람에서 무덤까지, 생은 한 편의 질풍노도 서사극이다. 다만 누구도 자신의 모습을 예측할 수도 없었거니와 그동안의 산전수전으로 무뎌져왔기에, 젊을 때보다는 잘 견뎌낼 수 있을 거라고 막연히 여기는 것일 뿐이다. 세상도 노년에게 느림과 관대함과 달관과 체념과 인내 따위의 미덕만을 요구할 뿐, 방황하는 그들에게 누구도 먼저 선뜻 손을 내밀지는 않는다. 노년의 오늘이 온통 그들의 책임이자 업보인 것처럼 손가락질하고 방관한다. 그들에겐 흘러가는 시간이라는 것은 앞으로 남은 세계의 지속적인 축소다. 바꿔 말하면 남은 것은 그들이 살아 숨쉬는 지금 이 순간밖에 없다. 얼마일지 짐작하기 힘든 '주어진 시간'은 해석할 여지없이 그들 자신이다. 이제는 오로지 그들 스스로만이 자신에게 희망인 이유다.

그런 올리브와 잭이 지금 생을 살아야 하는 이유는? 바로 스스로가 희망이어야 할 그런 두 사람이 서로 만난 '사건' 때문이다. 아니 에르노가 인용한 앙드레 브르통의 말. "일단 사랑하라. 그것이 가장 시급히 할 일이다. 왜 사랑하는지 아는 것은 그 다음의 일이다." 죽음이 내일(來日)이라는 말과 같아진 두 사람이 오늘 아침도 무사한지 서로 안부를 묻고 서로 쓰다듬는 상태랄까? 예상되는 통속적인 관계라고? 그렇다. 그것은 "변화다. 스스로 변화하기. 얼마나 통속적인 의지인가? 그러나 통속의 힘에서 출발하지 않는 자기구원이란 없다."(기형도, 『짧은 여행의 기록』, 도서출판 살림)

'안정감(Security)'. 드라마의 마지막 에피소드 제목이다. 이 제목이 역설적이면서도 타당한 이유는, 두 사람의 마음속 일렁임이 포착되기 때문이다. 간밤에 신열을 앓고 난 뒤 맞이한 아침해를 여느 때와 달리 새롭게 느끼게 된 것처럼 말이다. 그때의 달라진 '나 자신'은 작지만 새로운 경이가 된다. 비록 창밖의 세상은 한 치도 달라진 게 없을 테지만. 그리하여 앞서 올리브가 던진 대사의 나머지를 바꿔서 이어가자면, 이것은 드라마의 스포일러가 될까?

"당황스러운 이 세상……이해할 수 없어요. 그래도 아직
은 떠나고 싶지 않네요."

5장

내 몸은 그렇게 계절을 지나왔다

시절/추억/세상

32

가급적 많이

우리 가족은 단출하게 셋이다. 나와 아내, 그리고 콩순이. 콩
순이는 이 글을 쓰는 올해(2023년) 일곱 살로 추정되는 반려
견이다. 일명 '말티푸'라고, 말티즈와 푸들의 특성이 반반 섞
여 있다. 콩순이라는 이름은 인기 애니메이션 캐릭터의 그것
을 가져왔다. 그 '콩순이'처럼 까맣고 커다란 두 눈과 코가 영
락없이 검은 콩 세 개가 있는 생김새라서다. 첫눈에 반한 아
내가 그렇게 이름 지었다. 원래 콩순이는 유기견이었다. 앞서
나이를 추정된다고 했던 이유다. 2018년 11월 A시 XX동에서
발견된 2살 추정의 말티즈. 그게 그 아이가 살아온 이력의 전
부였다. 보호소이기도 했던 병원에서 붙여준 "빨간옷 말티"
라는 별칭도 함께. 콩순이는 사람의 손길을 늘 기다리고 갈구

한다. 산책을 하다 마주치는 낯선 이들에게도 기꺼이 환대의 시그널을 표시한다. 어떤 환경의 변화든 이내 익숙하게 받아들인다. 그 친화력과 의연함은 한때 누군가에게 버림받은 존재가 지닐 수밖에 없는 생존전술은 아니었을까 싶어 짠할 때가 많다.

우리는 매일 이별을 하고 매일 다시 만난다. 두 인간이 맞벌이 출근을 하는 아침이면 콩순이의 커다란 눈망울엔 무심을 가장한 관심과 체념이 동시에 어린다. 잔뜩 웅크리고 있어서 시무룩해 보이지만 시선은 끊임없이 인간들의 동선을 따라다닌다. 실은 '그때'를 기다리고 있는 것이다. 집을 나서기 전 챙겨주는 간식 타임. '어차피 나갈 거면, 차라리 빨리 주고 떠나라니까.' 보채는 모양새도 얼핏 내비치면서 간식을 들고 깡총깡총 제자리로 돌아간다. 인간이 나가든 말든 한동안 먹는 것에 집중한다. "콩순아, 금방 다녀올게!" 손을 여러 번 흔들어 인사하며 현관을 나선다. 그렇게 인간과 개 모두 매일매일 마주하는 이별의 순간은 '루틴(routine)'이 된다. 그 루틴에 의미를 부여해 만들어낸 '리추얼(ritual)'은 이별의 안타까움을 잠시나마 달래준다.

'딩크족' 부부가 그렇듯, 평일 일과 중에 집은 늘 비워진 상태다. 우리의 반려견은 하루 일고여덟 시간을 혼자 집에서 보내야 한다. 집에 오더라도 업무, 가사, 여가 등으로 인해 온전히 아이에게 집중하기란 쉽지 않다. 때문에 먼저 무지개 다리를 건너간 아이들에게 늘 미안함과 죄책감을 지니고 있었다. 그래서 콩순이를 데려온 뒤로는 며칠만이라도 콩순이에게 온전히 집중할 수 있는 시간을 갖자고 약속했다. 평소 산책이나 동네 장보기 같은 단거리 외에는 장거리 외출을 좀체 나가지 않던 우리가 정기적으로 연간 가족여행을 하게 된 연유다. 여행지는 언제나 제주도. 가장 인기 있다는 동쪽해안의 정반대편에 있는 서쪽의 고즈넉한 시골 숙소에 머문다. 반려인 사이에선 제법 알려진 이 숙소를 잡기 위한 경쟁은 치열하다. 연간 단위로 예약이 대부분 미리 찬다. 때문에 최소 반 년 전에 서두른다. 대개는 명절 연휴를 택한다. 그렇게 1년에 2번씩 항공, 숙박 예약까지 마치고 나면, 그제서야 한 해의 시간표가 그려진다. 마치 365일의 회전목마가 두 개의 축에 의해 움직이는 것처럼. 이 리추얼은 콩순이가 우리집에 온 이듬해부터 지금까지 빠짐없이 계속되고 있다. 가족으로서의 즐거운 의무감이 우선이다. 이전의 후회를 되풀이하지 않겠노라는 다짐도, 좋은 것을 더 많이 주고 싶고 더 많이 함께 경험하고 싶은 마음도 함께. 하네스(harness)와 리드(lead)줄 없이 숙소의 넓고 안전한 잔디밭에서 청량한 바람과 따사로운 햇빛을 쬐면서 콩순이가 마음껏 뛰노는 것만으로도 이 바다 건너의 긴 외출은 그 값어치를 다한다.

콩순이는 비행기를 잘 탄다. 1년에 왕복비행 도합 4번, 함께 여행한 지도 5년이 지났으니 적어도 20번 이상의 '비행 경력'을 가진 셈이다. 여느 강아지로서는 쉽게 갖지 못한 경험일 것이다. 수속을 포함해 도착지 공항까지는 2시간 남짓 걸린다. 예민한 성격 탓에 사람들이 북적이는 공항에선 불안해하기도 하지만, 대체로 케이지 안에서 조용히 도착을 기다리는 편이다. 그간 훈련된 학습효과인 걸 알지만, 그 인내는 늘 대견하다.

프랑스 작가 장 그르니에는 산문 『어느 개의 죽음』(민음사)에서 말했다. 개는 원(圓)의 시간을 산다고. 하루를 주기로 견생은 원처럼 반복되는 것이라고. 7박 8일, 그러니까 콩순이는 우리와 함께 집을 떠나 일고여덟 개의 원을 그린다. 가족 여행이라고 해서 특별한 명소를 가는 건 아니다. 제주도의 경우 그 흔한 오름, 폭포, 야자수, 바다, 맛집, 기타 근사한 풍광 따위가 아니다. 당연히 그 앞에서 찍은 사진도 드물다. 그저 여행 전의 여느 때처럼 함께 있는 모든 공간이 여행지가 되는 것이다. 콩순이와 하루를 충분히 체험하고 어디서든 함께 있는 것. 그것이 여행의 목적이자 전부이기 때문이다. 그러면 숙소 안, 그 앞의 넓은 잔디밭, 동네 산책길, 렌터카 조수석, 옷가게, 카페, 공항, 마트, 택시 안, 코인세탁소, 길거리 등도 근사한 여행지가 된다.

장 그르니에의 제자 알베르 까뮈. 그는 산문 『시지프의 신화』(책세상)에서 이렇게 말했다. "같은 햇수를 사는 두 사람에게 세상은 항상 같은 양의 경험을 제공한다." 그럴지도 모르겠다. 그렇다면 생은 어떻게 사느냐 못지않게 많이 사느냐의 문제로 귀결되는 것이다. 삶의 질을 고민하면서 어제를 후회하거나 내일을 두려워하며 옴짝달싹 못하는 것보다, 행복의 묘책을 설파하는 멘토의 수업을 받는 것보다, 미래에 대한 기대나 계획이 어그러질까 싶어 오늘을 전전긍긍하고 당장의 행복을 유보하는 것보다, 기어코 오늘을 계속 끌고 밀어가면서 자신이 누릴 수 있는 자기 주도의 '더 많은 오늘'을 계속 살아내는 게 훨씬 더 의미 있는 삶이 된다.

반려견의 생으로 돌아오면, 그 오늘의 의미는 더욱 각별하고 분명해진다. 반려견의 평균 수명은 종에 따라 다르지만 많아도 평균 15살 안팎이다. 20살을 넘기는 경우는 인간의 100세 이상에 준할 만큼 아직까지는 흔치 않다. 2021년 현재 대한민국 남성의 평균 기대 수명 80세, 여성의 86세에 비하면 5분의 1도 안 된다. 그처럼 반려견은 인간의 삶을 너무도 큰 배수로 압축해 짧게 살아가는 존재다. 지상에서 소중하고 아름다운 존재는 늘 너무 빨리 왔다 간다. 그래서 아쉽고 서러운 것이다. 이들에게 인간과 함께 보내는 햇수는 결코 인간과의 동일한 시간을 뜻하지 않는다. 인간은 너무도 빠르게 오고 가는 그 고맙고 슬픈 인연의 끝을 안다. 그래서 가급적 많은 경험을 하게 해주고 싶은 것이다. 잠시 머물다 가는 그들과의 기억을 애써 많이 만들고, 그중에서 추리고 추려 오래도록 추억으로 간직하려는 이유다. 추억하는 존재는 더 오래 살아남아 있는 존재였고, 그것은 대체로 인간인 우리였으니까.

앞만 보고 살아가는 인간에게 스쳐갈 한때의 작은 행복들이, 개에게는 지복(至福)이 될 수도 있다. 그것만이 생의 모든 목적이 될 수도 있다. 개는 뒤돌아보거나 앞을 내다보고 살아가지 않는다. 기억된 시간을 온몸에 싣고서, 오로지 '좋았던 오늘'을 그대로 끌고 밀며 살아가려고 한다. 저녁 무렵 퇴근하여 현관문을 열고 들어서면 오랫동안 헤어졌다가 상봉한 사이처럼 격하게 환영을 해준다. 매일 똑같은 코스의 산책에도 오늘이 처음인 것처럼 흥분하고 기뻐한다. 산술적인 비교를 통해 유추하자면, 개에게 그날치 산책은 인간의 일주일분에 해당된다. 그래서 나의 귀찮음과 게으름, 날씨 핑계나 저녁 약속으로 하루 산책을 날리면 인간의 24시간이 아니라 그 몇 곱절로 체감되는 시간이 콩순이에게서 사라지는 것이다. 산책이 끝나면 콩순이는 욕실에 알아서 들어가고 발과 얼굴을 씻겨 주기를 기다린다. 기분 좋은 피로를 안고 저녁식사를 보채고 맛있게 먹는다. 늘 똑같은 메뉴일지라도 먹는 것에 진심이다. 평소 입이 짧은 편인 나는 그 모습을 기특하게 바라본다. 그리고 밤이 깊어 가고 인간들의 틈에서 꾸벅꾸벅 졸다가 "콩순아, 쉬 싸고 와" 하면 배변 패드에 소변을 눈다. "자러 가자!" 하면 침대로 뛰어올라온다. 그렇게 하루가 마감된다. 콩순이는 이 비슷한 오늘을 마냥 새로운 것처럼 온몸에 최선을 담아 지금까지 반복하고 있다. 우리가 함께 만든 습관은 서로에 대한 사랑이다.

하지만 우리 모두 한 해 한 해 나이 들어갈수록, 아니 머지않아 비슷한 '오늘의 경로'도 조금씩 바뀌게 될 것이다. 예전만 하지 않은 기력과 크고 작은 육체의 변화가 그 원인이 될 것이다. 반복된 습관을 루틴으로 만들어가는 와중에도 조금씩 변화를 체감하고 그 속에 깃든 의미를 발견해낼 것이다. 그 의미를 우리만의 약속된 새로운 리추얼로 하나씩 얻어가고, 이전의 것은 또 잃어가는 것이다. 서로에게 주어진 시간이 유한하다는, 슬프지만 엄연한 생의 진실을 알아가고 받아들이기 때문이다. 그 체념에 가까운 깨달음, 어쩌면 그것이야말로 역설적으로 가장 열심히 오늘을 살 수 있게 만드는 동기이자 비결이지 않을까?

콩순이의 커다랗고 검은 두 눈망울과 촉촉한 코, 세 개의 콩을 보면서 나는 새삼 다짐한다. 가급적 오늘을 함께 많이 살아내야겠다고.

33

내 몸은 그렇게 계절을 지나왔다

1.

따지고 보면 생은 완만한 상실의 반복 혹은 연속은 아닐까? 사계절 중 봄은 그 상징기다. 언제부터인가 봄이 오면 그 징후를 깨닫거나 기억을 회고하는 것이 일종의 통과의례가 되었다. 봄이라는 짧고도 찬란한 계절이 주는 인생무상의 교훈이 그렇고, 몇몇 대중가요의 영향력이 만들어낸 심상(心想) 역시 무시할 수는 없겠다. 생명이 움트고 다시 새로운 일 년을 시작한다는 시절에 되려 파괴되거나 잃어버리고 끝나는 것들을 떠올리고 마는 아이러니라니! 이를테면 이런 것들이다. 이루어질 수 없는 것들로 가득한 생에 관한 서러움, 헤어진 인연처럼 돌이키기 힘든 시간에 대한 그리움, 남은 생에서 다시 가슴을 뛰게 하는 그 무언가를 만날 수 없을 것 같다는 좌절감, 절대적이고 상대적인 빈곤감, 희망이나 기대의 배신과 실패, 열등감, 후회, 무기력, 가까운 이들의 질병, 다가올 죽음에 대한 두려움, 곧 예방주사처럼 찾아올 통과의례적 고통, 내 차례를 기다리는 막연함. 그렇게 늘 잃어버리고 놓치고 이별하고 절망하며 혼자가 되는 일, 그리고 그 혼자인 자신과도 영영 이별하게 되는 일. 결국 산다는 것은 연인(戀人)은 실연(失戀)으로, 인연(因緣)은 실연(失緣)으로 귀결되는 상실의 반복이다.

나의 경우 그때마다 꼬리에 꼬리를 무는 생각에 사로잡혔다. 미련할 정도로 원인이나 이유가 될 만한 상처를 들쑤시곤 했다. 특정 장면만을 머릿속에서 무한반복 재생시켰다. 내가 던진 주워담기 힘든 말이나 글을 결정적 그 순간을 가져온 계기인 양 한없이 복기했다. 거기 머물러 있으면서 고통의 최대치를 만끽하는 것이다. 자기 비하나 자기 책임 전가든 육체에 대한 자기 학대든 극단적인 예민함에 의한 자기 보호든 간에. 그렇게 지칠 정도로 나를 몰아세우던 시간들이었다. 어느 봄의 실연기는 매일 통음을 하며 숱한 밤을 보냈다. 출퇴근을 제외하면 두문불출하고 어떠한 목적과 방향도 없이 닥치는 대로 책을 읽고 강박적으로 필사를 했다.

오래전, 직장 후배들의 오해로 인해 난생처음 원치 않는 따돌림과 공격을 받을 때가 있었다. 사무실이라는 익숙한 생활공간이 처음으로 지옥처럼 느껴졌다. 점심 식사는 한낮의 붐빔과 사람들의 시선을 피해서 늦은 오후를 택했다. 일주일 내내 혼자서 같은 순댓국집만을 찾았다. 메뉴를 고르는 고민도 필요 없이 배를 채우려는 요식 행위였다. 그렇게 반 년여를 상처 입은 자존감과 배신감을 지닌 채 보냈다. 순댓국과 소주만 줄곧 먹어서인지 그해 겨울 건강검진 때는 어느 때보다 높은 콜레스테롤 수치를 받아냈다. 그런 시절엔 어김없이 불면이 찾아왔다. 끝도 없이 흐르는 물소리를 듣는 것처럼 매분 매초 흐르는 시간을 느낄 수밖에 없었다. 날숨과 들숨을 일일이 자각하며 호흡하는 것, 눈이 감기고 의식이 몽롱해지는 순간을 기다리며 잠을 인식하는 것, 곧 흐르는 시간을 실시간으로 느낀다는 것, 그것이야말로 겪지 않으면 알 수 없는 절대적 고통이었다. 흔한 비유로 드는 '현재를 즐기는 것'과는 차원이 달랐다.

그때마다 의지해야 할 것은 그저 지나가기를 기다리는 것. 결국 시간의 능력뿐이었다. 시간이 제공하는 치유 능력의 장점이자 단점은 그 극복 방식이라는 게 사후적으로는 잘 기억나지 않더라는 것이다. 그렇다고 그 과거조차 사라진 것은 물론 아니다. 잊으려 할 때 더욱 또렷해지고 멀어지려 할수록 더욱 가까워지는 역설이 언제나 생길 수 있는 것, 과거란 그런 것이다. 과거는 창 밖으로 펼쳐진 강물처럼 끊기지 않은 채 우리를 따라 함께 흘러갈 뿐이다. 설혹 강물의 한 지점을 손으로 건져냈다고 하여도 현재의 강물을 움켜쥔 것은 아니다. 그때 내가 건져 올린 것은 이미 흘러가버린 물이고, 내가 손을 댄 그곳엔 다시 흘러온 물이 그만큼을 무심히 채울 뿐이다. 현재는 끊임없는 생성인 동시에 소멸이다. 때문에 오직 과거를 경유해온 나의 육체만이 실제로 존재할 뿐이다. 불확실한 것투성이인 세상에서 그 사실만큼은 확실하리라.

2.

기대란 무엇인가? 사전적 정의로는 "어떤 일이 원하는 대로 이루어지기를 바라면서 기다리는" 마음의 현재진행형이다. 불쑥 내일이 튀어나와 기대를 한순간에 충족시킬 수는 없다. 결국 기대란 현재의 지속을 전제로 하는 것이다. 그런데 만일 지금 이 순간이 행복하지 않다면? 더 이상 '오늘 같은 오늘'을 이어가고 싶지 않게 된다. 곧 기대가 없어지는 것이고, 내일이 없다고 느끼는 것이다. 반복의 지옥은 지옥의 반복인가? 어떠한 해결의 실마리조차 찾지 못하고 나는 내일 없이 '지금 이대로의 감옥'에 갇혀 영영 살게 될 것만 같다. 거리와 식당과 화장실과 대중교통에서 마주치는 사람들. 속사정은 모르겠으나, 하나같이 나보다는 나아 보인다. 적어도 지금 이 순간의 "나를 둘러싼, 나를 제외한 모든 사람들은 즐겁다"(루시드 폴, 노래 〈사람들은 즐겁다〉). 그들은 내일이 있어 내일을 약속하고 내일을 향해 지금 어딘가로 가고 있는 것처럼 보인다. 만일 내일에 대한 기대가 없을 때, 어쩔 수 없이 의식하며 견딘 시간이 4할쯤이라고 치자. 어느 겨를에 지쳐서 부지불식간에 그대로 흘려보내고 망각한 시간이 그 나머지가 된다. 어쨌든 다행이다. 그 나머지의 비율이 커지면 커질수록 내 자정적인 치유 능력은 빛을 발하는 것일 테니까. 시간의 힘을 의식하지 않은 채 그 일이 끝나고 나서야 겨우 시간의 힘을 체감하고 마는 것, 그것이야말로 신비로운 능력이었다.

심연(深淵)은 "좀처럼 빠져나오기 힘든 수렁인 동시에 깊은 연못"이다. 심연에 빠져 있는 사람이 봐야 하는 곳은 머리 위가 아니다. 그때 보이는 좁디 좁은 내 시야만큼의 세상은 결코 구원이 될 수 없다. 자기만의 연못에 갇혀 있는 사람을 그 누구도 먼저 손 내밀어 꺼내줄 수는 없을 테니까. 그럴 때 그가 봐야 하는 곳은 바로 발밑이다. 단박에 시야에 들어오지 않는 맨 밑바닥이다. 그곳에 얼마간의, 아니 단 한 방울의 물이라도 고여 있다면? 그 '한 방울'은 무엇인가? 죽음과 독대하며 생의 마지막 순간까지 써내려간 시대의 지성 이어령이 통찰한 것은 '눈물 한 방울'이었다. 그는 "인간을 이해한다는 건 인간이 흘리는 눈물을 이해한다는 것"(이어령, 『눈물 한 방울』, 김영사)이라고 했다. 2월의 어느 늦은 밤 Y대 굴다리 앞 꽃가게에서 졸업생들이 사다 남은 프리지아 한 다발을 오천 원에 샀다. 사장님은 꽃이 오래가게 하는 방법을 알려주었다. "줄기 끝은 이렇게 잘라주고, 꽃병의 물은 최대한 적게, 그리고 거기에 락스 한 방울을 뿌려주세요." 거장이 품은 생의 마지막 희망은 각성의 눈물로, 오래오래 두고픈 꽃의 희망은 생채기와 함께 독성의 락스로!

이 역설! 희망이란 그런 것인가 보다. 기쁨이 가득 차 있는 곳에서 생겨나진 않았다. 언제나 결핍에서 시작하여 눈물과 독기를 머금으며 피어났다. 그동안 내 앞을 가득 채우며 빛나고 아름다웠던 것들이 어느 겨를에 사라지고, 아무것도 보이지 않는다고 느껴지던 바로 그 순간 말이다. 회한이든 깨달음이든 눈물이 터져 나오는 순간 꽉 막힌 희망의 길도 보이는 것이다. 농부가 흙밖에 남지 않은 휑덩한 겨울 밭을 갈아엎으며 다시 피어날 녹색의 계절을 희망으로 품는 이치다. 사방이 환한 낮의 창가가 아니라 별 하나 보이지 않는 밤의 창가에 내 모습이 더 잘 비치는 이치다. 그렇다. 어두운 곳에서 나의 상처가 더 잘 비친다. 줄 한 번 빳빳이 세워주지 못해 내내 구겨져 있던 자존감도 그제서야 눈에 띈다. 이제 이보다 더 망가질 수 없다는 깨달음이 찾아온다. 더 내려갈 곳조차 없어 차라리 발이 닿는 밑바닥 같은 일종의 안도감이랄까? 진짜 두려운 곳은 밖이 아니라 안이었다. 세상보다 진짜 알기 어렵고 진짜 무서운 것은 결국 내 속이었다. 상처에만 집착하며 빠져나오지 못했던 내 자신이 정작 상처를 소독조차 하지 못한 채 계속 덧내고 있었다. 하지만 그렇게 나의 바닥을 체득하기 시작했다는 것만으로도 참 다행이지 싶은 것이다.

3.

한 계절에만 내내 머무르며 여태 내 뒤를 붙들고 있던 마음은 그 계절의 끝을 알고 나서야 비로소 '나'를 놓아줄 것이다. "그랬었구나. 그러니까, 20XX년 그 계절의 나는 그랬었구나." 이 말을 언젠가의 나는 반드시 하게 될 것이다. 그리고 "이 말을 반드시 하게 될 것이다"라는 이 말도 기억해야 한다. 나를 주어로 하고 과거완료형 어미로 끝나는 그 말은 언젠가의 나에게 위로가 될 것이기 때문이다. '지금의 심연 또한 지나가리라'는 경험칙과 같은 것이다. 언젠가는 다시 사용해볼 수 있는 것으로 말이다. 어떠한 평가나 기대도 없는 무미건조한 그 문장은 사실 하나만큼은 분명히 담고 있다. '내게 그 사건이 있었다'는 것. 복기하는 지금 이 순간의 나는 적어도 '그때'보다는 미래에 있다는 것. 덕분에 '그때'를 떠올리는 '지금'은 내가 그 사건 속에서도 살아남았다는 유일한 증거가 된다. 나 자신이 세상에서 유일무이한 존재라는 자각도 함께 말이다. 기형도의 시 〈그 집 앞〉을 빌리면, 이 세상에 같은 사람, 같은 사건은 더는 없을 것이다. 그렇게 일기일회(一 期一會), 한 번뿐인 생에서 한 번뿐인 기회의 주인공은 결국 나 자신이 된다. 희망과 절망의 선택도 나 자신이 하는 법. 그 러는 동안 예의 그 '시간의 능력'에 의해서, 어떻게든 나 자신 으로 돌아오긴 할 것이다. 다만 희망이 커지면 그만큼의 실 망과 절망도 커질 테고, 그러다 보면 예전보다 회복하는 데 에 좀더 오랜 시간이 걸리는 것뿐이다. 그래서 희망의 막연함 으로부터 스스로를 구원하기 위해서는 희망과 현실의 간극을 줄여가는 자기 직시의 노력이 필요함은 물론이다.

심연의 겨울은 길었다. 하지만 언제부터인가 성에는 끼지 않았고, 입김도 나오지 않았고, 옷은 얇아졌으며, 전화기를 든 손도 더는 시리지 않았다. 거리 곳곳에서 즐거운 사람들의 얼굴을 보았다. SNS에 지천으로 꽃사진이 널려 있는 것을 보 았다. 그리고 폐타이어 같던 벚나무의 검회색 둥치에서도 기 어코 싹이, 꽃잎이 피어오르는 모습을 보았다. 어떤 것은 꽃 무리에 어울리지 못하고 저 홀로 피었으나, 그래도 꽃에겐 나 무가 한 세상이고 떨어지는 것은 매 일반이니 외롭지 않았으 리라. 그렇게 피어오르는 것들을 보고 나니, 이제 박차고 다 시 솟아올라 무언가를 틔울 수 있겠다는 마음이 드는 것이다.

'거기서도 무언가가 피어나겠지?' 그렇게 봄은 어김없이 다시 찾아오곤 했다. 자연법칙에 의한 계절로도, 탄성 회복력에 의한 평정심으로도.

봄은 보는 계절이다. 기나긴 겨울의 끝을 철 지난 옷처럼 아직 떨치지 못하면서도, 기어코 찾아오고야 마는 탄생의 과정을 새삼 경이인 것처럼 바라보는 계절이다. 겨우내 자기 연민의 반창고로 덮어둔 상처에도 어느새 딱지가 내려 앉았다. 상처의 문(門)은 딱지다. 새살은 그 문을 밀면서 서서히 차오른다. 딱지는 시간이 선사한 자가 치유 능력, 곧 적당한 무뎌짐과 망각이 만들어낸 시간의 껍질이다. 봄은 시간이 만들어낸 '상처의 문'이 마저 열리도록 자기 존중이라는 부드러운 새살을 채워가는 관대한 계절이다. 동시에 그 살을 자기 직시의 단단한 근육으로 탈바꿈시킬 수 있는 냉철한 계절이다. 그렇게 다시 봄, 새로 봄, 결국 과거로부터 돌아와 다시 자기를 보게 만드는 고마운 계절이다. 이렇게 '봄'으로써 봄은 나다워지는 계절이다.

34

재벌집 막내딸

살아가면서 재벌집 사람들을 직접 만날 기회는 얼마나 있을까? 없진 않겠지만 많지도 않을 것이다. 나처럼 아주 작은 회사를 다니며 평범하게 나이 들어가는 낙으로 살아간다면? 그 가능성은 아예 제로에 가까워질 것이다. 오너 당사자는 물론이고 그 직계, 방계조차 만날 일이 없을 것이다. 그런 나에게도 예외가 있긴 했다. 물론 오래전의 일이다. 지금 그 이야기를 하려고 한다. 내가 만난 재벌집 사람, 아니 재벌집 막내딸이야기.

　서른 살이 되던 그해 가을. 나는 별자리 이름을 딴 대기업(이하 별자리 그룹) 계열사에서 일하기 시작했다. 고유명사이자이제는 일반명사가 된, 대한민국 사람 누구나 이름만 대면 알

만한 과자를 만든 회사의 자회사였다. 별자리 그룹의 유서 깊은 그 과자는 '말하지 않아도 알아'라는 궁예적 관심법을 표방한 TV CM송으로 공전의 히트를 친 바 있다. 그때 광고에 출연해 노래를 불렀던 '꽃중년' 남성이 있었는데, 그가 바로 이 별자리 그룹의 회장님. 그는 그룹의 모태가 된 재벌 창업주의 막내 따님과 백년가약을 맺어 경영권을 승계했다. 그룹의 핵심인 제과는 사위이자 남편인 그가 맡았다. 막내딸이자 그의 아내인 사장님은 편의점, 영화, 뮤지컬, 패밀리 레스토랑, 그리고 케이블방송 분야를 맡았다. 그중 하나가 바로 나의 직장이었던 것. 그러니까, 나는 그녀가 거느린 계열사의 수많은 임직원들 중 일개 직원으로 그녀와 인연을 맺은 것이다. 당시 사장님은 계열사를 정기적으로 순회했다. 그때마다 한국에 몇 대 없다는 탱크처럼 거대한 벤츠 마이바흐를 타고 다녔다. 영화 〈주유소 습격 사건〉(1999)으로 알려진 주유소 맞은편에 그 차의 위용이 드러나면 거리는 좁아 보일 정도였다. 엄동설한일 때도 계열사 대표는 얇은 셔츠 차림으로 마중 나와 오들오들 떨며 마이바흐를 기다렸다. 그럴 때면 그의 어깨는 더욱 좁아 보였다.

자, 이제부터 본론이다. 말단 평직원인 내가 재벌집 막내딸, 그러니까 사장님을 한 달에 두 번 정도 만날 수 있었다. 바로 회사 제도 때문. 우선 '사장님 보고'. 매월 주제를 정해서 사장님 앞에서 직접 프레젠테이션을 하는 자리였다. 그때 부서 책임자는 물론이고 직원까지 그 현장에 배석을 해야 했다. 타 계열사 대비 쥐꼬리만 한 성과를 어필하고, 미래의 계획을 장밋빛으로 분칠하곤 했다. 각 책임자들은 이 보고에 사활을 걸었다. 프레젠테이션 자료에 쏟는 정성도 정성이지만, 무엇보다도 사장님의 이목을 끌고 짧은 시간 내에 강렬한 인상을 선사해야 했다. 때문에 기상천외한 쇼도 많이 했다. 특히 우리 부서의 경우는 신생이라서 주저할 게 없었다. 어떤 때는 멤버 중 하나가 스파이더맨 복장으로 참석했다. 또 어떤 때는 야구팀 같은 팀워크를 보여준다며 유니폼에 모자와 글러브, 방망이까지 전원 착장한 채 보고에 임했다. 2006년 독일 월드컵 시즌에는 아예 모든 직원들이 각 나라별 월드컵 대표 유니폼을 입고 경기장인 양 회의실에 입장했다. 내가 선택한 국가는 빨간 바탕에 노란 선이 그어진 스페인. 책임자의 발표 후 직원인 우리도 돌아가면서 한마디씩 거들다 보면 그럭저럭 사업보고 자리는 마무리되곤 했다.

또 하나가 바로 오늘 이야기의 핵심인 문제의 '북클럽'. 글자 그대로 매월 책 한 권을 선정해서 읽고 대화하는 소모임. 이 자리를 사장님이 주재했다. 클럽원은 상무, 국장, 부장, 차장, 과장, 대리, 사원 등을 직급별로 섞어서 10명 남짓의 한 조로 구성됐다. 그룹 내 소통 강화, 구성원들의 인문학적 지식 함양이라는 그럴싸한 대외적 명분은 있었다. 물론 그 이전에 이렇게라도 자주 사장님의 눈에 띄어야겠다는 임원들의 속내가 포석된 자리이기도 했다. 당시는 '4시간 수면법'이 유행하던 시절. 돈과 권력이 있는 자의 가장 명확한 징표는 그들이 바로 타인의 시간에 관한 지배자라는 것. 그래서 새벽 4시면 설렘으로 일찌감치 하루를 시작하곤 한다는 얼리버드인 재벌집 막내 따님, 아니 우리 사장님과의 북클럽은 오전 8시 전에 시작했다. 그러고는 점심시간을 훌쩍 넘긴 오후 1시경에 끝나곤 했다. 그 자리에는 불문율이 있었다. 선정된 책을 읽고 느낀 점이나 질문을 참석자마다 한마디씩은 꼭 돌아가면서 해야 하는 것. 때문에 당일 새벽부터 책을 복습하며 억지로 내 몫을 짜내야 했다. 사실 5시간 동안 그렇고 그런 독서 감상을 나누고 사장님의 교시를 듣는 자리란 흡사 잠 안 재우기 고문에 가까웠다. 아침 일찍 공복 상태로 회의실에 들어와서는 점심 시간을 넘기는 것은 비일비재. 혈기방장한 삼십 대 젊은이에게는 생지옥이었다. 개인적으로 관심이 있는 책이면 모를까, 선정도서도 하나같이 '피도 눈물도 없이 경영하라' 식의 소위 경영, 자기계발서 부류였다. 그러니까, 그동안 내 돈 주고 사본 적이 없었던 책들.

그러던 어느 날의 북클럽. 선정도서는 『사람을 사랑한 함경도 아바이』. 그러니까, 재벌집 막내 따님의 아버지, 바로 창업주인 선대회장의 자서전이었다. 그날따라 북클럽 일동은 돌아가며 침이 마르도록 찬양가를 읊기 시작했다. 나는 대충 읽고 간 책 속의 한 구절을 내 몫으로 고이 접어 두었다. "송어 떼가 돌아오는구나. 햇빛에 반사돼 반짝반짝 빛나는 성천강의 수면에 송어 떼들이 뛰어오른다. 물살을 거슬러 오르는 송어 떼의 유영이 힘차고 아름답다. 파란만장한 운명 앞에서 꺾이지 않고 맞서온 자신의 인생 또한 그러하지 않았던가." 대필작가가 고심하여 써 내려갔을 이 문장을 골랐다. 나를 감화시킨 '감성의 경영 메시지'라고 읊어대면 제법 인상적일 것 같았다. 하지만 내 차례는 쉽사리 오지 않았다. 빨리 한마디하고 나머지 시간을 조용히 보내면 그만인데. 조금씩 초조해지기 시작했다. 누가 내 몫을 가져가면 정말 큰일이었기 때문이다. 창조주에 가까운 창업주의 생애에 관한 이야기이니만큼 너도나도 찬양에 가까운 간증을 마구마구 쏟아내고 있었다.

그러는 사이 기다리다 지친 나는 점점 수마(睡魔)의 늪에 빠지고 있었다. 테이블 밑의 허벅지를 꼬집어봐도 효과가 없었다. 앞에 놓인 대용량 종이컵에 물을 따랐다. 조금씩 목을 축이면서 애써 듣는 척, 고개를 끄덕이는 척도 해봤다. 그러나 사람들의 말이 제대로 들어오지 않았다. 간간이 들리는 사장님 특유의 발어사만이 들렸다. "오케이." 그러면 이제 본격적인 당신의 시간이 시작되는 것이다. 익히 알려진 슬픈 결말 —1983년 그해 여름, 격무에 시달리던 회장님은 오전의 마지막 이사회를 주재했고, 잠시 휴식을 취하러 갔던 사우나에서 일어나지 못했다. 그렇게 마비된 몸으로 휠체어에서 여생을 살다 생을 마감했다—에다가 그가 총애하던 막내딸인 사장님만이 아는 일화를 곁들이고 있던 중이었다.

"그때 하루라도 미리 쉬셨더라면….." 사장님의 목소리는 떨렸다. 눈물까지 그렁그렁해졌다. 옆에 있던 상무님이 크리넥스 티슈를 뽑아 들고 있었다. 비몽사몽에서 벗어나기 위해 눈을 크게 치켜 뜨고 심호흡을 하며 안간힘을 쓰던 나는 종이컵에 또 물을 따랐다. 그리고 목을 축이려고 컵을 들었다. 바로 그 순간. 아침 내내 흐물흐물해질 대로 흐물흐물해진 긴 종이컵이 무너졌다. 가득 찬 물이 그대로 긴 테이블 위로 와락 쏟아졌다. 놀랄 만한 양이었다. 슬퍼하고 있는 사장님을 대신한 내 충정의 눈물처럼 하염없이 그녀에게 흘러가고 있었다. 일동은 침묵과 놀라움으로 그 광경을 지켜만 보고 있었다. 그사이에 나는 맑은 날 회사 밖으로 쫓겨나가는 모습을 상상했다. '세상사라는 게 묘해요. 거참, 이런 일로도 사람 인생이 하루아침에 바뀌는군요. 허허허.'

바로 그때였다. 사장님에게 건네기 위해 옆에서 티슈를 꺼내들었던 상무님. 그가 벌떡 일어나더니, 갑자기 양팔을 테이불 위에 올렸다. 그리고 그 물을 한가득 자신의 앞으로 쓰 윽 훔쳤다. 그러자 옆에 있던 사람들도 자기 몫을 훔치기 시 작했다. 그렇게 십시일반 일사불란한 움직임으로 테이블 물 난리는 모세의 기적처럼 마무리되었다. 나는 졸다가 생지옥 을 다녀왔다. 생환하고서도 멍한 상태로 나머지 시간을 보냈 다. 그 시간 이후의 북클럽은 어떻게 끝났는지 기억나지 않는 다. 그 상무님에게 감사의 인사를 드렸었던가? 나중에 인사 팀으로부터 그 아찔한 소식을 전해들은 부서 책임자는 나를 불러 이렇게 말했다. "다시 태어난 인생, 그냥 이 회사에서 출세해라."

……간식으로 냉동실에 꽁꽁 얼려 둔 '말하지 않아도 알 아' 인절미 맛 과자를 꺼내 먹다가, 문득 떠올린 재벌집 막내 딸과의 작은 인연.

35

바람의 노래

"태양이 아니라 가슴이 날들을 헤아리는 기준이 되는
기분상의 기후와 감정의 달력이 존재한다."

— 사무엘 베게트, 『프루스트』, 워크룸프레스

1.

1981년. 내가 국민학교에 입학하던 그해부터 우리 가족은 서
로 떨어져 지냈다. 광주 시내에서 교육을 받게 하겠다는 계
획 하에 조부모님이 누나와 나를 보살피고, 부모님은 4살짜
리 막내를 데리고 시골로 들어가 조부모님의 젖소목장을 맡
았다. 주말과 방학이 되면 우리는 부모님의 시골집으로 갔

다. 토요일은 오전 수업을 파하고 점심을 먹고서는 계림동에서 6번 버스를 탔다. 대인시장, 금남로, 충장로, 양동시장, 돌고개, 농성동, 화정동, 상무대 호수, 남광병원을 거쳐 마륵리까지 약 40분이 소요되는 코스. 나에게는 기나긴 여정이었다. 멀미를 자주 하는 통에 정류장에서 내리자마자 가로수 옆에 쪼그리고 앉아 토하기 일쑤였다. 그럴 때면 바람에 실려온 똥거름 냄새가 나의 '오바이트'를 독려하는 도우미 노릇을 톡톡히 했다. 그런 통과의례를 거치고 왕복 4차선 도로를 건너면 가로수가 양쪽으로 늘어선 포장길이 마을 입구로 이어졌다. 마을회관을 겸한 점빵에서 '안타왕 풍선껌'이나 '크라운 밀크 캬라멜'을 사서 씹어 먹으며 마을을 지나치면 완만한 고갯길이 나왔다. 폭이 넓지 않은 그 길은 비포장이었는데, 경운기나 트럭이라도 지나가면 갓길에 바짝 비켜서 있어야 했다. 그때마다 흙먼지가 뿌옇게 일어나 한참은 앞을 가렸다. 오르는 방향으로 길 오른편엔 쇠창살로 입구를 가려 놓은 작은 터널 같은 검은 구멍 하나가 얼마인지도 모를 깊이로 나 있었다. 아직은 해가 있는 환한 낮인데도 무서워 언제나 한달음에 그곳을 지나치곤 했다.

고갯마루에 오르면 양쪽이 밭으로 둘러싸인 평탄한 시멘트 포장길이 길게 펼쳐졌다. 그 길이 끝나는 곳에는 개울이라고 하기에는 크고 강이라고 하기엔 작은 천이 다리 하나를 사이에 두고 두 개의 마을을 가로지르며 흐르고 있었다. 한쪽 천변을 따라서 철조망을 둘러쓴 콘크리트벽으로 세워진 군사 기지가 있었고, 그 맞은편에는 논밭이 길게 이어졌다. 알아듣기 힘든 말과 노래가 대형 확성기에서 내내 웅웅거렸고 하늘에는 전투기가 요란한 소리를 내며 지나다녔다. 이따금씩 마주치는 행군 대열 속 군인 아저씨들의 지친 얼굴엔 하나같이 표정이 없었다. 파란 하늘 위에 손톱만 하게 보이는 비행기가 하얀 비행운을 꼬리처럼 달고 아주 천천히 지나갔는데, 그려 놓은 선이 흩어질 때까지 한참을 쳐다보곤 했다. 내 시야를 좀체 벗어나지 않을 것처럼 보이던 비행기는 점 하나가 되더니 결국 사라져갔다. 땅위에서 바라보면 모든 것은 한없이 느리기만 했다. 물에 탄 설탕이 저절로 녹기를 기다리는 것처럼 지루했다. 어른의 분주함과 아이의 따분함이 공조하는 토요일 오후 4시경의 시골 풍경은 그렇게 권태로웠다. 물론 그때의 내가 '권태'라는 말을 알 리는 없었으므로, 그것에 가까운 느낌을 가졌다는 게 맞겠다. 재미없고 심심하고 무기력하고 조금은 우울하고 슬프고.

새떼를 쫓기 위해 틀어 놓은 한여름 원두막의 라디오 소리를 배경 삼아 좁은 들길 사이로 걷고 언덕을 오르다 보면 소나무가 제법 빽빽하게 들어찬 야산 하나가 나타났다. 그 산 너머 아카시아 나무를 가로수 삼아 붉은 흙으로 다져진 길게 뻗은 외길을 지나면 사방이 탁 트인 넓은 들판이 나왔다. 그곳에 부모님의 집과 젖소목장이 있었다. 인가라고는 큰집인 우리집, 작은집, 오리농장집이 전부였다. 슬레이트 지붕과 브로크(블록) 벽돌로 지어진 회색빛 집의 형체가 뚜렷하게 가까워지면, 들어서는 길 입구에 마중 나오신 부모님이 보였다. 당신들은 작업복 차림으로 나와 활짝 웃으며 두 팔로 안아주었다. "내 강아지 왔능가? 오느라 고생했네." (어머니의 그 인사는 40년이 지나도록 변함없다.) 나는 평상에 가방을 던져 놓고 바람 부는 풀밭과 냇가로 달려갔다. 지는 해는 저 멀리 고래를 닮은 산등성이에 나무의 검은 윤곽을 일일이 드러내며 걸려 있었다. 오렌지빛 노을 사이로 시원한 저녁바람이 불어왔다. 앞산 위로 희미한 달이 막 보이기 시작했다. 그때가 되면 안도감이 들었다. "이제서야 집에 왔구나." 어른이 된 내가 어떤 여정의 끝에 해방감을 느낄 때 떠올리는 이미지는 지금도 시골집의 '해름참' 그 순간이다.

2.

1984년 여름. 4학년 여름방학을 시작하고 여느 때처럼 시골 우리집에 왔다. 그리고 얼마 지나지 않아 설사와 복통, 고열과 식욕 부진에 시달렸다. 병원에서 '열병'(장티푸스) 진단을 받았다. 시골집과 병원이 있는 읍내를 오가며 일주일에 두어

번 통원치료를 하기 시작했다. 그때마다 아버지가 모는 자전거를 타고 다녔다. 자전거 뒷자리에 타본 사람은 알겠지만, 사실 자리라고 하기에는 가늘고 긴 격자형 철제에 불과한 그것은 땅의 충격을 고스란히 온몸에 전달했다. 그 위에 타고 가다가 웅덩이나 돌부리라도 밟고 자전거가 덜컹거리기라도 하면 사타구니와 엉덩이에 가해지는 고통이 이만저만이 아니었다. 그래서 아버지는 나를 태울 때면 언제나 직사각형 모양의 널빤지를 뒷자리에 얹고 겉을 수건으로 꽁꽁 감싼 나만의 좌석을 만들어 주셨다. "꽉 붙잡아라." 뒤에 앉은 내 손을 잡아 끌어 당신의 허리에 걸치고 페달을 밟기 시작하면 자전거는 좌우로 잠깐 비틀거리는가 싶다가 이내 균형을 찾고 앞으로 나아갔다.

아버지의 등에 기댄 내 뺨에는 당신의 더운 체온이 묻었고, 허리를 붙든 손에는 더운 바람이 스쳐 지나갔다. 병원에서 돌아올 무렵에는 길었던 한여름 해가 기울어져 있곤 했다. 논 사이로 난 길을 지나쳐가면 어디선가 울던 개구리 떼는 경계심으로 잠시 울음을 멈췄다. 잠자리 떼는 흩어졌다 모였다 낮아졌다 높아졌다 불규칙한 비행 솜씨를 뽐냈다. 하루살이 떼는 아무리 도리질을 쳐도 머리 위에 그물을 씌운 것처럼 빙빙 돌며 따라오곤 했다. 마을로 들어서면 굴뚝에서 피어오르는 저녁 연기와 아궁이 불 때는 냄새가 났다. 어디서 오는

지 알 수 없는 똥거름 냄새. 돼지농장의 짬밥통 냄새. 젖소목장의 착유기 돌리는 소리. 메리, 도꾸, 쫑, 베스, 해피……그런 이름으로 불렸을 동네 개들은 누군가의 선창에 맞춰 돌림노래 같은 요란한 합창을 하며 우리를 맞아주었다. 내 눈앞을 가득 채운 당신의 등에서 눈을 돌려 옆을 살피면, 무성하게 자란 벼 이삭 위에는 일일이 금박을 씌운 듯 노을이 내려앉아 있었다. 그때 어디선가 바람이라도 불어오면 누런 빛이 슬슬 감돌기 시작하는 초록 물결이 출렁거렸다.

"바람이 머물다 간 들판에
모락모락 피어나는 저녁 연기
색동옷 갈아입은 가을 언덕에
빨갛게 노을이 타고 있어요"

동요 〈노을〉을 들으면 언제나 1984년 여름이 떠오른다. 제2회 MBC 창작동요제 대상 수상곡(1984)인 이 노래. 당시 수상 직후부터 대중가요 못지않게 국민적인 인기를 누리고 있었다. 그 무렵의 나는 앞서 말했듯 열병을 앓고 있던 터라 병원에 가는 날을 제외하곤 밖에 나가지 못했다. 식사도 식구들과 떨어져서 혼자 해야 했다. 저자극성 식단의 일환으로 멀건 된장국에 밥만 말아먹었다. 매일을 신열로 식은땀을 흘리고 차가운 수건으로 열을 식히며 겨우 잠을 청하곤 했다. 몸은 아파서 힘든데 좀은 쑤셨다. 그저 〈노을〉 속의 노랫말 같은 가을이 어서 오기만을 바랐다. 열병을 발병시킨 게 '열 많은 계절'의 탓인 양 여름이 지나가기만 해도 왠지 나을 것 같았기 때문이다. 그리고 몸의 변화는 부지불식간에 찾아왔다. 어느 날 오후였다. 평소처럼 약을 먹고 낮잠을 자다가 깨어났을 때 전에 없던 개운함을 느꼈다. 천천히 회전하며 더운 기운을 토하고 있던 선풍기 바람이 왠지 달라져 있었다. 피부에 와 닿는 시원한 감촉만은 아니었다. 낮잠에서 자고 깼을 때의 서글픔이나 외로움이 없었다. 오히려 마음속 깊은 곳에서 솟아오르는 형언할 수 없는 상쾌한 기분이 들었다. 그로부터 얼마 지나지 않아 다시 찾은 병원에서 나는 완치 판정을 받았다. 개학을 며칠 앞두고 그동안 밀린 일기와 〈탐구생활〉을 벼락치기로 몰아 썼고 여름방학도 그렇게 끝났다.

그때부터였을 것이다. 병을 앓고 난 뒤 회복의 감각이 내 몸에 각인된 것은. 주위를 가득 채운 더운 공기가 몸의 열과 땀을 식히는 시원한 그것으로 바뀌는 결정적 순간에 관한 느낌이었다. 그토록 바랐던 새로운 계절을 맞이하는 순간처럼 말이다. 그것은 '바람'이었다. 이후로도 계절에 관계없이 몸에든 마음에든 찾아온 병의 회복기에는 매번 비슷한 결과를 경험했다. 계절의 경계를 나누는 바람이 필요했고, 어떻게든 결국 바람이 불었다. 그리고 그때부터가 내겐 비로소 새로운 계절이 시작되는 식이었다. 그렇다면 하나의 계절은 내 마음이 결정하는 것일까? 그때 열한 살의 내가 느꼈던 시원한 바람의 정체는 무엇이었을까? 맹렬했던 한여름의 기온이 내려갔을지도 모를 '그날'의 우연? 선풍기의 효과? 약의 효능? 바람은 원래 두 가지의 사전적 의미를 지닌다. "기압의 변화 또는 사람이나 기계에 의하여 일어나는 공기의 움직임", "어떤 일이 이루어지기를 기다리는 간절한 마음". 어쩌면 그날 오후 나에게 불어온 그 '바람'은 공기의 변화와 증세의 호전과 새 계절에 대한 간절함이 결합된 일종의 '플라시보 효과'였을지도 모르겠다.

3.

바람은 '몸 없는 몸'이다. 열병에 걸린 열한 살 소년, 자전거, 구름과 들판과 나무와 열매와 꽃과 창문과 강물과 밤과 강아지. 삼라만상의 '몸'이 없었다면, 우리는 그 바람을 만나지 못했을 것이다. 모든 순간엔 바람이 불고 있었다. 보도 블록 한 귀퉁이에 홀로 핀 민들레가 희망처럼 띄워 올린 홀씨. 하루 아침에 떨어지는 야속한 꽃잎. 기대와 체념이 교차하던 그간의 시간에 물든 채 흔들리는 나뭇잎. 인텔리전트 빌딩 유리창 밖의 하늘에 유유히 떠다니는 구름. 목요일 오후 5시 57분 꽉 막힌 올림픽대로 아래 춤을 추는 한강의 물결. 골목길에 퍼지는 저녁밥 냄새. 휘파람처럼 울어 대는 밤의 창문 소리. 토요일 오후 권태롭게 그려지던 한없이 느린 비행운의 흩어짐. 붉은 흙빛의 시골길 길가에 피어 진한 향기를 뿜은 채 흔들리는 아카시아 나무 꽃잎. 해거름 들판의 오렌지빛 물결. 초록 잔디 위에서 해맑게 뛰노는 강아지 털의 미세한 떨림……. 이모두가 바람의 노래다. 사람들은 오래전부터 바람이 전해오는 이 무언가(無言歌)을 저마다의 능력으로 번역해왔다. 가수는 가사와 선율로 바람의 예측 불허성과 변화무쌍함을 노래한다. 시인은 바람에 흔들리는 나뭇가지 하나로도 오만 가지 희로애락을 쓸 수 있다. 화가는 바람이 품은 빛과 온도와 움직임을 화폭에 붙잡아 둔다. 카메라맨은 벼가 익은 들판의 출렁이는 황금 물결을 찍는다. 음향기술자는 강아지처럼 생긴 붐마이크를 숲과 들판의 움직임에 들이민다. 모두가 공감각적으로 다가오는 어느 한순간을 잠시 붙들어 두려는 것이다. '그때가 아니면 우리는 그 바람을 다시 만나지 못하리라!' 그것은 수시로 변하는 존재의 윤곽을 발견하고 응시하는 일이다. 집착으로부터 잠시나마 벗어나 해방감을 누리는 일이다.

한편으론 세상에 저 홀로 소리를 내고 움직이는 것은 없다는 당연한 깨달음을 새삼 얻는 일이다. 옛 선승(禪僧)의 가르침대로다. 삼라만상의 외양은 바람 때문에 흔들리고 있다. 하지만 그 흔들림을 느끼는 것은 바람을 바라보는 나 자신이다. 결국 흔들리는 것은 나의 마음이었으니. 지금 부는 바람은 '내 마음에 비친 내 모습'이다. 고독, 우울, 간절, 슬픔, 관조, 열정, 체념, 기쁨, 권태, 평온, 사랑, 그리움. 열거할 수 없이 수많은 마음의 국면들. 그때마다의 빛과 온도는 바람을 타고 나의 몸에 와 닿는다. 잊을 수 없는 하나의 감각으로 남는다. 평범하게 혹은 무심하게 지나왔다고 여겼던 시간 속에서 놀랄 만큼 생생하게 남아 있는 생의 한순간을 발견하게 만든다. 정중동(靜中動)의 생을 묵묵히 살아가고 있는 우리에게 그것은 위안을 준다. 폴 발레리의 시구 '바람이 분다/다시 살아야겠다'에서처럼 용기와 희망의 근거가 되기도 한다. 지난밤 신열을 앓으며 흘린 식은땀을 씻어주듯 찾아온 어느 아침의 반가운 바람처럼.

4.

시간이 흘렀다. 세상은 급속도로 바뀌었고 강산도 바뀌었다. 시골집에 갈 때 지나치던 마을들은 이제 대부분 사라졌다. 내가 대학교 4학년이던 1996년. 부모님은 목장을 정리하고 시내로 나오셨다. 그새 집은 조금씩 허물어지고 잡초가 무성해졌다. 얼마의 시간이 다시 흐른 뒤 시골집을 찾았을 때는 해가 떠오르는 앞산과 해가 넘어가는 먼 산으로 둘러싸여 있던 우리집과 목장 자리는 더 이상 알아볼 수조차 없었다. 다만 여전히 남아 있는 저 두 개의 산등성이만이 그때 그곳의 위치를 짐작하게 할 뿐이었다. 산은 제 몸의 일부가 깎여가면서도 이 변화를 담담히 지켜봤을 것이다. 한때 사람이 거기 살고 있었다는 것을 증언할 유일한 목격자인 양. 대신 그 자리를 거대한 외곽고속도로가 관통했다. 그렇게 우리 가족의 지난날을 연상시킬 만한 풍광은 거의 남아 있지 않게 되었다. 그저 나의 어린 손등과 얼굴에 묻은 당신의 체온, 바람의 온기가 그 여름날의 기억으로 존재할 뿐.

그리고 나의 아버지는 구순을 바라보고 있다. 자전거 타는 것은 물론이고 걷는 것조차 큰일이 된 지 오래다. 나는 그해 여름의 자전거를 타던 아버지만큼의 나이를 먹어 지천명이 됐다. 나의 걸음마를 응원하고 자전거 타기를 가르쳐주었던 당신의 불편해진 발걸음을 이제는 자식인 내가 조마조마한 마음으로 지켜봐야 한다. 당신의 다리가 되어주어야 한다. 생로병사의 당연한 법칙 속에서 무력한 자식의 마음은 하루하루가 서럽고 죄스러울 뿐이다. 그러나 노쇠하고 병든 육신의 고통 속에서도 나의 아버지는 여전히 치열한 생의 의지를 보이고 있다. 요즘 당신은 몸에서 늘 열이 나고 머리가 어지럽다고 한다. 겨울에도, 봄에도, 여름에도 그렇다. 병원에서는 고령이라 뚜렷한 해결책을 제시하진 못한다. 그런 당신에게 상쾌한 바람이 불어오는 순간이 있다면 하고 기적을 바란

410

적이 많다. 돌이키기 힘든 시간이 하염없이 흐르는 지금 이 순간. 당신은 꿈속에서라도 시골집의 풀밭과 목장, 그곳에서 일하며 자식들을 기다리던 그 주말 오후를 그리고 있을까? 아들을 자전거에 태우고 병원을 다니던 당신의 젊은 그 여름날도. 그 꿈속으로 찾아갈 수 있다면, 나는 몇 번이고 열한 살이 되어 그 자전거 뒤에 올라타고 싶다.

살면서 듣게 될까?
언젠가는 바람의 노래를
세월 가면 그때는 알게 될까?
꽃이 지는 이유를

—조용필 곡, 김순곤 작사, 〈바람의 노래〉(1997) 중

36

바보들이 속아 넘어가는 데는 일정한 패턴이 있다

때는 2005년 늦가을. 당시 회사가 있던 분당 서현역에는 '피아노'라는 이름의 단골 바가 있었다. 복합상가 건물 3층에 있던 흔한 가게. 그러니 세련된 곳이라고는 할 수 없었다. 나보다 나이가 서넛쯤 위였던 사장님, 일고여덟쯤 아래였던 바텐더와 친해진 것이 단골이 된 사유라면 사유였다. 퇴근 후면 매일 아지트처럼 들르다시피 했다. 아쉬운 건 음악이었다. "댄스나 발라드 같은 유행가만 틀어 놓는 서양식 바는 왠지 어색해요." 나는 직접 고른 노래들로 CD까지 구워서 제공했다. 그곳에서 후배 N과 나는 일주일에 두어 병의 앱솔루트를 비워내곤 했다. 모르긴 해도 월급의 십일조쯤은 너끈히 갖다 바쳤으리라.

그날은 토요일이었다. 평소처럼 바는 한산했다. 손님은 나와 N밖에 없었다. 우리는 여느 때와 같았다. 그저 그런 농담, 개인사, 한탄과 기대를 섞어 주절거리면서 루저처럼 시간을 홀짝이고 있었다. 밤 아홉 시가 넘어선 뒤였다. 중간 정도의 키에 마른 중년 남성이 혼자 들어왔다. 청바지에 할리데이 비슨 가죽재킷을 걸친 차림새. 한눈에 봐도 예사롭지 않았다. 그는 우리 옆자리에 앉았다. 단골손님인 듯 바텐더에게 친근하게 인사를 하고는 곧장 캐나디안 위스키 '크라운로열' 한 병을 건네받았다. 적당한 저음으로 세련된 목소리였다. 그는 말없이 술을 한 모금씩 음미하기 시작했다. 왠지 믿음과 호감이 가는 외로운 옆모습이었다. 영화배우 안성기를 닮은 듯한 인상.

그 시절 바의 좋은 점엔 이런 것이 있었다. 바텐더의 주선으로 혹은 옆자리에 나란히 앉은 인연으로, 낯선 이와 금세 친해질 수 있다는 것. 그날도 결국 그렇게 되었다. 바텐더를 경유하여 몇 번의 농담을 주거니 받거니 하다가 직접 말을 섞게 되었다. 그가 반쯤 남은 병을 들고 더 가까이 다가왔다. 그가 먼저 한잔을 권했다. 모름지기 술꾼이란 주는 술 마다하지 않는 법. 그게 예의이자 횡재이기도 했으므로! 감사 인사와 함께 넙죽 받아 마셨다. 그렇게 말과 술잔을 주거니 받거니, 어느새 그의 술은 말끔히 비었다. 우리가 시켜 놓은 보드카 '앱솔루트'를 권했다. 그도 마다하지 않았다. 우리는 그의 사연을 듣기 시작했다. 그러다 보면 불신의 경계는 허물어지는 대신 나이의 경계는 오히려 분명해진다. 처음 만난 자, 낯선 자도 몇 순배 뒤 연차를 따져 어느새 형님 아우가 되고 마는 식이다. 한국 술문화의 전형적 루틴이자 고질적 폐습이랄 수 있다. 오버액션이 수반됨은 물론이다. 마실 때는 '세상아 비켜라 함께 가자' 동지처럼 군다. 하지만 밤새 취한 뒤 절반 이상은 망각 속으로 사라지는 시간이 되기 일쑤다. 그러니 자고 나면 위대해지기는커녕 서로 어색하고 초라해질 뿐인 상황이 번번이 연출되곤 했다. 그날도 그런 아침이 뻔히 예상되는 가운데 우리 셋은 의기투합하고 호형호제를 했다. 술은 금세 바닥을 드러냈다. 내친 김에 앱솔루트 한 병을 더 시켰다.

"내 이름은 이석. 전주 이씨 종손이야." "비둘기처럼 다정한 사람들이라면…, 황손가수 이석과 동명이인이네요?" 그는 고개를 끄덕이며, 그 이석과는 서로 종친뻘이라고 했다. 그러고 보니 그의 마른 얼굴에 역사책 속에서 보았던 고종황제와 영친왕 이은의 모습이 겹치는 것도 같았다. 그는 몰락한 왕조의 옛 영광을 그리워했다. 한 해 전 대통령 탄핵에 이어 행정 수도 이전 논란 등으로 난마처럼 얽힌 현 시국을 타개하기 위해서는 상징적 1인자가 있는 입헌군주제가 필요하다고 했다. 아뿔싸, 술집에서의 통성명이 이런 결론으로 돌아올 줄은 몰랐다. 자고로 정치 이야기는 위험하다. 자연스럽게 서로의 직업으로 화제를 돌렸다. "모는 게 내 일이고 취미야." 그의 직업은 독일 항공사 루프트한자(Lufthansa)의 조종사. 일할 때는 비행기를, 쉴 때는 바이크를 몬다고 했다. "와이프는 미국 변호사, 하나 있는 딸애는 AP통신 기자. 지금은 보스니아쯤에 있을 거야. 일 년에 우리 가족은 서로 한두 번 보려나? 각자가 따로따로 잘 서 있다는 생각은 하지만, 가끔은 이게 과연 잘사는 건가 싶은 의문이 들긴 해. 그냥 서로 지지고 볶고 스트레스 받더라도 가족끼리 모여 저녁 먹고 TV 보는 일. 그 평범이 너무 부럽거든. 우리 가족에게는 불가능한 일이겠지만 …."

그렇게 한숨을 내신 뒤 볼이 홀쭉하게 들어가도록 술로 입안을 헹구고는 말을 이어갔다. "긴 비행을 마치고 한국에 오면 외롭고 공허하더라. 그럴 땐 사진기 하나 들고 바이크로 무작정 떠나곤 해." 담배 한 모금을 길게 빨고는 허공으로 내뱉었다. 그럴 때마다 가뜩이나 야윈 볼이 더욱 깊게 패였다. 연기가 조명에 섞여 쓸쓸하게 퍼졌다. 그의 눈도 쓸쓸해 보였다. 우리는 '비둘기처럼 사는 사람들'의 삶을 부러워하는 이 '글로벌 기러기 가족'의 처지에 공감했다. 몰락한 왕족의 후예에게 위로를 건넸다. 그것은 온통 우리 경험 밖의 일이었으므로, 그저 잔을 부딪히는 게 전부였지만.

"한 병 더 시키자. 내가 살게." 그는 크라운로열 하나를 새로 주문했다. 이석 씨는 자기가 가본 세계 여러 나라 이야기를 해주었다. 내게는 신기하고 흥미로운 것들이었다. 2개월 뒤로 예정된 런던-뉴욕 출장 전까지, 태어나서 한 번도 한국을 벗어난 적이 없었던 나였으니. 내친 김에 귀동냥으로만 들었던 궁금증도 풀고자 했다. '정말 조종사들은 비행하는 동안 자동항법장치를 켜놓고 컵라면을 먹나요?'처럼 네이버 지식IN에나 올라올 법한 질문. 그는 진짜 그렇다고 했다. 그러면서 이착륙 시의 교신 매뉴얼과 그때 사용하는 장치 따위를 설명해주었으나 알아들을 수는 없었다.

시간은 자정 넘어 새벽으로 가는데, 취기가 서서히 오른 눈빛의 서현동 그 사람. 그는 자기 손목에 있는 시계를 풀더니 나에게 내밀었다. 마음이 잘 통하는 동생 하나를 얻은 기념으로 주는 선물이라면서. 그것은 흔히 볼 수 있는 검은 색의 카시오 시계였다. 가볍고 튼튼해서 기장인 자신이 애용하는 시계라고 했다. 남아프리카 공화국으로 비행 갔을 때 요하네스버그 국제공항 면세점에서 샀다는 것이다. 현지 생산품이라서 흔한 건 아니라고 했다. 감격한 나는 차고 있던 엠포리오 아르마니 시계를 풀어서 가방에 넣고, 기꺼이 그 카시오를 손목에 찼다. 외로움을 아는 남자들 간의 세대를 넘는 공감이랄까 연대감이랄까? 못난 놈들은 얼굴만 봐도 서로 좋다고, 엉성하고도 뜨거운 테스토스테론이 실내를 흐뭇하게 채웠다. 그의 다음 비행은 화요일 아침 네덜란드 스키폴행. 비행 전날인 월요일 밤엔 인천공항 근처 호텔에서 자게 되므로 오후에 공항에 간다고 했다. 그날 서현동 근처에 들를 테니 점심식사나 하자고 했다. "물론 좋죠." 그의 호의를 기꺼이 수락했다. 그리고 그는 잠시 화장실에 다녀온다고 했다.

"36만원이에요." 새벽 2시 문을 닫을 시간이 되자 사장님이 웃으며 청구서를 내밀었다. "화장실 갔어요." 우리도 웃으며 답했다. 오래 걸리나 보다 했다. 잠시 후였다. 바텐더가 당황한 표정으로 실내화장실 문을 열고 나오더니 다급하게 외쳤다. "사장님, 없어요. 그 아저씨 안 보여요." 당황한 좌중은 상가 화장실을 층마다 뒤졌다. 혹시나 취해 어딘가에 주저앉아 있을까 싶어서. 하지만 없었다. 건물 밖에서 담배를 피우고 있으려나? 역시 없었다. 그러니까, 루프트한자 기장은, 아니 서현동 그 사람, 아니 그 남자는 그 건물 안팎에 없었다. 그날 새벽, 어디에도 없었다. '아아, 내 마음 가져간 사람 나를 잊으셨나 봐!' 사태를 수습해야 했다. 일단 우리가 마신 것만 계산하기로 했다. 그와 월요일 점심 때 보기로 했으니까, 그때 만나면 얘기해 두겠다고 했다. 혹시 그때도 못 만나게 되면, 우리가 그날 저녁 피아노에 들러 술값을 치르겠노라고 약속했다. "아마 많이 취해서 집에 가신 것 같은데, 왜 술버

릇이 그런 사람 있잖아요." 사장님이 텅 빈 자리를 보며, 위로인지 자조인지 모를 방백을 했다. 그렇게 우리도 믿고 싶었다. 그런 믿음으로 그날의 자리를 파했다. 일요일이 지났고, 월요일이 밝았다. 오전 근무 내내 점심시간을 기다렸다.

11시, 11시 45분, 그리고 12시. 약속시간이 되었다. 하지만 내 전화벨은 끝내 울리지 않았다. 루프트한자 기장, 아니 이석 씨, 아니 그 남자는 나타나지 않았다. 비둘기처럼 다정했던 왕족의 후예는 돌아오지 않는 비둘기처럼 감쪽같이 증발했다. 멍한 마음으로 남은 하루 반나절을 보냈다. 우리가 그날 만나서 술을 먹긴 먹었던가? N에게 전화를 걸어 묻기까지 했다. 녀석도 황당해했다. 그날 그를 만난 건 사실이었다. 증좌가 있었다. 내 손목에는 남아공 요하네스버그 공항 면세점에서 샀다는 그의 카시오가 여전히 채워져 있었으니까. 시계를 풀어 뒷면을 보았다. 남아공 현지 생산품이라고 했는데 'Made In China'라고 적혀 있었다. 그때만 해도 해외여행을 나간 적이 없었으므로 면세점 사정은 어두운 나였지만, 뭔가 퍼즐이 하나둘씩 맞춰져 가는 듯했다.

그날 저녁, 우리는 다시 피아노에 갔다. 화제는 단연 그 남자였다. 토요일 밤에는 미처 몰랐던 정보를 하나 얻었다. 그가 들고 온 가죽여행가방이 그대로 가게에 있었다는 것. 카멜색 가죽으로 된 보스턴백은 그럴싸해 보였다. 골동품 경매

시장에서나 볼 정도로 꽤나 세월을 탄 것이었다. 가방의 주인에 대한 신뢰가 다시 높아지는 듯했다. 게다가 묵직했다. 일동은 합의 하에 가방을 열어 보기로 했다. 혹시나 하는 기대감이 있었다. 그의 말 어느 하나라도 맞아떨어질 만한 그 무언가가 나와 주기를 바라는 마음! 가방은 사라진 그 남자의 미스터리를 풀 수 있는 남은 퍼즐 한 조각이었다. 이 퍼즐 맞추기는 대략 성공적일 듯했다. 그렇게 믿었다. 배신과 불신으로 거의 판세가 굳어진 게임의 아름다운 대반전 아니 역전이랄까?

……역전은 없었다. 우리는 지고 말았다. 커다란 벽돌 한 장과 신문지 뭉치. 그것 말고는, 그 남자의 가방에는 아무것도 없었다! 그랬다. '조선왕조 OO대손 전주 이씨, 황손 가수 이석씨와 동명이인의 종친, 현직 루프트한자 기장 이석 씨'로 추정되는 아니 그렇다고 주장하는, 청바지에 할리데이비슨 가죽재킷을 걸친 50대 중반의 나이에 키 176센티미터 정도에 비쩍 마른 체형의 이름 모를 그 남자는 무전취식을 하고 야반도주한 것이었다! 그것이 그의 죄목이라면, 우리의 죄목은 무지였다. 웃어야 할까, 화를 내야 할까, 울어야 할까? 선택은 빨랐다. 일행은 모두 웃음을 택했다. '세상에는 이런 웃음도 있었구나!' 우리는 이 근사한 사기에 경탄을 하기로 한 것이다. '세상에는 이런 낭만이 아직 남아 있구나!' 그날 12만원

짜리 보드카 하나를 주문해서 마셨다. 축하인지 감탄인지 기쁨인지 원망인지 허탈인지 온통 뒤섞였다. 문제의 청구서, 그러니까 크라운로열 두 병 24만원어치는 멋지게 속은 대가로 바에서 책임지기로 했다. 모든 게 깔끔했다. 그것으로 이 '퍼즐 맞추기'는 끝인 줄 알았다. 블랙코미디에도 해피 엔딩은 있는 법이니까.

아니었다. 그 남자와의 게임은 끝나지 않았다. 그날 2, 3차까지 이어진 술자리 후 대취했던 나는 서현동 거리 어딘가에 가방을 적선하고 말았다. 잃어버린 가방 속에는 무얼 넣어 두었던가? 그래, 문제의 토요일 밤에 풀어 놓은 엠포리오 아르마니 시계였지. 며칠 뒤 점심시간. 서현역 광장에 시계좌판이 있어 구경 삼아 들렀다. '1만5천원 일체, 골라 가세요.' 참 신기했다. 똑같은 게 있었다. 남아공 요하네스버그 국제공항 면세점에서 샀다는 카시오와 똑같은 그 물건이. 누가 볼 새라, 손목에서 슬쩍 시계를 풀어 주머니에 넣었다. 그리고 집에 돌아와서는 서랍에 처박아 두었다.

몇 달 뒤, 우연히 서랍을 열었을 때, 남아공발 중국산 카시오 시계는 거짓말처럼 완전히 멎어 있었다.

37

일곱 살 이야기①

정성스레 모아둔 영수증을 한참 뒤인 어느 날 다시 꺼내 본다. 그런데 영수증은 온데간데없고 맨들맨들한 백지만 남아있는 게 아닌가? 이 황당한 현상의 비밀은 바로 종이에 있다. 염료를 덧댄 감열지(感熱紙)에 잉크 대신 열이나 압력을 가한 부분이 검은 글자로 보이게 되는 일종의 화학적 반응 때문이다. 그래서 장기간 빛에 노출되거나 비닐로 덮어두면 상호, 전화번호, 금액, 주소 따위의 정보는 지워지게 마련이다. 오래전의 기억이란 그렇게 희미해져가는 영수증과 같다. 그대로 내버려두건 밀봉하여 보관하건 간에 언젠가 백지로 돌아가는 운명이다. 그렇다고 내가 살아온 시간을 머릿속에 잉크로 또렷이 새겨 놓을 순 없는 노릇이다. 그저 가만두면 더 이상 반응하지 않고 그대로 증발해버릴 것처럼 희미해져만 가는 어느 한때를 애써 소환하려는 것뿐이다. 그 시간 속에서 내가 겪은 경험의 열기(熱氣)가 기억의 순도를 결정한다. 이때 무수한 기억의 파편 중에서 잘 추리고 제대로 발효된 것들이 추억이 된다.

　오래전의 기억, 그것도 유년기 시절의 것이라면, 대부분 육하원칙에 의거할 수 없고 논리적 정합성을 갖추지 못하고 있다. 내 육체에 흩어져 있는 감각의 파편을 그러모은 헐거운 집합이라서 그렇다. 각인된 소리와 냄새와 맛과 빛과 색과 장면들. 그러니까 사는 동안 어떤 국면에서 불현듯 내 몸의 감각이 반응하며 튀어나오는 기억이다. 프루스트식으로 따지면 '비자발적 기억'이다. 이는 체계적인 지식에 의해 연대기적 구성을 갖추고 차분히 페이지를 넘겨가는 책의 형태와는 거리가 멀다. 얼기설기 엮어 겨우 완성한 콜라주 영상에 가깝다. 비선형적인 구성으로 언제든지 편집이 될 수 있는 그 난해한 영상은 세월과 세상과 역사라는 필터를 통과하고 나면 비로소 하나의 의미를 얻게 된다. 물론 어느 정도 어른이 되어 머리가 굵어지고 나서다. 그제서야 생의 경험 중 하나로 복기되고 이해되는 것이다.

　나의 일곱 살이 그렇다. 1980년 5월, 그해 봄날. 40년도 더 된 오래전이지만 감각의 기억만큼은 제법 또렷하게 남아 있는 한때다. 광주시 동구 계림동. 그곳이 당시 내가 살던 동네였다. 무등산장으로 향하는 왕복 2차선 도로 초입 왼편 언덕의 좁은 골목길. 그 길 끝에 OO 누나네 집이 있었다. 아버지, 어머니, 누나, 나, 동생, 그렇게 우리 다섯 식구는 그 집 상하방에 세 들어 살았다. 다시 골목을 내려가면 횡단보도, 건너편엔 1년 뒤 나의 모교가 될 계림국민학교가 있었다. 학교 후문쪽 담벼락을 따라 경사진 인도가 있었는데, 오른쪽으로 내려가면 구내 이발소, 현대칼라, 계림문구가 연달아 있었다. 코너를 돌면 도장열쇳집, 자전거포, 새향문구사, 아담문구사, 그리고 성곽 같은 돌담벼락이 이어졌다. 그 끝에 학교 정문이 나왔다. 학교와 연결된 육교가 코끼리처럼 옆으로 서 있었는데, 광주고등학교-대인시장-금남로 방면의 출입문 역할을 했다.

그 무렵의 나는 유치원을 다니지 않았다. 오전엔 혼자서 그날치 '일일공부'를 하고, 동화책이나 어른들이 읽다 남긴 주간잡지 같은 것들을 읽었다. 심심해지면 땅강아지를 잡아 놀거나 돋보기로 종이를 태우며, 동네 형, 누나, 또래들이 학교나 유치원에서 돌아오기를 기다리곤 했다. 문제의 그날은 한없이 맑았던 5월의 어느 토요일 오후였다. 학교를 파한 누나는 횡단보도 건너편 현대칼라 앞에서 동네 친구들과 고무줄놀이를 하고 있었다. 그 장면을 본 순간 즐거운 계획이 떠올랐다.

①횡단보도를 건너가서 ②고무줄을 자르고 ③잡히기 전에 재빨리 다시 건너온 뒤 ④곧장 집으로 돌아가 ⑤텔레비전으로 〈마징가제트〉를 보는 것. 곧장 실행에 옮겼다. 횡단보도를 후다닥 건너가 누나 일행에 거의 가까워질 무렵이었다. 눈앞에서 무언가 번쩍하는가 싶더니 내 몸이 사정없이 바닥에 팽개쳐졌다. 강렬한 충격이었다. 나는 횡단보도 끝에 쓰러져 있었다. 누나와 주위 사람들이 나를 둘러싼 채 내려다보고 있었다. 비상 깜빡이를 켠 1.5톤짜리 파란색 용달차의 바퀴가 바로 눈앞에 보였다.

계획은, 아니 장난은 시작부터 잘못 설계돼 있었다. 최초에 신호등 살피기를 염두에 두지 않았기 때문이다. 난생처음인 교통사고였다. 의욕이 앞선 나머지 앞만 보고 뛰다가 빨간불이 다시 켜진 것을 미처 못 봤던 것이다. 일어나 보니 얼굴과 팔이 조금 긁힌 정도였다. 괜찮은 것 같았다. 사고의 충격보다는 창피함이 더 컸다. 무엇보다 어른들에게 야단맞는 게 두려웠다. 누나에게 비밀을 지켜 달라고 신신당부했다. 부끄럽고 무서워서 곧장 집으로 달려갔다. 계획 중 하나였던 〈마징가제트〉 보기를 하며 오후의 충격을 달랬다. 곧 괜찮아질 거라고 생각하면서. 그런데 당장 그날 저녁 식사부터가 문제였다. 오른팔에 힘이 없어서 수저 하나 들기가 어려웠다. 눈치를 보며 왼손으로 수저를 들어보았다. 잘 될 리가 없었다. 이상하게 여긴 부모님이 자초지종을 물으셨다. 왼손잡이 연습을 하는 거라고 둘러댔던 것 같다. 누나에게는 계속 말하지 말라는 눈빛을 보냈다. 그때까지만 해도 심각하지는 않았던 오른팔을 부여안고 그날 밤 잠을 청했다. '자고 나면 좀 나아지겠지?' 예나 지금이나 변함없는, 잠의 마법에 대한 기대감이었다.

하지만 이튿날 아침부터 사달이 났다. 밤새 팔이 시퍼런 럭비공 모양으로 부풀어 올라 있었다. 어제와 비교도 안 되는 통증과 메스꺼움에 오한까지 있었다. 그제서야 사태를 파악한 부모님이 병원에 가려던 차 마침 누군가가 집에 찾아왔다. 문제의 용달차 운전기사 아저씨였다. 그는 사고 당일 현장에서 곧바로 집에 가버린 '아이'가 걱정됐는지 물어물어 집을 알아냈고, 다음 날 아이 보호자를 찾아온 것이었다. 사고 차량 기사 아저씨, 부모님과 함께 계림국민학교 정문 육교 건너편에 있는 김명철 외과 응급실에 갔다. 엑스레이를 살피던 의사 선생님은 오른팔 뼈에 금이 가 휘었다고 했다. 치료라는 건 단순했다. 간호사 선생님이 나를 붙들고 원장님은 다친 오른팔을 잡아당겼다. 뼈를 맞추는 것이었다. 너무 아파서 소리를 지르고 눈물을 흘렸다. 이후 두툼한 석고 깁스를 하고 병원을 나섰다. 오른팔에 '마징가제트'의 무쇠팔을 장착한 기분이었다.

며칠 뒤 다시 집에 찾아온 기사 아저씨. 나를 자신의 트럭에 태우고 시내 드라이브를 시켜줬다. 끝나고 집 근처에 내려줄 때는 과자세트와 당시로선 귀했던 바나나까지 손에 들려주었다. 따지고 보면 과실은 전적으로 나에게 있었다. 사고 당시 파란불 점멸 신호 이후 무단횡단을 했으니까. 트럭이 우회전 코너링으로 경사진 곳을 오르며 속도를 줄인 게 천운이라면 천운이었다. 내 몸의 오른쪽이 차체에 부딪히며 충격으로 도로에서 넘어진 것이다. 그러니 운전자의 과실은 아니었다. 그럼에도 그는 자신의 시간과 돈과 정성을 들여 그 책임을 기꺼이 지려 했다. 그 따뜻한 마음씨는 내 마음속에 좋은 어른의 그것으로 두고두고 남아 있다.

일주일여가 지났다. 경과를 살피러 김명철 외과에 다시 찾아갔을 때였다. 병원 분위기가 전과는 확연히 달라져 있었다. 원래 그곳은 한산했던 동네의원이었다. 그런데 그날따라 병실은 물론이고 복도에도 사람들로 가득했다. 심지어 바닥에는 피투성이가 된 사복 차림의 환자들이 누워 있었다. 피 묻은 근무복을 입은 어느 택시운전사 아저씨는 머리에 붕대를 감은 채 웃고 있었다. '어제 저녁 학생을 태웠던 아저씨' 어쩌고 하는 소리가 들렸다. 나를 보고 '아이가 다쳤다'며 먼저 치료를 받게 하라고 길을 비켜주는 어른들도 있었다. 그날 이후부터였다. 오른팔에 석고 깁스를 하고 다니는 일곱 살배기는 좁은 동네에서 금세 눈에 띄었나 보다. 붉은 얼굴에 통통하고 작은 몸집에 멜빵 바지를 즐겨 입으셨던, 영락없이 마오쩌둥을 닮은 계림 X동 X통 통장 아저씨가 이 꼬마를 놓칠 리가 없었다. 동네 스피커이자 마당발인 그는 복덕방을 겸하는 대폿집의 길가 목로에 앉은 채로 지나가는 나를 보며 놀려 댔다. "아가 너도 데모해블었냐? 꼬마 데모대 지나간다잉." 아하, '데모'는 팔에 깁스를 하고 다니는 것인가 보다 했다. 그러던 어느 날 장갑차와 트럭을 탄 군인 아저씨들이 네거리를 지나갔다. 또 어느 날부터는 머리띠를 묶은 채 각목을 들고 노래 부르는 어른들의 트럭과 버스도 집 앞 거리 곳곳에서 보이기 시작했다.

하지만 아무것도 몰랐다. 그렇게 물정 모르는 일곱 살배기의 5월은 수상한 국면으로 급격하게 접어들고 있었다.

38

일곱 살 이야기②

감각의 파편들로만 드문드문 존재했던 일곱 살의 봄이 하나
의 형체가 된 계기는 결국 흐르는 시절이었다. 80년대 내내
시내에선 가두시위와 노제가 끊이질 않았다. 그때마다 소환
되던 '광주사태'라는 호명은 어린 나에게도 금세 익숙해졌다.
1987년 6월 항쟁으로 인한 승리의 기쁨도 잠시, 12월 대통령
직선제는 패배로 끝났고 다시 암울한 전망이 이어졌다. 하지
만 이듬해 치러진 1988년 4월 총선이 낳은 여소야대 정국은
그나마 변화에 관한 일말의 희망을 품게 만들었다. 국회 차원
에서 5·18 특위, 5공 특위가 만들어지고 헌정 사상 최초로
TV로 생중계된 청문회가 열렸다. 당시 청문회는 남녀노소 할
것 없이 최고의 인기를 누리던 국민 프로그램이었다. 과거사

가 재조명되면서 MBC에선 최초의 5·18 다큐멘터리인 〈어머니의 노래〉(1989)가 방영되었다. 변화의 바람은 중학교 교실 까까머리들의 일상에까지 불어왔다. 어느 날부터는 책상 밑으로 '빨간책' 대신 사진집이 돌기 시작했다. 바로 '5·18 광주민중항쟁사진집'. 사진이 주었던 충격은 실로 컸다. 너무도 익숙한 시내 거리, 빌딩, 동네 곳곳에서 벌어진 참상을 담은 이미지와 파편적으로 남아 있던 감각의 기억은 아귀가 맞는 퍼즐 조각이 되고 하나의 그림으로 완성되었다. 그때부터 나의 일곱 살은 새로운 시간으로 복기되기 시작했다.

1980년 5월. 그해 봄날. 나의 아버지, 당신의 자전거 뒷좌석, 부서지는 노오란 햇살, 햇살이 내려앉은 당신의 등, 베이지색 잠바, 거리를 가득 메운 사람들, 구호, 함성, 노랫소리, 철시한 상점 철제 셔터에 붙어 있던 매직으로 쓴 대자보, '김명철 외과' 병원 바닥 아래에 피 흘리며 누워 있던 사람들, 하얀 소복, 늘어선 관, 국화꽃을 든 사람들의 줄, 향 냄새, 대창운수(시내버스)와 광주고속(고속버스)과 타이탄 트럭의 부서진 차창, 그 차창 밖으로 각목을 내밀고 차체를 두드리며 지나가던 삼촌들, 불에 탄 계림파출소, 부서진 보도블럭, 깨진 공중전화박스, 도로를 행진하던 탱크와 장갑차와 군인의 행렬, 그들을 보고 손을 흔들지 말라고 강하게 제지하던 어머니, 한밤중 김밥을 말던 당신, 녹십자 약국 앞 도로에서 서방시장 방면으로 향하는 트럭 위에 김밥과 물을 올려주던 당신과 동네 사람들, 그 트럭 위로 박카스 몇 박스를 올려주던 녹십자약국 약사 고선생님(국민학교 2학년 동기 ㅁㅁ이의 아버지), 트럭 위 삼촌들이 던져주는 크림빵과 보름달빵을 받아들고 신났던 나, 광활하게 텅 빈 네 거리 위에서 또래들과 하루*를 하던 나….

　시간의 순서 없이 뒤섞인 채 희미하게, 뿌옇게 떠오르는 기억의 파편들. 이미지에 비해 선명한 건 소리였다. 금남로 방면으로 향하는 차량에서 흘러나오던 여성의 목소리는 지금도 그 억양과 음색을 똑똑히 기억할 수 있다. "광주/시민/여러분, 지금 도청으로 모여 주십시오!" 시민수습대책위가 주최했던 궐기대회 참가를 촉구하는 가두 선무방송이었다. 그 목소리를 따라 아버지의 자전거 뒷좌석에 타고 도청 광장에 갔고 시신이 안치된 상무관에도 갔다. 소리는 금세 학습되었다. 오른팔에 깁스를 하고 '광주 시민 여러분 도청으로 모여 주세요'를 사방팔방으로 외치고 다니는 코흘리개는 어른들을 긴장시키기에 충분했다. 트럭과 버스에 탄 삼촌들의 노랫소리도 빼놓을 수 없는 레퍼토리였다. 그들이 차체를 각목으로 치며 박자를 맞춰 부르던 "전우의 시체를 넘고 넘어 앞으

---

* 일제시대 때 유래해 전국에 퍼진 간이식 야구의 일종. 투수와 포수가 없고 방망이나 글러브 같은 정식 장비 없이 손으로 고무공을 쳐서 공격하고 수비가 맨손으로 이를 받았다. '찜뿌'라는 표준어 외에 지역마다 하루, 찜뿌, 짬뽕 등으로 달리 불린다.

로 앞으로"가 귀에 익기 시작했다. "김대중을 석방하라 훌라 훌라/전두환을 처단하자 훌라훌라"도 그중 하나였다. 나중에 학교에 들어가서 그 훌라송은 "손을 잡고 왼쪽으로 빙빙 돌 아라"라는 가사로 다시 듣게 되었다.

그리고 어느 날 밤 울려 퍼진 목소리. 이전과는 다르게 너무나도 구슬펐다. "시민 여러분, 지금 계엄군이 쳐들어오고 있습니다. 사랑하는 우리 형제, 자매들이 계엄군의 총칼에 숨져 가고 있습니다…." 지금도 잊을 수 없는 억양과 음색의 소리였다. 가두방송으로 알려졌던 故 전옥주*의 목소리와 함께 그 시절의 광주시민이라면 누구나 기억하고 있을 한밤의 그 목소리. 도청의 대형스피커에서 흘러나온 것이었다. 대학생 박영순이 방송실에 남아 계엄군의 진입 직전까지 마이크를 붙들고 읽어 간 최후의 호소문이었다. 그날 밤 우리집 창가 엔 두꺼운 이불이 걸렸다. 집안의 모든 불은 꺼졌다. 백주 대낮에 가정집으로 날아든 총탄을 맞고 평범한 60대 주부가 세상을 떠나던 시절이었다. 누구도 예외일 수는 없었다. 새벽녘 우리 가족은 이불을 뒤집어쓰고 있었다. 총소리가 천지를 진동시켰다. 쿵쾅거리는가 싶더니 따닥따닥, 드르르르륵, 피슝 피슝, 멀어지는가 싶다가도 너무 가깝게 들렸다. 이불 속에서

---

* 본명 전춘심, 1949~2021

벌벌 떨며 울었다.

『죽음을 넘어 시대의 어둠을 넘어』(돌베개)에 의하면, 그때
가 5월 27일 새벽 4시경이었다. 집 건너편 계림국민학교 육교
는 금남로-도청으로 향하는 통로를 지키는 시민군의 초소 역
할을 했다. 예비역 장교 출신 시민군이 다른 대원들을 인솔했
다. 육교 위, 육교 다리 뒤에 숨어서 계엄군의 진입 예상로인
서방시장 방면을 향해 전방경계를 섰다. 30분 뒤 계엄군은 시
민군의 등뒤인 김명철 외과쪽 계림동에서 급습을 했다. 10분
도 지나지 않아 계림국민학교는 제압당했다. 일부는 바로 옆
광주고등학교로 피신했다. 교정에서 산발적인 저항을 하는
가운데 계림국민학교 돌담은 측방공격을 하는 계엄군의 엄폐
물이 되었다. 아직 학교를 다니지 않던 나의 손도, 등하교 때
의 누나, 형들의 고사리 손들도 수없이 쓰다듬던 돌담이었다.

광주고등학교와 계림국민학교는 담 하나를 사이에 두고
붙어 있었다. 그 담 아래엔 사람 하나 들어갈 크기의 흄관으
로 된 하수구가 국민학교 대강당 밑으로 길게 나 있었다. 나
를 포함한 동네 꼬마들, 모교 국민학생들이 들락날락거리며
놀던 익숙한 곳이었다. 그날 새벽 그 하수구로 숨어든 시민군
일부는 '수류탄을 던져 볼까'라는 계엄군의 농담 섞인 협박에
목숨을 부지하기 위해 항복을 외치고 나왔다. 광주고등학교
에서는 45세의 학교수위가 계엄군의 총탄에 의해 목숨을 잃

었다. 시민군 일부는 총을 맞고 민가로 대피해 극적으로 목숨을 구했다.

한강의 소설 『소년이 온다』(2014)엔 '40만명의 광주시민에게 2발씩 쏠 수 있는 80만발의 총알'을 지닌 군인들에 관한 대목이 있다. 소설적 허용에 의한 숫자의 오류*는 있을지언정, 어른들이 느끼는 실상의 체감은 그러했다. 군인들은 언제든지 그렇게 할 수 있었다. 실제로 그런 일은 다반사였다. 떡을 감던 국민학교 4학년과 중학교 1학년 소년, 남편을 기다리던 임신부, 가정집에 있던 가장이 난데없는 계엄군의 총격으로 목숨을 잃었다. 당시 광주에서의 죽음은 언제 어디서 날아오를지 모를 총탄처럼 예측불허의 것이었다. 총탄은 남녀노소를 가리지 않았다. 때문에 팔에 깁스를 하고 다니는 천방지축 일곱 살짜리라고 예외가 될 순 없었다. 만일 골목길 어귀에서 군인에게 손을 흔드는 나 같은 꼬마와 구경 나온 주민들에게 총을 난사했다면? 마지막 날 새벽 계림국민학교를 지키던 시민군이 광주고등학교쪽이 아닌 정반대의 우리집 골목길로 도주했다면? 집에서 100m도 떨어지지 않는 곳에서 벌어진 총격전이었다. 그로 인한 소위 부수적 피해(Collateral Damage)는 충분한 확률을 지니고 있었다. 그 새벽 계림동 일대 민

---

* 통계청 인구주택총조사에 따르면 1980년 광주시 인구는 85만 명이었고, 6년 뒤 광주는 인구 1백만 명이 넘어 직할시로 승격되었다.

가를 이잡듯 뒤졌던 군인들에게 OO 누나네와 우리 가족들도 어떤 봉변을 당했을지 모를 일이었다.

OO 누나 외삼촌은 직업군인, 그것도 '공수부대원'이었다. 그는 당시 광주에 투입되지는 않았다. 하지만 주인아주머니는 한동안 혈육의 방문을 꺼려했다. 휴가 나온 동생을 물 한 바가지만 먹인 채 눈치 보며 내쫓듯 돌려보냈다고 했다. 3년 뒤 우리 식구는 바로 뒷동네로 이사를 갔다. 새로운 주인집은 공교롭게 같은 반 친구인 △△이네였다. △△이 아버지인 J 아저씨는 광주고등학교에서 수위로 일하셨다. 사람 좋고 술 좋아하던 그는 퇴근하면 교직원 식당의 남은 카레와 잡채를 잔뜩 싸 들고 와 우리집에도 나눠주곤 하셨다. 그는 계엄군에 의해 비극적으로 사망한 전임 수위의 후임자 격이었다.

5월 27일 오전 6시 20분경. 항쟁의 본부이자 최후의 거점이었던 도청에 이어 YWCA가 완전히 진압당했다. 2만여 명의 정규군 대 3백여 명의 민간인, 최신화기인 M16과 탱크와 무장헬기 대 3발의 탄환이 든 낡은 카빈 소총, 일사분란 대 우왕좌왕. 그렇게 승부는 시작도 전에 일찌감치 끝나 있었다. 시민군에게는 그마저도 고장나 쏠 수 없는 총이 많았다. 태반은 사람이 죽을까 봐 차마 총을 쏘지 못했다. 때문에 죽은 시민군들의 총엔 채 쓰지 못한, 쓰지 않은, 총알이 그대로 남아 있었다. 그날 새벽은 삶과 죽음의 갈림길이었다. 남아 있던 이들 모두 그 운명의 끝을 충분히 예감하고 있었다. 그럼에도 불구하고, 그렇게 완벽하게 예견된 운명을 그들은 왜 기꺼이 자임한 것일까?

시민군 대변인 윤상원, 그가 남긴 최후의 연설이 그 이유 중 하나가 될 것이다. "우리는 패배할 것이나 패배하지 않을 것이고, 승리하지 못할 것이나 승리하게 될 것이다. 하지만 오늘밤의 싸움을 피하면 영원히 패배하게 될 것이다." 〈볼티모어 선〉지의 기자 브레들리 마틴은 마지막 외신기자회견을 갖던 윤상원의 눈빛에서 그가 이미 죽음을 예감한 채 침착하게 최후를 준비하고 있었다고 증언했다. 새로운 항쟁지도부는 들불야학과 녹두서점을 필두로 한 지식인, 대학생, 회사원, 노동자 등 다양한 계층 출신 시민군으로 구성됐다. 그들은 끝까지 남아 '준비된 패배'를 맞이하기 시작했다. 불순분자의 사주를 받은 소위 폭도의 난동쯤으로 역사에 기록되지 않도록 하기 위한 것이었다. 죽음이 두려웠지만 한편으론 깨닫고 있었다. 누군가가 죽어야만 서로를 살릴 수 있다는 것을. 그들의 체념은 자신을 포기함과 동시에 사랑하는 존재를 살리기 위한 용기였다. '나부터 살아야겠다는 생존의 시대'에 살고 있는 오늘의 우리는 '너부터 살리겠다는 순정의 시대'을 역사 속에서 확인하는 것이다. 인간에 의해 인간이 파괴되는 생지옥 속에서 피어난 인간애에 대한 경의, 인간으로 인해 다시 피어난 사랑과 희망을.

그날 새벽 최후의 항전으로 죽음을 각오했던 시민군은 약 340여 명으로 추정된다. 살아남아 역사의 증언자가 되라는 항쟁지도부의 명령에 의해 새벽녘 금남로 일대를 빠져나간 여성들과 어린 학생들이 있었다. 그들 역시 누구보다 치열하게 항쟁을 이끌고 참여했었다. 그리고 마지막 시민 궐기대회 후 일찌감치 집으로 돌아가 공포에 사로잡힌 채 집에서 그날 밤을 보낸 시민들이 있었다. 분노보다 더 강한 죽음의 공포로 도청에서 무거운 발길을 돌린 그들 대다수는 생에서 가장 길었을 새벽 중의 하나를 숨죽인 채 두려움과 부끄러움으로 지샜다.

소리의 밤이었다. 밤새 도청에서 대형스피커로 울려 퍼지던 애절한 마지막 방송, 쉴 새 없는 총소리, 선회하는 헬리콥터 소리, 경고방송, 주택가와 상가를 발칵 뒤집어 놓은 추격전 소리, '폭도진압완료'를 선포하며 시민을 겁박하는 라디오 공지. 이 모든 소리를 숨죽여 들으며 마음의 안테나를 온통 집밖으로 켜고 있던 사람들. 그때 광주 시내는 모든 전화마저 끊겼다. 모두가 저마다의 절해고도에 갇힌 심경이었다. 이듬해 열린 제5회 MBC 대학가요제(1981)에서 광주 출신의 한양대학 복학생 정오차는 5·18 때 죽은 친구의 영혼을 기리며 부른 노래 〈바윗돌〉로 대상을 받았다. 인터뷰에서 그가 '바윗돌'의 의미를 친구의 묘비라고 대답한 이후 노래는 대학가요

제 수상곡으로는 사상 최초의 금지곡이 되었다. 가수 김원중은 노래 〈바위섬〉(1984)으로 글자 그대로 바위섬처럼 사방이 고립된 광주를 은유했다.

'1980년 5월 광주'라는 절해고도의 시공간에 있었던 청춘들. 육체적으로든 정신적으로든 죽음으로부터 자유로울 수 있는 사람은 아무도 없었다. 그 열흘은 그들이 단지 젊었다는 이유만으로 충분히 죽을 수도 있는 시간이었기 때문이다. 그날 이후 온통 이별의 시간이었다. 이별의 대상은 5월에 쓰러져 간 사랑하는 존재들만은 아니었다. 겨우 살아난 이들은 그날 그곳에 자신의 청춘을 영원히 두고 왔다. 극심한 트라우마로 인한 정신질환에 시달리며 자아상실에 이른 이들이 많았다. 끝내는 자신과의 이별을 택할 수밖에 없었던 사람들. 그리고 살아남은 다수는 지난 시간을 아파했고 분노했고 미안해했다. 운이 좋아, 두려워할 줄 알아, 그 횡액을 겨우 피해갔던 것이라 여겼다. 그해 봄날 거리의 소리, 마지막 새벽의 소리는 모두의 뇌리 속에 지금껏 잊히지 않는 기억으로 남아 있다. 앞으로도 잊히지 않을 것이다. 그들 한 명 한 명의 기억이 다할 때까지. 설령 기억의 주체가 생물학적으로 사라져도 그 시간만큼은 내내 살아남을 것이다.

일곱 살의 봄은 아직도 여전히 여기 살아 있다.

39

무명의 중장거리 달리기 선수 K의 경우

모년 모월 모일.

무명의 중장거리 달리기 선수 K는 마침내 영원한 은퇴(隱退)를 선언했다. 절대다수의 사람들이 그를 기억하지도, 아니 알지도 못한다. 그러니 굳이 '몸을 감춘 채 물러나다'라는 뜻의 '은퇴'라는 말이 필요할까 싶긴 하다만.

평생 그는 우승은커녕 결승선을 단 한 번도 통과해본 적 없이 그냥 달리기만 했다고 한다. 그동안 왜 그렇게 달렸냐는 질문에 그의 답은 싱거웠다.

"글쎄요. 그건 나도 잘 모르겠네요."

그럼에도 불구하고 왜 승리자의 그것처럼 지금 해맑게 웃고 있느냐는 질문에 그는 또 이렇게 답했다.

"달리기를 멈추니까 행복해서요."

40

위로란 무엇인가

"지금 우리가 살고 있는 새로운 암흑시대에 고통을 나누는 것이 품위와 희망을 다시 발견하는 핵심적인 전제조건이다. 많은 고통은 함께 나눌 수 없는 것들이다. 하지만 고통을 나누려는 마음은 나눌 수 있다."

—존 버거, 『초상들』, 열화당

1.

십오륙 년은 된 일이다. 한파 경보가 내려진 2월의 어느 날이었다. 출장 갔다가 경부선 KTX를 타고 서울역에 막 도착하니 밤 9시를 넘겼다. 추위와 피로에 쫓겨 서둘러 역사를 빠져나왔다. YTN과 연세빌딩 방면으로 향하는 지하도로 막 접어들 때였다. 한 노숙인이 보였다. 그는 지상 출구 계단과 가까운 바람 드는 길목에 박스를 깔고 모로 누워 벌벌 떨고 있었다. 왜 저러고 있지? 신참일까? 아니면 그 세계에서마저 외톨이가 된 이일까? 왜냐하면 여느 노숙인과 달랐기 때문이다. 관련 다큐멘터리나 신문 르포 등에서 보고 들었던 풍월에 따르면 베테랑 노숙인들은 나름의 생존 노하우를 갖고 있었다. 짬밥이 좀 되는 이들은 무료급식소 스케줄이나 단속 빈발 구역을 꿰고 있다. 바람 하나 안 들고도 화장실과 가까우며 사람 발길이 상대적으로 적은 자리를 용케 선점한다. 그리고 서너씩 모여 그들만의 유대 관계를 형성하며 매일매일을 난다.

나의 잰 발걸음 소리에 그가 고개를 들어 나를 쳐다보았다. 눈이 마주쳤다. 몸을 사시나무 떨고 있는 게 한눈에도 아파 보였다. 말은 하지 않았으나 무언가를 청하는 눈빛인 것은 분명했다. 할 수 있는 게 무엇이 있을까 싶어 망설였다. 지갑에서 만 원을 꺼내 건넸다. 그런데 선뜻 받아들 모양새도, 반가운 기색도 아니었다. 갈라진 목소리로 "소주", 라고 했다. 그는 그 행색으로 편의점 가기를 꺼려했을지도 모른다. 아니다. 그 몸 상태로는 나갈 수 없었던 것 같았다. 시린 겨울바람이 쏟아져 내려오는 가파른 계단을 오르락내리락할 힘조차 없어 보였다. 음식 셔틀을 해주기로 마음먹었다. 지하도 밖의 편의점으로 향했다. '십중팔구 알콜중독일 텐데.' 편의점에서 소주 한 병을 담을까 말까 또 망설였다. 아니다. 그 망설임조차 오지랖이지 싶었다. '소주도 엄연한 칼로리'라는 말도 스쳐갔고. 소주 한 병, 종이컵, 생수, 빵, 우유를 골랐 담았다. 컵라면엔 끓인 물을 부어 함께 날랐다. 그렇게 편의점에서 사온 봉지 꾸러미를 건넨 뒤 남은 돈을 그의 손에 쥐어 주고 계단을 성큼성큼 올라가 빠져나왔다. 무언가 더 엮여서는 안 되겠다는 마음의 단도리라도 하듯. 자꾸 더 많은 생각으로 내가 불편해질 것 같았다.

　잠시 후 집으로 가는 분당행 광역버스를 타고 남대문-명동-한남동을 지나 경부고속도로에 접어 들어설 때까지도 생각이 곁가지를 치며 맴돌았다. 도움은 상대가 원할 때 원하는 것을 해주어야 하는 게 아닌가? 그렇다면 나는 그가 원하는 것을 해주었으니 도움을 준 셈이다. 그렇게 생각하니 내 마음을 편하게 하는, 내 이기심의 알리바이가 되었다. 아니다. 그날 밤 그 한 병의 소주가 추위와 병에 찌든 그의 몸을 더 축냈을지도 모르겠다. 그러자 걱정과 후회가 찾아왔고, 죄책감이 들기도 했다. 그렇게 생각은 얼키고설켜 잠자리까지 이어졌다. 그날 내리지 못한 결론은 세월이 한참 흐른 지금까지 맴돌고 있다. 타인의 고통을 대하고 도움과 위로를 건네는 태도란 얼마나 어려운 생의 숙제인지 새삼 절감하면서 말이다. 그때보다는 시간이 한참은 흐르고 흘러서 그만큼 더 내 머리를 키웠다고 여기는 지금이지만, 기껏 해 놓았다는 내 마음속 풀이는 대략 이러했다. '상대의 처지를 지레짐작하여 당사자보다 앞서가지 말 것, 상대가 정확히 원하고 손을 내밀 때에 잡아줄 것, 내 자신의 깜냥을 벗어나진 말 것, 할 수 있는 게 없다면 묵묵히 지켜볼 것.'

2.

어려운 건 마음의 섬세한 쓰임새다. 마음은 잠시만 틈을 주면 언제든지 밖으로 뛰쳐나가고픈—글자 그대로 방심(放心)이라고 한다—불안한 여섯 살 어린애와 같다. 위로란 연민과 연대라는 활시위의 양끝에 걸린 마음의 화살과 같다. 연민이 반대급부를 기대하지 않는 일방의 투사(投射)라면, 연대는 서로의 이해를 돕고 도모하는 부조(扶助)다. 이 둘 사이 힘의 균형을 잡기란 어렵다. 마음에 관한 한 백발백중 특등사수란 없다. 명중률이 비교적 높은 이들이 있을 뿐. 그래서 대부분의 우리는 쏠 때마다 마음의 과녁을 향하기는커녕 번번이 빗나가곤 한다. 게다가 설령 선의(善意)일지라도 잘못 건넨 도움이나 위로는 쏜 화살처럼 돌이키기 어려운 상황을 빚어낼 때도 있다. 나의 '착한 의도'는 내 안에서 생겨난 자의적 판단에 의한 것이므로 상대의 처지와 마음에 들어맞는다는 보장은 없다. 되려 가뜩이나 힘든 상대의 자존감을 해치거나 무력감을 재

확인시켜주는 꼴이 되곤 한다. 나의 본의에 관해서는 나 자신 조차 그 정답을 헷갈리기 일쑤다. 하물며 타인의 것이라면 말해 무엇하랴? 여간해서 풀어 내기 어려운 고난도 문제가 될 것은 뻔하다. 그도 아니면 번번이 오답을 유발하곤 하니, 이와 관련해 가장 익숙한 관용어가 '본의 아니게'가 되는 것일 터. 하지만 타인에게 가해진 상처란 본의를 따지기에는 이미 깊어진 경우가 많다. 차라리 본의는 드러내지 않는 편이 나았을지도 모른다. 그렇다면 결국 타인에게 마음을 쓰는 데에도 연습과 훈련이 필요하다. 한 사람의 인격이 성인(成人), 글자 그대로의 '만들어진 인간'이 된다는 것은 타인의 욕망이나 마음을 읽어내는 데 더 능숙해져야 함을 뜻한다. 부단한 시행착오가 뒤따름은 물론이다. '상대의 신발을 신어 보라'는 영어 속담은 이에 관한 혜안을 품고 있다. 내 발에 처음 들어온 낯선 이물감이 차츰 익숙해지면서 신발과 발의 어울림이나 어긋남을 알아가는 일. 그런 시도가 상대의 처지를 내 입장으로 환원시켜 이해하려는 계기가 될 것이기 때문이다.

　"말하지 않았는데 너는 어찌 나의 사정을 알았느냐?" 오래전에 보았던 영화 〈우리 학교〉(2006)의 대사다. 위로를 받는 이가 할 수 있는 최상의 말이었다. 나에겐 소위 인생 대사가 되었다. '말하지 않으면 결코 알 수 없다'는 통념은 적어도 위로의 영역에서는 해당되지 않았기 때문이다. '무엇이 지금의 너를 힘들게 하는가?' 위로를 건네는 이가 위로가 필요한 이에게 그렇게 먼저 말해 달라고 요구할 권리란 애초에 없다고 봐야 하니까. 내가 숱하게 저질러온 잘못된 위로의 경로를 되짚어보니 분명해졌다. 그저 상대의 상한 마음을 차분히 들어주는 것만으로도 족했을 텐데, 기어이 상황을 납득한 뒤 도움을 건네려 애쓰거나 때로는 상대가 청하기도 전에 솔루션을 주려 했던 오지랖이 많았다. 언젠가부터는 그 부끄러운 순간들의 반대편을 상상해보기 시작했다. 상대에게 곧장 갈 수 있는 지름길이나 신작로를 포기하기로 한 것이다. 대신 빙빙 돌고 돌아 이게 길이 맞나 싶다가 어느 결에 차츰 나타나는 반가운 오솔길을 꿈꿨다고나 할까? 결국 남의 마음을 읽는 데 영민하지 못한 나로서는 적은 말수를 더 줄이고 더 듣고 더 관찰하는 우회로를 택했어야 했는지도 모르겠다.

위로를 건네는 이가 위로 받는 이에게 기대해야 할 답은 '(쪽집게처럼 내 마음을 맞혀주어서) 고마워'가 아니다. 전제부터 틀렸다. 기대해야 할 답이란 애초에 없어야 하니까. 냉정하게는 그 자신이 건넨 위로의 효용성에 대한 보람을 기대해서는 안 된다. '고맙다'는 답을 듣고자 하는 건 반대급부를 바라는 것이니까. 애초에 살면서 자신의 경험이나 생각 몇 조각만으로 섣불리 타인의 고통을 진단하며 손쉽게 해답을 줄 수 있는 일이란 그다지 많지 않기 때문이다. 그렇다면 도대체 어찌 해야 할까? 결국 내 스스로에게 그 답을 묻는 수밖에 없다. 실은 우리 자신이 어떤 위로를 해야 할지 난감한 입장을 고민하기 전에, 한때의 내가 위로를 받아야 할 입장에 있었던 기억을 떠올리면 된다. 나에게 위로인지조차 모르고 건넸던 누군가의 긴 침묵과 작은 몸짓과 눈빛, 두어 마디의 말이 어느 순간 위로가 되어가는 것임을 깨닫던 기억에 대해서 말이다.

3.

오랜 시간이 흐르는 동안 인류는 위로에 관한 공통의 기억을 쌓아왔을 것이다. 가장 큰 고통으로 여길 상실, 곧 죽음에 대해서만큼은 마음의 부정확한 쓰임새를 경계했을 것이다. 동서를 막론하고 숱한 위로의 수사학 대신 조의(弔意)라는 언어의 약속을 정해버렸으니 말이다. 이를테면 "삼가 고인의 명복을 빕니다", "뭐라 위로의 말씀을 드려야 할지 모르겠습니다" 같은 말들처럼. 코드화된 그 말들은 익숙해도 식상하다고 할 수 없다. 위로와 애도와 표현할 수 없는 황망함을 그 무엇으로 대신할 수 있겠는가? 비록 그 표현은 짧고 단순하고 반복되어도 그 의미는 결코 가볍거나 얕지 않은 무엇으로 전해지는 것이기 때문이다. 자신이 지금껏 길러온 언어를 더 보태거나 뽐내며 특별한 의미를 부여해 타인에게 제 자신의 인장(印章), 그러니까 '눈도장'을 더 선명히 새기고 싶어하는 욕심이 서로를 맴도는 세상. 하지만 죽음에 관한 애도에서만큼은 그 욕심 이상은 불필요하다고 분명히 선을 긋는 것이다. 그리하여 당사자가 겪는 궁극의 슬픔에 대해서만큼은 마땅히 해야 할 말을 찾을 수 없다고 시인하는 것이다. 위로하는 일에 관해서만큼은 그 어느 누구도 스스로의 능력을 자신할 수 없다고 그 한계를 겸허히 인정하기. 이는 보기 드문 사회적 발화이자 일종의 인류사적 약속이 아니겠는가?

생명이라는 소우주가 사라져 간다는 건 한 사람의 생에 있어서 가장 큰 사건이다. 발발인 동시에 종결이다. 이 속수무책 앞에서 달리 무슨 말을 더 보태겠는가? 우선 사건의 당사자인 고인은 어떠한 애도조차 들을 수도 없다. 결국 애도는 죽음이라는 사건의 목격자인 살아남아 있는 이들에게 향할 수밖에 없다. 죽은 이가 이제는 생전의 아픔 없이 평안하게 쉴 수 있을 거라는 상상이 유일한 위안이 될 것이다. 왜냐하면 생이 있는 한 "결정적이거나 완전한 화해, 절대적 위안, 휴식 같은 평화로운 삶"(앙드레 콩트-스퐁빌, 『자본주의는 윤리적인가?』, 생각의나무)이란 존재하지 않을 것이기 때문이다. 결국 "비극에 반대되는 건 천국이고, 천국에 반대되는 건 우리가 살아가는 그대로의 삶"(위의 책)이기 때문이다. 고통에 휩싸인 이들의 영혼과 육체 사이를 연결하는 것은 눈물이다. 언제라도 눈물이 곧 터져 나올 것 같은 슬픔으로 '가득 찬 공허'라는 형용모순이 바로 상실감이다. 절대적 부재로 인해 점점 비워지는 고인에 대한 우리의 감각, 즉 상실감은 살아생전의 고인에 대한 기억으로 조금씩 다시 채워져 갈 것이다. 그리하여 시간이 흐른 뒤 고인은 추억 속에서 완벽히 살아 있는 한 사람으로 다시 곁에 머무르게 되는 것이다.

요컨대 인류는 죽음에 대처하는 '애도'의 언어를 만들어낸 지혜로 살아 있는 이들을 위한 '위로'의 상상 또한 그렇게 만들어낸 것이다. 죽음이 향해 가는 공간, 곧 삶에 반대되는 공간에 대한 '좋은 상상'을 통해서 남아 있는 이들의 상실감을 다독거리는 것이다. 고인을 기억하며 영원한 잠(영면)과 휴식(안식)을 기원하는 가장 단순하고 직관적인 상상을 서로 건네도록 약속해낸 것이리라. 하지만 그 누구도 상상의 실현 가능성이나 현실성을 따지지 않는다. 그럼에도 불구하고 죽음에 대한 애도를 진심으로 받아들일 수밖에 없는 건, 우리 중 누구도 '그 사건'과 관련해서는 국외자가 아니기 때문이다. 우리 모두는 죽음에 관한 한 결국 철저한 당사자이기 때문이다. 그렇다. 위로와 애도는 타인에 대한 윤리나 형식적 예의의 차원을 넘어서는 것이다. 태어난 순간부터 끝을 알 수 없는 소멸로 향하는 유한한 소우주, 그 작고 슬픈 세계의 주인인 동시에 객으로 머물다 가는 우리 자신에 대한 자기 연민, 결국 한없는 사랑이다.

41

밤의 여행

"어린이 여러분,

이제 잠자리에 들 시간입니다.

내일을 위해 일찍 자고 일찍 일어나는 건강한 어린이가 됩시다."

—1980년대 초반 MBC 어린이 캠페인

1.

제5공화국 시절 TV 속 풍경 중 하나. MBC 뉴스데스크 방영 전이면 화면을 가득 채운 짙은 남색 바탕에 하얀 숫자판으로 된 시계 그림이 등장했다. 시보(時報)였다. 시계 초침이 9시 정각에 당도하기 몇 초 전 흘러나오는 여성 아나운서의 목소리. "정확한 오리엔트 시계가 곧 9시를 알려드리겠습니다."

그리고 '띠리리링 띠리리리리리 땡' 하고 차임벨이 정각을 알리며 울려퍼졌다. 화면이 나타나고 "오늘 전두환 대통령은 …", 어쩌고저쩌고 하는 남성 아나운서의 멘트가 이어지는데, 이것이 바로 저 유명한 '땡전뉴스'였다. '땡'은 9시 시보를 가리키는 말. 하지만 당시 대한민국에서 '땡전뉴스'를 볼 수 있는 어린이들은 많지 않았다. 물론 공식적으로만 그랬다는 거다. 9시 시보 전에 방영되는 문제의 '어린이 캠페인' 때문이었다. 두 마리의 달토끼가 떡방아를 찧는 익숙한 상징 아래 이불을 덮고 누워 있는 아이의 그림, "일찍 자고 일찍 일어나는 건강한 어린이가 됩시다"라는 여성 아나운서의 멘트가 흘러나왔다. 그랬다. 대한민국의 어린이는 9시가 되기 전에 반드시 잠들어야 했다. 착하고 건강한 어린이가 되려면 그렇게 해야 되는지 알았다. 다시 말하지만, 물론 공식적으로만 그랬다는 거다. 안타깝게도, 나는 그런 어린이가 아니었다. 세 살 버릇 여든까지 간다는 말, 얼추 맞는 듯하다. 그때부터 지금까지, 나는 내일을 위해 일찍 자고 일찍 일어나 본 기억이 거의 없었으니! 앞으로 남은 삼십 년은 어떨지 모르겠지만.

나는 '단기수면러'다. 잠을 줄이고 밤을 최대한 연장해서 노는 꽤 오래된 습관이 있다. 그 시작은 유년기부터였다. 예의 9시 시보와 땡전뉴스까지도 모자라 정규방송이 끝날 때까지 TV 앞을 지켰다. 이윽고 애국가마저 끝나면 화면이 하얗게 지글지글 끓으며 '삐' 하는 굉음이 한밤의 집안 공기를 갈랐다. 그쯤이 되면 '이제 그만 자라'는 어른들의 지청구도 덤으로 듣기 일쑤였다. 이제 더 이상 애국가는 TV에서도 좀체 보기 힘들어졌지만 40여년간 견고해진 습관은 애국가처럼 인이 박혀 체질이 됐다. 그렇다고 부족한 잠을 낮잠이나 휴일의 늦잠으로 채우려 하지는 않는다. 주말 한낮에 TV를 보다 꾸벅꾸벅 조는 수준이다. 어쩌다 자리 펴고 쪽잠이라도 자는 날이면, 그날 밤엔 영락없이 말똥말똥해지기 때문이다. 그럴 때면 한때 겪었던 지독한 불면의 트라우마가 엄습해온다. 그래서 밤이 아니면 최대한 잠을 자지 않으려고 한다. 물론 한때 그 덕을 본 경우도 있었다. 아무리 자고 또 자도 늘 잠이 부족했던 고교 시절이 그랬다. '4시간 자면 붙고 5시간 자면 떨어진다'는 소위 '4당 5락'의 그 시절, 단기수면러 체질 덕분에 또래보다 '잠의 전쟁'을 비교적 수월하게 치러냈다. 상대적으로 더 풍족한 시간 속에서 더 많이 놀고 더 많이 공부할 수 있었다. 대학 시절 전성기의 술자리에서 희부윰해지는 새벽 하늘을 기어코 보고서야 자리를 파하곤 했던 비결도 주량이나 체력이 뒷받침되어서라기보다는 바로 이 '오래된 습관'에 기인한 것이었다. 그러니까 '술은 몸으로 마시는 게 아니라 정신으로 마신다'는 무모함이 가능했던 것이다.

2.

사실 '단기수면러'와 '프로불면러'는 한끗 차이다. 그럭저럭 잠을 잔다고 치부하는 지금의 나 역시 한때 극심한 불면의 고통을 겪었다. 대체로 이런 패턴이었다. 우선 불을 끄고 잠자리에 누우면 눈앞엔 글자 그대로 '어두운 하늘의 막', 천장(天障)이 보인다. 눈이 그 어둠에 익숙해지면 천장의 무늬와 매달린 전등의 형체가 차츰 드러난다. 그 기하학적 무늬를 삼각형, 사각형, 오각형 따위로 분해하기도 한다. 좌로 뒤척이면 그 생각, 우로 뒤척이면 저 생각. 그러다 생각의 끝은 지금 내가 있는 침실이라는 물리적 공간, 즉 물질 세계를 일시적으로 벗어난다. 동시에 지금 이 순간의 '나'라는 주체로 온전히 집중된다. 한편 뒤척이는 것 외에 아무것도 할 수 없는 몸은 나의 감옥이 된다. 억지로 감으려고 하면 할수록 아파오는 눈, 들숨과 날숨을 일일이 자각하며 답답해지는 가슴, 한 자세로 오래 있어 뻐근해진 허리는 점점 고역이다. 대신 두뇌만이 유일한 자유의지로 맹렬히 활동한다. 이런저런 생각들은 고구마 줄기처럼 지난 기억들을 끝없이 캐내기 시작한다.

나의 육체와 정신은 흐르는 매분 매초의 시간과 동일한 것이 된다. 째깍째깍, 어디선가에서 새어 들어오는 초침 소리가 유독 크다. 내 귀에 도청장치, 아니 시계가 들어 있는 것만 같다. 내 리듬은 시계 초침의 간격에 맞춰진다. 침대 머리맡의 LED 시계 숫자판은 프로야구 야간경기의 전광판처럼 눈부시게 느껴진다. 어둠 속에서 예민해질 대로 예민해진 감각이 채집해온 것들이 하나둘씩 늘어나자 '은화처럼 맑아지기만' 하는 정신. 이 판국에 내일 무얼 할까를 떠올린다거나 고민거리를 풀어보려는 것은 금물이다. 그랬다가는 머릿속은 뒤엉켜 더 심란해지기만 할 뿐, 자칫하면 그날 잠자기는 아예 물건너가기 때문이다. 그사이 내 생체 시계는 습관처럼 역방향의 연대기를 써 내려가기 시작한다. 몸이 몹시 피곤한 경우는 대개 이삼 년을 거슬러 올라가다 멈춘다. 평상 시엔 연도별, 월별로 비교적 뚜렷하다. 어떤 때는 십여 년 이상은 거뜬했고, 심한 경우엔 국민학교 입학식날까지 거슬러 올라가기도 했다.

그날 내 인생에서 처음 이성(異性)의 손을 잡았다. 그 애이름은 '이OO'. 1981년 3월 3일 국민학교 입학식에서였다. 운동장에 종대로 줄을 선 남녀 아이들은 서로 손을 잡고 있었다. 나와 비슷한 키의 OO은 걸스카우트 유니폼 같은 베이지색 멜빵 치마를 입었다. 내 손에 와 닿은 그 애 손의 보드라운 감촉, 그리고 참 좋은 냄새. 나중에 알았지만 '존슨즈 베이비' 파우더 향이었다. 가끔 그 향과 비슷한 냄새를 맡을 때면 영락없이 그날을 먼저 떠올리게 된다. 뒤이은 봄 운동회. 그날 운동장 한 켠에선 화단 철조망을 활용한 교내 그림 전시회가 열렸다. 거기에 내가 그렸던 〈내가 본 동물원〉이 걸려 있었고, 제목 위엔 '교내 사생대회 수상작' 타이틀이 붙어 있었다. 신이 나서 어머니에게 자랑하며 내 그림을 손으로 가리켰다. 그런데 그림 밑엔 내 이름 대신 엉뚱한 이름이 붙어 있었다. '1학년 6반 김OO'. 그 아이는 반장이었다. 어머니 당신은 그 그림 앞에서 한참 동안 발걸음을 떼지 못하셨다.

1학년 6반 A선생님께서 직접 시전하신 생생한 부조리극은 제자의 가슴에 지금껏 잊히지 않는 인생의 한 장면으로 남아 있다. 그땐 그래도 되는(?) 시대이긴 했다. 과연 어린이의 세계는 어른 세계의 거울이고 축소판이었다. 말도 안 되는 일들이 뉴스로 차고 넘쳤다. 힘 세고 돈 많으면 안 되는 일이 없었다. 교사가 제자를 유괴해 몸값을 요구하고 대도가 서민의 영웅으로 추앙받기도 했다. 하긴 그 세태의 작동원리가 그때나 지금이나 무에 다를까마는. 그 바탕은 사람 목숨쯤은 예사로 여기던 시대의 거대한 조류에 있었다. 입학하기 1년 전의 5월. 군인들이 총칼로 사람들을 죽이고 끌고 간 일이 있었다. 당시 집 건너편에 있던 예비 모교인 국민학교에서도 최후의 항전을 하다가 사람들이 죽거나 다치고 잡혀갔다. 그날 새벽 우리집 창가엔 날아드는 총알을 막기 위한 솜이불이 내걸렸다. 스피커에서 흘러나오던 여성의 애절한 목소리, 경고음 같은 사이렌 소리, 콩 볶는 듯한 총소리로 벌벌 떨며 어둠 속에서 잠을 이루지 못했다.

그보다 더 오래 전인 1970년대 말. 어머니는 시골 조부모님댁의 젖소목장에 나를 맡겨 놓고 도회로 화장품 외판원 일을 나가시곤 했다. 그때마다 코흘리개는 '정선생님댁' 뒷산까지 당신을 울며불며 쫓아갔다. 그 댁 대문 앞엔 젖을 늘어뜨린 백구와 꼬리가 스프링처럼 단단히 말려 있는 황구가 일광욕을 하며 앉아 있었다. 당신은 두 녀석이 짖으면 내 손을 꼭 잡아주었다. 그러고는 왔던 길로 도로 나를 데리고 가서는 개 짖는 소리가 멀어질 거리쯤에야 나를 두고 다시 발걸음을 옮기셨다. 지금의 나보다 훨씬 젊은 당신이 손을 흔들며 재 너머로 멀어지는 모습을 내내 쳐다보다 집으로 돌아오곤 했다. 오솔길에는 그런 나를 내려다보고 있었던 키가 껑충하게 큰 소나무들이 우뚝 서 있었다. 높은 솔가지 사이로 비치는 새파란 하늘, 그 위엔 하얀 조각구름이 점점이 걸려 있었다.

그렇게 점점 희미해지는 유년기까지 찾아갔는데도, 여전히 잠이 오지 않으면 '특집편'을 편성해본다. 연대기 중에서도 내 인생 각 국면의 하이라이트만을 모아보는 것이다. 혼자인 때라 가진 건 자유밖에 없었던 '술과 장미의 나날들'인 2008~2010년, 용산의 비극, 마이클 잭슨, 두 전직 대통령, 김수환 추기경 등 가슴 아픈 죽음으로 가득했던 2009년, 생애 첫 해외여행 격의 런던과 뉴욕 출장이 있었던 2005년 12월,

프리첼 동호회와 더불어 하루하루가 축제였던 2001~2003년, 졸업 후 백수이자 국가자격증 수험생 신분이었던 1999~2000년, 동가식서가숙의 대학시절 1993~1998년, 광주를 떠나는 결정적 분기점이 될 마지막 학력고사가 있던 고3 시절의 1992년. 그해 12월의 대선, 지원했던 Y대학 기숙사에서의 시험 전야. 좀체 잠들지 못했던 그날 밤의 FM 라디오에서 흘러나오던 노래 〈에레스 뚜〉. 기숙사의 천장과 벽지, 불안하고 낯선 어둠 속에서 어슴푸레 보이는 그 무늬들. 그렇게 나는 이 두서없는 연대기 속에서 젊다 못해 어리던 나, 한때 함께했었으나 이제 더는 만날 수 없는 사람들을 복기하고 궁금해하다가 어느 결에 잠이 들곤 하는 것이다.

3.

체력이 허락한다면, 하룻밤을 꼬박 새워 기억 여행을 떠날 수 있었으리라. 그렇다. 마르셀 프루스트의 『잃어버린 시간을 찾아서』가 장장 일곱 권*에 달하는 대하 장편소설이 될 수 있었던 건 우연이 아니다. 한 사람의 생애에 관한 일종의 '재귀적 연대기'였기 때문이다. 보르헤스의 단편 「기억의 천재 푸네스」도 궤를 같이한다.

---

* 국내 번역본으로는 열한 권

"나 자신에 대해 잊으려고, 내 방을 잊으려고, 방 바깥의 정원을 잊으려고, 가구를 잊으려고, 내 몸에 관한 여러 가지 사실들을 잊으려고 무던히 애를 썼지만 잊을 수가 없었어요. 그래서 나는 완벽한 기억에 짓눌린 한 남자를 생각했지요."

—『보르헤스의 말』, 마음산책

보르헤스가 밝힌 기억 천재 아니 '기억과다증'의 푸네스라는 인물이 탄생한 배경이다. 푸네스는 오후 3시 14분에 측면에서 보았던 개가 3시 15분에 정면에서 보았던 개와 동일한 이름을 가질 수 있다는 사실을 못마땅하게 생각했다. 그만큼 "정밀하고 순간적이고 다양한 형태의 세계를 지켜보는 외롭고도 명민한 관객"(호르헤 루이스 보르헤스, 『픽션들』, 〈기억의 천재 푸네스〉, 민음사)이었다. 프루스트와 보르헤스, 세계문학사에 길이 남을 두 거장의 위대한 작품들은 하나같이 지독한 불면증에 시달렸던 경험에 빚진 것이다. 불면의 순간에는 우리 역시 그렇다. 외롭고 명민한, 세상에서 단 하나뿐인 감독인 동시에 관객이 된다.

흐르는 물의 비유로 따지면 시간은 미래에서 우리를 향해 흘러오는 것이며 발을 담그고 있는 순간이 현재다. 발목을 적시고 지나 두 번 다시 닿을 수 없도록 내 뒤로 저만치 흘러가 버린 물은 과거다. 오감을 동원한 프루스트의 시간여행이 되찾고자 한 것은 미래로부터 속절없이 흘러오는 물이 자신의 발목을 적시던 모든 순간들이었다. 채 마르지 않은 젖은 발목의 기억을 찾아 헤매는 병약한 인간의 실존적 방황이자 이별과 죽음의 공포에 맞서는 개인적 분투였다. 지독한 불면 속에서 집요한 기억과 추체험으로 써 내려간 궁극의 예술혼이기도 했다. 불면은 쉴 새 없이 흘러가는 현재를 붙들고 싶은 미련과 후회와 집착, 내일에 대한 불안과 공포, 지나간 인연에 대한 회한, 사라진 행복에 관한 그리움, 그리고 기억과 망각 사이의 갈등이다. 앞만 바라보며 살아가라는 세상에서의 머뭇거림이다. 그는 밤중을 맞이하고서도 현실의 한낮에서 벗어나지 못한다. 어제의 끝이 맴도는 가운데 내일은 어느새 사라지고 오늘만이 기다린다. 불면은 그렇게 어제와 오늘과 내일이 뒤엉킨 경계에서의 방랑이다.

겪어본 사람은 알겠지만, 나에겐 드문 일이긴 하지만, 잠을 잘 자고 일어났을 때 평소보다 우월해진 심신의 컨디션은 일종의 경이로움이다. 오죽하면 철학자 니체는 좋은 잠을 거의 덕과 지혜의 반열에 올려놓았을까? 심지어 잠을 제대로 못 잔 인사들과는 어울리지 말라고도 했다. 그 말은 동시에 반전을 품고 있었다. 잠을 잘 자기 위해서는 하루 종일 눈을 뜨고 있어야 하기 때문이다. 니체는—한나 아렌트가 『인간의 조건』에서 구분했던 생계로서의 노동(labor), 창조적 작업(work), 정치/사회적 차원으로서의 행위(action)든 간에—백주의 시간을 낙타처럼 살아야 하는 인간의 순환적 운명을 노래했다.

그렇다. 인간은 일(labor/work/action)을 해야 한다. 그래야 산다. 그 일을 하고 나면 심신의 피로에 의해, 재충전을 위해, 마땅히 잠을 자야 한다. 따지고 보면 일이 추구하는 궁극의 목적은 물질적 · 정신적 · 육체적 충족감과 함께 그 속에서 누리는 따뜻하고 편안한 잠일 터. 그런데 그 일로 인해 얻은 과로, 스트레스라든가 강요된 초과근무, 개인사의 백팔번뇌 등이 잠을 방해하는 것이다. 결국 자는 게 일(problem)이 되고 마는 이치다. 문제는 자는 게 일이 돼버린 나를 포함한 사람들처럼 밤중에 깨어 있지도 잠들지도 못하는 상태를 겪는 이들이 갈수록 많아진다는 것이다. 그럴싸하게 말하자면, 시간의 경계에 선 밤의 방랑객들이 그만큼 많다는 소리다. 걷는 길이라면 헤매는 와중에 어쩌다 서로 마주치기라도 할 테지만, 도통 만날 길이 없는 오직 혼자만의 고독한 여행일 뿐이다. 잠을 잘 자야 한다는 것을 알면서도 번번이 실패하고 실천하지 못하는 이들에게, 차라투스트라는 이렇게 역설적인 위로를 말해주었다. "잠을 잘 자기 위해서는 깨어 있어야 한다." 그래서 우리들은, 나는, 여태 이 시간까지 깨어 있는 모양이다. 이로써 밤은 모두에게 공평한 여행이 되는 것인가? 잠을 자든 깨어 있든 간에, 꿈으로든 기억으로든 간에.

밤의 여행

박기원

나를 지금 푸른 잠에 데려가줘요
달빛에 젖어 흘러가는 구름 따라서

나의 지친 하루를 닫고 싶어요
포근한 어둠을 이불처럼 감싸 안고서

모두 잠든 세상 나 홀로 여행을 떠나요
잃어버린 시간을 다시 찾고 싶어서

지금 어제를 보내지 못하는 것은
사랑을 하고 희망을 기르고 아름다움을 간직했던
내게로 돌아가고픈 미련이겠죠

나의 작은 방에 어제의 끝 남아 맴돌고
내일은 어느새 사라지고 오늘이 기다릴 때
그리운 이름 안고서
바람 부는 아침 만나기 위하여
나는 지금 잠이 들고 싶어요

다시 만나고픈 사랑이 있기에
나는 지금 꿈을 꾸고 싶어요

42

사람의 일

나의 이십대도 그들과 별반 다르지 않았다. 나 역시 내 몸을 자주 축제에 내맡기고 살았다. 돌이켜보면 위험천만한 순간도 많았다. 하지만 딴에는 어른들이 만들고 이끌어가는 세상이 믿을 만한 구석이 있다고 여겼나 보다. 하늘을 이고 땅을 밟고 사는 이가 지닌 가장 큰 믿음이란 다름 아닌 무의식이다. 나는 언제든지 지옥으로 돌변할 수 있는 대한민국 삶의 현장 곳곳을 '무의식적으로' 지나쳤고, 그곳에서 무방비 상태로 놀았다. 다행스럽게도, 스물의 곱절하고도 십년을 더 살아오면서 그럭저럭 쉰이 되었다. 그 사이 나보다 훨씬 젊고 어린 존재들이 뜻하지 않게 겪었던 숱한 비극을 목도했다. 그 비극의 양태는 조금씩 달랐지만, 그 원인은 매번 어처구니없었다. 하나같이 하늘의 뜻과는 거리가 먼, 사람으로 인한 재난이었다. 그리고 해결 방식은 늘 예상을 벗어나지 않았다. 하나같이 무책임과 회피와 거짓으로 일관된 것이었다. 그러다 보니 이 위험천만하고 아슬아슬한 시간들을 꾸역꾸역 거치고서 어른이 된 '오늘의 나'는 인생의 의도된 여정에 따른 결과만은 결코 아니라는 데에 생각이 미치는 것이다. 내가 누리고 있는 이 소소한 평범 역시 단지 조금 더 운이 좋은 덕분이었다는 것도.

고1 수학여행. 광주에서 전세버스를 타고 목포로 갔고, 다시 거기에서 배를 타고 제주도로 이동했었다. 난생처음 탄 배였다. 1990년 4월 어느 날의 훼리호. 좌석도 없는 소강당 같은 넓은 2등 객실에는 나와 같은 남학생들이 2개 반 단위로 나뉘어 탑승했다. 항해가 시작되고 나서 얼마 뒤 예전에는 한 번도 느껴보지 못했던 심신의 이물감이 느껴졌다. 배멀미였다. 무중력 상태도 아닌데 땅바닥이 내 의지와 관계없이 마음대로 춤을 추고 있는 기분이었다. 또래들과 함께한 여행의 들뜬 기분 덕에 견딜 수 있었지만 썩 유쾌하지 않은 체험이었다. 그 상태로 지루한 두세 시간여가 흐르고, 이미 저문 제주항의 불빛을 보며 땅을 밟았다. 그제서야 안도의 한숨을 내쉴 수 있었다.

대학 시절에는 사람들 틈에 뒤섞여서 거리와 골목길을 쏘

다녔다. 96년 추석 연휴 신촌 록카페 '롤링스톤즈'에서 11명의 또래 청춘이 화재로 숨졌다. 그때 나는 바로 근처 카페에서 밤을 보내고 있었다. 이후로도 전기배선이 불안한 노포와 비상구조차 없는 호프집에서 너무 자주 술을 마셨다. 취기에 젖은 채 새벽녘 지하철 순환선을 타고 가다 세상모른 채 잠들어 몇 시간을 왕복하기 일쑤였다. 숙소에 들어갈 수 없었던 시절엔 건물 옥상, 교정 잔디밭, 병원 대기실에서 동가식서가숙하기도 했다. 별다른 목적도 없이 신촌과 강남의 고급백화점에도 가 봤고, 한강에 놓인 몇 개의 다리를 수도 없이 건넜고, 매일 지하철과 버스를 탔고, 크레인이 머리 위에 떠 있는 재건축 공사장을 아무런 경계 없이 지나다녔다. 그러면서도 그곳이 한순간에 나의 지옥이 되리라는 생각을 해본 적은 거의 없었다. 뉴스에 나오는 비극은 타인의 불행이었으며 확률적으로도 낮은 것이라 여겼다. 놀란 가슴도 잠시뿐, 시간이 흐르고 나면 나에게는 '해당사항 없음'이었다. 물론 비극의 당사자 또한 그 불행이 닥치기 전엔 나처럼 '생각 없는 생각'을 갖고 있었으리라. 그렇게 설마설마하며 습관적으로 과거의 비극을 자주 잊었던 것 같다.

이제는 그 망각이 오만하고 미련한 것이었음을 새삼 깨닫고 있다. 누구라도 그러하듯이, '2022년의 10월 29일 그날' 이후부터. 매일 출근길에 시청 청사 앞에 설치된 '10·29 이태원 참사 희생자 합동분향소'를 지나친다. 줄을 지어 놓여 있는 영정사진 속 얼굴들을 천천히 살펴본다. 더러는 하얀 국화꽃이 얼굴을 대신하고 있다. 처음 그 앞에 섰을 땐 똑바로 쳐다보기가 왠지 두려웠다. 괜히 면구하고 가슴이 내내 떨렸다. 특별한 사연을 품은 얼굴들 하나하나를 살피는 식으로. 하지만 어느 때부터 그 얼굴들은 내게 평범해지기 시작했다. 만원지하철과 버스에서 함께 부대끼며 스쳐갔을 얼굴들로, 가끔은 모르는 서로에게 짜증을 내기도 했던 우리 중의 그 얼굴들로.

나는 나만의 방식으로 애도를 하기로 한다. 애도란 함께 슬퍼하고 분노하는 일이다. 그들의 평범이 어찌하여 저토록 허망하게 무너졌는가를 살피는 일이다. 그리하여 지금 누리고 있는 나의 평범을 겸허히 되짚는 일이다. 애초부터 '애도 기간' 따위란 있을 수 없다는 생각으로. 기간이란 시작과 끝을 정하는 것인데, 애도에 시효가 어디 있겠는가? 물론 알고 있다. 내가 할 수 있는 일이란 너무 미약하다는 것을. 사랑하는 이들을 하루아침에 상실한 사람들을 대신해 내가 더 슬퍼할 수도 없는 노릇이다. 지난가을, 슬픔 이전에 충격과 공포가 더 큰 감정이었던, 그렇게 이기적일 수밖에 없었던 나는, 다만 이 평범을 가져오기 위해 치러진 무수한 희생의 대가를 잊지는 않으려고 한다. 특별법을 촉구하는 서명에 동참하고 비극을 절대로 잊지 않고 망각에 반대하는 일 외에 무엇을 할수 있겠는가? 그리고 앞으로도 여느 때와 같은 '평범'을 지속시키려 노력하는 것뿐이다.

> "우리는 아직 여기 있어
> 다만 서로 볼 수 없을 뿐이지
> 밤을 지나치는 저 배들처럼 말이야
> '괜찮아' 우리는 웃으며 말했지"

배리 매닐로우의 감미로운 목소리에 실린 〈Ships〉(1979)의 가사는 목소리만큼 아름답다. 비록 멀리 떨어져 있고 어두워서 서로 볼 순 없어도 한 바다 위에 떠 있는 두 척의 배가 서로를 의지하고 믿는 마음을 노래했다. 여기서의 '우리'는 화자인 '나'와 '나의 아버지', 곧 아이와 어른. 이 두 존재가 같은 물결 위에서 함께 흘러간다는 연결감이랄까 사랑이랄까? 앞길 모르는 인생의 밤바다를 항해한다고 여겼던 한때의 어린 '나'도 그런 믿음의 배 한 척쯤은 늘 갖고 싶었다. 비록 아이가 없는 지금은 공염불이 된 모양새지만, 어른이 되어서는 누군가에게 그렇게 되어 주겠노라 마음속으로 다짐하곤 했었다. 나의 수학여행이 있은 지 24년 뒤인 2014년 4월. 그해 봄날 바다 소식을 보고 울고 또 울었던 건, 한때의 어린 나와 같은 마음으로 제주행 배를 탔을 그 또래 아이들이 계속 떠올라서였다. 그들은 지루한 항해 끝에 내가 보았던 '반가운 제주항' 풍경을 끝내 볼 수 없었다. 왜 그때 바다 위의 그들에게는 의지가 되고 믿음을 주는 '어른의 배 한 척'이 없었을까? 그 바다를 생각하면 비통한 마음이 여전히 흐르는 것이다.

아찔하게 밀려오는 지난 시간은, 내 평범 역시 비극과 동전의 양면이었으며, 언제든지 한순간에 무너질 수 있는 모래성이었음을 새삼 경고한다. 그리하여 삶이란 국가와 사회와 신에 의지하는 것이 아니라 온전히 나 자신이 견디고 버티며 살아내야 하는 것임을 어김없이 깨닫게 되는 것이다. 아무도 '나'를 보호해주지 않는, 이 각자도생의 세상에서는 말이다. 그럼에도 불구하고 포기와 냉소보다는 사랑의 시간이 계속되고 있고 앞으로도 계속될 수 있음을 여전히 믿는다. 비극에 관해 멈추지 않는 분노와 슬픔도 결국 잃어버린 사랑 때문이며, 추모란 더는 사랑을 잃지 않겠다는 다짐일 테니까. 비극에 대처하는 진실과 법과 제도도 그 바탕 위에 놓이게 될 것이다. 그렇게 추모와 추궁의 시간이 앞으로도 우리 앞에 흐르도록 할 것이다. 그것이 바로 '사람의 일'이다.

"신이 있다면 왜 세상을 이리 만들었는지 묻고 싶은 날이다. 따지면서도 매달리고 기도하고 싶은 날이다. 그리고 사람의 일을 따지자. 잊어서도 묻어서도 안 된다. 우리는 사람의 일을 하자."

—한겨레신문, 2022년 11월 1일자, [조형근의 낮은 목소리] 중

43

성당에서, 봄

1.

봄은 거의 다 익을 대로 익었고 오후엔 한여름 기운마저 물씬 난다. 하지만 추위를 많이 타는 체질인 나는 아직 긴팔이나 겉옷 신세를 면치 못하고 있다. 5월의 아침 출근길. 신촌과 명동 거리를 오고가는 반팔 차림의 청춘들이 그저 신기하고 도 부럽다. 사실 근자에 집 이사를 한 가장 큰 이유도 그 때문 이다. 그 집에서 연중 4분의 3은 늘 추운 상태였다. 평수를 줄 여서 옮기고 나니 한결 아늑해졌다. 그렇게 두 계절이 겹치는 동안 새 사무실에서 루틴을 만들었다. 신자도 아닌 내가 점심 시간이나 늦은 오후에 성당 구내를 산책한다. 애초에 나는 가 톨릭, 아니 성당에 대한 이해나 감이 전혀 없는 채로 드나들기 시작했다. 사람들이 저마다의 사연으로 찾게 될 이곳에서 부쩍 평온을 느낀다. 그것으로 족하다. 참회나 축원 같은 기도 하나 품지 않고도 자주 오게 되는 이유다.

"이거 정말 대단하군요(It's really something)." 레이먼드 카버의 단편소설 〈대성당〉의 유일하게 기억나는 그 대사를 바치고 싶을 정도다. 고해소 가는 길의 푯말을 바라본다. 그 이름이 주는 무게가 있어서 멈칫하다 철문 안으로 들어간다. 입구 맞은편엔 돌계단이 있다. 그곳에 앉아 음악을 듣곤 한다. 나 자신의 한 길 마음속조차 알지 못했고 제대로 붙들지 못한 채 슬럼프로 흔들렸던 봄의 한때. 그렇다고 비신자인 내가 무턱대고 들어가 고해성사를 할 순 없다. 대신 여기 돌계단에 앉아 회개를 할까나? 때마침 알게 된 '회개'의 히브리어 어원은 '거슬러 올라가 살피다'라고. '자기 직시'에 다름없는 말이다. 하지만 1인칭 시점으로 생의 시간을 거꾸로 재생시키다 보면, 만나게 되는 건 애처로운 나 자신이다. 회개의 길에는 일단 '자기 연민'이 앞서는 것이다. 과연 나는 '자기 연민'의 유혹에 빠지지 않고 '자기 직시'를 해낼 수 있을까? 나를 똑바로 바라보게 만드는 거울은 어떤 것일까? 기대하고 기다리기만 할 뿐, 내가 진짜 무엇을 원하는지 알 수 없었던 허망한 기도 같은 시간들로부터 벗어나는 일? 마음속에 간절히 품고 있을 생의 바람을 다시 찾는 일? 기도를 배운 적은 없다. 나는 나만의 방식으로 기도에 대해 생각하기로 한다.

2.

기도(祈禱)란 무엇인가? 사전적 정의로는 "인간보다 능력이 뛰어나다고 생각하는 어떤 절대적 존재에게 빎 또는 그런 의식." 그렇다면 개인의 능력을 벗어난 불합리한 문제의 해결을 간청하는 '소원 수리'도 기도에 해당될까? 남보다 더 많이 벌어 더 많이 갖고 남보다 위로 올라가 더 많이 돋보이고픈 욕망까지 들어 달라는 세속적 요구도? 한국의 주류 개신교가 유례없는 기복 신앙으로 부자들과 지배층의 대표적 종교가 된 이유는 바로 그 때문이리라. 공부도 노력도 하지 않으면서 무언가 이루어 달라고 보채는 일? 그것은 요행수 아니면 실현 불가능한 기적에 가깝다. 사랑을 나누고 베푸는 대신 미워하고 배척하고 패거리짓기에 골몰하며 사교의 수단이 되는 것? 애초에 성경에 그렇게 하라는 말씀은 없었다. 이런 기복 신앙을 숙주 삼아 탄생한 돌연변이가 바로 넷플릭스 드라마 〈수리남〉(2022)의 목사 전요한(황정민 분)이다. 그는 사이비 목회자이자 사기꾼이자 장삿꾼이자 범죄자다. 세속의 모든 욕망을 집대성한 비즈니스를 성공시키기 위해 신의 이름을 참칭하는 자다. 만일 예수가 이 땅에 재림한다면 전요한 같은 자는 골백번은 채찍으로 처맞고 내쫓김을 당했을 것이다.

목회자는 문제 해결사나 기적을 행하는 마법사가 아니다. '구원 소매상'이 아니다. 기도를 돕는 가이드일 뿐이다. 스스로가 믿음의 대상이 되어서도, 그것을 타인에게 강요해서도 안 된다. 믿음의 근거란 제각각이며 그 답 또한 정해져 있지 않기 때문이다. 예측 불허의 운명을 확신하지 못하기에 두려움을 지닌 존재, 자연의 질서 앞에서는 턱없이 무기력한 존재가 바로 인간이다. 인간은 그런 인간 스스로를 위해 절대적 존재에 의탁하는 믿음을 발명했다. 그 소통의 수단으로 기도가 필요했다. 그럴 때의 기도란 성경을 '일자무오류'의 주문처럼 외우는 것이 아니다. 기도는 신데렐라를 돕는 마법사의 '비비디바비디부(Bibbidi-Bobbidi-Boo)'가 아니다. 일하지 않고 돈을 벌게 해 달라, 치료도 받지 않고 병을 낫게 해 달라, 그물도 없고 고기 낚는 요령도 없는데 망망대해에서 고기를 잡게 해 달라, 쌀이 없고 물과 불이 없는데 밥을 달라, 퇴고조차 제대로 하지 않은 원고를 대박나게 해 달라 따위의 기도? 지금까지 그래왔듯, 그런 기도는 앞으로도 결코 이루어지지 않을지어다!

그렇다. 결국 기도의 전제는 일단 '내가 해야 한다'는 것이다. 아무것도 하지 않고 기도만 한다면 깃털 하나도 움직일 수 없다. 인간은 인간의 일을 해야 한다. 능력과 노력이 스스로를 도울 뿐이다. 그리고 나서 그 결과는 운명에 맡기면 된다. 그렇다. 뻔하지만, 진인사대천명(盡人事待天命) 이야기를 할 수밖에 없는 것이다. '하늘은 스스로 노력하는 자를 돕는 다(Heaven helps those who help themselves).' 동서고금을 초월해 이 두 격언은 서로 닮아 있다. 그런데 왜 한국의 교회 곳곳에 선 하늘을 향해 인간인 나를 먼저 도와 달라고 요구하는가? 삶이 이미 지옥인 사람들에게 '믿지 않고 기도를 하지 않아서 지옥으로 가는 것'이라고 저리 침을 튀겨가며 아우성들인가? 나를 둘러싼 고난이나 난국을 해결하고 내일을 좀더 나은 것 으로 바꾸기 위해서는 나 자신의 변화가 우선인데 말이다. 그 것은 지극히 사소한 것들로부터 시작된다. 습관에서부터 태 도까지.

그렇다면 그 변화를 받아들이기 위한 자기 설득과 자기 직시의 과정이 따라야 한다. 이때 그 과정을 '하나님의 말씀', 즉 '으뜸의 가르침'이라는 종교(宗敎)의 양식, 그리고 인류의 경험과 지혜를 집대성한 경전(The Bible)을 통해 비추어보는 것이다. 그것은 나를 비추는 일종의 거울이다. 그 과정을 통 해 스스로 변화하고 성숙해질 수 있다. 나 자신을 비로소 사 랑할 수 있게 되는 것이다. 그것은 에고(ego)의 껍질을 좀체 깨뜨리지 않는 배타적 이기심과는 다르다. 나를 사랑하고 긍 정하는 힘으로 타인을 사랑할 수 있게 되기 때문이다. 그런 사람들을 하나둘씩 모이게 하고 세상을 바꾸는 실천을 꿈꾸는 것. 그것이 영성(靈性)의 함양, 바로 기도의 이유이며 신앙의 목적이 아닐까? 얼마 전 다시 읽은 두 권의 옛 책에서 이에 관한 인상 깊은 구절들을 만났다.

"대부분의 사람들에게는 그 책의 결함으로 보였던 점이 내게는 오히려 장점이 되었어요. 그것은 그분이 자신의 주장을 강력히 논증하려 하지 않고 씨 뿌리는 사람처럼 자기가 뿌린 씨앗 가운데 불과 몇 개만이라도 좋은 땅에 떨어져 수천의 열매를 맺어주었으면 하는 희망을 가졌기 때문이에요."

—막스 뮐러, 『독일인의 사랑』, 소담출판사

"경건하다는 것이 건강과 명랑함을 의미한다는 사실을 나는 모르고 있었다. 믿는 마음이란 단순하고 소박하며 건강하고 조화로운 인간이나 아이들, 원시인만이 가질 수 있는 것이다. 단순하지도 소박하지도 못한 우리 같은 인간들은 숱한 우회로를 통해서만 이 신심을 찾아낸다. ……자신에 대한 믿음이 바로 신심의 출발이며 우리들이 믿어야 할 신은 우리들 마음 가운데 있다. 자신을 긍정하지 못하는 사람은 신을 긍정할 수 없다."

—헤르만 헤세, 『공지영의 수도원 기행 1』에서 재인용, 김영사

3.

두 독일인의 생각의 뿌리는 같다. 외부로부터 찾아온 것이 아니라 내 안에서 생겨난 믿음이 우선이고 진짜라는 것. 신심(信心)이라는 것도 본심(本心)을 이겨내지는 못하는 법이니까.

철석처럼 믿었던, 청춘을 달뜨게 했던, 사상과 이데올로기와 동지 또한 그러했다. 한때 공동체라는 깃발의 펄럭임이 선사한 구심력(求心力) 아래 모여 있던 '우리들'. 그들은 결국 각자의 욕심과 본심이란 원심력(遠心力)으로 어느 결에 그만큼 더 멀어지거나 점점 냉담해졌다. 서로 멀리 떨어져 있는 별들은 그만큼 더 빨리 멀어지는 이치처럼. 그럼에도 불구하고 자신의 본심이 신심이 되어 여전히 그 자리에 머물러 있는 사람들도 있다. 죽기 살기로 생을 걸고 싸우는 사람들. 그들에겐 생존이 곧 본심이고 신심의 근원이다. 성당 맞은편 철거 예정인 건물 앞 천막에는 매일 그들이 틀어 놓은 음악이 흐른다. 조악한 스피커에서 흘러나오는 탓에 가뜩이나 생경한 노랫말은 더욱 다가오지 않는다. 들리기는 하는데 제대로 들리지 않는 노래. 누군가에겐 필시 거리의 무수한 소음들 중 하나가 될 것이다. 내게는 그 노랫말 하나하나가 담고 있던 의지와 책임과 의무가 습관이 되었던 시절이 있었다. 노래책을 펴고 기타를 치며 종일 목청껏 부르기도 했고, 엠티 숙소, 과방, 동아리방, 술집, 골목길, 그 어딘가에서 하루에도 몇 번은 흘러나와 인이 박혀버린 '거리의 노래들'. 마음보다 팔뚝이 먼저 반응하는 이 노래들은 거개가 행진이나 장송 곡조였다. 그러니까 '앞으로 나가거나 끝내는 죽거나'. 스피커에서 흘러나오는 노래를 나도 모르게 속으로 따라 흥얼거리기도 한다. 알고 있다. 지금 이 순간 이 거리 위에도 나와 같은 감상에 젖을 수 있는 사람들이 제법 있음을. '나도 한때 자작나무를 탔었지' 라고 회고조로 말할 수 있는 소시민들 말이다.

87년 6월. 두루마리 화장지가 빌딩 숲 사방에서 떨어지며 항쟁의 대미를 축제처럼 수놓던 이 명동 거리. 이제는 다국적 간판을 단 상점들 사이로 여행용 캐리어를 끌고 다니는 다국적 행인들로 북적이는 곳. 최루탄과 눈물과 땀과 노래와 함성이 배어 있는 명동성당의 언덕길에도 사람들의 행렬이 끊이지 않는다. 저 길이 치러야 했던 역사적 대가를 사람들은 알고 있을까? 한국 천주교사에 가장 큰 영향력을 행사했던 뮈텔 대주교(1854~1933). 그는 이토 히로부미를 사살한 안중근(도마)의 신자 자격을 박탈했고 죽기 직전의 종부성사를 거부했다. 급기야 동생 안명근(야고보)이 총독 데라우치 암살을 모의하는 과정에서 했던 고해성사를 일제에 밀고했다. 이로써 안명근 자신은 물론 백범 김구를 비롯한 국내 독립운동가의 대대적인 검거, 투옥 광풍으로 이어진 이른바 '105인 사건'(1911)이 발생했다. 당대의 독립운동 기반은 사실상 초토화됐다. 압제자인 일제의 심기를 거스르지 않는 교세 확장을 통한 '사랑의 전파'가 그토록 중요했던 것일까? 그 실천을 위해서라면 사랑과 생명과 자유를 말살했던 세력과 손을 잡는 일이 가능해지는 것일까? 그렇게 전파한 사랑이란 대체 어떤 종류의 사랑일까? 결국 신자의 신심을 이용한 성직자의 어긋난 신심, 아니 솔직한 본심이었다. 그 본심은 본말이 전도된 종교적 탐욕은 아니었을까? 당대의 역사를 외면하고 배척했던 '정교 분리'는 역설적으로 추악한 '정교 협착'이 되었다. 뮈텔이 얻어낸 대가는 땅이었다. 일제와 부지 분쟁을 겪기도 했던 성당 뒤편 진고개(현 세종호텔 방면) 대신 현재의 언덕 진입로. 이로써 사람들은 성당을 더 편히 드나들 수 있게 되었고, 그로 인해 지난 한국 현대사 속에서 사랑과 자유를 향한 기나긴 도정의 대표적 상징 중 하나가 되었다. 역사의 아이러니! 거리도 계단도 건물도 엄연한 역사의 육체다. 오늘도 무심히 그 곁을, 그 위를 지나치는 사람들. 운동이든 신앙이든 개중에는 일찌감치 신심에서 멀어져버린 '냉담자'들이 있을 것이다. 더러는 자신만 깨닫고 구원을 얻었다는 듯 지나온 곳과 거기 남은 사람들을 손가락질하면서. 또 더러는 남아 있는 이들에 대한 미안함과 부채의식을 지닌 채 묵묵히 살아가면서. 이제는 신심은커녕 자신의 본심마저 잘 모르는 상태가 되어 그저 살아가는 습관을 지닌 채로 있을지도 모르겠다. '지금 나의 본심은? 나에게 남은, 내가 지닌 신심은 무엇일까?' 어쩌면 그 자문(自問)조차 버거워 애써 피하고 있는 것일지도.

4.

명동성당에서 눈에 띄는 건 역시 본당의 높은 시계탑이다. 종소리로 시간을 듣던 시절은 갔고, 각자의 자리에서 시간을 바라볼 수는 있다. 저 높이 허공에 떠 있는 시간은 내게 두 가지 의미로 다가온다. 우선 삼라만상의 영고성쇠를 가져오는 물리적 변인(變因)으로서의 시간. 곧 속절없이 죽음으로 향하는 질서를 새삼 깨닫고 겸허하라는 뜻일 터. 동시에 마음의 지속 또는 멈춤이라는 심리적 기제(機制)로서의 시간. 곧 지금 내 마음이 어떤가를 스스로 물어보라는 뜻일 터. 본당 안에는 기도하는 사람들과 여행객들이 섞인 채 조용히 각자의 자리를 지키고 있다. 이 순간 여기 모인 이들은 '시간'을 어떻게 여기고 있을까? 본당을 지나 지하소성당(crypt)에 들른다. 바깥은 새 계절의 더운 공기로 달궈지는데도, 실내는 지난 계절의 서늘함이 감돈다. 추운 이유를 알겠다. 따뜻하고 안락한 곳에서 정신이 번쩍 들기는 힘들다. 구도(求道)는 필시 자신에게는 서늘함으로 시작되고 끝내 타인에게는 따뜻함으로 귀결될 것이다. 애초에 그만큼의 신심으로 찾아왔을 리가 없는 나 같은 비신자, 아니 구경꾼에게까지 이렇게 문을 활짝 열어 놓고 있는 이 공간이 그 증거다. 누구 하나 눈치 주지 않고 말을 걸지도 않는다. 하고 싶지 않은 것을 하지 않을 자유. 아무 것도 간섭 받지 않을 자유. 내가 얻은 이 찰나의 자유. 추위를 많이 타는 내가 한기에 몸을 떨면서도 마음이 따뜻해지는 이유다. 여기는 신심을 지킨 죄로 박해받고 끝내 순교한 사람들의 유해를 모신 곳이다. 이미 성인(聖人)의 반열에 올라 이제는 추모보다 추앙의 대상이 된 지 오래다. 하지만 나는 여전히 그들의 죽음을 먼저 생각한다. 그들이 죽은 나이는 대체로 지금의 나보다 젊었던 때였다. 그러므로 그 청춘들이 맞닥뜨린 그 순간을 떠올릴 수밖에 없다. 죽을 줄 알면서도 떠나지 않고 지켜야 할 신심의 끝자리. 대체 그 믿음의 원천은 무엇이었을까? 우선 죽음의 두려움을 알기 때문이다. 죽음, 그 앞에선 자신을 포함한 인간이란 예외 없이 몹시도 나약하고 무기력한 존재임을 깨닫게 된다. 그 각성 덕분에 두려움을 가져온 현실에 대해 슬퍼하고 분노할 수 있다. 그렇게 깨어나 스스로의 한계를 인정하며 오히려 그 경계 밖의 행복을 찾으려 했던 사람들. 그들 자신은 어둠 속으로 기꺼이 걸어 들어가면서도 살아 남아 있는 자들이라도 어둠으로부터 해방되기를 염원했다. 그 꿈이 이 땅에서 아직 이루어지지 못할 것임을 알면서도 끝자리를 지켰다. "씨 뿌리는 사람처럼 자기가 뿌린 씨앗 가운데 불과 몇 개만이라도 좋은 땅에 떨어져 수천의 열매를 맺어주었으면 하는 희망", 조건과 보상을 전제하지 않는 그 신념. 결국 그것은 사랑이지 않았을까? 1980년 5월 27일 새벽. 다가오는 죽음을 예감하면서도 전남 도청을 지킨 광주의 청춘들이 그랬다. 만년 겁쟁이였던 고교 1년생은 초등학교 동창의 죽음에 분개해 쏘지 못할 총을 들었다. 소년은 죽은 친구를 두고 나올 수 없다며 도청에 들어갔다. 인지상정, 어머니는 남의 자식이지만 친구를 수습해오겠다는 아들의 뜻을 존중했다. 그날 저녁 마지막 통화에서 아들은 말했다. "학생들은 손 들면 안 죽인대요." 그러나 빗나간 예상, 결국 지킬 수 없었던 약속. 밤새 울부짖는 총소리가 들렸다. 다음 날이 되어서야 어머니는 차갑게 식은 아들을 만날 수 있었다. 한강의 소설 『소년이 온다』(2014)의 실제 모델이기도 했던 소년의 이름은 문재학(16).

신문기자의 취재수첩은 오월의 맑은 그날을 이렇게 적고 있었다. "1980년 5월 27일 상오, 전남도청 안 도경 종합상황실 뒤편. 꽃이 모두 떨어진 화단 옆에 한 청년이 복부에서 피를 흘린 채 하늘을 보며 숨져 있었다. 군복 상의에 갈색 바지, 뒷주머니엔 조그만 수첩이 하나 꽂혀 있었다. 발밑엔 흰 운동화와 탄피가 흩어져 있고 머리 앞쪽에는 철모와 총알이 뚫고 간 둥근 쟁반이 뒹굴고 있었다."(조성호, 『5·18 특파원 리포트』, 풀빛) 그렇게 빗발 치는 총탄을 과일쟁반으로라도 막으려 했던 대학생. 그는 항쟁에 함께한 여학생들이 마지막 밤 도청에서 무사히 피신할 수 있도록 엄호하고 바래다주었던 서울에서 온 '친절한 대학생 오빠'였다. 그의 이름은 박병규(20). 그들은 모두 그날 그 새벽 그곳에 영원히 남게 되었다. "도대체 5.18 정신이 뭐냐고!" 가톨릭회관 맞은편 국가인권위원회 앞 가로수에 내걸린 극우단체 현수막 속 질문. 그에 대한 내 답은 이것이다. "두려움과 분노와 슬픔 앞에서 사랑을 알고 연대를 외치는 영원한 청춘."

5.

1988년 5월 15일 오후 3시. 자살을 죄악시하는 가톨릭의 신자인 스물넷의 대학생 조성만(요셉)이 바로 저기 가톨릭회관 옆 교육관 옥상에서 제 몸을 던졌다. "주한미군 철수, 남북 공동 올림픽 개최, 양심수 석방". 그가 투신 직전 육성으로 남긴 마지막 외침이었다. 이룰 수 없는 꿈, 이상을 넘어선 몽상, 정세 오판이라고 손가락질할 수 있다. 설령 메시지가 옳다고 해도 꼭 그런 '극단적 선택'까지 했어야 했느냐는 반문이 나올 수도 있다. 역사의 도정에서 스스로 목숨을 던진 사람들에 대해 늘 따르는 논란이자 철학적 문제다. 우선 하나의 전제. 한 인간이 선택한 최후의 유일한 실존적 결단은 역설적으로 삶에 대한 그만큼의 강렬한 애착을 보여준다는 것. 청계천 평화시장의 재단사 전태일(1948~1970)이 그랬다. 그는 누구보다 사람과 삶을 사랑했던, 명랑하고 긍정적인, 평범한 스물둘의 청년 노동자였다. 오늘날까지 나와 같은 월급쟁이들이 그나마 과로와 착취에 죽지 않고 일할 수 있는 환경을 만든 시초는 전적으로 그가 지닌 삶의 의지, 곧 죽음을 통해서라도 세상에 남기고픈 절박한 생존의 외침에 빚진 것이다. 자살은 삶이 살 만한가를 놓고 그 부조리를 견디지 못했을 때 선택하는 마지막 수단이 된다. 그만큼 자신의 감정을 끝까지 밀고 나가는 것이기도 하다. 그렇더라도 여전히 생각할 것이다. 끝내 살아서 별별 꼴을 다 봐야 하지 않겠는가? 그럴 수 있다. 프랑스 작가 알베르 까뮈가 『시지프 신화』(책세상)에서 갈파했듯 "참다운 노력이란 포기하는 쪽이 아니라 오히려 가능한 그곳에 살아 남아 버티면서 멀고 구석진 고장에 서식하는 괴이한 식물들을 관찰하는 일"이다. 예컨대 과학적 진리마저 목숨이 위태로운 상황에서는 충분히 거둘 수 있는 것이 된다. 소위 지동설을 주장했던 갈릴레오가 종교재판에 회부됐을 당시 그랬다. 주장을 접고 목숨을 부지한 그의 후퇴는 비난받을 일이 결코 아니다. 한 사람의 목숨은 하나의 소우주의 시작과 끝이기에, 대체 불가의 것이기에, 그렇다. 생명은 그 어떤 과학적 진리보다 더 소중한 것이다.

까뮈가 꼬집었듯 삶의 의미를 찾지 못하겠다고 말했던 사상가들 중 그 삶을 거부할 정도로 자신의 논리를 끝까지 밀고 나간 사람은 없었다. 삶이 그렇듯 죽음 또한 논리만으로 설명하거나 이해할 수는 없다. 한때 사제를 꿈꾸었을 만큼 독실한 청년 신자 요셉의 경우는? 신심의 궁극은 그렇게 종교적 금기를 깨뜨리는 자기 모순으로 귀결될 수밖에 없었던 것은 아니었을까? 시대적 한계를 안고 태어난 인간이 인간을 사랑하는 일에 관한 자신의 최선이자 한계란 그런 것이었음을 겸허히 인정하는 것 말이다. 역설적으로 "살아갈 이유라는 것은 목숨을 버릴 만큼의 훌륭한 이유"가 된다. 그러므로 나는 자신의 모순을 인정하고 한없는 사랑의 궁극을 실천하며 떠나간 역사 속 '사람의 아들'을 추모할 수밖에 없다. 죽음의 해석을 둘러싼 정치, 사상, 이념의 잣대는 한낱 통속의 껍데기가 되고 만다. 한때 그의 자살을 이유로 장례 미사를 거부했던 명동성당은 그가 떠난 지 30년이 된 2018년 처음으로 추모미사를 봉헌했다. 청년 요셉이 죽음을 통해서라도 실천하고 싶었던 것이, 가톨릭이 추구하는 '이웃과 세상을 향한 사랑'이었음을 비로소 인정한 것이리라.

"척박한 땅, 한반도에서 태어나 인간을 사랑하고자 했던 한 인간이……(중략)……지금 이 순간에도 떠오르는 아버님, 어머님 얼굴. 차마 떠날 수 없는 길을 떠나고자 하는 순간에 척박한 팔레스틴에서 목수의 아들로 태어난 한 인간이 고행 전 느낀 마음을 알 것도 같습니다."

— 故 조성만 열사(1964~1988) 유서 중

6.

지하성당의 딱딱하고 차가운 나무의자에 앉아 조용히 흔들리는 촛불을 바라본다. 살아 있는 우리들은 매일의 뉴스를 접하며 "부조리와 희망과 죽음이 서로 대화를 주고받는 비인간적 유희를 구경하는 관객"(까뮈, 위의 책)의 입장에 설 수밖에 없다. 죽음을 떠올리며 이렇게라도 하루의 숨 고르기를 하고 나면, 복잡한 생각이나 일렁이는 마음도 한낱 사사로운 것에 불과해진다. 조금은 간명해지고 고요해지는 것이다. 오래도록 무심하고 건조한 표정이 익숙해진 내게도 작은 기대가 생겨난다. '이 찰나의 평안함이 하늘로 흩날리는 수천수백 민들레 홀씨 중의 하나처럼 사람의 본심이 되어 내게도 날아올지 모르는 것 아닌가?' 하는. 그러다가 무엇에 관한 신심을 나도 다시 찾을 수 있게 될지도 모르겠다는 식의. 앞으로 별별 꼴을 다 보면서도 이 세상을 살아가려면, 오래도록 지니고 싶은 '마음'이 필요하니까. 다시 지하성당 밖 지상으로 나온다. 따뜻하다 못해 제법 무더워진 공기가 사람들의 거리에 퍼져 있다.

44

지금 아니면 언제?

1.

어떤 책과 함께 떠오르는 시간과 장소가 있다. 책을 읽던 분위기를 그대로 간직한 채로 말이다. 프리모 레비의 소설『지금이 아니면 언제?』의 경우 2015년 12월 21일부터 22일까지 여수에서 보낸 1박 2일이다. 그날 오전 일찍 나는 막 읽기 시작한 이 두툼한 소설 한 권을 들고 김포공항에서 출발해 여수공항에 도착했다. 행선지는 노인들의 인공관절수술로 꽤 알려진 XX병원. 그곳에서 어머니는 고질병인 무릎 퇴행성 관절염 수술을 받기로 했던 차였다. 팔순의 아버지는 광주에서 어머니와 함께 여수에 내려오셨다. 병원은 공기 좋고 한적한 시골에 있었다. 우리와 같은 사연으로 각지에서 왔을 노인 환자와 가족 들로 종일 북적였다.

　오전부터 입원 수속을 하고 수술에 필요한 검사를 하면서 어머니를 모시고 병원 여기저기를 분주하게 다니고 나니 금세 해질녘이 되었다. 어머니가 2박 3일을 머물게 될 4인 병실에는 환자용 병상과 보호자용 보조침대밖에 없었다. 그래서 그날 밤은 거기서 젊은 내가 보호자로서 곁에 머무는 게 여러모로 타당했다. 하지만 아버지는 한사코 당신이 병실에 남겠다고 하셨다. 수술받는 환자 못지않게 보호자를 자처한 당신의 건강이 염려되었으나 고집을 꺾을 수는 없었다. 딱히 대안이 없던 나는 병원 안을 배회하다가 밖으로 나왔다. 맞은편엔 작은 상점들이 서너 군데 들어서 있었다. 밤이라기에는 다소 이른 저녁 8시경인데도 겨울인지라 사방이 깜깜했다. 슈퍼 한 곳을 빼고는 죄다 문을 닫은 뒤였다. 그 뒷골목에 버려진 것 같은 아주 낡은 여인숙이 있었다. 밤을 밝히는 온갖 최첨단 숙박업소가 넘치는 이 시대에 여인숙이라니! 어쨌든 감사한 일이었다. 고립무원 엄동설한 속에서 숙소를 구한 것만 해도 다행이었다.

　날은 춥고 달리 방도는 없었으므로 여인숙에 묵기로 했다. 안에는 도통 인기척이 없었다. 인근에서 유일하게 불이 켜진 슈퍼에 갔다. 생수를 사고 사장님에게 여인숙 얘기를 꺼내니 반색했다. 거기 주인장이 자신이라고 했다. 1박에 1만 5

천원. 너무 싼 거 아닙니까? 되물을 뻔했다. 하지만 그럴 리가 있겠나? 세상이 호의를, 그것도 너무 싼값에, 선뜻 내줄 리가 없었다. 역시 이유가 있었다. 대문 안으로 들어서니 첫인상은 그야말로 공포영화 세트장 같았다. 고즈넉하다 못해 을씨년스러웠다. 게다가 그날 밤의 투숙객은 나 혼자였다. 마흔을 넘긴 성인 남자였지만, 무서운 건 어쩔 수 없었다. 어서 빨리 뜨끈한 방구석 이불 속에 몸이나 파묻어야겠다 싶었다. 방에 들어서자마자 문고리를 꼭 걸어 잠갔다. 이런, 한기가 몰려왔다! 입김이 나올 정도였다. 슈퍼 사장님이자 여인숙 사장님인 주인장은 분명 보일러만큼은 뜨끈하게 잘 돌아간다고 했었는데. 또 하나의 문제는 나의 습관. 나는 어디서든 간에 자기 전 샤워를 하지 않으면 잠을 이룰 수가 없다. 어떡하든 씻어야 했다. 내 방에서 연결된 문과 마당으로 연결된 문, 그렇게 문이 두 개 나 있는 공동욕실로 들어섰다. 마당쪽 문고리는 고장나 있었다. 그러니까 누가 밖에서 벌컥 문이라도 열고 들어오면 속수무책 벌거숭이로 당할 판이었다. 괜찮다. 귀신이 아니고서야 이 밤에 누가 올 리는 없다. 어쨌든 씻을 수 있다. 물만 잘 나온다면.

설마설마했지만, 슬픈 예감은 또 틀리지 않았다. 더운물이 나오지 않았다. 백열전구 불빛을 받으며 수도꼭지에서 얼음장 같은 찬물이 졸졸졸 반짝이며 나왔다. 바깥 기온과 차이가 나지 않는 그곳에서 한 손으로는 문고리를 잡고 경계하며, 한 손으로는 바가지로 얼음장 같은 찬물을 끼얹고 샤워를 마쳤다. 정신이 번쩍 들었다. 뿌듯한 마음과 동시에 으스스를 치며 방에 들어왔다. 사방은 고요하고 바람 소리가 우는 것처럼 규칙적으로 창가를 때렸다. 이제 보일러가 들어오는 건가? 바닥은 냉골이었던 맨 처음보다는 미지근해졌다. 그러나 방안 공기는 여전히 차가웠다. 방에 있는 전기난로를 켜고도 추워서 패딩을 입고 낡은 이불을 겹겹이 뒤집어썼다.

하지만 이런 상태에서 잠을 이룰 순 없었다. 정신은 점점 더 맑아졌으므로 음악을 듣고 책을 읽으며 밤을 새기로 했다. 아침까지의 시간은 오지 않을 것처럼 멀게만 느껴졌다. 무엇보다 고립감과 공포감이 컸다. 결국 아무것도 손에 잡히지 않았다. 그래도 실내가 익숙해지자 방에 있는 것들이 그제서야 눈에 들어왔다. 80년대 배경의 드라마 소품이면 안성맞춤일 비키니 옷장과 브라운관 텔레비전이 있었다. 텔레비전을 켰다. 지직거리는 화면을 몇 개 넘기고 나니 그런대로 뉴스가 흘러나왔다. 앵커 손석희의 목소리가 그렇게 반가울 수가 없었다. 세상과의 접점을 다시 찾은 것만 같았다. 하지만 차가운 세상에 관한 차분한 목소리의 뉴스는 추위와 공포를 이기는 데 그다지 도움이 되진 않았다. 누군가가 떠들어 주기를 바랐다.

이불을 덮고 누워서 아이팟을 켜고 가사가 많은 노래들을 들으며, 천장 무늬를 살피고 조합해보며 멍을 때리려고 노력했다. 얼마나 지났을까? 틀어 놓은 텔레비전 속의 주인공이 바뀌었다. 예능프로그램 〈님과 함께〉의 희극인 김숙-윤정수 커플. 그제서야 다시 2015년으로 돌아온 것 같았다. 당대의 인기 프로그램이 주는 일종의 연결감이랄까? 내용은 아기자기했다. 가상부부 역할을 하는 두 사람이 함께 장을 보고 요리를 해먹고 집안에 가구를 배치하며 서로 다른 취향으로 티격태격했다. 가상과 실제의 경계를 헷갈리게 할 만큼, 여느 부부의 것이라고 해도 좋을 만큼, 캐릭터를 현실적이게 연기하고 있었다. 나도 모르게 몇 번은 웃었다. 긴장이 풀리면서 읽던 책으로 다시 눈길을 돌렸다. 텔레비전에서 가상커플의 결혼 생활이 흐르는 동안, 마침 소설 속에서도 사랑을 주제로 다룬 대목이 나왔다.

"사랑에 있어서는 소유권보다 점유권이 절대적 우위를 차지하고 있다는 얘기네. 그 사랑이라는 요물단지가 워낙 복잡미묘하고 섬세한 생물이다 보니, 점유권자가 수시로 교체된다네. 세상 불변하는 게 없듯 고정 점유권자 역시 불가하다는 얘기지. 결론적으로 여러분들도 그 교체대상에 포함되지 않으려면, 사랑의 요물단지를 수시로 정찰하고 점검해 내 마음의 수용소로부터 탈영하는 걸 미연에 방지해야 한다, 이 말일세."

—프리모 레비, 『지금이 아니면 언제?』, 노마드북스

이 대사가 등장하는 배경은 나치에 맞서 싸우는 유대인 빨치산 부대가 머무르는 숲속. 사랑은 그렇게도 중요했나 보다. 목숨이 경각에 달린 와중에도 그 숲속에서 청춘들의 욕망과 호기심, 재치와 통찰이 담긴 입담이 오고갔으니 말이다. 이 논리에 따르면, 김숙-윤정수 커플은 가상이었으므로 한시적 점유권을 서로에게 행사하고 있는 셈이 된다. 점유는 일단 그 대상을 차지하는 것이다. 실효적 지배를 하게 됐는지의 여부는 장담할 수 없다. 소유는 한발 더 나간다. 대상을 본인의 것으로 완전하게 지배하는 것이다. 관계란 흐르는 물 위에 떠 있는 두 척의 배와 같다. 서로 흔들리며 떠다니다가 가까워졌다가 멀어졌다가를 반복하며 마주보기를 유지하려는 사이. 그러니까 상대라는 배만이 물 위에 고정된 그 무엇이라고 여길 순 없는 노릇. 나 자신도 늘 그렇게 흔들리고 있으므로. 사전적 의미의 소유, 즉 전면적 지배가 가능하기 위해서는 사람이라는 존재가 최초의 '획득된 상태 그대로' 고정불변의 그 무엇이 되어야 한다. 그 사이에 흐르는 사랑, 배려, 친절, 우정 역시 절대값을 유지한 채 영원불멸의 것이 되어야 함은 물론이다. 하지만 그것은 불가능에 가깝다. 롤러코스터를 타듯 수없이 오르락내리락하는 각자의 마음은 마주치는 특정한 시간과 공간을 교집합으로 하여 일시적으로나마 서로의 삶을 점유하는 것뿐이다. 그 교집합의 크기를 키워가며 한번 맺어진 인연을 가급적이면 최대한 오래 지속시키려 하는 것뿐이다. 그 대상이 연인이든 부부든 친구든 동지든 선후배든 직업적 파트너든 마찬가지다. 한번 인연을 시작한 이후로는 끊임없는 노력과 훈련이 필요한 것이다. 설령 혈연처럼 최초에는 어떠한 노력 없이 운명으로 시작된 것일지라도.

밤이 조금은 더 깊어졌다. 채널을 바꾸니 말이 많고 목소리가 큰 이들의 토크쇼가 흐르고 있었다. 실제 부부들이 패널로 나와서 남성 대 여성으로 편을 갈랐다. '사네 못 사네', '그래도 참고 이해하며 살아야지 어떡해요' 하는 식의 그렇고 그런 익숙한 얘기들. 창문에 부딪치는 바람소리도 익숙해졌다. 여인숙 안팎의 분위기에 익숙해진 나는 점점 노곤해지고 있었다. 책을 덮고 창밖을 보았다. 건너편 병원 불빛이 그제서야 보였다. 부모와 자식이 서로를 지척에 두고 불편과 불안으로 지새운 밤이 이렇게 흘러가는가? 더 이상 보지 않을 텔레비전을 그대로 둔 채 이불을 뒤집어쓰고 누워서 다시 책을 읽었다. 방은 여전히 냉기가 감돌았다. '슈퍼에서 소주라도 사올걸. 잠들기는 글렀네.' 그랬는데, 커튼 틈 사이로 희부윰한 기운이 스며들 무렵까지가 기억의 마지막이다. 그렇게 그대로 잠이 들었나 보다.

다음 날 아침 8시 다시 병원에 갔다. 일찍부터 수십 명의 환자들이 차례차례 수술 대기를 하고 있었다. 어머니의 차례는 오후를 넘겨야 돌아온다고 했다. 아버지가 어머니 몫의 병원식으로 아침 요기를 하시는 동안 근처 식당에서 라면 한 그릇을 사 먹고 왔다. 반나절을 병원 복도 벤치에 앉아 소설을 읽으며 어머니의 순서를 기다렸다. 어느새 해거름이 되었다. 수술을 마친 어머니는 회복실에 누워 계셨다. 마취가 덜 풀린 상태에서 당신은 부자의 저녁식사 걱정을 먼저 하셨다. 입맛은 없었지만, 아버지를 위해서라도 몇 술을 떠야 했다. 어제의 그 식당에 들렀다. 부자는 팥칼국수와 섞어찌개를 시켜 말없이 나눠 먹고 병실로 돌아왔다. 이제 이틀짜리 휴가를 끝내고 오늘의 마지막 비행기를 타야 할 시간. 어머니, 아버지의 손을 차례로 붙잡고 말없이 쓰다듬은 뒤 인사를 드리고 돌아섰다. "갈게요. 식사 잘 챙겨드세요. 무리하지 마세요. 전화드릴게요."

병원을 빠져나왔을 때 밖은 완전히 캄캄해져 있었다. 공기는 쨍하게 차가웠지만 평소 볼 수 없는 별들도 눈에 띄게 많았다. 어둠이 차라리 포근한 느낌이었다. 슈퍼 주인장이자 여인숙 주인장의 친절한 도움을 받아 택시를 불러 타고 여수 공항으로 갔다. 공항은 한산했다. 현장에서 20시 15분 비행기표를 끊었다. 누나와 아우에게 수술비 분담에 관한 전화를 연이어 걸었다. 그러고도 20분 정도가 남았으므로 프리모 레비의 책을 계속 읽었다. 그리고 비행기를 타고 발 아래 밤세상

이 별빛처럼 지천에 깔리는 어느 상공에 이르렀을 때 마지막
장을 덮었다.

> 내가 나를 위해 살지 않는다면
> 과연 누가 나를 위해 대신 살아줄 것인가?
> 내가 또한 나 자신만을 위해 산다면
> 과연 나의 존재 의미는 무엇이란 말인가?
> 이 길이 아니면 어쩌란 말인가?
> 지금이 아니면 언제란 말인가?

—프리모 레비, 위의 책

2.

그날의 야간비행 이후로 꽤 많은 시간이 흘렀다. 소설의 마지
막 문장은 그 후로도 오랫동안 맴돌았다. 그 문장, 그것은 어
느 랍비의 노래였다. 책의 제목이기도 한 그 노래를 선율은
없었지만 되뇌었다. 노랫말은 부부, 부모 자식, 형제 자매, 즉
가족이라는 딜레마의 관계를 토로하는 것처럼 들렸다. 가족
이란 무엇인가? 뼈와 피와 살을 나누는 따뜻한 실체인 동시
에 한순간에 차가운 얼음이 되어 산산이 깨지는 허상, 제한
없는 사랑인 동시에 한계를 규정 짓는 제도와 이데올로기, 미
래와 같은 말이 돼버린 기대와 희망, 가지고 있자니 무겁고
내려놓자니 허전한 생의 영원한 숙제. 최초에는 운명으로 만

나 그렇게 오래도록 변치 않는 모습으로 끝을 향해 갈 거라고 생각한 관계였을 것이다.

하지만 어느 결에 욕망과 감정은 소진되거나 마모되고 약속과 다짐만 남았다. 먹고사는 일의 고달픔, 생로병사의 고통과 각박함, 각자가 지닌 생의 책임과 의무로 지치기 일쑤였을 것이다. 서로에 대한 익숙함으로 편해진 대신 야속함도 미안함도 조금씩 쌓여만 갔을 것이다. 상대에 대한 소유권을 지니고 있다는 착각 속에서 정작 몸과 마음의 빈번한 '점유이탈' 상태가 지속되고 있었음을 깨닫지 못한 채로 말이다. '이런 건 아니었는데. 이게 제대로 사는 것일까?' 이제 와 되돌릴 수도, 바꿀 수도 없다. 그래서 어쩔 수 없다는 체념과 포기. 그럼에도 불구하고 그것이 후회와 부정과 거부가 되는 것만은 아니다. 여전히 정과 연민과 의무로 서로를 결속하고 결박하면서 이렇게 한 세월이 그럭저럭 흘러가는 것이다. '이 또한 삶'이라고 노래 부르면서.

초등학교 입학 이후로 지금껏 떨어져 지내는 게 익숙해진 부모님, 몇 년에 한 번 만날까 말까 한 형제들. 그렇게 나는 만성적 이산(離散)의 삶을 살고 있다. 그러다 보니 가족이라는 세상의 절대적 관념과는 내내 동떨어진 채 단지 그 마음을 이해하려고 애쓰는 국외자인 적이 많았다. 결혼 전까지 오랫동안 혼자 지냈다. 가족이라는 복잡다단한 존재와 부대끼며 지지고 볶고 웃고 울고 하는 일이 또래 누구보다 적었다. 때문에 몸과 맘으로 가족을 짊어지고 내일을 위해 살겠노라고 감히 자신하지 못했다. 그저 오늘만을 바라보면서 살아왔다.

새삼 깨닫는다. 결국 지난 시간은 온통 나 자신에 대한 사랑이었음을. 그리고 소용없는 후회를 한다. 그것이 돌고 돌아 상대를 향한 사랑이 되었어야 했음을. 사랑을 매번 노래와 말과 글로 듣고 읽고 다루면서도, 나 자신은 그러지 못했다. 고정된 실체처럼 내가 사랑하는 사랑만을 머릿속에 순수한 관념으로 새겨두진 않았던가? 끊임없이 변화하고 살아 움직이는 관계로서의 사랑, 노력하고 훈련해야 하는 사랑, 동사(動詞)로서의 사랑을 놓치고 있었다.

그리고……. 우리 모두에게 주어진 시간이 생각보다 그리 넉넉하지 않다는 것도 깨닫는다. 당신들의 사위어가는 육체와 함께 이제 자식인 나 스스로마저도 돌이키기 힘들 정도로 빠르게 늙어가고 있으니. 일 년에 이틀 밤 정도를 부모님과 함께 지내본 적이 언제였던가? 기회는 점점 줄어가고 있다. 그래서 추억을 그러모으며 후회인지 다짐인지 모를 무언가를 막연하게 되새기고 있는 것이다.

"지금이 아니면 언제?"

추억의 생애

1판 1쇄 2023년 12월 25일
ISBN 979-11-92667-42-3

저자 박기원
편집 김효진
교정 황진규
디자인 우주상자
펴낸곳 마르코폴로
등록 제2021-000005호
주소 세종시 다솜1로9
이메일 laissez@gmail.com
페이스북 www.facebook.com/marco.polo.livre

책 값은 뒤표지에 있습니다. 잘못된 책은 교환하여 드립니다.